耕林 Just Novel

就是小說

休閒小說 Just Novel 盡在耕林

休閒小說 Just Novel 盡在耕林

耕林 Just Novel
就是小說

Vampire Academy
吸血鬼學院
by Richelle Mead

Vampire Academy
吸血鬼學院
by Richelle Mead

Vampire Academy
吸血鬼學院
by Richelle Mead

FOREVER LOVE

鮮血焠鍊出的友誼，戰鬥激盪出的愛戀，生存或誓言？守護或背棄？

耕林出版社 KING-IN-PUBLISHING CO.,LTD. http://www.kingin.com.tw

FOREVER LOVE

愛情，終是不能和命運妥協。選擇－－只能有一個嗎?

耕林出版社 KING-IN-PUBLISHING CO.,LTD. http://www.kingin.com.tw

FOREVER LOVE

最艱鉅的時刻在前面等著我們，
可那一吻的感覺仍然停留在我的唇上——我覺得自己無所不能。

耕林出版社 KING-IN-PUBLISHING CO.,LTD. http://www.kingin.com.tw

FOREVER LOVE

活著的意義就是能完全掌控自己的靈魂，
成為一個不死之族，意味著丟掉了愛，丟掉了生命之光，
還有很多你曾經明白的事。
我們看著彼此，一致同意死去比變成血族更好。

耕林出版社 KING-IN-PUBLISHING CO.,LTD. http://www.kingin.com.tw

Vampire Academy

吸血鬼學院

5・絕命感應力 Spirit Bound

蕾夏爾・米德 Richelle Mead 著
吳雪 譯

獻給我的經紀人吉姆・麥卡錫。
謝謝所有努力工作的工作人員。
沒有你們，
就不會有這本書！

1

恐嚇信和情書還是有很大分別的——就算寫恐嚇信給你的人宣稱他還愛著你也一樣。當然了，一想到我曾經想要殺死自己深愛的人，也許我沒有評論的資格。

今天這封信送得很準時——其實我不應該有所期待才對——而到目前爲止，這封信我已經看了四遍了。雖然我已經很克制，可還是忍不住看了第五遍。

我最親愛的蘿絲：

覺醒之後為數不多的缺點之一，就是我們不再需要睡覺，所以也不會有夢，多麼令人遺憾。因為我知道，如果我可以作夢，一定會夢到妳：夢見妳的味道，夢見妳一頭烏黑的秀髮握在手中是多麼順滑如絲；還有妳光滑的皮膚，以及我們親吻時那雙熱情的紅唇。

沒有了夢，我只能憑藉超強的想像力來滿足自己。我可以幻想出所有的細節，包括如何奪去妳的生命。雖然我可能會後悔，可妳逼得我沒有其他選擇。妳拒絕和我一樣變成永生不死的人，就算愛情也不能令妳改變心意，可我不能允許世上有像妳這樣對我有威脅的人存在。況且，就算我喚醒了妳，妳在血族的世界裡也樹敵太多，總有一天會被仇家尋上門。如果妳的下場只有死路一條，我寧願妳死在我的手裡。別人不配。

另外，衷心希望妳今天順利通過考試——完全不需要祝妳好運。如果他們打算認真考驗妳，那簡直是在浪費大家的時間。妳是那群人裡最出色的，夜晚之前，妳的身上便會多一個象徵畢業的紋身。當然，這也意味著再見面時，我要面臨更大的挑戰——我會好好享受的。

我們，會再見面的。畢業之後，妳肯定不能再留在學院，一旦妳走出結界，我就會找到妳。在這個世界上，不管妳藏到哪個角落，都躲不掉。我一直在監視著妳。

愛妳的

迪米特里

除了他「窩心的期盼」，我實在感受不到這封信是在鼓勵我，所以我將信揉成一團，扔在床上，迷迷糊糊地離開了房間。我不想讓他的話影響我，可是要想一丁點都不受影響，根本不可能。

在這個世界上，不管妳藏到哪個角落，都躲不掉。

對此我毫不懷疑，我知道迪米特里一直在監視我。自從我前任導師兼情人變成了惡魔，變成了一個不死的吸血鬼之後，某種程度上他還成爲了血族的領袖——我殺死了他的前任上司，令他晉升的速度變得更快。我懷疑在他的眾多眼線裡，有許多是人類，他們負責監視我，注意我什麼時候離開學院的保護網。血族是沒辦法進行全天候二十四小時的監視的，但人類可以。

我最近才得知，有很多人類都願意爲血族賣命，以換取得以變身爲血族的承諾。這些人類爲了永生不死，願意出賣自己的靈魂，甚至不惜以別人的性命爲代價。這些人讓我噁心。

可是，這些人類並不是令我躊躇不前的主因——此刻，我腳下的草地已經被夏天之神用神奇的手撫綠——是迪米特里，永遠都是迪米特里。迪米特里，我深愛的那個男人；迪米特里，我想要挽救的那個血族；迪米特里，我差點殺了他的那個魔鬼。我們兩人心中共存的愛火灼燒著我的心，不管我多少次告誡自己要向前看，也不管我多少次以爲我眞的在向前看，他總是在我左右，駐留在我心裡，逼得我一遍又一遍質疑自己。

「看妳這個樣子，好像如臨大敵似的。」

我從自己陰鬱的想法中抽離出來。我剛才行走在校園裡，過於專注地想著迪米特里和他那封信，完全沒有理會周圍，所以才沒有看見我最好的朋友莉莎，一直跟在我身後，她的臉上掛著一絲揶揄的笑容。她能嚇我一跳的情況是非常罕見的，因爲我們兩個是有心電感應的，她的位置和感覺我都可以感應得到，我必須非常努力才能忽略掉有關她的感受。然而，每回只有在想到那個想要取我性命的人時，我才能成功做到這件事。

我盡可能回給莉莎一個令她可以安心的微笑。她知道我和迪米特里之間的事，也知道我想要殺他卻失敗的事，還知道現在換成迪米特里想要殺掉我了。而且，他每週都寄一封信給我這件事，也令她很擔心。她要擔心的事已經很多了，可是仍然要將我這個不死敵人的威脅，添加在她的「待操心名單」裡。

「從某種意義上來說，我現在是如臨大敵啊！」我指出這個事實。

現在已經時近傍晚，可是夏末的太陽仍然高掛在蒙大拿的天空，我們不得不沐浴著金色的陽光在校園中漫步。我很愛這種感覺，可是對於莫里族來說——一個愛好和平，活生生的吸血鬼種族——莉莎的身體有可能會慢慢虛弱下去，並感到很不舒服。

她哈哈笑著，將亞麻色的頭髮攏到肩後，陽光照射在上面，令她看起來像個天使。「我想也是，可我不認爲妳眞的有那麼擔心。」

我不太明白她爲什麼這麼說，但就連迪米特里也說過那是在浪費我的時間。畢竟，我曾經到俄羅斯去找過他，而且面對過眞正的血族——並且親手殺了好幾個。也許我不應該害怕即將到來的測驗，可是這些誇獎和期望突然壓得我喘不過氣來，讓我心跳加快。如果我通不過測驗怎麼辦？如果我沒有自認為的那樣好該怎麼辦？也許等著要挑戰我的那些守護者不是眞正的血族，可他們也都身手了得，而且實際的戰鬥經驗也遠超過我。盲目的驕傲可能會為我帶來諸多問題，而如果我失敗了，那可是在所有關心我、信任我的人面前丟臉。

此外，還有其他事情也令我心煩意亂。

「我很擔心今天要是考不好，可能會影響到我的未來。」我說道，這是事實。

今天的測試，是像我這樣的實習守護者所要面對的最終測驗。他們向我保證，只要我從聖弗拉米爾學院順利畢業，就可以成為正式的守護者，和他們一起保護莫里族不受血族侵害。這測驗將決定我要分派給哪個莫里當守護者。

透過心電感應，我能感覺到莉莎的熱情——以及她的憂心。「奧伯黛說我們能在一起的機會很大——就是分派妳當我的守護者。」

我愁眉苦臉地說：「我認為奧伯黛這麼說，只是為了讓我留下來。」幾個月前，我為了去追殺迪米特里，曾經退學，後來才又復學——可是我的成績單數字卻不太好看。事實上，我的擔心還有一小部分原因，是因為莫里族的女王塔蒂安娜。她恨我，很有可能會使用特權，在我的分派問題上加以干涉——不過那件事就不是我能擔心的了。「我想奧伯黛能確保我百分之百被分派給妳，成為妳的守護者的方法，就是除非我是這個世界上最後一個守護者。否則，我的前途仍然一片黯淡。」

前方，隱隱傳來的吼聲變得越來越響亮。那裡是學校的諸多操場之一，但是現在已經淪為和古羅馬時期相仿的競技場。周圍搭起了看台，從廉價的木條椅到鋪有軟墊、帶著遮陽傘以保護莫里不受日光折磨的奢華長凳，應有盡有；操場邊掛起來的標語隨風輕擺，色澤明豔。雖然我現在離得遠還看不見，可是已經能在心裡想像出，在競技場入口的地方，那些臨時休息室的樣子，還有實習生們在裡面等著，神經緊張到快崩潰的樣子。

這個操場即將變成要上演一連串危險障礙賽的場地，從四周震耳欲聾的歡呼聲來判斷，大部分觀眾已經準備好，等著表演隨時開始了。

「我不會放棄希望的。」莉莎說。心電感應告訴我，她是眞的這麼想。這是她身上最可貴的特質之一——有堅定的信仰和樂觀的態度，哪怕事情到了絕境也是如此。這和我最近的悲觀心態截然相反。「我還有點東西要送給妳，也許能夠幫妳勝出。」

她停下腳步，伸手去掏牛仔褲的口袋，然後拿出一枚銀色的小戒指，上面鑲了幾顆好像是橄欖石的小石頭。

我不需要靠心電感應，也知道她要送給我的是什麼。「哦，莉茲……我覺得這樣不好。我不想要……嗯，不公平的優勢。」

莉莎翻了個白眼，說：「這又沒什麼關係，妳知道的。我發誓，這裡面沒有問題。」

她送給我的戒指是一個符咒，裡面注入了她身上擁有的那種魔法。所有的莫里都能掌控五種元素裡的其中一種：金、木、水、火或精神能力，擅長使用精神能力的人是最罕見的——他們的人數太少了，幾百年以來幾乎沒有人發現這件事。不過最近，莉莎和其他幾個人身上漸漸顯露出了這種能力。和其他明顯反應在身體上的魔法元素不同，精神能力是和使用者的意識緊密相連的，包括所有的心理現象，而到目前爲止，還沒有人能完全搞懂這些事。

用精神能力來製造符咒，是莉莎最近才開始探索的一項本領——這對她來講並不輕鬆。她最擅長的一項是治癒，所以她一直努力製造治癒系符咒。她最後做的治癒符咒，就是烙傷了我手臂的那個手環。

「這個肯定是有用的，雖然力量只有一點點，不過在妳考試時，肯定能保證妳不會受負面情緒的影響。」

她雖然說得漫不經心，可我們都知道她這句話裡面的嚴重性。所有的精神能力者都要爲這種天分付出代價：易怒和暴躁的負面情緒會在心裡湧現，慢慢地令人發瘋。而這些負面情緒，會有一部分透過心電感應感染到我身上。曾經有人告訴我和莉莎，有了這符咒和她治癒能力的幫助，這樣的負面情緒其實是可以戰勝的，不過這種方法我們目前仍然在學習中。

我強作鎮靜地朝她笑了笑，她的關懷打動了我，我接過了這枚戒指。果然，這枚戒指並不燙手，我將其視爲一個好兆頭。戒指很小，和我的尺寸非常合，戒指順著手指滑落下來，我幾乎沒什麼感覺。有時治癒符咒也會帶給我這樣的感覺，但也可能是因爲這枚戒指一點用都沒有，無論是哪種，總之對我是無害的。

「多謝。」我說。我感覺到她心中湧過一陣歡喜，我們繼續向前走去。

我將手舉到眼前，欣賞著閃閃發光的綠色橄欖石。在即將來臨的實戰中還戴戒指不是太恰當，所以我必須戴上手套，把它藏起來。

「眞不敢相信這次考試結束之後，我們就要結束在學院的生活，走進外面眞實的世界裡去了。」我不自覺地把心裡的想法脫口而出，完全沒意識到會引起什麼後果。

走在我身邊的莉莎微微一愣，我立刻後悔剛才說出那些話。「走進外面眞實的世界裡去」，意味著我和莉莎要履行她幾個月前爲了幫助我，而被迫答應下來的事情。

我在西伯利亞的時候，發現可能有一種方法，能將迪米特里變回像我一樣的拜耳族。這會是一條很漫長的路——還很有可能只是個謊言——想到他多次宣稱要殺了我，我對此完全不抱有幻想，如果我們兩個碰了面，除了殺死他，我恐怕別無選擇。可是，如果眞的存在可以救他的方法，我必須在那之前找到。

不幸的是，唯一一個能讓我們達成此項奇蹟的人，是一個犯人——他不是別人，就是維克多·

達什科夫，一個皇室莫里。他曾經折磨過莉莎，而且坦承許多如令我們置身人間地獄的惡行，也全都是他所爲，後來，維克多被關進了監獄。而眼下，我們意識到，只要他人還身在牢籠裡，就沒有理由把他同父異母的弟弟——也就是傳說中唯一一個將血族救回來的人——的事告訴我們。於是，我作了個超乎常理的決定，那就是用一樣東西來換取維克多的情報，那是他唯一渴望，卻沒人能給予的東西：**自由**。

這個計畫並非萬無一失，原因有很多。首先，我不知道這樣做能不能成功，這可不是件小事。其次，我不知道要怎麼劫獄，更遑論是皇室監獄。最後一點是，我們要做的，其實是將自己的死敵放出來。這一點連我自己想到都覺得很痛苦，何況是莉莎呢？可是，不管莉莎有多麼不願意——相信我，她確實不願意——可她還是堅定地發誓說要幫助我。過去的兩個月，我一直在開導她，告訴她不必這樣做，可她仍然不爲所動。當然了，想到我們有可能連監獄的地點都不知道，她的誓言最終也不是那麼重要。

我想要試圖打破此刻這種沉默不語的尷尬氣氛，想要解釋我其實是想說，到了下個星期，我們就可以慶祝她的生日了。可是，我還沒來得及開口，就被斯坦打斷了。他是教導我們最長一段時間的老師。

「海瑟薇！」他的吼聲從操場那頭傳來，「眞高興看見妳，快過來！」

莉莎不再去想維克多的事，她飛快地抱了抱我，在我耳邊悄聲說：「祝妳好運，雖然這有點多餘。」

看斯坦的臉色，我就知道哪怕道別只需要十秒，這十秒也會是史上最長的十秒。我對莉莎報以感激的微笑，她便向我們在後場區的朋友們走去，而我則匆匆忙忙地趕上斯坦的腳步。

「妳很走運，不是第一個上場的。」他高聲說道，「居然還有人打賭妳會不會來參加。」

「真的？」我歡欣鼓舞地問，「賠率是多少？我現在還來得及改變心意，替我自己也押上一注。賺點零用錢嘛！」

他瞇起眼睛瞪著我，像是無言的警告。

我們就這樣走進了操場臨時搭建，位於看台對面的休息區。過去幾年，我一直感嘆於畢業測驗的工程浩大；如今，我距離此處這麼近，仍然感到嘆爲觀止。供實習生們休息的臨時休息室是由木製結構搭建的，而且還有屋頂，看起來好像這裡會永遠成爲競技場的一部分。這座休息室的搭建速度十分驚人，而一旦考試結束，也會以同樣驚人的速度被拆除掉。

遠遠望去，操場那頭隱隱矗立著一個可供三人並行通過的大門，而我的一個同班同學就坐在門口，緊張地等待著聽見自己的名字被點到。所有的比賽科目都在那裡進行，在挑戰成年守護者、閃躲移動的技巧之餘，還要考驗考生的平衡性和協調性，而所有成年守護者都是突然從障礙物後或角落裡竄出來的。同時，休息室也全都用木牆圍起來，營造出一種黑暗、令人心裡不安的氛圍，操場裡頭有的地方還設了陷阱，比如網子或滾釘板之類的，這是爲了考驗我們在艱難的環境裡作戰時，究竟能將實力發揮到什麼地步。

另外有幾個實習生縮在門口，希望能夠提前看清楚等著他們的是什麼。可我不會那麼做。我寧願就在不知情的狀態下進去，見招拆招，隨機應變。現在就去研究那些東西，只會令我忍不住多想，從而心生恐懼。現在我唯一需要的就是冷靜。

所以，我靠在休息室其中一面牆上，觀察周圍的環境。很顯然，我應該是最後一個出場的人，而我很好奇，是不是真的會有人出錢賭我出不出現。我的幾個同學悄悄地聚在一起竊竊私語，有的在暖身，還有幾個圍著擔任輔導員的老師不放。這些老師都盡心盡力地解答學生們的問題，抓緊最後的時刻給他們提供建議。我豎起耳朵仔細聆聽，整個人頓時冷靜了下來。

看著那些老師，我的心不由得一陣猛抽。不久以前，我還在幻想今天的情況，我想像著迪米特里和我站在一起，他告訴我必須要嚴肅對待，上場以後絕不能慌張。我從俄羅斯回來以後，奧伯黛公平地爲我打了一個總分，不過身爲守護者的隊長，她此刻也在外面的場地裡，忙著各項職務，沒時間進來握住我的手安慰兩句；而本來可以給我安慰的朋友——愛迪、梅瑞迪斯和其他人——他們自己都還處在恐懼中。所以，我只有孤伶伶的一個人。

沒有奧伯黛，沒有迪米特里——或者說，呃，任何其他人——一股孤獨的痛苦感驟然向我襲來，不應該這樣的，我不應該是一個人。迪米特里應該在這裡陪著我，事情原本應該是這樣才對。我閉上眼睛，允許自己假裝他此刻眞的就在這裡，只在幾米之外，聽我說話——

「別擔心了，夥伴。我閉著眼睛都能通過。該死，也許我真的該閉上眼睛。你有什麼東西可以借我用一下嗎？如果你對我好一點的話，我甚至可以考慮讓你幫我蒙上眼睛。」

這種幻想是發生在我們兩個上過床之後，所以很有可能他在幫我將眼罩摘掉之後，還要繼續脫掉其他的。

我幾乎能分毫不差地想像出他生氣地搖著頭、咬牙切齒的樣子。

「蘿絲，我發誓，有時候對我來說，和妳在一起的每一天都像是我的畢業大考。」

可我知道，他終究會露出笑容，然後充滿驕傲和鼓勵地看著我高昂著頭向操場走去，而我只需要順利通過考試——

「妳是在反省嗎？」

我張開眼睛，被傳入耳中的聲音嚇了一跳。「媽媽？妳在這裡做什麼？」

我母親珍妮·海瑟薇就站在我眼前。她的個頭比我要矮幾公分，可是卻能打倒比我高大兩倍的對手，她曬成古銅色的臉上那危險的表情，能夠嚇退任何一個想要挑戰她的人。此時她一手扠腰，臉上露出一抹嘲諷的笑容。

「妳是不是眞的以爲我不會過來看看妳？」

「不知道。」我老實承認，心裡對懷疑過她感到有些內疚。我長這麼大，和她見面的次數屈指可數，而且每次見面都會發生很不愉快的事，直到最近我們的關係才有所改善。大部分時候，我還是不知道要怎麼對待她，心態經常在需要母親的小女孩和已經可以獨立的少女之間徘徊。我也不知道自己是不是應該原諒她「偶爾」對我的冷嘲熱諷，老實說，這眞的令人很受傷。「我以爲妳還有比起這個更加重要的事情要做。妳知道的。」

「沒什麼能阻止我來這裡。」她歪頭指了指看台，一頭紅褐色的捲髮在空中甩動。「哪怕妳爸爸來了也不行。」

「什麼？」

我匆匆忙忙跑到門口，偷瞄著外面的操場。我能看到的看台面積並不大，這要多虧操場上的那些障礙物，不過對我來說已經足夠了。他在那兒：艾比．馬祖爾。我幾乎是一眼就看見了他，一臉的黑鬍子，襯衣的領口一如既往繫著那條祖母綠的領帶，而他金色的耳環幾乎閃瞎了我的眼睛。在這麼熱的天氣裡，他可能已經快被曬化了，只見他額頭微微滲出一層細細的汗珠，讓他帥氣的外表稍稍打了點折扣。

如果說我對我媽媽的記憶有限，那麼對父親的記憶根本就是零。我是在五月份的時候才見到他的，而且更過分的是，我是在要回學校的時候，才知道他就是我的父親。所有的拜耳族都會有一個莫里族的爸爸，而他就是我的莫里爸爸。我也不知道應該用什麼態度來對待他，他的背景對我來說是個謎，有許多傳聞說他涉足了違法的生意，還把他說得像個十惡不赦的傢伙。雖然我還沒有發現此方面的證據，不過對這種說法也不是感到特別吃驚。在俄羅斯，人們都稱他爲「茲米」，也就是蛇的意思。

我驚訝地瞪著他的時候，媽媽走到我身邊。「他很高興妳能及時出現。他可是扔了一大筆錢賭妳會出現，他認爲這麼做，也許能令妳覺得高興一點。」

我低吼一聲：「當然了！如果他還是幕後的大莊家我就更高興了。我早就應該知道——」我的下巴突然掉了下來，「他找艾德里安談過話了嗎？」

沒錯，坐在艾比身邊的就是艾德里安．伊瓦什科夫——我名義上的男朋友。艾德里安也是名皇室莫里，和莉莎一樣，也是精神能力的使用者。初見面時，他便爲我瘋狂（雖然他的瘋狂是常態），可我的心裡只有迪米特里。當俄羅斯的追殺任務失敗後，我回來了，並且答應要給艾德里安一個機會。令我驚訝的是，我們兩個之間——進展很順利，甚至可以說十分順利。

他寫了一長串提議，詳細說明了爲什麼和他約會是個明智的決定，其中包括「我可以戒菸，除非到非常、非常想吸的地步」，以及「我每星期都會給妳一個羅曼蒂克的驚喜，比如即興的野餐、送玫瑰花、或者來一趟巴黎之旅——但肯定不會是以上幾種，因爲這些現在都已經不算是驚喜了」。

和他在一起的感覺與和迪米特里在一起很不一樣，不過我猜，也許世界上本來就沒有兩段感覺相同的感情。畢竟，他們是兩個完全不同的男人。我仍然隨時都保持頭腦清醒，爲了失去迪米特里和我們的愛而心痛，我惱恨自己在西伯利亞的時候沒有殺死他，沒能將他從那種不死怪物的世界裡解救出來。可是，這種絕望並不代表我享受羅曼蒂克的日子就結束了——有時我也會說服自己可以放縱一下下。繼續前進雖然很難，可是艾德里安能令我開心，而對於目前的我來說，這就夠了。

然而，這不代表我希望他討好我那個和海盜或強盜有得拚的父親。

「他是個壞榜樣！」我不贊同地說道。

我媽媽對此嗤之以鼻，「我懷疑艾德里安對艾比能有多大的影響力。」

「我不是說艾德里安！我說的是艾比。艾德里安現在正在往好的方向轉變，艾比會搞砸所有事的。」除了戒菸，艾德里安還在他的約會計畫書裡，發誓說他打算戒酒和其他壞習慣。我瞇著眼睛，看著他和艾比在擁擠的看台上交頭接耳，想知道他們在聊什麼聊得這麼高興。「他們在說什麼？」

「我認爲這是妳現在最不應該關心的事。」珍妮．海瑟薇是個不折不扣的實用主義者，「現在，還是少操心他們，多想想測驗場上的事情吧。」

「妳說他們是在聊我嗎？」

「蘿絲！」我媽媽輕輕地捶了我手臂一拳，我這才不情不願地轉過頭看著她，「妳必須要嚴肅看待這件事。保持頭腦冷靜，不能分心。」

她的話和我剛才幻想的迪米特里說的話差不多，一絲笑意不禁爬上我的臉龐。看來，我並不孤獨。

「有什麼好笑的？」她不悅地問。

「沒什麼，我很高興妳能來。」我說著，抱了她一下。

起初，她身子一僵，但隨後也放鬆下來，實實在在地回抱我，這才轉身要走。

我媽媽是那種喜怒不形於色的人，但我似乎卸下了她的面具。「呃，」她說，顯然有些手足無措，「我說了我不會缺席的。」

我回頭又看了一眼觀眾台，「艾比，從某方面來說，我不是很瞭解他爲什麼來。」

嘿……等一下，一個奇怪的想法突然冒出來。不，其實也沒有那麼奇怪。不管他是不是壞人，艾比是有理由來的，他交遊廣闊，有辦法給尚在獄中的維克多．達什科夫傳遞消息。艾比曾經幫我去探問關於羅伯特・德魯，也就是維克多那個已經瘋了的弟弟的消息。維克多的回覆是，如果得不到他想要的，他沒有理由將這些告訴艾比，而我是在收到我父親那封關於這些事的信之後，才萌生了去劫獄的想法。可是現在——

「蘿絲瑪麗・海瑟薇！」

奧伯黛在叫我，她的聲音洪亮而清晰。號角已經響起，召喚我去戰鬥。所有關於艾比和艾德里安……對，甚至連迪米特里的事，都從我心裡消失。我想著祝我好運的媽媽，不過她的話已經在我向奧伯黛和競技場走去的時候變得很小聲。我的腎上腺素飆升，所有的精力此刻都只集中在眼前的一件事上：這個終於能令我成爲正式守護者的畢業考試。

2

我對畢業考試的記憶很模糊。

你肯定會想，既然這是我在聖弗拉米爾學院最重要的一個考試，肯定會將所有的事都記住，甚至連細微末節也不會放過。然而在此之前，我就不這麼想了。這考試怎麼比得上我之前經歷過的事呢？這些裝模作樣的打鬥，要如何與我在學校外面解決掉的那群血族相比？那時，我必須忍受一切不公，不知道我愛的人是死是活。在我已經和迪米特里交過手後，又怎麼會在乎和學校的老師進行所謂的戰鬥呢？迪米特里可是拜耳族的死敵，是最厲害的血族。

但，這不代表我看不起這次考試。這是一件嚴肅的事，掛掉的實習生大有人在，而我不願和他們做伴。當時，我四面受圍，對手是從我還沒有出生，就開始戰鬥、保護莫里的資深守護者。競技場的場地不是平坦的，步步驚心，場地上全是稀奇古怪的東西和各種障礙物，到處都是橫樑和台階，藉以考驗我的平衡力——而那座木橋也戳中了我的痛處，令我想起了和迪米特里的最後一晚，我將銀樁刺進他的心臟之後再將他從橋上推下去，而那根銀樁可能在他跌進河水之後就被沖掉了。

競技場裡的這座橋，和我跟迪米特里在西伯利亞打架的那座結實木橋不太一樣。這座橋是一座會搖晃的繩索橋，上面的破木板沒剩幾塊，大部分都是繩子，每走一步，都會引起整座橋劇烈的搖晃和震動，而木板上的那些洞無一不在提醒我，前幾位同學（眞可憐）親身體驗了這些木板有多麼脆弱。

校方給我安排的橋上測驗可能是最難的。我的任務是追蹤一群「血族」，從他們手裡搶救出一名「莫里」。扮演莫里人質的是丹尼爾，一個從別的學院調來的新守護者，以填補這裡犧牲掉的守護者所留下的空缺。我對他不是很瞭解，不過就這次測驗來說，他的表演相當生動逼真，那種柔順和無助——甚至還帶了一點懼意——的模樣，和我過去救出來的莫里沒什麼兩樣。

他不太願意踏上這座橋，我則用自己最冷靜、最和善的聲音好言勸慰，終於哄得他同意走在我前面。很顯然，學校不只打算考驗我們的格鬥技巧，還要考驗我們的人際溝通技巧。我知道，在身後不遠處，由守護者扮演的血族正在接近。

丹尼爾走在前面，我在後面守護著他，爲了取得他的信任，我打起了十二萬分的精神注視著周圍的情況。突然，橋劇烈地晃動起來，我知道後面的人追上來了。我回頭看了一眼，身後追來了三個「血族」，扮演他們的守護者身手相當了得——他們的行動速度和步伐幾乎可以亂眞——如果我們不繼續走，他們馬上就能追上來。

「你幹得不錯。」我對丹尼爾說，同時努力不讓自己的語氣聽起來有異樣。如果朝莫里高喊，他們很有可能會受到驚嚇；而如果太溫柔的話，卻可能無法引起他們的重視。「我相信你還可以走得更快一些，不能讓他們追上來——現在他們已經很接近了。我知道你能做到的，加油。」

我一定是通過了說服考驗這部份，因爲丹尼爾加快了速度——雖然比不上身後那些人追趕的速度，但也算是個好的開始。橋再次劇烈地晃動起來，丹尼爾大喊出聲，好像是眞的受到了驚嚇，他整個人都愣住了，緊緊地抓著繩索橋邊的繩子。在他前方，我看見橋那頭也守著一個由守護者扮演的血族，如果沒認錯的話，這個人應該是叫蘭德爾，另一個新來的人。我們就像是三明治一樣，被夾在他和後面那群人中間。不過蘭德爾站著沒有動，腳踏在橋頭的第一塊木板上，而他只要動動腳，我們在橋上的處境就會更艱難了。

「繼續走！」我也急躁起來，大腦飛快地轉動著，「你可以的。」

「可是對面也有血族！我們被包圍了！」丹尼爾大喊。

「別擔心，我可以搞定他。你只管走就是了。」

我這次有意表現出憤怒，丹尼爾迫於我的強勢，只好繼續向前走。接下來，我必須將一切行動的時間拿捏得恰到好處。我必須要同時監視橋兩邊的「血族」，和努力往前走的丹尼爾，當然還有腳下的破橋。當我們走到整座橋差不多四分之三的地方時，我忽然小聲喊：「現在，立刻趴下！快！」

丹尼爾很聽話，立刻停了下來。我也馬上跪下去，仍然用壓得低低的聲音說：「我一會兒要吼你幾句，別在意。」隨後，我爲了能讓後面的人也聽清楚，便故意大喊道：「你在幹嘛？我們不能停！」

丹尼爾沒有動，我又壓低了嗓子說：「很好，看見橋欄底下的繩子了嗎？緊緊抓住它，能抓多緊就抓多緊，不管發生什麼事，千萬別放手。如果抓不住的話，就把繩子纏在手臂上。現在快去！」

他也照做了。倒數計時的鐘錶一分一秒走著，我不能浪費時間。我蹲著，然後猛地轉過身用匕首在繩子上亂劈。這把匕首是進場前，被連同銀樁一起交到我手裡的，謝天謝地，這匕首還很鋒利，負責籌備考試的守護者沒有偷懶。雖然橋的繩索沒有立刻被割斷，可是我的動作很快，相信不管是哪邊的血族，都來不及反應。

當我第二次提醒丹尼爾抓緊繩子時，繩子斷了。一分爲二的橋承載著橋上的人，各自向兩邊的木質鷹架盪去。呃，至少我們這邊是這樣。我和丹尼爾都有所準備，可是追我們的那三個人可沒有。其中有兩個摔了下去，還有一個只來得及抓住一塊木板的邊緣，可他抓得並不牢，正一點一點往下滑。橋的實際高度是六英尺，而之前並沒有人告訴我要假裝這座橋是在五十英尺的高空——如果我們掉下去，這個高度足夠把我們兩個摔死。

丹尼爾克服了一切困難，仍然緊緊地抓著繩子，我也掛在斷掉的橋上，看著木板和繩子在鷹架周圍亂飛。待情勢穩定之後，我才像爬梯子一樣順著繩子爬上去。要繞過丹尼爾並不容易，不過我還是做到了，而且在經過他身邊時，再次叮囑他要堅持住。

在橋頭等著我們的蘭德爾並沒有掉下來，當時他只是放了一隻腳在橋上，雖然他沒想到橋會斷掉，吃驚之餘也失去了平衡，不過他很快反應過來，此刻也牢牢地抓著繩子隨風擺動，想要順著繩子爬到上方。他比我離上面要近，我只好設法抓住他的腳踝，讓他不能再往上爬。我用力將他往下拽，而他則死抓著橋繩不放，我們兩個扭作一團。我知道，目前這個樣子我沒辦法將他扯下來，可是卻能趁機再往上爬一點。

終於，我扔掉手裡攥著的匕首，從類似腰帶的東西裡抽出了銀樁——那腰帶似乎是爲了考驗我們的平衡能力而設的——蘭德爾此刻笨拙地向上爬的姿勢，讓我找到機會對準他的心臟，將銀樁刺了下去。

考試時發給我們的銀樁，頭都比較鈍，連皮膚都劃不破，可是我們的力度足以證明這一刺會不會成功，也能看出我們的意圖。我的出擊很完美，蘭德爾承認這是能夠致死的一擊，所以鬆開手，從橋上掉了下去。

最後一項艱難的任務，就是幫助丹尼爾爬上來。我花了很長的時間，因爲他的表現仍然和一名被嚇壞的莫里沒什麼兩樣。我很感謝他剛才沒決定像眞正的莫里那樣，最後沒堅持住，鬆開手掉下去。

之後的挑戰一個接一個，我一路殺過去，既沒有體力不支，也沒有讓焦躁的情緒影響我。我已經切換到了戰鬥模式，我集中所有精神完成本能的基礎動作：打、閃、殺。在這種模式中，我還必須時刻保持警惕，不能麻木大意，不然，我的下場可能就會像剛才橋上那些來不及反應的「血族」一樣。我努力著，一路打下去，直到前方沒有任何人再攔住我完成任務。我試圖將他們是我認識的老師這件事從腦海裡抹掉，他們就是血族，我出手時不留絲毫餘地。

當考試終於結束時，我幾乎沒有意識到這件事。我就那樣站在競技場中間，周圍沒有人再衝上來。只有我一個人。漸漸地，我能注意到周圍的風吹草動了。人們全都起立歡呼，幾個老師彼此點點頭，也站起來歡呼。還有我自己的心跳聲。

後來，還是奧伯黛走過來，拉著我的手臂向我微笑，我才意識到考試眞的結束了。這場我幾乎等了一輩子的考試，就這樣結束了，好似只有一眨眼的工夫。

「跟我來，」奧伯黛說著摟住我的肩膀，帶領著我向出口走去。「喝點水，休息一下。」我暈乎乎地任由她帶著我離開操場，經過那些仍然在歡呼、大喊著我名字的觀眾。在我們身後，我聽見有人在商量要不要暫停一會兒，把橋修好。奧伯黛領著我回到休息室，輕輕地將我按在長條凳上。有人走過來坐在我身邊，遞給我一瓶水。我轉頭一看，發現是我媽媽，她臉上的表情我從未見過，那是一種純粹的、抑制不住的驕傲。

「就這麼結束了？」我終於問道。

她好像覺得很好笑，有些樂不可支，她這個樣子又把我嚇了一跳。「就這麼結束了？」她學我說道，「蘿絲，妳知道嗎？妳幾乎戰鬥了一個小時，令這次的測驗增色不少——也許是這間學校有史以來最好看的一場測驗。」

「眞的？可是感覺好像……」說它簡單似乎不太對，「好像恍恍惚惚就結束了。」

媽媽用力握著我的手，說：「妳很出色，我相當、相當以妳爲榮。」

這句話才眞的、眞的點醒了我，我感覺到自己的嘴巴也咧開，露出一絲笑容。「現在該怎麼做？」我問道。

「現在妳成爲一名眞正的守護者了。」

我已經接受過許多次紋身，可是沒有一次像紋這種認證紋身一樣，是以慶典和宣佈儀式告終的。之前，我身上紋過幾個表彰功績的閃電紋身，可是那幾次都是悲傷的時刻：比如在斯波坎與血族的搏鬥、在學校遇襲等等，那時舉辦的都是葬禮，沒有慶典。經過那幾件事後，我殺死的血族已經數不清，而在守護者的紋身傳統裡，一個閃電紋身代表一個血族，所以最後他們幫我紋了一個星型的紋身，代表我殺了很多血族。

紋身的過程非常漫長，哪怕你紋的只是一個很小的圖案，而我們所有的畢業生都排隊等著。慶典還是一如既往在學院的餐廳舉行，他們把這裡佈置得富麗堂皇又優雅，就像是皇庭一樣。觀禮的來賓——朋友、家人、其他的守護者——都聚集在這裡，而奧伯黛就在台上唸誦我們的名字，然後在紋身師替我們紋身時公佈我們的成績。這些分數是很重要的，莫里可以憑這些來挑選自己的守護者。當然，莉莎已經點名要我。不過，即使拿了世界第一，可能仍無法抹去我那些不光彩的記錄。

不過，這場慶典不允許莫里參加，除了被這些新任守護者以朋友身分邀請來觀禮的那些人之外。剩下的所有人都是拜耳：既有經驗豐富的資深守護者，也有像我這樣即將成爲守護者的學生。客人們全都坐在後面，資深的守護者則坐在前面，我和我的同學則全程站著，也許這是畢業前最後的測試了。

我不介意。我已經脫下身上又破又髒的衣服，換上了褲子和毛衣，雖然簡樸卻不失得體大方，仍然有一種莊重的感覺。這種打扮果然很合適，整個大廳氣氛肅穆，所有人的臉上既帶著成功的喜悅，又有著即將邁入那個危險新角色的焦慮。我炯炯有神地看著身邊的朋友被點到名，驚訝於他們的成績居然都那麼傲人。

愛迪・卡斯托，我的好朋友，在一對一保護莫里的測驗中，分數特別高。我看著愛迪身上的認證紋身，不覺笑了出來。「不知道他是怎麼帶著莫里通過繩索橋的。」我喃喃地說。愛迪可是個足智多謀的人。

坐在我身旁的另外一個好朋友梅瑞迪斯，奇怪地看了我一眼。「妳一個人在自言自語什麼呢？」她的聲音也放得很輕。

「我們帶著莫里被追著跑過繩索橋的時候，和我在一起的是丹尼爾。」見她好像仍然不懂，我進一步解釋道：「他們不是在橋的兩頭都安排了人嗎？」

「我過橋的時候，」她小聲回道，「只有我一個人被追。我帶著我要保護的莫里穿過了迷宮。」

一旁的同學瞪了我們一眼，示意我們閉嘴。

我不覺皺起了眉頭。也許我並非唯一一個迷迷糊糊就通過考試的人。梅瑞迪斯可能也將她的考試搞砸了。

當台上唸到我的名字時，我聽見奧伯黛吸了幾口氣才開始公佈我的成績。目前爲止，我的成績是最高的。我暗自慶幸她沒有公佈我的文化課成績，不然肯定會令我在實戰中的出色表現顯得暗淡無光。我實戰課的成績一向出色，可是說到數學和歷史……好吧，是有點慘不忍睹，特別是我還經常動不動就翹課或者逃離學校。

我的頭髮被緊緊地梳成一個髻，剩下散落的頭髮都用髮夾別起來，這樣紋身師在工作的時候就可以不受干擾。我微微低著頭，好方便他動手。他在我身後驚訝地咕噥了一聲，因爲我的脖子後面已經滿是紋身，他若要再新增的話難度很大。一般來講，新任的守護者後頸就像是一塊白布。不過，這個紋身師手藝不錯，他仍然設法在我的脖子上找到一塊空白的地方，紋上了精緻的認證紋身。這個認證紋身看起來很像是一個被拉長了的字母S，尾端非常花俏，他將這個紋身紋在了幾個閃電紋身之間，讓它在這些閃電紋身之間穿來繞去，感覺好像將它們環繞了起來。紋身的時候很痛，但我一直忍著，眉頭都不皺一下，也不願意因爲痛而打顫。紋身師拿鏡子給我，讓我看看紋完之後的成品，隨後用繃帶將它纏上，這樣可以讓傷口癒合得快一些。

接著，我重新回到其他同學中間，看著別人的紋身儀式。這意味著還要再站兩個小時，可我不介意，我的腦子裡還在想著今天發生的所有事。我是個守護者了，一個眞正的、誠實善良的守護者。隨之而來的是諸多的疑問：那麼現在要怎麼辦呢？我的成績有好到可以掩蓋之前的不良記錄嗎？我會成爲莉莎的守護者嗎？維克多的事要怎麼辦？還有迪米特里呢？

當守護者的慶典開始後，我變得更加不安。不只有迪米特里和維克多的事，這還關乎我，關乎我的後半輩子。學校的生活結束了，再也沒有老師會告訴我該怎麼規畫每一步，或者在我犯錯的時候糾正我，到了外面的世界，保護別人時，所有的決定都要由我自己來作。莫里和其他比較年輕一點的拜耳都會視我爲權威，哪怕一分鐘的戰鬥訓練和在房間裡閒逛，對我來說都是奢侈的，也不會再有準時準點的上課時間了，每時每刻我都將處於執勤的狀態。

想到這些我很害怕，這樣的壓力太大了。我本來一直以爲，畢業就代表自由，現在，我不這麼想了。我的新生活會是什麼樣子？由誰來決定？如果我被分派給了別人，而不是莉莎，我要怎麼去接近維克多呢？

我穿越會場，在觀禮席中找到了莉莎，我們四目相對。那雙眼睛裡閃動的驕傲，和我媽媽眼中的幾乎一模一樣。我們彼此對視時，她向我微微一笑。

別露出這種表情，她透過心電感應告訴我，妳現在不應該是一副愁眉苦臉的樣子，今天不行。今天，妳應該高高興興地好好慶祝。

我知道她是對的。將來的事我可以搞定。這麼多的煩心事，可以等到別的時候再來想——特別是我的朋友和家人都一致贊同我可以好好慶祝的時刻。艾比，以他一貫的那種令人無法抗拒的態度，訂了一個小宴會廳，爲我舉辦了一個派對，那聽起來更適合那些向來優雅的皇室孩子，而不是我們這種低人一等、舉止粗魯的拜耳。

在派對之前，我又換了身衣服。漂亮的禮服此刻似乎比那個紋身慶典的正規衣服要更適合我。我穿上了短袖的祖母綠色緊身裙，脖子上戴著魔眼護身符項鏈，也不管它和這身衣服配不配。這護身符上的小墜子很像眼睛的形狀，外圍則被一圈深淺不一的藍色所包圈，在土耳其，也就是艾比的家鄉，人們相信這能保護人們躲過災害。許多年以前，他將這護身符送給了我媽媽，然後我媽媽又把它送給了我。

我畫完妝，將一頭長髮捲成大波浪之後（因爲紋身上的繃帶和這身衣服太不搭了），看上去完全不像一個擅長打鬥的怪物，說我會揮拳可能都不會有人相信……不，這麼說其實不完全正確。我過了一會兒才意識到。我看著鏡中的自己，驚訝地發現自己棕色的眼眸裡流露出一絲哀怨。那是痛苦，那種痛苦和傷心是多美的衣服、多漂亮的妝容都無法掩蓋的。

我選擇不去理會它，轉身前往宴會廳，但剛走出宿舍大樓，就差點撞在艾德里安身上。他一言不發，將我擁在懷裡，很自然地吻了過來。我完全沒有防備，頓時愣住了。不死的怪物無法嚇住我，可是一個輕浮的皇室莫里浪蕩子卻可以。

這個吻眞是美妙，我幾乎要爲自己沉浸其中的反應而感到一絲愧疚。我在與艾德里安約會之初有許多擔心，可是隨著時間的流逝，它們都消失了。我親眼見他毫無羞恥地到處和人調情、玩世不恭那麼長一段時間，完全沒有想到他在我們的這段關係中，會表現得如此專心。我也沒有想到自己對他的好感與日俱增——這與我仍然愛著迪米特里，並且一心想要找到能救他的方法的心願相矛盾。

艾德里安放開我之後，我哈哈大笑。周圍幾個經過的小莫里停下來，看著我們。莫里族和拜耳族約會，在我們這個年紀並不是特別奇怪的事，可是一個惡名在外的拜耳和莫里女王的侄孫約會？這就讓人很難以想像了——特別是在大家知道塔蒂安娜女王有多麼恨我之後。我上回見她的時候，她大喊大叫地要求我離開艾德里安，當時在場的人不多，可是這些話最後還是傳得沸沸揚揚，人盡皆知。

「這個表演你們還滿意嗎？」我對過路的人問道。偷窺行爲被逮到，那幾個莫里小孩急忙快步離去。我回頭看著艾德里安，笑著問：「剛才是怎樣？在公眾場所吻我可是個大事件喲！」

「這是對妳在畢業考試時表現那麼優秀的獎勵。」他堂而皇之地說完，停了一下，「還有，妳穿上這件衣服眞是太美了。」

我譏諷地看著他，「獎勵，是嗎？梅瑞迪斯的男朋友送她的可是一副鑽石耳環。」

他牽起我的手，漫不經心地聳聳肩，帶著我向宴會廳走去。「妳想要鑽石嗎？我可以送妳，哪怕妳想用鑽石洗澡都沒問題。該死，不如送妳一件鑽石泳衣吧，不過這可能顯得太小氣了。」

「我覺得那一吻已經夠了。」我答道，同時想像著艾德里安把我當成泳衣模特兒，或者是可憐的舞者那樣打扮。提到這些東西，突然令我想起了不願回想的記憶……迪米特里將我軟禁在西伯利亞的時候，經常催眠我以滿足他嗜血的願望，同時也送過我很多珠寶。

「我知道妳很厲害。」艾德里安繼續說著，一陣溫暖的夏風吹亂了他每天都要花大把時間整理的髮型，他下意識地抬起另一隻手，努力把頭髮撫平。「可直到今天，我親眼看見妳把他們從橋上甩下去，才知道妳有多厲害。」

「這話意思是說，你未來打算對我好一點嗎？」我揶揄他道。

「我對妳已經很好了。」他毫不害臊地說，「妳知道我現在有多想抽菸嗎？可是不行。我男子漢的尊嚴在戒菸的過程中，都快被消磨殆盡了——這全都是爲了妳。不過看到妳的眞正實力，以後跟妳在一起，我可能要再小心一點比較好。妳那個瘋狂的老爹也令我不能掉以輕心。」

我呻吟一聲，想起了艾德里安和艾比坐在一起的事。「天哪，你眞的那麼想和他相處嗎？」

「嘿，他很有魅力，雖然脾氣不太好，可絕對很有魅力。我們相處得非常好。」艾德里安拉開建築物的大門，我們走了進去。「他自己也是個狠角色。我是說，還有誰能戴他身上的那條圍巾？換了別人，一定會被這裡的人笑掉大牙。可是艾比不會。他和妳一樣，總能令別人心服口服。事實上……」艾德里安的聲音透出一絲緊張。

我感到奇怪地看了他一眼。「事實上怎麼了？」

「呃……艾比說他很喜歡我。不過，他也明白地說，如果我傷了妳的心，或者幹了其他壞事，他絕不會饒了我。」艾德里安一臉苦相，「而且，他還鉅細靡遺地說明他會怎麼做。可是緊接著，他就換了個很輕鬆、令人高興的話題。我雖然很喜歡他，但同時也有點怕他。」

「他太過分了！」我站在派對宴會廳的外頭大吼道。隔著門，我隱隱聽見裡面傳來嗡嗡的談話聲，顯然我們兩個是最後到的。我猜這意味著，爲了給賓客們面子，我要以很優雅的方式出場。「他沒有權利威脅我的男朋友。我已經十八歲，是成年人了，鬼才需要他幫助，我可以自己威脅我的男朋友。」

我的話逗樂了艾德里安，他慵懶地對我微微一笑，「我很同意妳的說法，不過這不代表我不會將他的『建議』放在心上。我這麼漂亮的臉蛋，是不能冒破相的危險的。」

他確實長得很好看，可這也沒辦法成功勸慰我不再繼續憤怒地搖頭。我伸手去握門把，艾德里安一把將我拉了回來。

「等一下。」他說。

他再次將我摟入懷中，給了我一個熱吻。我的身子緊緊地貼著他的，同時泛起一絲異樣感，不久我就恍然大悟，我想要的好像不只一個吻。

「好了。」我們終於分開之後，艾德里安說道：「現在，我們可以進去了。」

他的語氣還是那麼吊兒郎當，可是那雙深綠色的眸子裡似乎閃耀著一絲熱情。看來，不滿足僅僅只有一個吻的人不只我一個。到目前爲止，我們一直避免談論有關親密關係的話題，而且他做得眞的很好，完全沒有讓我感受過壓力。我想他應該知道我還沒有準備好，還沒有忘掉迪米特里，可是我也看得出艾德里安有多麼努力地在克制自己。

我心中那柔軟的部分被觸動，不覺踮起腳來，主動吻了吻他。

「這是幹嘛？」他沉默了一會兒問道。

我微微一笑，「你的獎勵。」

我們終於走進了宴會廳，廳裡的所有人都轉身迎接我們，歡呼聲四起，人人臉上都掛著驕傲的微笑。在很久以前，如果能成爲眾人的目光焦點我會非常激動；如今的我，已經不若從前。可是，我還是帶著自信的笑容，大大方方、開開心心地接受我愛的人對我的褒獎。我得意地舉起雙手揮了揮，掌聲和歡呼聲變得比方才更加響亮。

我對這場慶功派對的記憶，幾乎和畢業考試一樣模糊不清。你永遠都不會意識到，身邊究竟有多少人關心你，除非他們表現出來。我突然覺得自己原來那麼小心眼，差點當場飆淚。還好，我忍住了，我可不能在自己的慶功宴上大哭特哭。

每個人都想和我講話，每當有新面孔走過來時，我起初都會感到很驚訝，隨後又會變得很開心。我成爲大家一致誇獎對象的機會並不多，我惴惴不安地想，也許這輩子都不會有第二次這樣的機會了。

「哦，妳終於拿到殺人執照了，時機正好。」

我轉身，迎上克里斯蒂安．歐澤拉那雙帶著促狹的眼睛，一個不打不相識的好朋友。事實上，我們的關係非常好，我伸手抱住他——顯然，他沒有料到我會這麼做。今天，我給每個人都送了一個驚喜。

「哇哦，哇哦。」他說著往後退，忙著抽身，「太熱情了。妳是唯一一個全心全意都在想怎麼殺人的女生，我甚至不願去想，妳跟伊瓦什科夫單獨相處的時候都會幹些什麼。」

「嘿，你居然敢說這種話？你其實也很心癢，恨不得在場上的是你自己吧？」

克里斯蒂安似乎非常同意地聳聳肩。

這就是我們世界的規則：守護者要保護莫里族，而莫里族的人絕對不能捲入到戰鬥中。不過，最近的這次血族襲擊，令許多莫里——雖然只有很少一部分——開始討論，是不是到了莫里族挺身而出，與守護者並肩作戰的時候了。像克里斯蒂安這樣的火能力使用者尤其積極，因爲他們掌握了能置血族於死地的三個辦法之一，即用火焚燒（剩下兩個是用銀樁刺入心臟和斬首）。雖然教會莫里如何戰鬥的革命，被莫里族政府有計畫地阻止了，可是這並沒有妨礙少數莫里祕密地進行訓練。克里斯蒂安便是其中的一個。

我瞥了一眼他的身後，驚訝地眨了眨眼，他身邊還帶了個人，而這個人我幾乎沒有注意到。

吉兒．馬斯特諾縮在他身後，像是個影子。她是一名莫里族的一年級新生。好吧，其實馬上就要上二年級了。吉兒也是渴望參與戰鬥的一群，可以算是克里斯蒂安的學生。

「嗨，吉兒。」我熱情地朝她一笑，「謝謝妳能來。」

吉兒的臉騰地一下就紅了。她已經決定要學習怎麼保護自己，可是在人前她還是會緊張，特別是在我這種「名人」面前，而說話不知所云，便是她緊張時的反應。

「我必須來。」她說著，將擋在臉前的一頭淺褐色長髮撥開。和平時一樣，她此刻的髮型也是大波浪捲。「我是說，妳今天的表現眞酷，就是畢業考試那個。所有人都很震驚，我還聽一個守護者說，他們從來沒有見過妳這樣的學生。所以，克里斯蒂安問我要不要一起來的時候，我當然說要跟來了。哦！」她那雙淺綠色的眼睛張得大大的，「我還沒有恭喜妳呢！對不起，恭喜恭喜。」

克里斯蒂安站在她旁邊，努力繃緊臉，不讓自己笑出來。

我也嘗試這麼做，可最後還是忍不住哈哈笑出聲，然後也上前擁抱了她一下。我覺得自己很危險，體溫上升，頭也暈暈的，如果再繼續這樣下去，有可能我的守護者資格就要被取消了。「謝謝妳。你們兩個準備好加入到反血族大軍了嗎？」

「快了。」克里斯蒂安回答說，「不過我們需要妳做後援。」他和我一樣清楚，血族不是他們能獨立戰勝的。他的火魔法曾經幫過我大忙，可是單憑他自己？那又是另外一回事了。他和吉兒每天都在討論如何用火魔法來防守，課餘的時候，我也會教他們幾招格鬥的基礎動作。

吉兒的臉色微微有些暗淡，「克里斯蒂安走了以後，練習就要停止了。」

我轉頭看著他，然而並不是驚訝於他要離開，畢竟我們都要離開的。「你有什麼打算？」

他聳聳肩。「跟你們幾個一起去皇庭。塔莎姑姑說要找我『談談』我的將來。」他說完笑了。

不管他的計畫是什麼，似乎都不會得到塔莎的同意。大部分的莫里皇室會繼續去菁英大學進修，我不知道克里斯蒂安到底是怎麼想的。對於新畢業的守護者來說，正規的程序是先去莫里族的皇庭報到，在那裡我們可以適應新身分，接受安排，大部分人應該是幾天之後就會動身前往了。

我順著克里斯蒂安的目光，看到了位於宴會廳那一頭的他的姑姑。老天，她居然正在和艾比聊天。

塔莎・歐澤拉今年不到三十歲，和克里斯蒂安一樣有一頭烏黑濃密的秀髮，以及冰藍色的眼睛。可惜，她漂亮的臉上有一道傷疤，破了相，這是拜克里斯蒂安的親生父母所賜。迪米特里是被迫成爲血族的，可是歐澤拉夫婦則是自願變成這種惡魔般的怪物。諷刺的是，他們的餘生都要在守護者的追殺下度過。塔莎將克里斯蒂安撫養長大（當時他還沒有開始上學），而且也是支持莫里加入與血族戰鬥中的革命派主要領袖之一。

不管她臉上有沒有這道疤痕，我都認爲她是漂亮的。從我那剛愎自用的父親的態度來看，顯然他也是這麼認爲。他爲塔莎倒了一杯香檳，不知說了什麼，逗得她哈哈大笑。她向前湊過去，好像正在告訴他一個小祕密，也逗得艾比哈哈大笑。

我的下巴整個掉了下來。哪怕隔這麼遠，也能看出來他們是在打情罵俏。

「我的老天爺。」我無比地震驚，急忙回頭去看克里斯蒂安和吉兒。

克里斯蒂安似乎很矛盾，他既得意於我的不安，又因爲自己視作母親的女人，居然在跟一個海盜般的傢伙調情而感到不自在。過了一會兒，克里斯蒂安的表情緩和下來，他收回目光看著吉兒，繼續我們之間的談話。

「嘿，妳不一定非我不可。」他說，「這裡還能找到其他志同道合的人。也許在妳還沒有意識到之前，就已經有了自己的超級英雄俱樂部。」

我也笑了，可是內心卻突然湧上一股嫉妒感。不，這不是我自己的感覺，是莉莎的，是透過心電感應傳來的莉莎的感受。我猛地一驚，轉頭四處觀看，發現她正在大廳的另一頭，死死地盯著和吉兒講話的克里斯蒂安。

克里斯蒂安和莉莎過去的一段情還是很値得一提的。其實這兩人間已經遠不只是喜歡，而是彼此都深深地愛上了對方，老實說，現在可能還是。不幸的是，最近發生的一些事令他們之間的關係惡化，克里斯蒂安向她提出了分手。他愛她，可是卻無法再信任她。起因是，莉莎在遇到另外一個叫愛瑞・樂澤的精神能力使用者之後，就失控了，但是這一切都是因爲愛瑞在幕後操控。我們最後還是阻止了愛瑞，她此刻已經被關進了一家精神醫療機構，這是我聽到關於她最後的消息。

如今，克里斯蒂安雖然已經知道，莉莎做出那些瘋狂舉動的眞正原因，可是兩人之間感情的裂痕已經造成了，莉莎只好小心收起自己的愛。可是此刻，她的傷心已經變成了憤怒。

她宣稱說她不想再和這個人扯上任何關係，可是我們的心電感應卻出賣了她。她嫉妒任何一個和他說話的女生，特別是吉兒，因爲最近他經常和吉兒在一起。我知道，其實他們兩個之間沒什麼事，吉兒崇拜他，將他視爲一個睿智的導師，但是更多的就沒有了。如果說她眞的對誰情根深種的話，此人應該是艾德里安，可是艾德里安只是將她視爲小妹妹。我們都是這麼看待她的，眞的。

克里斯蒂安順著我的目光望去，表情變得沉重起來。莉莎發現他在看著自己，便轉身離開，去找離她最近的人聊天，那是我們班上一個拜耳族的同學，他長得還不錯。身爲一個精神能力使用者，她想迷住某人是非常容易的一件事，很快地，兩個人就打成一片，有說有笑，好像艾比和塔莎的情況。我的派對迅速淪爲一場速食聯誼會。

克里斯蒂安收回目光，看著我道：「哦，看起來她似乎很忙。」

我翻了個白眼。莉莎不是唯一一個嫉妒的人，就在她生氣他和別的女生出去的時候，克里斯蒂安也很不滿她與別的男生講話。這種情況眞是太令人火大了。這兩個白癡不願意承認他們還愛著對方，需要好好修復這段關係，反而一直刻意激怒對方，令兩人漸行漸遠。

「你就不能停止現在這種白癡行爲，像個講理的人一樣，改天去找她好好談談嗎？」我低吼道。

「當然，」他有些痛苦地回答，「等到她表現得像個講理的人那天，我就去。」

「我的天哪，你們兩個眞是讓我抓狂到想扯自己頭髮。」

「這麼美的頭髮，可惜了。」克里斯蒂安說，「再說，她的態度已經表現得很明顯了。」

我剛準備要反駁他，指出他有多麼愚蠢，他卻不願再留在這裡，聽我重複這些老掉牙的長篇大論了。

「我們走吧，吉兒。」他說道，「蘿絲要去招呼別的客人。」

他飛快地走開了，我正想著要怎麼打擊他這種高傲的態度，這時又一個聲音在我耳邊響起。

「妳打算什麼時候撮合他們？」塔莎站在我身邊，搖著頭看著克里斯蒂安走掉的背影，「他們兩個人應該和好了。」

「我知道，妳也知道。可是不知道的似乎是他們兩個耶！」

「哦，那妳最好幫他們一把。」她說，「等到克里斯蒂安出國上大學，那就太晚了。」

莉莎要上里海大學，那是離皇庭最近的一所大學，是塔蒂安娜安排的。這間學校的規模大於一般莫里族會就讀的大學，而莉莎得以入學的代價，是要經常去皇庭學習一些皇家事務。

「我知道。」我有些火大，「可爲什麼我得做這件事？」

塔莎咯咯笑著說：「因爲妳是唯一一個有能力讓他們倆變得清醒的人。」

我決定不理會塔莎的話，原因是她在跟我說話時，似乎刻意裝出一副剛才沒有和艾比聊過天的樣子。我環顧四周，突然又一愣。現在，他在和我媽媽講話，雖然四周人聲嘈雜，他們的對話還是或多或少飄進了我的耳朵裡。

「珍妮，」他得意洋洋地說，「妳的樣子一點都沒有變，看上去就像蘿絲的姊姊。妳還記得在卡帕多西亞的那晚嗎？」

我媽媽幾乎是在嬌笑。我從來沒見過她這種樣子，而且立刻決定以後也不想再看見。「當然，我還記得你當時脫我衣服的時候多心急。」

「親愛的上帝啊，」我說，「他眞是夠了。」

塔莎起初不明白我的意思，直到轉頭看見了那兩人。「妳是說艾比？他眞是一個很有魅力的人。」

我呻吟道：「對不起，我離開一下。」

我大踏步向我的父母走去。我能夠接受他們曾經有過一段情的事實，不然我也不會存在於這個世上，可是這並不代表我願意看著他們舊情複燃。我走過去的時候，他們好像正在回憶在沙灘上散步的事情，我一把揪住艾比的手臂將他拉開，他離我媽媽太近了。

「嘿，能和你聊兩句嗎？」我問。

他似乎很驚訝，不過仍然聳聳肩，回答：「當然。」隨後，他朝我媽媽心領神會地微微一笑，「我們一會兒再聊。」

「是不是這間屋子裡沒有一個女人是安全的？」我一邊拉著他走一邊問。

「妳在說什麼？」

我們走到盛著潘趣酒的大缽旁停下來。「你和這裡的每一個女人打情罵俏！」

我的話沒有令他生氣。「呃，這裡確實有很多可愛的女士……妳就是想和我聊這件事嗎？」

「才不是！我是想警告你，不要再去威脅我男朋友。你沒有權利這麼做。」

他的黑眉毛立了起來。「什麼，就這樣？這不算什麼，只不過是一個做父親的，想為自己的女兒盡一份力。」

「天底下沒幾個父親會威脅，要掏出女兒男朋友的內臟。」

「那不是眞的。反正，我不是那麼說的。比這個還恐怖。」

我嘆了口氣。他似乎對於激怒我感到樂在其中。

「妳把它當做是送妳的畢業禮物好了。我很以妳爲榮。所有人都知道妳很棒，可是沒人知道妳那麼厲害。」他朝我眨了眨眼，「而且他們肯定沒想到，妳會毀了他們的寶貝。」

「什麼寶貝？」

「那座橋。」

我皺著眉頭，說：「我必須那麼做，那是最有效的辦法。老天，那眞是一個很難的挑戰呢！其他人都是怎麼做的？他們沒有在橋上打起來，對吧？」

艾比搖搖頭，得意於自己的消息靈通。「除了妳，沒有人面臨那種情境。」

「不可能，我們面對的考試內容是一樣的。」

「除了妳。從一開始設計考試內容的時候，那些守護者就決定必須要給妳……加點難度，來點特別的。畢竟，妳是在眞實的世界裡闖蕩過的。」

「什麼？」我的聲音大得引起了身旁幾人的注意。我壓低聲音，又想起了梅瑞迪斯之前的話。

「這不公平！」

他倒不是很在意。「妳比其他人都優秀。讓妳輕鬆過關，才是眞正的不公平。」

我這一生大概注定要面對許多荒謬的事情，可是這件事已經不只是荒謬了。「所以他們就讓我接受那種瘋狂的橋上測驗？如果他們沒想到我會把橋割斷，那麼他們想要我幹什麼？我要怎樣才能從那種情境裡逃出來？」

「嗯……」他若有所思地摸著下巴說，「老實說，我認爲他們可能也沒想過這件事。」

「哦，該死的，這實在太離譜了。」

「妳爲什麼這麼生氣？妳通過測驗了。」

「因爲他們居然把我放在，連他們都不知道該怎麼逃出來的險境之中。」我懷疑地看了他一眼，「你是怎麼知道的？這些應該是守護者才知道的事。」

他的臉上露出了我不喜歡的表情。「啊，是這樣，我昨天和妳媽媽在一起，我們——」

「哇，很好，等一下。」我打斷他，「我不想聽你和我媽媽昨天晚上到底幹了些什麼。我猜這件事應該比橋的事更惡劣。」

他笑了。「反正都過去了，所以現在擔心也沒用。好好享受妳的成功吧。」

「我盡力，但是在艾德里安這件事上，拜託你別再幫倒忙了，好嗎？我是說，我很高興你來給我打氣，但是那麼做有點太超過了。」

艾比狡黠地看了我一眼，讓我想起在這副傲慢的外表下，他其實是一個狡猾而危險的人。「我本來以爲妳從俄羅斯回來後，會非常樂意讓我幫忙呢！」

我的臉垮了下來。他已經知道了，從他設法將消息傳遞給那個地位尊貴的囚犯起，就知道了。不過，就算我沒有找他幫忙，他還是會知道。

「好吧。」我承認道，「這確實不可思議。我很感激你，可我還是不知道你是怎麼辦到的。」突然，我記起了考試前自己正在想的事。我壓低嗓音，問道：「你不會是眞的去了一趟吧？嗯？」

他哼了一聲，說：「當然沒有，我怎麼可能踏足那種地方呢？我只是透過我的人脈網辦到的。」

「那在什麼地方？」我希望自己的聲音聽起來很鎭定。

他不是個傻子，「妳爲什麼想知道？」

「因爲我好奇！那裡的罪犯經常莫名其妙就不見，我現在已經是個守護者了，可我對我們的監獄系統卻一無所知。那裡是只關著他一個人嗎？還是還關著很多別的犯人？」

艾比沒有立刻回答我，他仔細地看了我許久。按照他的習慣，他會懷疑每個人做事的動機，就算我是他的女兒，也可能會受到懷疑。這是天性。

他一定低估了我的瘋狂因數，所以最後還是回答道：「不只一個人，但是維克多是那些犯人裡最壞的。關他的監獄叫做塔拉索夫。」

「在什麼地方？」

「現在嗎？」他想了想說，「應該是在阿拉斯加。」

「你說『現在』是什麼意思？」

「那地方一年四季都在移動，現在可能是在阿拉斯加，過一會兒可能就在阿根廷。」他的笑容中透出一絲狡猾，很顯然想測驗一下我有多聰明，「妳能猜出這是爲什麼嗎？」

「不，我——等一下，是因爲陽光。」這理由很充分，「阿拉斯加每年的這個時候，幾乎都是白天——可是到了冬天就是無盡的黑夜。」

我覺得這個回答，比我的畢業考試成績還要令他感到驕傲。「只要有犯人打算逃獄，都不會好過。」在赤熱的陽光下，莫里根本跑不了多遠。「而且，那裡守衛森嚴，也很難有人可以跑出去。」

我討厭他那種像是警告的語氣，決定不去理會。

「看起來，現在監獄的位置應該是在阿拉斯加再偏北。」我說，很希望能夠套出監獄具體的位置，「那裡的陽光比較充足。」

他呵呵笑了兩聲。「這個連我都不知道了。守護者將這件事視爲一級機密，只有他們指揮總部的人才知道。」

我愣住了。指揮總部……

艾比反常地沒有留心我的反應，和他平時的細心表現很不一樣，他的目光飄到了別的地方。「這不是瑞尼・澤爾斯基嗎？天哪，天哪……幾年不見，她又變得更漂亮了。」

「好吧，我就不耽誤你了。在你的網裡多黏幾個女生吧。」我恨恨地放他走，主要是因爲我想獨自好好琢磨出一個新計畫，也因爲我不認識瑞尼這個人，這令他四處拈花惹草的罪行變得比較輕。

不需要我再多說，艾比很快就離開了。我暗自在心裡默默地盤算著，不知道這個升級之後的計畫可行性高不高。他的話讓我產生了一個新的想法，雖然這主意並不比之前的那些瘋狂念頭好多少。我掃視著整個大廳，又迎上了莉莎那雙碧綠色的眼睛。沒有了克里斯蒂安在眼前亂晃，她的情緒好多了，她玩得很高興，而且期盼著我們的新冒險，現在我們全都自由了，可以無拘無束地去到外面的世界裡。

我又想起了早先擔心的事。現在我們也許是自由的，可是現實不久就會將我們吞沒。倒數計時的時鐘還在滴答滴答地響，迪米特里還在外面等著，看著。我不知道是不是還會繼續收到他每週一封準時寄來的信，因爲現在，我就要離開學校了。

我微笑地看著她，覺得有些愧疚。因爲我要跟她說的話，可能會毀掉她的好心情；因爲我們可能現在就有一個非常實際的機會，可以去將維克多・達什科夫救出來。

3

接下來的幾天過得非常奇怪。我們這些實習生也許是最早畢業的，可並不是唯一一票今年要離開聖弗拉米爾學院的人。莫里族的學生也完成了他們自己的畢業慶典，校園裡湧進了一票新客人，然後，和來的時候一樣，家長們又刷地一下全都不見了，當然，是帶著自己的兒女一起走的。皇室的莫里要去和他們的父母度過一個奢華的暑假，大部分人去了南半球，那裡此時的白天比蒙大拿要短。「普通」的莫里也跟著家長走了，這些人可能就直接回家了，然後在大學開學之前趁暑假打工賺學費。

當然了，學校在暑假期間不開放，所有的學生也都走了。有的人無家可歸，就留下來進行特訓，這種人多數是拜耳，不過終歸只有少數。校園一天比一天空曠，而我和其他的同學則等人將我們接到皇庭。我們不斷地與其他人道別，對從此以後就要各奔西東的莫里道別，也對不久就要經歷我們這一切的拜耳學弟學妹道別。

有一個人，我在和她道別的時候覺得很難過，那就是吉兒。我去莉莎宿舍的時候偶然碰見她，第二天我就要出發去皇庭了。吉兒身邊還跟著一個女人，也許是她媽媽，她們兩個手裡都抱著大箱子。吉兒看見我，小臉一亮。

「嗨，蘿絲！我已經和所有人都道過別了，可就是沒有找到妳。」她興奮地說。

我笑道：「哦，真高興妳逮住我了。」

我沒告訴她我也在忙著道別。在聖弗拉米爾學院的最後一天，我打算把每個熟悉的地方都走一遍，就從我和莉莎第一次見面的初級部開始，我走過了宿舍大樓的每一個大廳、每一個角落，走過了我喜歡的教室，甚至連教堂也去了。那些充滿痛苦回憶的地方，我也流連了很久，比如我第一次認識迪米特里的訓練場地、他經常訓練我跑步的跑道，還有我們終於奉獻出彼此的小木屋。那是我此生最美好的一個夜晚，想到這裡，我感到既高興又痛苦。

吉兒倒不需要背負這些。我轉身看著她媽媽，伸出手之後，才發現她兩隻手都抱著箱子，騰不出來和我握手。「我叫蘿絲．海瑟薇。來，把箱子給我。」

我搶在她婉拒之前將箱子拿了過來，我知道她肯定不會同意的。

「謝謝妳。」她很高興，但又有些驚訝。我跟著她們繼續往前走。「我叫艾米麗．馬斯特諾。吉兒跟我說過妳的事。」

「哦，是嗎？」我揶揄地朝吉兒一笑。

「沒說什麼，我只說有時候會和妳一起出去。」吉兒的綠眸中有著微微的警告，那提醒了我，也許艾米麗還不知道，她的女兒有空的時候，就會跑去練習被絕對禁止的殺死血族的技巧。

「我們很喜歡和吉兒在一起。」我實話實說，並不是在爲她掩護，「總有一天，我們會教會她怎麼把頭髮弄服帖。」

艾米麗哈哈大笑，「我已經試了十五年了。祝妳好運。」

吉兒的媽媽很開朗健談，眞看不出來這兩個人是同一家人，至少從外表看不出來。艾米麗一頭濃密的秀髮又直又黑，她的眼睛是深藍色的，睫毛很長，走路的時候雍容自信，而吉兒走路則是忸怩害羞的。不過，有些地方還是能夠看出來她們是一家人，比如那心形的臉龐和嘴唇的形狀。吉兒還很年輕，她的容貌還會變，也許有一天她也會長成一個少男殺手——此刻已經有這種跡象了。希望她的自信也能長一長。

「妳們家住在哪兒？」我問道。

「底特律。」吉兒說著，扮了個鬼臉。

「沒有那麼糟吧。」她媽媽大笑。

「那裡沒有山，只有高速公路。」

「我任職於那兒的一個芭蕾舞團，」艾米麗向我解釋道，「所以我們只能住在負擔得起的地方。」

我想比起知道艾米麗是個芭蕾舞者，底特律居然會有人去看芭蕾這件事還比較令我驚訝。看著她的樣子，我倒是相信她的職業，眞的，她個子高高，又這麼苗條，莫里族的形體在人類眼裡，是天生的舞者。

「嘿，那可是個大城市。」我對吉兒說，「趁著妳還沒回到這個無聊的地方，好好享受吧。」當然，違法的格鬥訓練和血族的來襲肯定不會無聊，我只是希望吉兒能感覺好一些。「反正也不會很久。」莫里的暑假不到兩個月，家長們都希望能盡早把孩子送回安全的學院裡。

「可能吧。」吉兒顯然沒被我說服。我們走到她們的車子旁，我幫她們把箱子搬進後車廂。

「我有空的話會和妳通E-mail。」我向她保證，「我打賭克里斯蒂安也會的。也許，我還能說服艾德里安也寄信給妳。」

吉兒聽了很高興，我看見她回復到正常少女該有的樣子，也感覺很高興。「眞的嗎？那眞是太好了。我很想知道妳去皇庭後遇到的所有事，也許妳和莉莎還有艾德里安，做的都是特別酷的事。我打賭克里斯蒂安也會發現各種各樣的……各種各樣的事。」

艾米麗似乎沒有注意吉兒蹩腳的掩飾，反而又朝我甜甜地一笑。「謝謝妳的幫忙，蘿絲。很高興認識妳。」

「我也是──啊哦！」

吉兒整個人飛撲過來抱住我。「祝妳一切順利。妳一直很幸運──之後肯定也會過得像現在這麼好的！」

我也抱了抱她，不知道該怎麼解釋，其實我很嫉妒她，因爲她的生活單純而安全。沒錯，她是要去底特律過暑假，可是那只是很短的一段時間，不久她就能回到這個熟悉、令人放心的聖弗拉米爾學院，她不用去面對外頭世界未知的危險。

等到她和她媽媽開車離開之後，我才吐出了自己的答案：「但願如此，但願如此。」我喃喃地說著，心裡想著不知道將來會怎麼樣。

第二天一早，我和同學還有幾名被挑選出來的莫里，一起搭飛機離開，將賓夕法尼亞州連綿的群山甩在身後。

皇庭和我記憶中的一樣，那種宏偉、古老的感覺，一如聖弗拉米爾學院那些尖塔建築和精緻的石砌建築風格。不過，學院的建築比較偏重於凸顯智慧的學術氛圍，而皇庭則比較注重排場。這些建築似乎是想確保我們全都知道，這裡是莫里皇室的領地，有代表皇權的寶座。皇庭希望我們爲之震驚，可在我看來，這裡實在是有一點點擁擠。

我之前雖來過這裡，這次仍感到嘆爲觀止。這些光滑的石砌建築物的門框和窗框的雕飾都是黃金的，這比我在俄國見過的還要令人驚嘆，不過我現在也知道了，建造皇庭的設計師也是參考了古歐洲的建築風格──比如聖彼德堡的堡壘和皇宮。聖弗拉米爾學院裡擁有許多通往四方小院或庭院的小徑，而皇庭與之相較，可謂有過之而無不及。草坪上有大量的大理石圍成的噴泉池，和過往統治者的大理石雕像，這些精緻的大理石藝術品之前全都被雪覆蓋了，現在，它們全都在夏日的陽光下熠熠發光，異常醒目。到處都是花和樹，還有灌木、小路——走得人頭都暈了。

新進的守護者要去參觀守護者的總部，這個理由說得通，可是對我來說，將新進的守護者在夏天帶來這裡，應該還有另外一個原因——他們希望讓我和我的同學們親眼看看這些，從而更加衷心盡職地去戰鬥，自覺地守護這份榮耀。看著這些新進守護者的表情，我知道他們的目的達到了，這些人大部分都是第一次到這裡來。

莉莎和艾德里安也和我搭同一班飛機，我們三個組成一個小團體，邊走邊聊。這裡的氣候和蒙大拿一樣熱，不過這裡更爲潮濕，我只走了一會兒，就已經開始流汗了。

「妳這次應該也帶了洋裝來，對吧？」艾德里安問。

「當然，」我回答道，「除了接見典禮以外，他們還爲我們安排了很多有意思的活動。不過，也許他們會先發給我那身黑白制服。」

艾德里安搖了搖頭，我注意到他似乎猶豫著想將手伸進衣服口袋，可是最後還是忍住了。他戒菸的效果初步見效，不過我仍然很肯定，在戶外這麼難控制的地方，他下意識裡應該還是會不自覺地想拿一根菸在手上。

「我指的是今晚，晚宴的時候。」

我不明所以地看著莉莎。她在皇庭的行程安排之滿，「普通人」是無法想像的。鑒於目前我這個尚未確定的新身分，我不知道自己是不是能陪她一起前往。透過心電感應，我感應到她似乎也很迷惑，不知道今天晚上還有什麼特殊的晚宴計畫。

「什麼晚宴？」我問艾德里安。

「我和我家人為妳準備的晚宴。」

「你和你——」我猛地頓住身形，眼睛張得大大的，一點都不喜歡他臉上那種看好戲的假笑表情。「艾德里安！」

一旁有幾個新的守護者覺得怪異地瞥了我一眼，便匆匆走過去了。

「別這樣，我們已經約會好幾個月了，見父母也是整個約會過程的一部分。我已經見過妳媽媽了，甚至連妳那個嚇人的老爸都見過了，現在該妳了。我向妳保證，我們家裡沒人會說出妳爸爸說過的那種建議。」

我其實算是見過艾德里安的爸爸。呃，好吧，我是在一次派對上見到的，我很懷疑他是否知道我是誰——我的惡名除外。對艾德里安的媽媽，我幾乎是一無所知，他很少提到他的家人……好吧，大部分的家人。

「就你的父母嗎？」我特意問，「還有沒有其他我認識的人？」

「呃……」艾德里安的手又不自覺地握了握。我想這次他是想用香菸來平復自己，以便安撫受到我警告的驚嚇。莉莎在旁邊看著，好像在瞧一場好戲。「我最敬愛的偉大姑姑可能也會來。」

「塔蒂安娜？」我大喊道。我大概想過上百次，我怎麼這麼「走運」，居然和整個莫里世界的最高領袖的侄子扯上了關係!?「她討厭我！你知道上次我們談話時發生了什麼。」女王陛下她老人家毫不避諱地大喊道，我是怎麼不知羞恥地勾引她的侄子，以及怎麼毀了她打算撮合他和莉莎的偉大「構想」。

「我猜她應該會來。」

「哦，拜託。」

「其實，也不見得。」他看上去好像準備說實話了，「我早就跟我媽媽講好了，而她……我也不知道。塔蒂安娜姑姑其實沒有那麼恨妳。」

我皺起眉頭，我們三個繼續往前走。

「也許她會欣賞妳最近的表現。」莉莎小聲說。

「也許。」我說道，不過心裡並不相信。如果眞的有什麼值得相信的，大概也是諸如我後來的惡行，令我在女王眼裡變得更加無法接受之類的事。

我不禁有遭到背叛的感覺，因爲艾德里安背著我安排了這次晚宴，可是此刻說什麼也沒有用了。唯一值得安慰的是，他剛才揶揄我的時候，只說到他的姑姑可能會過來待一會兒。我答應艾德里安晚上會去，而我的回答令他心情不錯，沒再多過問我和莉莎下午要去做的「我們自己的事」是什麼。

我的那些同學將整個皇庭全逛了一遍，上了一堂很不錯的入職教育課程，可我因爲之前已經來過，所以心情和他們不同，我和莉莎將行李放到房間後，就去了皇庭最遙遠的一處——一個沒有皇室的地方。

「妳不打算告訴我妳的新計畫嗎？」莉莎問。

自從艾比說了維克多監獄的情況後，我就一直在考慮如果我們闖進去，有可能會遇到的各種問題。眼前最主要的問題有兩個，比起之前跟艾比談論完那時已經少了一個，不過這也不代表事情就變得容易。首先，我們不知道它到底在阿拉斯加的什麼地方；其次，我們也不知道監獄的守備情況和具體地形。我們根本不知道要闖進的是一個什麼樣的地方。

不過，我隱隱知道，這些答案只能從一個地方找到，也就是說，我眞正的問題只有一個：要怎麼找到那個地方。幸運的是，我知道有一個人能幫我們。

「我們要去見米婭。」我對她說。

米婭・瑞納蒂是我們的前莫里同學，準確地說，應該是前仇敵。她的外表足以去當模特兒拍廣告，而她從一個人見人愛（人見人睡）的陰險賤人，變成了一個實實在在、令人喜愛的自信女生，她很想保護自己和其他人都不受血族的迫害。如今，她來到皇庭和她父親住在一起。

「妳是說，米婭知道要怎麼闖進去？」

「米婭是知道很多事情，不過我想她還沒到知道這麼多的地步。不過，也許她能幫我們侵入網路系統。」

莉莎低吟了一聲。「我真不敢相信，妳居然就這樣輕描淡寫地說『網路系統』。這根本就像在拍間諜片嘛！」她的語氣雖然也像是在開玩笑，可我能感覺到她心裡的擔心。我這種輕描淡寫的語氣讓她害怕，而且撇開她對我的承諾不說，莉莎對把維克多放出來這件事仍然感到非常不安。

在皇庭裡，皇室以外的普通工作人員，住在離女王的住所和接待大廳很遠的地方。我提前要來了米婭的地址，和莉莎一同穿過修整精美的廣場，邊走邊抱怨著這炎熱的天氣。我們走到米婭家，她來開門的時候穿著很休閒的牛仔褲和T恤，手裡拿著一枝冰棒。她看見站在門外的居然是我們兩個，眼睛張得大大的。

「哦，我的天哪！」她說。

我哈哈大笑。這本來是我想說的話。「見到妳也很高興。我們能進去嗎？」

「當然，」她往旁邊讓了讓，「妳們也想來枝冰棒嗎？」

當然要。我挑了一支葡萄口味的，與她和莉莎一起坐在小小的客廳裡。這個地方和皇室客廳的富麗堂皇比起來差遠了，可是整間屋子溫馨乾淨，看得出來她和她爸爸一定很愛這裡。

「我知道新的守護者要來。」米婭說話的同時，撥開擋在眼前的金色捲髮，「不過我不知道妳是不是會跟他們一起來。妳畢業了？」

「當然，」我說，「認證紋身什麼的也一樣不缺。」我撩開頭髮，讓她看我脖子後面的繃帶。

「眞沒想到在妳那麼任性地跑掉之後，他們居然還同意讓妳回學院上課。還是，妳有什麼不可告人的事？」

很顯然，米婭聽說的關於我的故事，和其他人是同一個版本。這對我來說是件好事，我現在還不想說實話，也不想提起迪米特里。

「妳覺得如果蘿絲想做什麼，有人能夠阻止得了嗎？」莉莎笑著問。她想幫我掩護，讓談話不再聚焦在之前那些日子的細節上。我很感激她。

米婭大笑，咬了一大口萊姆冰棒，在嘴裡用力嚼著。眞是奇蹟，她的大腦沒有被凍壞了。「這倒是。」她又咬了一口，臉上的笑容逐漸褪去，那雙異常敏銳的藍眸盯著我默默地看了一會兒。「蘿絲此刻就有想要做的事。」

「嘿，看見妳我們眞的很高興。」我說。

「我相信，不過我也相信妳來肯定還有別的事。」

莉莎笑得更厲害了，她很樂意看見我的間諜把戲被戳穿。「妳爲什麼會這麼說？妳是眞的看透了蘿絲的想法，還是一直都認爲她做事皆另有目的？」

現在，輪到米婭笑了。「都是。」她在沙發上往前挪了挪，一臉嚴肅地看著我。她什麼時候這麼厲害了？「好吧，反正拖著也是浪費時間。妳們想要我幫忙做什麼？」

我嘆了一口氣，老實招了：「我需要去守護者總部的守備辦公室。」

一旁的莉莎發出了一聲無奈的呻吟。我覺得有些抱歉，雖然她偶爾能夠掩飾住自己的眞實想法不讓我知道，可是不論她做什麼或者說什麼，都很少會有眞正讓我覺得意外的時候。而我呢？在心電感應的另一端，她仍然是看不見我的，多半時候，她都不知道我要幹什麼。但老實講，如果我們計畫將犯人從監獄裡搶救出來，闖入守備辦公室應該不算是一個大驚喜。

「哇哦。」米婭說，「妳還真不是在用小事浪費我的時間。」她高高揚起嘴角，「當然了，不值一提的小事也用不著來找我，妳們自己就可以解決了。」

「妳能幫我——我們——進去嗎？」我問，「妳在這裡應該有幾個守護者朋友……而且妳爸爸也可以自由出入很多地方……」我其實並不知道瑞納蒂先生的具體職務是什麼，不過我想應該類似於維修工一類的。

「妳們想找什麼？」她問道。她看見我開口想要反駁，舉起一隻手阻止了我。「不，不，我不想聽細節，說個大概我就明白了。我知道妳們來這裡不是爲了旅遊。」

「我需要一些記錄。」我說道。

她揚起了眉毛。「人事部的嗎？想給妳自己謀份好差事？」

「呃……不。」哈，這個主意倒不壞，要知道，我很有可能不會被分派給莉莎，不過，不行，還是一件一件來。「我需要除了皇庭以外的其他地方的守備記錄，比如學校、其他皇室的住宅，或監獄什麼的。」我在說出最後一個地方的時候，盡可能裝得隨意一些。米婭雖然做事也很瘋狂，可她還是有自己的底線的。「我想那裡應該會存放著這種東西吧？」

「有是有，」米婭說，「但是大部分都是電子檔。我不是看不起妳，但是妳可能眞的沒有辦法成功。就算我們拿到了其中一台電腦，但每個文件檔都設了密碼保護，只要他們離開電腦前就會鎖上。我記得上次見到妳的時候，妳還沒有厲害到可以當駭客的地步。」

對，肯定沒有。莉莎曾經戲稱我是在演間諜片，可是我和那些影片裡的英雄不一樣，沒有懂高科技的朋友，可以幫我破壞掉這種電腦保護裝置，侵入到安全系統裡。該死。我悶悶不樂地瞪著自己的腳，盤算著如果從艾比身上下手，不知道能不能得到這些資料。

「不過，」米婭說，「如果妳不是一定要當下的資料的話，他們也有一些影印檔。」

我猛地抬起頭，「存在什麼地方？」

「他們在地下室有許多大倉庫，全都堆在那裡面，一疊一疊的。不過，那些倉庫也是有上鎖的，必須要有鑰匙，不過這比應付電腦要簡單多了。但是，我得再說一次，這要視妳的情況，看妳要什麼時候的資料了。」

艾比強調過，塔拉索夫監獄的位置會變動，而它以往的行蹤肯定會有記錄。況且，我很清楚守護者的公務事項改爲電子作業的時間並不是很長，這意味著我們雖然拿不到監獄當下的安保佈置，卻能拿到監獄的藍圖。

「這樣也可以。妳能幫我們混進去嗎？」

米婭沉默了一會兒，我幾乎能看到她大腦在飛速運轉。「也許吧。」她看了莉莎一眼。「妳能催眠別人，讓他們都像奴隸一樣聽妳的話吧？」

莉莎笑了，「我雖然不願意想這種事，不過沒錯，我可以。」這是她精神能力的另一種功效。

米婭又想了一會兒，很肯定地點了一下頭。「好吧，兩點的時候妳們來找我，我們去碰碰運氣。」

人類世界的下午兩點，對日夜顚倒的莫里族來說，便是午夜時分。在光天化日之下行走，似乎感覺比較沒有那麼詭異，可我已經知道，米婭的計畫一定是要趁著一天裡人最少的時候執行。

我還在猶豫是要再留下來寒暄幾句，還是起身告辭，門外突然響起了敲門聲。米婭縮了一下，突然間表現得很不自然，她站起身走去開門，一個熟悉的聲音從門口飄了過來——

「抱歉我來早了，不過我——」

克里斯蒂安邁步走進了客廳。他看見我和莉莎，立刻住了口。所有人都變得像木頭人一樣，看來只能由我來假裝這一刻沒有那麼恐怖詭異了。

「嘿，克里斯蒂安。」我高興地說，「你最近怎麼樣？」

他仍注視著莉莎，過了一會兒才肯看著我，回答我的問題：「很好。」說完，他又看著米婭，「我一會兒再來……」

莉莎猛地站起來。「不，」她的聲音冰冷，公主的架式十足，「我和蘿絲已經要走了。」

「對，」我點點頭，跟著她往外走，「我們還有點事……要做，而且我們不想打擾你們……」該死，我真的不知道他們要幹什麼，也不知道我應不應該知道。

米婭終於回過了神。「克里斯蒂安是想看看，我之前和學校的守護者訓練時的影片。」

「酷。」我臉上仍然僵著笑容。此時我和莉莎已經走到了門口，她盡可能地與克里斯蒂安拉開距離。「吉兒肯定嫉妒死了。」

嫉妒的不只是吉兒。我們彼此又說了一回再見，我和莉莎便離開，穿過廣場往回走。透過心電感應，我能感受到莉莎的憤怒和嫉妒。

「那只不過是他們格鬥俱樂部的事，莉茲。」我小心翼翼地說，「沒有別的了。他們也只是談談揮拳、踢腿啊這種無聊的話題。」好吧，事實上，這話題真是棒極了，可我不打算暗示克里斯蒂安和米婭有可能在約會。

「也許現在沒什麼！」她低吼道，眼睛死死地盯著前方，「可誰知道以後會怎麼樣？他們兩個總是在一起，練習的時候還會有身體上的接觸，一件事接著另一件——」

「太荒謬了。」我說，「這種事根本和感情沒關係。」這是另一個謊言，看看我和迪米特里是怎麼開始的就知道了，我再次想道，最後決定避開這個話題。「而且，克里斯蒂安不可能愛上每個和他有接觸的女生，米婭也好，吉兒也好，都一樣。我不是有意冒犯，不過他真的沒有那麼受女生歡迎。」

「可他長得確實不賴啊！」她反駁道，那種陰暗的情緒仍然在她心裡，沒有消散。

「對，」我妥協道，小心地看著周圍。「可這不是吸引人的最主要因素。而且，我想妳也不會在乎他做了些什麼。」

「我是不在乎，一點都不在乎。」她附和道，可是這話連她自己都不相信，更何況是我。

接下來的時間，我嘗試著將她的注意力從這件事上移開，但顯然沒有成功。我又想起了塔莎的話：爲什麼我不幫忙他們復合呢？莉莎和克里斯蒂安兩個人都該死的不講道理，全都只顧自己的感受，這令我看了都覺得火大。克里斯蒂安本可以成爲我劫獄計畫的得力幫手，可我卻不得不因爲顧及莉莎的感受，而和他保持距離。

最後，我不得不拋下她，讓她獨自煩惱，因爲晚餐時間到了。比起她的感情，我和一個半被寵壞的皇室花花公子這段不被他家人祝福的感情，似乎要樂觀許多。這到底是一個多麼悲哀、可怕的世界啊！我向莉莎保證，一吃完飯我就會回來找她，然後一起去找米婭。提到米婭似乎令她很不開心，可是一提到越獄這件事，的確能夠令她暫時先不去想克里斯蒂安。

晚上，我穿的是一襲絳紫色的連身裙，材質輕薄，很適合夏日的天氣，有著優雅的領口，些微的泡泡袖讓衣服顯得更正式。我梳了一個很低的馬尾辮，剛好擋住了紋身上的繃帶，看上去像個體面的女友。只不過這個表面正常的女友，心裡卻有一個瘋狂的計畫，想讓她的前男友「死而復生」。

艾德里安的父母在皇庭有一棟住所。我到達艾德里安家的時候，他把我從頭打量到腳，臉上的笑容告訴我，他很喜歡我今天的打扮。

「喜歡嗎？」我原地轉了個圈，問道。

他伸手環住我的腰。「很不幸，是的。我本以為妳會打扮得比較火辣，好讓我的父母討厭妳。」

「有時候我覺得你根本不把我當人看，」我們一邊走我一邊說，「而是將我當成一個帶給你驚喜的工具。」

「兩者皆有，小拜耳。我很在乎妳，而且也喜歡用妳送給自己一點驚喜。」

伊瓦什科夫家的管家帶領我們走進客廳時，我收起了笑容。皇庭的建築群裡，其實是有特設的飯店和咖啡館的，不過像艾德里安父母這種身分的皇室，則覺得舉辦一場拿得出手的家宴才最正式。而我，其實寧願去公共場所，這樣會有比較多的機會可以半途落跑。

「妳一定就是蘿絲了。」

我想要逃跑的計畫，被走進客廳的一位個子很高、優雅非常的莫里女性打斷了。她穿著一襲長長的墨綠色緞面連身裙，立刻將我比了下去，這顏色非常配她眼睛的顏色，而她和艾德里安的眼睛顏色幾乎一模一樣。她一頭黑髮挽了一個髻，微笑著低頭看著我，親切地拉起我的手握住。

「我是戴妮拉．伊瓦什科夫。」她說，「很高興終於見到妳了。」

眞的嗎？我下意識地回握她的手，「見到您也很高興，伊瓦什科夫女士。」

「叫我戴妮拉就好，拜託。」她又看著艾德里安，邊將他敞開的領口拉好邊嘖嘖出聲。「說眞的，親愛的，你出門之前就不能照照鏡子嗎？你的頭髮都亂了。」

他躲開她伸過來要摸他頭髮的手。「妳在開玩笑吧？我可是站在鏡子前，花了好幾個小時，才把頭髮弄成現在這個樣子的。」

她頗爲苦惱地嘆了一口氣。「有時候我眞不知道，沒有第二個孩子是幸還是不幸。」在她身後，僕人們靜悄悄地將食物端進來放在桌子上。托盤裡的食物冒出騰騰的熱氣，我的肚子開始咕嚕叫起來，我希望沒人聽見。戴妮拉回頭瞥了眼身後的走道。「南森，你能快一點嗎？飯要冷掉了。」

過了一會兒，實木地板上響起重重的腳步聲，南森．伊瓦什科夫走了進來。他和他的妻子一樣，也穿得非常正式，緞面的藍色領帶微微泛著亮光，一身黑色呢絨西裝燙得筆挺。我很高興這裡有冷氣，不然他很可能會化掉，只剩一堆布料。他的樣子倒是和我記憶中的沒什麼兩樣：還是一頭刺眼的銀色頭髮，兩撇小鬍子。我很好奇，不知道艾德里安老了以後，頭髮是不是也會變成這樣。不過，我可能永遠都不會知道，艾德里安肯定會在他有一根白髮或者是銀髮之前就跑去染髮。

艾德里安的爸爸也許在我的記憶中沒有改變，不過很顯然他的記憶裡沒有我。事實上，他看見我似乎嚇了一跳。

「這位是艾德里安的……呃，朋友，蘿絲．海瑟薇。」戴妮拉溫柔地說，「你還記得吧？他說過今晚要帶她來吃飯，」

「見到您很高興，伊瓦什科夫先生。」

他並沒有像他的妻子那樣要求我叫他的名字，這讓我稍微鬆了口氣。那個強迫迪米特里、將他變成血族的傢伙也叫南森，我可不想要把這個名字喊出口。艾德里安的父親低頭看著我，可是臉上並沒有艾德里安之前那種欣賞的表情，而是好像覺得我是個怪物。「哦，一個拜耳女生。」

他這麼說其實並不算無禮，只不過對我不感興趣。我是說，至少他沒有叫我吸血妓女什麼的。

我們全都坐了下來，開始用餐。艾德里安臉上一直掛著那種典型的壞笑，我再次發現他可能非常、非常想要一根煙，也許還要再來一杯烈酒。和父母坐在一起，似乎令他很不舒服，當僕人走過來爲大家將酒杯斟滿的時候，艾德里安立刻鬆了一口氣，拿起杯子一口喝乾。我警告地瞪了他一眼，但他沒有理會。

南森似乎想在不失優雅的狀態上，盡快解決掉盤子裡香氣四溢的豬排。「這麼說來，」他終於想起了艾德里安，「現在瓦西莉莎也畢業了，你自己有什麼打算？你不會再和高中生混在一起了，對吧？你已經沒有理由再賴在那裡了。」

「我不知道。」艾德里安懶懶地答道。他搖著頭，幾乎弄亂了精心打造的髮型。「我挺喜歡和他們混在一起的，他們認爲我其實是個很有趣的人。」

「可以想見。」他爸爸回答道，「可你根本就不是個有趣的人。是時候幹點正事了，如果你不打算繼續回到大學裡上學，至少也要開始參與家族生意的會議。塔蒂安娜雖然寵著你，不過至少你從魯佛斯身上還是能學到不少東西的。」

對於皇室政治方面的事我很瞭解，知道這些人的身分。一般來說，每個皇族都由族裡年紀最長的「王子」或「公主」擔任皇家議會的成員，而且有機會在日後被推舉爲國王或女王。塔蒂安娜即位以後，魯佛斯便成爲了伊瓦什科夫家族的王子，因爲他的年紀僅次於塔蒂安娜。

「沒錯。」艾德里安面無表情地說。他沒吃多少，只是不停擺弄著盤子裡的食物。「我還眞的想知道他是怎麼冷落妻子，在外面養了兩個小老婆的。」

「艾德里安！」戴妮拉猛地喊道，同時雙頰染上一抹紅暈。「別在飯桌上說這種事，特別是別當著客人的面。」

南森似乎這才想起我來，輕蔑地聳聳肩。「她沒關係。」

我聽完之後咬住嘴唇，克制住將手裡這種在富斯比拍賣行才能見到的瓷盤，朝他頭上丟過去的想法。我不能這麼做，這樣不但會毀了這頓飯局，而且我可能花上後半輩子的時間，都還賠不起這個盤子。

南森臭著臉重新看向艾德里安，「可是你有關係。我不會再容忍你閒著什麼都不做，只知道花我們的錢吃喝玩樂。」

我的直覺告訴我最好置身事外，可我不能忍受眼睜睜看著艾德里安被他這個討厭的父親看不起。艾德里安確實是遊手好閒，而且還亂花錢，可是南森也沒有權利嘲笑他。沒錯，我常這麼做，可是這兩者是有區別的。

「也許你可以和莉莎一起去上里海大學。」我提議道，「繼續和她一起研究精神能力，然後……接著學習你在上一所大學學習的課程……」

「酗酒和翹課嗎？」南森說。

「美術，」戴妮拉說，「艾德里安修的是美術。」

「眞的嗎？」我問道，簡直要對他刮目相看。不知怎麼，我能想像他成爲一個畫家的樣子，這和他古怪的性格還眞配。「這樣就最好不過了，你可以重拾畫筆。」

他聳聳肩，喝完了第二杯酒。「我不知道，也許我在這間學校，還會遇到和上一間一模一樣的問題。」

我皺起了眉頭，「什麼問題？」

「功課。」

「艾德里安！」他爸爸幾乎是怒吼出聲。

「別擔心。」艾德里安輕快地說，他將手臂撐在桌子上，「我又不用工作，也不會多花錢。我和蘿絲結婚以後，我和孩子們可以靠她的守護者津貼生活。」

桌邊的人全都愣住了，包括我。我很清楚他是在開玩笑。我是說，就算他很嚮往結婚生子，擁有美好的家庭生活（事實上我很確定他一點都不嚮往），但憑守護者那點微薄的薪水，完全供不起他過慣的這種奢華生活。

不過，顯然艾德里安的爸爸不清楚他是在開玩笑。戴妮拉則有些不知所措。而我，只是覺得尷尬。這眞的是一個最、最差勁的話題了，根本就不應該在吃飯的時候提起。我眞不敢相信艾德里安居然眞的說出來了，而且甚至不是喝醉了後的胡言亂語。艾德里安肯定很喜歡和他爸爸作對。

可怕的沉默氣氛越來越凝重。我多嘴的本能已經憋不住，快要爆發了，可是直覺告訴我最好還是閉嘴。氣氛越來越緊張，這時門鈴響了起來，我們四個全都差點從椅子上跳起來。

管家特里急忙跑去應門，我則稍稍在心底喘了一口氣。不速之客也許能夠幫助緩和這裡的緊張……

也可能是加劇。

特里跑進來，清了清喉嚨，慌亂地看了看戴妮拉，又看了看南森。「尊敬的女王陛下塔蒂安娜女王駕到。」

哦，不！

三個伊瓦什科夫家的人全都立刻站起來，過了半秒，我也站了起來。我其實不相信艾德里安之前說塔蒂安娜會來的話，從他的表情來看，顯然他也沒想到。不過算了，反正她已經到了。

她走進客廳，一如既往的優雅，休閒服穿在她身上仍顯得很正式：一身簡潔合身的黑外套和黑褲子，裡面襯著綴有蕾絲的紅色襯衫，黑色的頭髮上點綴著珠寶髮夾。如往常般，她高傲地抬頭看著我們微微鞠躬行禮。哪怕是她自己的親人，都要講究君臣之禮。

「塔蒂安娜姑母，」南森說著勉強擠出一絲微笑。我覺得他肯定不常這麼做。「您要和我們一起用餐嗎？」

她輕蔑地揮了揮手，「不，不。我不能久留，我正好要去見普里西拉，不過我聽說艾德里安回來了，就想過來看他一下。」她看著艾德里安，「我眞不敢相信你已經到了一天了，卻沒來看看我。」她的聲音冷冰冰的，但我發誓那雙眼裡閃著促狹的目光。這太可怕了，她可不是那種親切愛開玩笑的人。親眼看著她在大殿之外做出這些舉動，令我覺得自己好像在作夢。

艾德里安也笑看著她。他很清楚，此刻這裡覺得最自在的人就是他了。出於我永遠猜不透的原因，塔蒂安娜似乎非常寵愛艾德里安。並不是說她就不疼愛家裡的其他人，不過很顯然艾德里安是她最鍾愛的一個。我每每想到這件事就覺得不可思議，他有時的表現根本就是個惡棍。

「哦，我以爲妳應該有比接見我還重要的事得做。」他對塔蒂安娜說，「而且，我戒菸了，所以我不能陪妳去大殿後面偷偷抽菸了。」

「艾德里安！」南森大聲喝止，臉憋得通紅。這時我突然想到，我可以根據他用這種語氣喊他兒子名字的次數，來設計一個行酒令。「姑母，我很抱——」

塔蒂安娜抬手阻止他。「哦，安靜，南森。沒人想聽你那些鬼話。」

我差點笑出聲來。和女王同處一室眞是可怕，但是能看見她用言語羞辱伊瓦什科夫先生，也算值回票價了。

她轉頭看著艾德里安，臉色稍微緩和了些。「你終於戒菸了？是該戒了。我猜這是妳的功勞嘍？」

隔了好一會兒，我才意識到她是在和我說話。我此刻倒是很想念她沒注意到我的時候，那似乎可以解釋她爲什麼沒有尖叫著，要伊瓦什科夫夫婦將我這個叛逆的小吸血妓女趕走的唯一理由。眞令人意想不到，而且，她說話時用的也不是那種責難的語氣，眞讓人……感動。

「呃、呃，並非是我，陛下。」我回答道。我的恭順態度和上次我們見面時的飛揚跋扈相比，簡直是天壤之別。「是艾德里安自己想要……呃，決定這麼做的。」

塔蒂安娜很配合地吃吃笑了起來。「說的非常好，他們應該安排妳去當外交官。」

南森不喜歡她這麼注意我。我也不確定自己喜歡，可能一半一半吧。「您和普里西拉晚上是有公事要談嗎？還是只是去和朋友小聚呢？」

塔蒂安娜收回了看著我的目光。「都有，有些家族間的紛爭要處理。雖然不是公事，可以不能放任不管。人們一直都對安保的事議論紛紛，現在已經有人開始準備參加訓練了，還有人居然想要守護者二十四小時醒著站崗。」她翻了個白眼，「這些話我聽得耳朵都長繭了。」

毫無疑問，她這次的到訪變得更有意思了。

「我希望您能打消那些好戰分子的念頭。」南森高聲道，「要我們和守護者一起戰鬥，簡直太荒唐了。」

「荒唐的，」塔蒂安娜說，「其實是皇室之間的內訌。這才是我想要『打消』的。」她的語氣硬了起來，又變回了女王，「我們是莫里族的領袖，必須要先做出表率，只有團結起來，才能生存。」

我好奇地打量著她。這是什麼意思？她既沒有對南森反對莫里戰鬥的說法表示贊同，也沒有表示反對，她只是提出要維持民眾的團結。可是要怎麼做呢？她是要鼓勵新興的勢力，還是要把它徹底摧毀呢？安全，是那次襲擊之後所有人最關心的頭等大事，大家全都等著看她會怎麼做。

「聽起來很難啊。」艾德里安又開始扮演起那種玩世不恭的角色，「如果妳以後還想要抽菸，我可以為妳破例。」

「我要你保證明天會過來看看我。」她冷冷地說，「香菸放在家裡就好了。」她又看了看他手裡的空酒杯，「還有其他的東西。」她好像下了很大的決心，只是這種神情轉瞬即逝。

我終於鬆了口氣。這才是我認識的冷冰冰的塔蒂安娜。

他行了個禮，「收到。」

塔蒂安娜又看了看其他人。「祝你們晚上愉快。」她只說了這句話，算是道別。我們又向她鞠了個躬，她轉身向門口走去。她走的時候，我聽見許多沙沙的腳步聲，我突然意識到，她肯定是帶著隨從來的，只不過她進來和艾德里安打招呼的時候，將他們全都留在了門廳。

之後，晚餐便在沉默中進行。塔蒂安娜的來訪令所有人都很吃驚，不過，這至少令我不用再聽艾德里安和他爸爸鬥嘴。戴妮拉很努力地想將氣氛帶動起來，不停問我喜歡什麼，而我這才想起來，塔蒂安娜在的時候她一句話都沒說。我不禁好奇地想，不知道戴妮拉嫁進伊瓦什科夫家後，是不是也發現了女王的恐怖。

我們終於要走了，南森提前離席去做自己的事，戴妮拉臉上這才堆滿了笑容。

「你一定要常回來。」她對艾德里安說，同時不顧他的抗議撫平了他的頭髮，「蘿絲，我們家的大門也隨時為妳敞開。」

「謝謝。」我有些嚇傻了。我一直在觀察她的表情，看她是不是在說謊，卻看不出有撒謊的跡象。這不合理，莫里是不贊成他們的種族和拜耳保持長期的戀愛關係的，特別是莫里皇室，更何況是和女王有親戚關係的莫里皇室。至少，依照過去的經驗，是沒有這種可能的。

艾德里安嘆了一口氣，「如果他不在的話。哦，該死，我想起來了，上次回來的時候忘了一件大衣，當時我走得太急了。」

「你好像一共有……五十件大衣吧。」我想起來。

「去問特里，」戴妮拉說，「她肯定知道衣服收在哪兒了。」

艾德里安起身去找管家，留下我和他媽媽單獨相處。我應該表現得有禮貌點，小聲地談論一些無關痛癢的話題，可是我最後還是沒能控制住自己的好奇心。

「晚飯真的很不錯。」我誠懇地說，「希望妳沒有誤會……我是說……嗯，妳看見我和艾德里安在一起，好像沒什麼意見。」

她老實地點點頭，說：「是的。」

「呃……」好吧，反正早晚也要問，「塔——塔蒂安娜女王似乎也沒有意見。」

「是的。」

我伸手摸了摸下巴，確認它沒有掉到地板上。「可是……上次我見到她的時候，她真的氣瘋了。她一直對我說，她絕對不會允許我們在一起，更不用提結婚什麼的了。」我畏縮了一下，想起了艾德里安的笑話，「我本以爲你們也會有這種反應。伊瓦什科夫先生的態度確實是如此，而妳不可能眞的想要妳兒子和一個拜耳過一輩子。」

戴妮拉的笑容有些勉強。「妳打算要和他永遠在一起嗎？妳想要和他結婚，安定下來嗎？」

這個問題問得我措手不及。「我沒……我不是針對艾德里安，只是從來沒有——」

「計畫過要穩定下來？」她了然地點點頭，「我也是這麼想的。相信我，我知道艾德里安之前並不是認眞的。所有人都急於要給還沒有發生的事情下結論。我聽說過妳的事，蘿絲，所有人都聽說過，而且我很欣賞妳，根據我所瞭解的，我猜妳不是那種能夠辭掉守護者的工作，安心當一個家庭主婦的人。」

「說的對。」我承認道。

「所以我看不出來有什麼問題，你們兩個都還年輕。妳有權利趁年輕好好享受，做妳想要做的事情，可是我……我們都知道，就算妳打算後半生都和艾德里安一起度過，也不會結婚或者穩定下來。這無關南森或是其他人怎麼說，而是這就是這個世界的規則，亦是妳的性格使然。我能從妳的眼睛裡看出來，塔蒂安娜應該也想到了，所以她才會這麼放心。妳是要去外面戰鬥的，這才是妳的將來，如果妳是眞心想要成爲一名守護者的話。」

「我是。」我好奇地看著她。她的態度眞有意思，是我見過第一個沒有立刻跳出來，像個瘋子一樣喊莫里和拜耳不能在一起的皇室。如果其他人也有她這種眼光，可能其他人的生活會變得容易許多。她說的對，這和南森的想法無關，甚至如果迪米特里回來的話，也和這件事沒有關係。最後的結果就是我和艾德里安不會過一輩子，因爲我要在外頭履行守護者的職責，而不會像他一樣遊手好閒。想到這裡……我自己心裡也有點難過。

她身後，艾德里安正走下樓。戴妮拉往前幾步，壓低聲音對我說了幾句話，她說這些話的時候顯得很憂愁，絕對是一個關心孩子的母親——

「可是，蘿絲，妳能答應我嗎？看在我沒有反對你們兩個在一起，而且還很替你們高興的份上，答應我，等那一天到來的時候，拜託不要傷他的心傷得太重。」

4

我決定最好還是不要讓艾德里安知道，我和他媽媽剛才的那段對話。我們向賓館走去，不用心電感應我也知道他此刻心情複雜。他爸爸完全看不起他，而他媽媽接受了我們，多少令他感到有些欣慰。我不想破壞他這一點好心情，不想讓他知道他媽媽接受我們在一起的唯一理由，是因爲她很清楚這段關係只是暫時的，只是爲了一時貪歡而已。

「所以，妳要去陪莉莎？」我們走到我的房門口時，他問道。

「是的，對不起。妳知道，就是女生之間的事情。」而所謂女生之間的事，是指闖進監獄。

艾德里安似乎有點失望，不過我知道他不會嫉妒我和朋友之間的友情。他微微一笑，伸手摟住我的腰，低頭一吻，我們四唇相接，一股慾望意外地竄遍全身。享受了片刻的甜蜜之後，我們分開，可是他的眼神明確表示他非常不情願。

「明天見。」我說。他又飛快地輕啄了我一下，才轉身向自己的房間走去。

我立刻出發去找莉莎，她此刻正待在自己的房間裡。她正緊盯著一把銀湯匙，透過心電感應，我能夠感應到她的希望。她正打算將催眠的法力注入到這把銀湯匙裡，這樣不管誰拿起它都會立刻變得開心。我很好奇，不知道她是爲了自己才這麼做，還是一時興起。我沒有再深入她心裡去尋求答案。

「湯匙？」我打趣地問。

她聳聳肩，將銀湯匙放下來。「嘿，要拿到銀質的東西可不容易，我只能找到什麼用什麼。」

「好吧，好歹這能讓晚宴變成開心的晚宴。」

她笑著翹起腳，放在客廳中間的烏木咖啡桌上。她住的是一個小套房。每次我看見這張桌子，都會情不自禁地想起，我在俄國被囚禁時住的那間屋子裡頭，那些有光澤的黑色傢俱。我還從一張樣式簡單的椅子上掰下一根椅腳，用來當木樁刺進迪米特里的胸膛。

「說起這個……妳的晚宴怎麼樣？」

「比我想像中好。」我老實說道，「不過，我從來沒想過，艾德里安的爸爸居然是個混蛋。他媽媽倒真正是個厲害人物，她一點都不介意我們兩個在一起。」

「對，我也見過她。她人真的很好……可是我真的沒想到，她居然好到願意承認這種可能變成醜聞的關係。我猜女王陛下沒有出現吧？」莉莎是在開玩笑，可是我的回答嚇傻了她。

「她出現了，而且……反應也不壞。」

「什麼？妳說的是『不壞』？」

「我知道，我知道。聽起來是很瘋狂，其實她不過是順路來看看艾德里安，看她的反應，好像不覺得我在那裡有什麼大不了。」我沒有提及那場政治辯論，以及塔蒂安娜對莫里族應不應該參戰的觀點。「當然了，誰知道如果她再多待一會兒會發生什麼事？也許她很快就會變成老樣子。我可能需要一整套施有魔法的銀質餐具，好阻止我拿刀捅她的衝動。」

莉莎哀吟了一聲，「蘿絲，妳能不能不要老開這種玩笑？」

我也笑了。「我說了妳最害怕的事嗎？」

她聽了也笑起來。「我已經許久沒有聽過這種話了。」她柔聲說。我擅自去俄羅斯的時候，曾經破壞了我們的友情，可最後事實證明，這份友誼對我有多麼重要。

剩下來的時間，我們一直在談論艾德里安和其他的八卦。我放心地看著她已經忘了之前對克里斯蒂安的惱怒，可是隨著時間過去，快接近我們去找米婭的時候，她又開始焦慮起來。

「沒問題的。」我對她說，此時剛好快到兩點。我們穿著輕便的T恤和牛仔褲，再次穿過皇庭的廣場。能從學校的宵禁令裡解脫，感覺眞好。可是再一次，外頭炙熱的陽光令我覺得很熱。「輕輕鬆鬆就能進去了。」

莉莎看了我一眼，什麼都沒說。守護者是我們這個世界裡的保衛力量，而這裡是他們的總部，闖進去什麼狀況都可能會發生，但就是不會輕鬆過關。

可是，我們見到米婭的時候，她似乎很有信心，她的態度鼓舞了我，當然還有她的一身夜行衣。沒錯，這在大白天確實沒什麼用，不過是爲了配合此刻的氣氛罷了。我好奇死了克里斯蒂安去做什麼了，莉莎也一樣。不過，我再次決定這個問題最好還是不碰爲妙。

米婭向我們詳細說了她的計畫，憑良心說，我覺得至少有百分之六十五的機率會成功。自從之前米婭提到了催眠術，莉莎就一直對自己在這件事裡扮演的角色，感到很不安，可她既然是前鋒，就不得不同意。我們又花時間將每個細節都想了一遍，然後才出發前往守護者總部所屬的大樓。我曾經去過一次，那時維克多被關在守護者總部的牢房裡，迪米特里帶我去看他。我之前從來沒有在那種地方待過很久，希望如米婭所說，現在是那裡一天中守備最少的時候。

我們走進去，立刻看見了任何一個行政辦公大樓裡都會有的接待櫃檯。一個守職盡責的守護者坐在桌子後面，他面前是一台電腦，周圍全是桌子，形成一個小隔間。在他身後是一道門，這引起了我的興趣。米婭曾經說過，那是通往守護者所有機密的大門，那裡面有他們所有的記錄和主要的辦公室，同時也是負責監控皇庭這種高風險地區的監控區。

不管盡職與否，這個人還是朝米婭露出微笑。「妳這個時候來是不是太晚了？妳不是來這裡上課的，對吧？」

她也笑了笑。米婭在皇庭時，一定是常常來向他請教，所以兩個人的關係頗為友好。「不是，只是有幾個朋友來，帶著她們到處轉一轉。」

他看著我和莉莎，挑起了一邊眉毛。他認出了我們，向我們點了點頭。「德拉格米爾公主，海瑟薇守護者。」很顯然，我們的名聲幫了大忙。這是我第一次被人用新頭銜稱呼，我有些吃驚，也為自己剛剛成為他們的一員，就要幹對不起他們的事而有些內疚。

「這是唐，」米婭介紹道，「唐，公主殿下有些話想問你。」她意味深長地看著莉莎。

莉莎深吸了一口氣，我透過心電感應，可以知道她在看著他的時候，正催動自己的催眠能力。「唐，」她用不容置疑的口吻說，「給我們去樓下存放記錄倉庫的鑰匙和密碼，然後把那個區域的所有監視錄影器都關掉。」

他皺起了眉頭。「為什麼我——」

莉莎一直看著他的眼睛，我能感覺到他正在被催眠，看到他臉上的線條逐漸柔和下來，變得順從，我微微地鬆了一口氣。許多人的自主意識很強，很難被催眠——特別是普通的莫里。莉莎之所以有這麼強的法力，是因為她的精神能力，可是你永遠不會知道眼前這個人，是不是能夠打破這種催眠術。

「當然。」他站了起來，拉開桌子的抽屜，拿出一串鑰匙交給米婭，米婭又將這串鑰匙交給了我。「密碼是4312578。」

我默唸了幾遍，將它記在心裡，他點頭示意我們從那扇通往機密中心的門進去。門後，四面八方都是走道，他指著我們右手邊的一條說：「順著這裡下去，走到底向左轉，然後下兩層樓，右邊的那扇門就是。」

米婭瞥了我一眼，確認我聽明白了。我點點頭，她便轉身對他說：「現在，關掉所有的監控攝影機。」

「帶我們去。」莉莎嚴厲地說道。

唐沒辦法拒絕她的命令，她和米婭跟著他，讓我自己行動。這個計畫的關鍵就在於我。我匆忙沿著走道跑下去，這裡的守備力量雖然比較薄弱，可我還是有可能撞見別人，這時可沒有會催眠的人幫我解圍了。

唐的方向說得很清楚，我輸入密碼，走進倉庫之後，雖然之前已有心理準備，可還是被嚇到了。整個大廳裡全是一排一排的格子，根本看不見盡頭，抽屜疊了高高的五層，令人眩暈的燈光和奇怪的靜寂讓人覺得陰森森的，總感覺有鬧鬼的可能。採電子作業之前的所有守護者資訊都存放在這裡，可能只有上帝知道，這些記錄最古早可以追溯到什麼時候。也許是中世紀的歐洲？我突然有些畏縮，不知道能不能從這麼多資料裡找到自己想要的。

我走到左邊的第一排架子旁，看見上面貼了標示，表情微微放鬆了點。AA1，看完了，再來是AA2，依次往下。哦，天哪。我連著看了好幾個架子，卻連A字頭的都還沒有看完。我很慶幸這些資料的編排不是太複雜，只是順著字母順序往下排，可是也明白，爲什麼這些架子會多到一種彷彿看不到盡頭的程度。我往回走到整個倉庫約四分之三深度的地方，才找到了標示T的架子。在編號TA27的抽屜裡，我找到了記錄塔拉索夫監獄的資料。

我深吸一口氣。這疊資料非常厚，裡面有各式各樣的檔案。有監獄的歷史，還有移動的週期，同時還有每一層的平面圖。我幾乎不敢相信。這麼多資訊……可是我全都需要嗎？這些東西會有用嗎？答案很快就出來了：全都要。我關上抽屜，將檔案夾夾在腋下。好，該出去了。

我轉身向微微閃著燈光的地方走去。現在我找到了想要的，趕緊跑出去就成了當務之急。我快要跑到門口的時候，突然聽見輕輕的啪嗒一聲，門開了。我愣住了，一個我不認識的拜耳走了進來，他也愣住了，很顯然嚇了一跳。我感到有些慶幸，他沒有立刻將我按到牆上，詢問我來這裡的目的。

「妳是蘿絲．海瑟薇。」他說。

上帝啊，這世界上還有人不認識我嗎？我很緊張，不知道現在該怎麼反應，不過在這裡聊一會兒倒是個不錯的主意。「很顯然。你是誰？」

「米哈伊爾．坦恩。」他還是很迷惑，「妳在這裡做什麼？」

「來辦點事。」我輕快地說完，指了指腋下的檔案夾。「值班的守護者需要用。」

「妳說謊。」他說，「我就是當值的守護者。如果有人需要什麼資料，也是應該派我來。」

哦，該死，本應該最好用的藉口失敗了。我愣在當場，一種奇怪的念頭突然湧上。他的樣子我肯定沒見過：褐色的捲髮，標準的身高，將近三十歲。說實話，長得很好看。可是他的名字……應該是和他的名字有關……

「卡普夫人，」我吐出一口氣，「你是那個……你是卡普夫人的男朋友。」

他身子一震，藍色的眼睛危險地瞇起來。「妳是怎麼知道的？」

我吞了一口口水。我做的事——或者說試圖要對迪米特里做的事——並不是沒有前例的。「你愛她。你想要殺了她，在她變成……在她轉變之後。」

卡普夫人幾年前曾經教過我們，她也是個精神能力的使用者，而那些負面情緒幾乎讓她瘋狂，她只能做一件事讓自己保持清醒，那就是變成血族。而她的情人米哈伊爾，不得不做那件他唯一可以做的事，來結束她如同惡魔般的生命——就是找到她，然後殺了她。沒想到我現在居然和愛情故事裡的英雄面對面，而他的故事幾乎和我一樣的戲劇化。

「你最後還是沒有找到她，是吧？」我輕聲說。

他想了很長時間，然後沮喪地看著我。我很好奇他在想什麼，想她嗎？還是在想他自己的計畫？還是他也在評估我？

「沒有。」他終於說道，「我不得不停止尋找，守護者的隊伍比較需要我。」

他說話的時候始終很冷靜，一種標準的守護者克制自我情感的方法，可是在他的眼中，我看到了悲傷，這種悲傷我非常理解。我猶豫了一下，放棄了唯一一個我可以衝出去，避免被關進監獄的最好機會。

「我知道……我知道你絕對有理由將我拖出去，然後關起來。你是該這麼做，這是你的職責，換成我也會這麼做。可是，事情是這樣的……」我再次點點頭，指著腋下的檔案夾。「呃，我也曾經試著做你想要做的事，我也想要拯救某個人。」

他仍然沒說話，可能在猜我說的人是誰，還有我說的「拯救」是不是「殺死」的意思。如果他知道我是誰，就應該知道我的導師是誰。很少有人知道我和迪米特里之間的情意，可我想他大概早就得出這個結論了。

「那很難，妳知道。」米哈伊爾終於又開口說道，這一次，他的聲音有些沙啞。「我試過……我嘗試過所有的辦法想要找到她，可是他們一旦消失……就代表不想被人找到……」他搖了搖頭。「我們什麼都做不了。我理解妳爲什麼想要這麼做，相信我，我理解。可是這是不可能的，如果他不想被妳找到，妳就永遠都找不到。」

我想著要對米哈伊爾透露多少，有什麼是我能夠說的。這時，我突然想到，這個世界上如果有一個人能夠理解我在做什麼，那人肯定就是他。而且，我也沒有太多的選擇。

「事實是，我認爲我能夠找到他。」我緩緩地說，「因爲他在找我。」

「什麼？」米哈伊爾揚起了眉毛。「妳是怎麼知道的？」

「因爲他……嗯，寄給我的信上是這麼說的。」這個勇猛的戰士立刻反應過來。「如果妳知道他在哪裡，能找到他……妳就應該去殺了他。」聽到最後這句話，我畏縮了一下，再次害怕起我接下來要說的話會造成的後果。「如果我說我有辦法拯救他，你相信嗎？」

「妳是指用毀滅的辦法？」

我搖了搖頭。「不……我是說眞的拯救。有一種辦法可以讓他恢復原來的樣子。」

「不可能，」米哈伊爾飛快地說，「這不可能。」

「有可能不會成功，但我認識一個人，他將一個血族變了回來。」好吧，這是一個無傷大雅的小謊言，我其實不認識這個人，可我馬上就要找到認識這個人的人……

「這不可能。」米哈伊爾重複道，「血族是死人，或說永生不死的死人，可這兩者沒什麼區別。」

「如果眞的有一絲機會呢？」我說，「如果能成功呢？如果卡普夫人……如果索婭能夠重新變回莫里呢？如果你們能夠重新在一起呢？」這也意味著她可能還是會發瘋，可是這是之後要解決的問題了。

在他回答之前，我感覺似乎等待了一輩子，開始焦躁起來。莉莎的催眠不可能一直生效，我對米婭說我會盡快，而這個計畫唯一可能失敗的地方，就是我沒辦法馬上脫身。可是，看著他考慮的樣子，我看出他的面具似乎逐漸在崩裂，畢竟這麼久以來，他仍愛著他的索婭。

「如果妳說的都是眞的——雖然我不相信——那我和妳一起去。」

哦，不，這不在計畫內。「你不能去。」我飛快地說，「我已經全都安排好了。」另一個謊言。「參與的人太多，有可能會壞事。我不是自己單打獨鬥。」我說，同時飛快地堵住了他想反駁的話，「如果你眞的想要幫我，眞的想要抓住這次能把她帶回來的機會，就必須放我出去。」

「這不可能是眞的。」他重複道。

聽出他的聲音裡有不確定，我緊緊抓住這一點。「你願意賭一把嗎？」

又是一陣沉默，我已經開始流汗了。

米哈伊爾閉上眼睛，一會兒後，他深吸了一口氣，然後讓到一邊，指了指門口，說：「走。」

我如釋重負，立刻抓住門把。「謝謝你，眞的非常感謝。」

「我可能會因此惹上很多麻煩。」他疲憊地說，「而且我還是不相信。」

「可你是這麼希望的。」就算他沒有回答，我也知道自己說的是對的。我打開門，在走出去之前，停下來回頭看了他一眼。這時，他不再掩飾自己的悲傷和痛苦。「如果你說的是眞的……如果你想要幫助我……也許可以幫我做一件事。」

我的難題又解決一項，或許我們可以藉由他，用另一種方法離開皇庭。我向他說明需要他做什麼，令人意外的，他居然很快就同意了。我意識到他眞的很相信我，雖然我們兩個都知道要將血族變回來是不可能的事……可是我們還是很願意相信這個辦法能成功。

交代完之後，我獨自走上樓。唐不在他的位置上，我在想是不是米婭對他做了什麼。我沒有留下來去找答案，而是一直往外走去，走到我們出發之前約定好碰頭的那個小庭院。米婭和莉莎已經等在那裡，正來回踱步著。我不再擔心焦慮，敞開自己，透過心電感應，我知道莉莎很著急。

「謝天謝地。」她看見我之後說，「我們還以爲妳被抓住了。」

「哦……這個說來話長。」我不想把整件事情從頭到尾都說一遍，「我找到了要找的東西，而且……事實上，我還找到了更多的東西。我想我們應該可以成功。」

米婭看了我一眼，既懷疑又好奇。「我眞的很想知道妳們兩個到底要幹嘛。」

我們三個人一起往回走去，我搖了搖頭，回答道：「不行。我覺得妳還是不要知道比較好。」

5

我決定和莉莎一起回她的房間，熬夜翻看偷回來的檔案。她聽我說完遇到米哈伊爾的事之後，心情顯得十分複雜——我都還沒有提起米婭。莉莎最初的反應是驚訝，可同時還有其他的情緒，她害怕我會越陷越深，但是又被我和米哈伊爾為了救回深愛之人所做的事感動。她還想著，如果換成是克里斯蒂安遇到這種情況，她會怎麼做。答案立刻冒了出來，看來她對克里斯蒂安仍然有很深的感情，可是緊接著，她又反覆對自己說，她對他眞的一點都不再關心了。如果我不是在想其他的事，見她這樣，肯定會氣得跳起來。

「怎麼了？」她問我。

我沮喪地重重嘆了一口氣。我不想讓她知道我又溜進她的意識裡，便指著在她床上攤開的那些檔案。「只是想弄明白這些東西。」

這其實並不完全是假話。監獄的結構很複雜，光是牢房就佔據了兩層，而且每間牢房都很小，因為每一間裡頭只關一個犯人。平面圖上雖然沒有明確標示，可原因顯而易見，應該就是艾比所提到過的，為了防止犯人互相殘殺變成血族。如果我被關在這種地方好幾年，可能也會有衝動想要殺了同房的獄友，變成血族逃出去。這些牢房都集中在整個監獄的最中心位置，周圍除了有值班的守護者、辦公室，還有「活動室」、廚房和餵食室。檔案上記載了守護者的值班表，當然也有犯人進食的時間表。顯然，當他們要去進食時，一路上都是重重守護，可謂密不透風，而且每次只被允許吸一點點血。這麼做顯然是要犯人處於虛弱的狀態，防止他們變成血族。

這些都是有用的資訊，可我知道如今的情況並不見得也是這樣，因爲這些檔案全都是五年前的舊檔案了。在這段期間，監獄很有可能增添了最新的監視設備。也許我們唯一可以確定沒有改變的，就是監獄的位置和整個建築物的結構。

「妳對自己將魔法注入物品的功力打幾分？」我問莉莎道。

她雖然沒辦法像歐克桑娜那樣，注入那麼多的治癒能力到我的戒指裡，可我發現最近自己被負面情緒影響的火爆脾氣好了許多。莉莎也爲艾德里安做了一枚這樣的戒指，我不知道這是不是他最近能夠戒掉惡習的主要原因，那些惡習他原先都是用來抑制自我的精神能力的。

她聳聳肩，翻了個身躺在床上。她已經很睏了，可爲了我還在強撐著。「好點了，眞希望我能見見歐克桑娜。」

「也許以後會見到吧。」我敷衍道。我不覺得歐克桑娜會想要離開西伯利亞，她已經和她的守護者私奔，現在只想保持低調。而且，有過親身經歷後，我也不希望莉莎到那麼冷的地方去受罪。「除了治癒能力，妳還能將其他能力注入到某樣物品裡嗎？」過了一會兒，我自己回答道：「哦，對，湯匙。」

莉莎笑了，可是隨即笑容變成了哈欠。「我覺得效果不大。」

「嗯。」

「嗯？」

我又回頭看了一眼平面圖。「我在想，如果妳能做幾個催眠符咒，對我們完成這個計畫應該會有幫助。我們需要別人看見我們想讓他們看見的東西。」當然，如果維克多能夠做出一個情慾符咒，莉莎肯定也能做到我想要的，因爲他們兩個的催眠能力不相上下。

不過，她雖然知道基礎的原理，可做出來的符咒效果，總不能達到她的預期。而且還有很重要的一點是，我開口要她幫我做這件事，就意味著她要頻繁地使用精神能力，雖然負面的情緒不會馬上顯露出來，可是很可能將來又會反噬到她身上。

她好奇地看著我，可是我見她又打了個哈欠，便說暫時先不用去想，明天再說。她也沒再和我爭論，我們匆匆擁抱了一下，便回到各自的床上休息。雖然睡不了多久，可仍必須要抓緊時間多休息一會兒，明天可是個重要的日子呢！

我去參加維克多的審判時，穿的是黑白兩色的守護者制服，看起來一本正經。雖然平時，守護者在執行任務時可以穿自己的便服，但是一旦有正式活動，他們還是希望我們看起來既專業又幹練。我們勇闖守護者總部之後的第二天一早，我便嘗到了成爲正式守護者的滋味。

參加維克多的審判時，我穿的是現成的制服，可是今天穿的是總部統一發下來的守護者制服，是由裁縫幫我量身訂做的，黑色的褲管筆挺，上身是一件白色襯衫，鈕子全都扣上了，外面再套上一件非常合身的黑色外套。雖然這身衣服一點都不性感，可是外套的下襬剛好蓋住肚子，露出來的臀部線條非常優美。我照了照鏡子，非常滿意，思量了一會兒之後，我將頭髮梳成一個非常光滑整齊的圓髻，露出脖子後面的閃電紋身。新紋身的傷口仍然有些紅腫，不過已經不需要纏繃帶了。

我看上去非常的……專業。我突然想起了雪梨，她是一名煉金術士，一個幫助莫里和拜耳，向世人隱瞞世界上有吸血鬼存在這件事的人類。她有著獨特的時尚見解，總是打扮得像要去參加商務會談般，我一直想送她一個公事包當做聖誕禮物。

如果眞有我大顯身手的一天，那麼肯定就是今天了。經過畢業考試和畢業典禮後，這便是成爲守護者最重要的一步，所有的新進守護者都要參加一個午宴，需要挑選守護者的莫里也會參加，他們希望見識一下這些候選人的本領。我們的成績單和畢業考試分數到目前爲止，應該是人盡皆知了，這個機會是要讓莫里見見我們，然後好好考慮他們希望由誰來保護自己。一般來說，大部分莫里賓客都是皇室，有少部分地位非常顯赫的普通莫里也可以參加。

我眞的對這種展示和炫耀成分居多的聚會不感興趣。我唯一想要保護的人是莉莎。所以，我還是必須要好好表現，我需要明確地告訴別人，只有我才能保護得了她。

我和她一起向皇室的舞會大廳走去，只有那個地方才能裝得下這麼多人，因爲來參加午宴的不只是聖弗拉米爾學院一個地方畢業的守護者。全美國所有的吸血鬼學院，都會把剛剛畢業的學生送到這裡來，有那麼一會兒，我覺得自己置身於黑白相間的海洋裡，感到頭暈目眩。莫里的皇室也穿著他們最好的衣服出席，這在平淡的黑白兩色中增添了一些色彩。在我們周圍，柔和的水彩壁畫使得四壁看起來鮮亮奪目。莉莎並沒有穿著參加舞會的禮服，可是她這一身眞絲藍綠色洋裝，仍然令她看起來非常優雅。

皇室們全都聚在一起彼此恭維，看起來全都怡然自得，可是我的同學們卻緊張得不得了。不過似乎沒有人介意。挑人不是我們的工作，被挑來揀去才是我們的本分。所有的守護者都佩戴著名牌——是用銅鑄刻字的那種。這裡可不會有那種「你好，我的名字是……」的貼紙。這些名牌可以方便皇室知道誰是誰，以利挑選。

除了我的朋友，我不想和任何人講話，所以便和莉莎一起朝餐台走去，取了點東西，躲到一個清淨的角落裡，享用我們的點心和魚子醬。好吧，魚子醬其實是給莉莎的。看見這東西，會讓我又想起俄羅斯。

艾德里安是第一個找到我們的人。

我壞壞地朝他一笑，「你來這裡做什麼?你可是沒有資格挑選守護者的。」

他對自己的未來還沒有規畫，看樣子應該會先住在皇庭，這樣的話，他就不需要有別人保護。不過如果他打算去外面的世界探險的話，肯定是有資格的。

「沒錯，不過這麼好的派對我可不想錯過。」他說。他手裡拿著一杯香檳，我很好奇莉莎替他製作的戒指到底有沒有作用。當然，偶爾喝一兩杯眞的不是什麼大不了的事，他寫給我的約會計畫書裡的條款，在這裡可以適當放寬。我唯一不喜歡他做的事是抽菸。「那票對妳充滿期待的人來煩妳了嗎？」

我搖了搖頭。「誰會想要魯莽的蘿絲・海瑟薇呢？一個不顧警告、我行我素的人？」

「一大把。」他說，「我非常肯定。妳在戰鬥時太厲害了，還記得——呃，所有人都知道妳有過一趟追殺血族的旅行。也許他們會覺得，就憑這一點，便能抵消妳行事瘋狂的缺點了吧。」

「他說的沒錯。」一個聲音突然響起。

我抬頭，看見塔莎・歐澤拉站在我們旁邊，破了相的臉上掛著一抹微笑。除了毀容這一點，我認爲她今天看起來非常漂亮，比我以往見到她時更有皇室風範。她一頭長長的烏黑秀髮光澤照人，穿著一件蕾絲上衣，配了一條藏青色的裙子。她甚至穿了高跟鞋，戴了首飾，之前我從未見她佩戴過這些。

見到她我很開心，我之前不知道她也在皇庭。突然，一個念頭冒了出來。「他們終於同意讓妳有自己的守護者了嗎？」皇室們有很多種溫和禮貌、用以羞辱那些犯了錯的同族的辦法，他們將歐澤拉一家可以擁有的守護者額度砍掉一半，以此作爲對克里斯蒂安父母背叛的懲罰。這根本就不公平，歐澤拉應該享有和其他皇室同樣的權利。

她點點頭。「我想他們是要我在莫里與拜耳並肩作戰這件事上閉嘴。算是某種賄賂吧。」

「我想，妳是不會妥協的。」

「絕對不會。如果眞要說有什麼好處的話，就是他們送了我幾個可以一起練習的人。」她的笑容褪去，猶豫地看著我們幾個。「希望你們不會介意……因爲我選的人是妳，蘿絲。」

我和莉莎驚訝地彼此對視了一下。「哦。」我實在不知道還能說什麼。

「我希望他們能夠將妳分派給莉莎。」塔莎飛快地說，顯得非常不安，「可是女王似乎有她自己的安排。如果眞是這樣……」

「我明白。」我說，「如果我不能被分給莉莎，我確實寧願被分派給妳。」這是實話。莉莎是這個世界上我最希望跟隨的人，可是如果他們執意要將我們分開，比起其他齷齪的皇室，我寧願選擇塔莎。當然了，我可以肯定，我被分派給她的機率，和被分派給莉莎的一樣小。那些對於我逃離學院一事感到憤怒的人，肯定會用盡全力，將我放在一個最令我難受的位置上。就算塔莎現在有權挑選自己的守護者，我仍有種預感，她的請求肯定不會被優先考慮。我的未來如何，現在還是一個大大的問號。

「嘿。」艾德里安抗議我沒有將他視爲自己的第二人選。

我搖了搖頭看著他。「你知道他們會將我指派給一個女性的。而且，如果你要擁有自己的守護者，就得先想好自己要做什麼。」

我本來只是想開個玩笑，可是他皺起的眉頭，讓我深怕自己眞的傷了他的心。

同時，塔莎似乎鬆了口氣。「眞高興妳沒有生我氣。反正，我會盡可能幫助妳們兩個的。」她翻了個白眼，「雖然我的想法對他們來說並不重要。」

我試著不再去想，被分派給塔莎其實也是件毫無指望的事，可我仍然想對她這麼做表示感謝。這時，另一位客人走了過來，是戴妮拉．伊瓦什科夫。

「艾德里安，」她柔聲說，臉上掛著一絲微笑。「你不能同時霸佔蘿絲和瓦西莉莎兩個。」她轉身看著我和莉莎，「女王陛下想要見妳們。」

好極了。我們兩個站起來，可艾德里安還坐著，完全沒有要一起跟過去看看他姑姑的意思。塔莎顯然也沒有這個意思。

戴妮拉看見塔莎，匆匆點了點頭。「歐澤拉小姐，妳好。」說完她便走了，示意我們跟過去。

我覺得很諷刺，戴妮拉已經願意接受我，卻仍然對歐澤拉一家持有偏見，對待這家人的態度冷冷的。她的和善也不過如此罷了。

不過，塔莎對這種事情已經見怪不怪了。「祝妳們開心。」她說著，轉頭看著艾德里安。「要再來點香檳嗎？」

「歐澤拉小姐，」艾德里安大大方方地說，「妳和我眞是英雄所見略同啊。」

我在跟著莉莎去見塔蒂安娜之前，猶豫了一會兒。我雖然知道塔莎是個很好說話的人，可是此刻眞的不知道該怎麼開口。「妳所有的首飾都是銀質的嗎？」我最後還是問道。

塔莎下意識地摸了摸脖子上戴的月光石項鏈，正好露出她手上佩戴的三枚戒指。「對。」塔莎疑惑地問道：「怎麼了？」

「這麼要求妳可能會覺得奇怪……好吧，可能沒有比我之前做的事奇怪。不過，呃……我們能借戴一下嗎？」

莉莎瞥了我一眼，立刻明白我爲什麼這麼問。我們需要製作很多符咒，可是卻沒什麼銀製品。塔莎挑起眉毛，和我許多好朋友一樣，她本身也是一個奇怪的人。

「當然。」她說，「不過，我能晚些再借妳們嗎？我眞的不想在這麼多人的面前，當眾把這些東西摘下來。」

「沒問題。」

「結束之後，我派人送到妳的房間去。」

搞定了這件事，我和莉莎向塔蒂安娜走去，她身邊圍滿了拚命想要巴結她的人。戴妮拉說塔蒂安娜想要見我們兩個，一定是她聽錯了。她對我大吼、要我遠離艾德里安的那一幕，此刻還歷歷在目，而昨天晚上在伊瓦什科夫家吃飯發生的事，也沒有讓我蠢到以為自己突然就成了她最好的朋友。

不過，驚訝的是，她看見我和莉莎之後，居然滿臉堆笑。「瓦西莉莎，哦，還有蘿絲瑪麗。」她招手要我們過去，周圍的人立刻讓出一條路來。

我緊緊貼著莉莎，不情不願地走過去。她不會當眾吼我吧？

顯然不會。永遠都有新的皇室需要認識，塔蒂安娜先把莉莎介紹給所有人，每個人都對德拉格米爾家的公主非常好奇。她也介紹了我，雖然介紹的時候沒有像介紹莉莎時那樣大力讚揚，可是能被介紹給這麼多人認識，仍然是無上的榮耀。

冗長的介紹儀式結束之後，塔蒂安娜說道：「瓦西莉莎，我認為妳近期應該去里海大學拜訪一次，行程都為妳安排好了。喔，也許妳要去十幾天，我們認為這是迎接妳生日一個不錯的方式。按照慣例，應該是塞琳娜和格蘭德陪妳去，不過我還想派幾個新人給妳。」塞琳娜和格蘭德都是莉莎未來的守護者，是前陣子取代我和迪米特里的人，所以他們當然要去。隨後，塔蒂安娜說出了最驚人的一句話：「蘿絲，如果妳願意的話，可以跟著一起去。瓦西莉莎少了妳的陪伴，很難開心起來。」

莉莎眼睛一亮。里海大學，就是為了它，莉莎才會接受住在皇庭的安排。莉莎一直都很渴望能夠學到更多的知識，而女王給了她這個機會。如今看來，這次拜訪令她充滿了渴望，興奮不已，特別是她還能在那裡和我一起慶祝她的十八歲生日。這個安排足以讓她忘記維克多和克里斯蒂安的事。

「非常感謝，女王陛下，這眞是太好了。」

我知道，只要我劫走維克多的計畫一啓動，我們很可能就沒辦法按照這個行程走。可我不想毀了莉莎的好心情，也不可能當著這麼多的莫里皇室的面提這件事。只是，知道我也在受邀之列，我其實有點嚇傻了。在說完那句話之後，女王就沒有再跟我多說些什麼，而是一直在和她周圍的人寒暄。不過，她在邀請我的時候肯定是高興的，當然，只是對她而言，就和她在艾德里安家的表現一樣。雖然不像是對好朋友那樣熱情，不過肯定也沒有把我當成一個下賤的人那樣瘋狂。也許戴妮拉說的對。

所有人都爭著和女王聊天，不停地講笑話，想要給她留下印象。不久，我就顯得像是個多餘的人，不需要再留下來了。我環顧四周，想找找看有沒有可以聊天、讓我離開這裡的人。我知道莉莎自己會想辦法脫身。

「愛迪。」我邊喊邊向大廳另一頭走去。「你終於有空了。」

愛迪・卡斯托，我的老朋友，看見我之後笑了出來。他也是拜耳，個子很高，長臉，不過仍然不失可愛，看上去像個大男孩，今日一頭毛躁的金髮終於梳得服服帖帖。

莉莎曾經一度希望我和愛迪可以在一起，可是我們兩個嚴格說起來只是朋友關係。他的死黨是梅森，一個鍾情於我的可愛男孩，可是最後卻慘死在血族手裡。他死後，我們兩個都將自己封閉起來，彼此保持距離。後來，在血族襲擊學院的時候，他被抓走了，這種經歷令他變成了一個盡職恪守、殺伐果斷的守護者，可有時候他有點太認眞了。我很希望他能夠變得高興一點，所以看見他此刻眉梢眼角都露出喜氣，不禁感到很開心。

「我還以為這裡的每個皇室都在爭奪你呢！」我揶揄道。其實這也不完全是玩笑話，我注意到他身邊的人絡繹不絕。他的成績是星級的，雖然曾歷經生死關頭，使得身上傷痕累累，可是這也顯露出他的水準。他在畢業考試中取得了很高的分數，評價非常好，最重要的是，他不像我惡名在外。他的聲譽可好了。

「說的對，」他哈哈大笑，「我自己都沒想到。」

「你太謙虛了。你可是這裡最炙手可熱的人呢！」

「沒妳那麼受歡迎。」

「這倒是，確實有很多人想要過來和我說話。可是目前為止，唯一一個我知道願意要我的人是塔莎·歐澤拉。當然，還有莉莎。」

愛迪笑得臉上都起了皺紋，「可能更糟。」

「是呀，我不可能同時分派給她們兩個人。」

我們突然同時沉默下來。我感到有些焦慮，我本來想要開口請愛迪幫忙，可是這個想法似乎已經不太可行了，現在在他面前的是一條星光閃閃的光輝大道，他是個很忠誠的朋友，我知道如果我開口，他一定會答應……可是突然間，我不想開口了。

可是，他和米婭一樣，都有極強的觀察力。

「怎麼了，蘿絲？」他的話中充滿關切，那種保護慾又冒出來了。

我搖了搖頭，我不能這麼做。「沒什麼。」

「蘿絲。」他的語氣中充滿了警告的味道。

我別開頭，不敢看他的眼睛。「沒什麼大不了的，真的。」我還可以去找別人。

可我沒想到，他伸手托住我的下巴，將我的頭抬起來。他直直地盯著我的眼睛，不允許我逃避。「妳需要我做什麼？」

我瞪著他許久。我太自私了，居然要用自己關心的朋友的人生和名譽來冒險。如果克里斯蒂安和莉莎沒有分手，我肯定會去找克里斯蒂安幫忙，但現在，愛迪是我唯一信得過的人。

「我要做……一件很瘋狂的事。」

他的表情仍然很嚴肅，可是已經有了一絲笑意。「妳做的所有事都很瘋狂，蘿絲。」

「可是這次不一樣。這次……嗯，可能會毀了你現在擁有的所有東西，讓你陷進一個大麻煩裡。我不能這麼對你。」

那似笑非笑的表情消失了。「不要緊。」他平靜地說，「只要妳需要我，我就會去做，不管是什麼事。」

「可你還不知道是什麼事呢！」

「我相信妳。」

「這可能是違法的，甚至是謀反。」

他聽了之後想了想，最後仍然沒有動搖。「不管妳要做什麼，我都不在乎。我永遠支持妳。」我曾經拯救過他的性命兩次，我知道他是認眞的。他覺得欠我一份情，只要我開口，無論什麼事他都會做，這無關情愛，只是顯示他的友情與忠誠。

「這件事是犯法的。」我又說了一遍，「你必須要溜出皇庭……今晚。我不知道我們什麼時候才能回來。」有可能我們永遠都回不來了。如果我們遇見監獄的守護者……他們肯定會忠於職責，履行該盡的義務。我們所有人接受了這麼多年的訓練，就是爲了這一刻，我不可能單槍匹馬帶著莉莎闖進闖出，我需要有人和我並肩戰鬥。

「告訴我何時出發就行了。」

這件事就這麼說定了。我沒有告訴他我的全盤計畫，只跟他說了今晚集合的地點，還有他要帶些什麼。他一句疑問都沒有，只說會準時到。這時，一些從沒見過的皇室走過來和他說話，我便從他身邊走開，同時心裡很篤定他晚上一定會來。

很困難，可我不得不暫時將有可能毀掉他將來的內疚拋到一邊。

愛迪準時出現了，如同他承諾的。莉莎也來了。稍後，我的計畫便會在今晚展開。當然，我指的夜晚意思就是「大白天」。

我的心情和跟米婭一起溜進守護者總部時一樣忐忑。此刻，陽光普照，可是皇庭的人大部分卻在睡覺，我、莉莎和愛迪偷偷摸摸地穿過皇庭的廣場，準備前往一個停滿了各種車子的車庫與米哈伊爾會合。這個車庫位於皇庭邊緣，由金屬結構組成，非常大，裡面空無一人。

我們到達昨晚米哈伊爾指定的地點時，發現四下無人，我不禁鬆了一口氣。米哈伊爾遠遠看到我們，看見我們的「冒險隊」居然有三個人，似乎很驚訝。他什麼都沒有問，也沒有加入我們的打算。我心中的內疚更深，這裡的每個人似乎都在拿自己的前程為我冒險。

「可能有點擠。」他細心周到地說。

我也勉強擠出一絲微笑。「我們都是好朋友。」

米哈伊爾聽了我的笑話並沒有笑，只是拍了拍身邊那台黑色的道奇跑車。他說的有點擠並不是開玩笑，這台車是新款，真是遺憾。老款的車身要比較大一點，可是守護者的裝備永遠是最頂尖的。

「等我們走得夠遠，我就會下車把你們放出來，剩下的就要靠你們自己了。」他說。

「沒問題。」我向他保證，「走吧。」

我、莉莎和愛迪鑽進後車廂。

「哦，天哪。」莉莎喃喃地說，「希望我們這裡沒人有幽閉恐懼症。」

這就像一個難玩的扭扭樂遊戲。這個後車廂放行李是足夠了，可是要擠下三個人還眞是困難。我們緊緊地擠在一起，彼此之間幾乎一點縫隙都沒有。米哈伊爾很滿意我們的表情，他關上後車廂，黑暗立刻將我們吞沒。不久，引擎聲響起，我能感覺到車子動了。

「妳說我們要撐多久車子才會停下？」莉莎問，「還是我們會因爲吸食太多廢氣，而一氧化碳中毒？」

「我們還沒離開皇庭呢。」我提醒她。

她嘆了一口氣。

車子衝了出去，沒過多久，我們就停了下來。米哈伊爾肯定是開到了由守護者負責守衛的大門。他之前告訴我們，他會編個理由，或者安排需要出去的事務，我們相信那些守護者不會質疑他或是搜查車子。正如學院一樣，皇庭不怕裡面的人溜出去，人們最關心的是不要有人闖進來。

差不多一分鐘過去，我惴惴不安地想著是不是遇到麻煩了。就在這時，車子又開動了，我們三個全都放鬆地呼了一口氣。車子不斷加速，我感覺大概又開了一英里左右，車子靠邊停了下來。後車廂的蓋子被打開，我們爬了出來。我從來沒有這麼想念過新鮮空氣，我打開副駕駛座的車門，坐在米哈伊爾旁邊，莉莎和愛迪坐在後座上。我們剛一上車坐好，米哈伊爾就繼續開車，什麼話都沒說。

我允許自己爲將這些人拖下水，偷偷地內疚了一下，但是不久就決定不再去想。現在再擔心已經太晚了。我同時也覺得很對不起艾德里安，他本應是一個好幫手，可是我眞的沒辦法開口求他幫我做這件事。

想到這裡，我把心思拉回來，開始想眼前要做的事。大概要一個小時左右我們才能到機場，然後我們三個便要搭乘飛機，前往阿拉斯加。

6

「你們知道我們現在需要什麼嗎？」

我坐在愛迪和莉莎中間，現在我們正在從西雅圖飛往費爾班克斯的飛機上。身爲我們三個之中最矮的——只矮一點點——和最聰明的，我只好被兩人夾坐在中間。

「一個新計畫？」莉莎問。

「一個奇蹟？」愛迪問。

我故意停了一下，在回答之前又看了看他們。他們兩個是什麼時候站在同一陣線的？「都不對，是工具。如果我們要順利完成計畫，就需要讓自己冷靜的工具。」我敲了敲平放在腿上的監獄平面圖，走了這麼久的路程，它大部分時間都被擺放在這個位置。

米哈伊爾開了一個小時的車，將我們載到小飛機場，我們趕上了一班去費城的聯航飛機，然後又從費城去了西雅圖，現在則要去費爾班克斯。我又想起了從西伯利亞飛回美國那段稍微有些瘋狂的旅程，那次我也是得經過西雅圖。我開始相信，這個城市是一道可以通往任何地方的大門。

「我認爲我們唯一需要的工具就是智慧。」愛迪開玩笑地說。他在執行守護者任務時，多數時間都是很嚴肅認眞的，可是放鬆的時候，他也很喜歡展露一下他的冷幽默。

不是說他對待我們的任務就完全不認眞，現在他已經知道很多細節了，雖然不是全部。我知道，只要我們一落地，他肯定會啪地一下變回蓄勢待發的樣子。當他聽見我們要去救出維克多・達什科夫的時候，露出了我可以理解的震驚模樣，不過我並沒有告訴他這件事跟迪米特里和精神能力有關，只說了維克多在一件大事裡扮演了一個很重要的角色。愛迪完全信任我，所以聽完我說的話後並沒有多問。我很想知道，如果他知道了全部的事實，會是什麼反應。

「我覺得，至少我們應該去找一個GPS。」我說，「平面圖上面只有經緯度，完全沒有方向。」

「這應該不難。」莉莎邊說邊不停地轉著手裡的一個手鐲。塔莎將她的首飾放在托盤裡，送到了莉莎的房間。「我相信就算是在阿拉斯加，也會有現代的高科技產品。」此刻，她也扮演起了開心果的角色，雖然透過心電感應，我知道她仍然很緊張。

愛迪的好心情稍稍減少了些。「我希望妳現在腦子裡沒有在想槍枝一類的東西。」

「沒有，絕對沒有。如果這個東西眞的能發揮我們希望的效果，那麼就不會有人知道我們去過那裡。」肢體的對抗應該是免不了的，不過我希望能將損失減到最低。

莉莎嘆了一口氣，將手鐲遞給我。她之所以擔心，是因爲我計畫中有許多地方都要靠她的符咒，而「符咒」這個詞既指眞正的符咒，也是個比喻。「我不知道這些能不能發揮作用，但可能會帶給妳多一點抵抗力。」

我拿過手鐲戴在手腕上。什麼感覺都沒有，但我似乎對所有的符咒都沒有什麼感應力。我留了張字條給艾德里安，說我們想趁我的工作還沒指派下來，莉莎也還沒去里海大學之前，偷偷去過幾天「女生的逃亡」生活。我知道他肯定會有受傷的感覺，會爲女生之間這麼親密的友情而不高興，肯定也會爲自己沒被一起邀請來「度假」而感到傷心——如果他相信只有我和莉莎兩個人的話。他也許很瞭解我，可以猜出我這麼做，背後其實另有目的。我留字條，是希望有人發現我們失蹤以後，他能把這個故事對皇庭裡的高層大肆宣揚一番。

我們回去還是要面臨處罰，可是一個狂野的週末總比去劫獄要好吧？老實說，我的處境還能差到哪裡去呢？這個計畫唯一的瑕疵，是艾德里安可以闖進我的夢裡，對我鬼吼鬼叫，質問我究竟是怎麼回事。這也是精神能力一個很有意思，但偶爾也很令人惱怒的本領。莉莎還沒有學會怎麼在夢裡行走，不過她已經掌握了基本的原理。有了這點，再加上催眠術，她嘗試著在手鐲裡注入一點精神能力，可以阻止艾德里安在我睡著以後跑進我夢裡撒野。

飛機緩緩降落在費爾班克斯，我看著窗外高高的松柏和一望無際的綠野，發現莉莎心裡有些期待見到那些冰河和雪景，全然沒想到現在這裡還是夏天。從西伯利亞回來後，我學會了要保持一個開放的心態來看待每個地方，不要受心裡的刻板印象影響。我最擔心的是陽光，我們離開皇庭以後，就一直都是白天，因爲我們是一直在往西走，時區的變化意味著太陽會永遠照在我們頭頂。現在，雖然已經是晚上九點，我們頭頂仍然是陽光明媚、萬里無雲的藍天，眞是要多虧這裡的高緯度。

這裡就像是一個十分安全的巨大籃子。我還沒有告訴莉莎和愛迪，迪米特里似乎在世界各處都有眼線。我在聖弗拉米爾學院和皇庭裡是安全的，可是他的信裡明確指出，他會等著我離開結界。我不知道他到底有多麼神通廣大，如果說他派了人類在白天監視整個皇庭的情況，我一點都不意外，就算我藏在後車廂，迪米特里收到消息的可能性也很大。不過，守護著監獄的這強烈的陽光，同樣也能保護我們。我們只有幾個小時的黑夜時間需要提高警覺，撐過去後就能在阿拉斯加這個地方隨意來去。當然，這也不見得是件好事，我們也有可能被太陽曬死。

我們遇到的第一個困難，是下飛機後前去租車的時候。我和愛迪都剛滿十八歲，沒有租賃公司願意將車租給這麼年輕的傢伙。在連續被三家拒絕之後，我火大了起來。誰會想到我們居然會被這麼蠢的事拖慢了腳步？終於，在問到第四家的時候，一個女人猶豫地告訴我們，在距離機場一公里之外的地方，有個人也許會把車借給我們，前提是我們有信用卡，而且有足夠的額度。

我們愉快地走在藍天下，當走到目的地時，我敢打賭莉莎已經被太陽曬得覺得不舒服了。巴德，就是巴德租車行的老闆，比我們想像的和善很多。我們付了一大筆錢之後，他終於把車租給了我們，同時還免費送了一晚商務酒店的住宿，我們打算去那裡休息整裝，再繼續上路。

我們掌握的所有資料都表明，監獄執行的是吸血鬼的作息時間，也就是說，現在正是他們一天之中最活躍的時候。我們的計畫是留在酒店裡，抓緊時間休息，等著第二天莫里的「夜晚」來臨。這又為莉莎爭取了較多的時間，讓她可以再好好研究一下符咒。

我睡了沒有艾德里安騷擾的一覺。醒來之後，我覺得很高興，這說明他要不是接受了我字條上的說法，就是莉莎的手鐲發揮作用了。所有人都起床之後，我們抓了幾個甜甜圈當早餐，睡眼惺忪地填飽肚子。按照與吸血鬼作息相反的時間表生活，令我們有點不適應。

幸好，甜食讓我們振作起來。我和愛迪留下莉莎，先去探探路。一路上，我們順便買回了我想要的GPS還有其他幾樣東西，以便在開到一些不知道通往哪裡的鄉間小路時，能有個嚮導。當GPS顯示我們現在距離監獄還有一英里時，我們將車停在小路邊，步行穿過一片長滿高大雜草、似乎永遠也走不完的荒地。

「我以為阿拉斯加只會長苔蘚呢。」愛迪邊撥開高高的野草邊說。

此刻的藍天依然晴空萬里，只有幾絲雲絮，根本無法阻擋陽光。我脫下薄外套綁在腰上，身上已經汗流浹背。偶爾，風作為一個很受歡迎的客人從我們身邊拂過，吹得野草彎下了腰，將我們的頭髮撩起。

「應該不是所有的地方，也許要再往北一點才是這樣。哦，嘿，這個看上去是個好兆頭。」

我們停在一個高高的電網前，上面掛著一個大牌子，用很大的字體寫了「私人領地，閒人勿近」。這些字是紅色的，充滿了警告意味。在我看來，也許可以在上面再加一個骷髏頭和兩塊交叉的大腿骨，要恐嚇就要恐嚇到家嘛！

我和愛迪盯著牌子仔細看了一會兒，彼此悲壯地互相看了一下。「不管傷成什麼樣，莉莎都會治好我們的。」我充滿希望地說。

爬電網並非不可能，可是一點都不好玩。我將外套鋪在上面作為保護，一路攀上去，可最後還是有被電到，衣服也破了。我一爬到頂端，就跳了下去。我寧願扭傷腳踝，也不想再繼續爬下去。愛迪也跳下來，落地時的痛楚疼得他齜牙咧嘴。

我們又往前走了一段路，隱隱看到了監獄的輪廓。我們兩個立刻同時趴下來，匍匐前進，同時四處查看，想知道我們能在草地裡前進多遠。根據監獄檔案的記錄，監獄外側有監視攝影機，如果我們離得太近，可能會有被看見的危險。我拿出和GPS一起買來的高倍能望遠鏡，觀察起監獄的外部環境。

這副望遠鏡很頂級——所以價錢相對也是——它將所有的細節都看得清清楚楚。和許多莫里的建築一樣，這是棟結合了古典與現代風格的建築，周圍有著灰白的石牆，監獄幾乎整個被擋住了，只露出一小部分的屋頂，牆頭上有幾個巡邏的人影，同時還有監視用的電眼。這個地方看上去好像碉堡一樣，難進也難出，它應該建在岩石峭壁上，再襯上陰森恐怖的夜空，草原和太陽似乎太不搭調了。

我將望遠鏡交給愛迪。

他看了看，往北一指，說：「看那邊。」

我瞇起眼睛，只能看出是一台SUV休旅車正往監獄駛去，車子繞到監獄的後方，消失在視野中。「那裡是進去的唯一入口。」我回想平面圖的標示，喃喃地說。

我們都清楚，要想翻牆進去根本不可能，就算是要徒步走到牆底下而不被人發現，都是作夢。

我們必須要大大方方地從正門進去，雖然這個計畫稍微拙劣了一點。

愛迪放下望遠鏡，看著我，眉頭擰在一起。「我之前說的話是眞心的，妳知道的。我相信妳，不管妳這麼做是爲了什麼，肯定不會是違背良心道義的事。可是在妳這麼做之前，妳確定這眞的是妳想做的嗎？」

我乾笑了兩聲。「想？不。可我必須這麼做。」

他點點頭。「這就行了。」

我們繼續觀察了一會兒，換了好幾個不同的角度，但仍然不敢靠近。情況跟我們想的一樣，不過看過3D的實景，會對行動更有幫助。

過了一個半小時後，我們返回了酒店。

莉莎正盤腿坐在床上，仍然在研究那些符咒，透過心電感應傳來的感覺溫暖而滿足。精神能力經常會讓她心情舒暢，哪怕不久便會有負作用產生。不過，她覺得她現在已經有進步了。

「艾德里安打了兩通電話給我。」我一進門，她就告訴我。

「妳沒接吧？」

「沒有。可憐的傢伙。」

我聳了聳肩。「只能這麼做。」

我們把調查到的情況告訴她，她的好心情瞬間就沒了。

我們的這一次探訪，令一會兒要做的事情變得越來越眞實，而使用了大量的精神能力，已經讓她處於崩潰的臨界點。過了一會兒，我感應到她強壓抑住心中的恐懼，下定了決心。她告訴我，她不會反悔，已經準備好履行承諾，雖然她對於離見到維克多・達什科夫的時間越來越近，而感到惴惴不安。

吃過午飯後，又等了幾個小時，我們終於要行動了。此刻對人類來說正值傍晚，可是對吸血鬼來說卻是凌晨，夜晚就要結束了。機不可失，莉莎緊張地將她做好的符咒分給我們，同時又很怕這些東西不管用。愛迪穿上他新領的那身黑白兩色的守護者制服，而我和莉莎則穿著便服，扮成一對夫婦。莉莎的頭髮用可水洗掉的染髮劑染成了暗褐色，我則將頭髮綁起來，戴了一頂紅色的大波浪假髮。這個顏色令我想起了我媽媽，讓我覺得有點彆扭。我們坐在車子的後座上，愛迪開著車，就像我們雇用的司機一樣，又沿著我們之前走的那條路返回監獄。和上次不同的是，我們沒有停下車，車子順著大路一直向著監獄的正門駛去。一路上沒有人講話，可是我們內心越來越緊張焦慮。

還沒行駛到外牆前，就出現了守護者負責的哨崗。

愛迪停下車子，我盡量表現得不動聲色。他降下車窗，值班的守護者走過來，蹲下身，以便看清車內的我們。

「你們來這裡做什麼？」

愛迪將一份檔案夾遞過去，他表現得自信又隨意，好像這不過是件最普通的事。「送幾個新的餵食者來。」

檔案夾裡有各種監獄用的公文和資料，其中包括地形報告和補給品清單——比如餵食者。我們複製了一份調送餵食者的檔案，然後自己把它填好。

「可我沒有接到今天有運送任務的通知。」守護者說道，看起來並沒有起疑，只是覺得很困惑。他看了一眼公文。「這檔案的格式是舊的。」

愛迪聳聳肩。「他們就是給我這些資料，我是新來的。」

那個守護者微微一笑，「對，你看起來就是剛出學校的樣子。」

他看了我和莉莎一眼，雖然我已經盡量克制了，可仍然很緊張，只見他盯著我們，然後皺起眉頭。

我戴著莉莎給我的項鏈，而她自己則戴著戒指，這兩樣物品裡面全都注滿了催眠魔法，能讓別人以爲我們是人類。盯著那些可憐的人直接催眠，強迫他們以爲自己看見的是人類，比這麼做要容易很多，可這麼做並不實際，這樣做太費神。

如果這些符咒發揮了百分百的效用，那麼這個守護者肯定不會再看我們第二眼，可惜情況不太理想。在他眼中，雖然我們的外貌改變了，可顯然沒有我們希望的那麼明顯。這就是爲什麼我們還要花時間染髮，這樣就算符咒失敗了，我們的身分也不會被揭穿。莉莎已經做好直接對他催眠的準備了，不過我們希望，這種情況不會在接下來遇到的每個人身上都發生。

過了一會兒，這個守護者終於放過了我們，顯然對我們人類的身分確認無疑。

我鬆了一口氣，握拳的手也放開了。我根本沒有意識到自己居然是握著拳的。

「等一等，我去彙報一下。」他對愛迪說。

那個守護者轉身走開，回到崗哨裡拿起電話。

愛迪回頭看著我們說：「目前爲止還順利嗎？」

「除了檔案格式舊一點，其他一切順利。」我咕噥道。

「那怎麼知道我的符咒有沒有發揮作用？」愛迪問。

莉莎給他的是一枚塔莎的銀戒指，裡面注入的精神能力，會讓他在外人眼裡是一個古銅色皮膚和黑頭髮的人。莉莎沒有改變他的種族，只是透過魔法改變了他的外表和身材。就像我們的「人類」符咒一樣，我懷疑愛迪的符咒也沒有發揮到莉莎想像中的作用，不過這些微小的改變，應該足以令人在日後無法指認他就是愛迪了。不過根據我們對催眠術的瞭解，符咒的作用會隨著時間慢慢減弱，因此我和莉莎也不確定他現在在別人眼中是什麼樣子。

「我相信應該沒問題。」莉莎再三保證。

守護者又走了回來。「你們可以進去了，裡面有人會處理。」

「謝啦。」愛迪說著，接過被遞回來的公文。

守護者的態度透露出，他認爲肯定是內部人員的失誤。他確實很盡忠職守，可是身爲一個正常人，實在很難想像有人會扮成餵食者溜進監獄，而且還是冒著生命危險。這個可憐的傢伙。

我們開到監獄外牆的門口時，有兩名守護者前來迎接我們。我們三人下了車，跟著他們走進位於外牆和監獄主體間的操場。聖弗拉米爾學院和皇庭的庭院，都綠意盎然，種了許多樹，可這裡卻是冷冰冰的，顯得很淒涼，地上甚至連根草都沒有，只有凍得硬邦邦的泥土。這裡就是犯人們放風用的「活動區」嗎？還是說，犯人們根本就不被允許到這裡來？我很驚訝這裡沒有類似護城河的那種設計。

監獄裡的色調和外面一樣，都是慘澹的灰色。皇庭的牢房四壁光滑而冰冷，全都是金屬和磚牆，我本以爲這裡也一樣。不過，顯然這個設計塔拉索夫監獄的人，放棄了那些現代化的元素，將這裡建造得如同中世紀的羅馬尼亞。粗獷的石牆順著走道兩邊往前延伸開去，灰禿禿的，感覺甚是不祥，空氣也感覺冰冷而潮濕。也許，他們是爲了保證這裡的氣氛，能給剛進來的犯人一個下馬威。被分派到這裡的守護者，一定很不喜歡這裡的工作環境。根據我們手裡的平面圖，這裡應該有一小部分的房間是給工作人員當宿舍用的，希望那裡的氣氛比較好一點。

我們沿著走道走下去，一路只偶爾出現幾台監視攝影機。這個地方的守備裝置倒是一點都不原始。有時，我們會聽見沉重的關門聲，可總體來說，這一路上是安靜的，完全聽不見叫喊聲或是尖叫聲，這不禁讓人感到一絲毛骨悚然。

我們被帶到典獄長的辦公室，一個雖然有古典外觀，卻擁有所有日常辦公用品，比如桌子、電腦等等的房間，可這裡只有最基本的裝潢，一點裝飾都沒有。帶我們前來的守護者說，一會兒接見我們的會是典獄長的助理，因爲他本人還沒有起床。這就對了，一般這種時候，通常是守職人員最容易懈怠的時候。我希望這代表他現在很累，不太清醒。但，這種事很少發生在守護者身上，不管他們的職責是什麼。

「希爾．馬克思。」那個助理走進來，和愛迪握了握手。他是個拜耳，比我們大不了多少。我想，也許他也是剛被分派來這裡的。

「勞瑞．布朗。」愛迪自我介紹道。我們幫他編了這麼一個普通的名字，毫不起眼，報紙上常常能見到。

希爾沒有跟我和莉莎講話，他只是和第一個傢伙一樣，疑惑地瞥了我們一眼，符咒這才慢慢發揮作用。不過和方才一樣，我們幸運地過關了。希爾回過頭，拿過那份公文。

「這和我們平時用的格式不太一樣。」他說。

「我也不清楚。」愛迪抱歉地說，「我是第一次執行這種任務。」

希爾嘆了一口氣，又看了一下表格。「典獄長還有幾個小時才上班，我想我們最好還是等他來拿主意吧。一般餵食者都是從沙士菲統一送過來的。」

在這個國家裡，有幾個莫里的機構專門負責收集餵食者——就是那些自願讓吸血鬼吸血，以體驗吸血快感的一群人——然後統一分派。沙士菲便是這樣的機構，地點在堪薩斯。

「和我同期被分發的還有幾個新人。」愛迪說，「也許是有人搞錯了。」

「很顯然。」希爾不屑地哼了一聲，「好吧，也許你們願意坐下來等一會兒。需要我替你們弄點咖啡嗎？」

「我們什麼時候要被送去餵食？」我用自己最嫵媚、最夢幻的聲音問道。「已經等太久了啦。」

莉莎也附和道：「他們說我們一到這裡就可以馬上去。」

愛迪翻著白眼，看我們裝出典型餵食者的樣子。「一路上這兩人就是這副樣子。」

「能想像得出來。」希爾說，「哼，餵食者。」他微微推開自己辦公室的門，向裡面喊道：「嘿，韋斯？你能過來一下嗎？」

裡頭有一個守護者探出頭來問：「什麼事？」

希爾輕蔑地向我們揮了揮手。「將這兩個帶進餵食區，省得把我們逼瘋了。如果有人醒了，可以先餵他們。」

韋斯點點頭，帶著我們走了出去。我和愛迪對視了一眼，他表面上什麼表情都沒有，可我知道他很緊張。我們現在的任務是要找到維克多，把他帶出來，而愛迪不願意將我們送入虎口。

韋斯領著我們穿過重重大門，經過許多崗哨，終於到了監獄的內部。我意識到每經過一層哨卡，就代表在逃跑的時候必須再從這裡跑出來。平面圖上標示的餵食區，是位在和牢房相反的位置，我本以爲我們可能要往外走，可是正好相反，我們是直接向監獄的中心，也就是關犯人的地方走去。我是因爲仔細研究過平面圖，才知道我們現在的位置，不過莉莎完全不知道，直到最後看見前方立著一塊警示牌：**警告，從此處起為關押區（罪犯區）**。這些話很奇怪，難道關在這裡的還有不是罪犯的嗎？

一道沉重的對開大門緊緊封住了去路。韋斯先輸入密碼，隨後又按了指紋，這才打開大門。莉莎的步伐沒有變，可我能感應到一進入這個兩旁全是牢籠的地方，她立刻緊張起來，我其實也差不多。不過，韋斯雖然保有警覺性，可身上卻沒有害怕的感覺，我立刻意識到，他肯定是經常出入這裡，而且熟知這裡的保全情況。也許這裡面關押的犯人很危險，可是每天從他們身邊來來回回，他已經習慣了。

不過，看見牢籠裡面的情況，我還是嚇得心臟差點停止了跳動。這些小房間又黑又暗，裡面只有最簡單的傢俱，大部分犯人都還在睡覺，眞是謝天謝地。不過，有幾個在我們經過的時候張開眼看了看，他們並沒有出聲，可這種沉默令人更害怕了。有些關在這裡的莫里，樣子和大街上的路人沒什麼兩樣，我不禁好奇他們究竟做了什麼，才會被關在這裡。他們的表情都很悲傷，好像見不到希望。我又看了兩眼，才認出來有的犯人不是莫里，而是拜耳。雖然這也能說得通，可我還是嚇了一跳——我現在要做的，應該也能將這裡的犯人們嚇一跳吧！

但，並不是所有的犯人都這麼和善，有的看長相就知道，他們絕對應該在塔拉索夫度過餘生。他們的表情都很兇惡，明顯不懷好意地牢牢盯住我們，不肯鬆開，好像不願放過每個細節。他們是在找有什麼能協助逃跑的工具嗎？還是看穿了我們的僞裝？抑或是他們餓了？我不確定，只是默默地感謝被安放在這裡、不會說話的安保設備。我也感謝維克多不在這裡，也許他是被關在另一個區域裡了。我們目前還不能被人認出來。

終於，我們走出了走道，穿過另一道對開門，來到了餵食區。這裡也很像中世紀地牢的感覺，但這有可能是因爲這裡是監獄的緣故。拋開這裡的裝潢風格，餵食室的佈置和聖弗拉米爾學院的餵食室倒是很像，不過小了一點而已，裡頭有一些可保護進食者隱私的小包廂，而一個莫里正無聊地坐在桌子後面看書，感覺上他已經昏昏欲睡了。這裡只有一個餵食者，三十多歲，樣子邋遢，他坐在椅子上，一臉微笑，可是眼神卻很空洞。

我們走進去時，那個莫里嚇了一跳，張大了眼睛。顯然，整個晚上我們的出現是令他最激動的事，他看著我們，一時無法反應。不過我們應該瞞過了他，這是個好消息。

「這是怎麼回事？」

「兩個新來的。」韋斯說。

「可是我們沒有預定啊。」那個莫里說，「而且這種年輕的好貨才輪不到我們，他們一直給我們一些老的和用剩的。」

「別問我。」韋斯說著，對我和莉莎指了指我們應該坐的位置，就向門口走去。看樣子，是有人被押著要來這裡進食了。「馬克思本來想等到沙利文起床再處理，我猜應該是那邊搞錯了。不過這兩個一直嚷嚷著要來挨咬。」

「好極了。」那個莫里呻吟了一聲，「好吧，離下頓飯還有十五分鐘，我讓布萊德利休息一會兒好了。他工作過量了，我懷疑他可能根本不知道有人接了自己的班。」

韋斯點點頭。「我們搞清楚後，就通知你。」

那個守護者離開了，莫里則拿起書寫板，嘆了口氣。

我有種感覺，這裡的每個人都很厭倦自己的工作。我能明白他們爲什麼會這樣。這個工作環境眞是太壓抑了，拜託給我一個寬闊點的世界吧！

「十五分鐘以後，輪到誰進食？」我問。

那個莫里驚得猛地抬起頭。一般餵食者是不會問這種問題的。「妳說什麼？」

莉莎站起來，盯著他的眼睛。「回答她的問題。」

那人放空了表情，眞是一個容易被催眠的人。「魯道夫．凱撒。」

這個人我們沒聽說過。我猜，他最有可能是因爲濫殺無辜或者是犯了偷竊罪。「什麼時候輪到維克多．達什科夫？」莉莎問。

「兩小時後。」

「改一下時間表。告訴看守他的人，時間表重新調整過，下一個是他，而不是魯道夫。」

那個莫里兩眼無神，現在他看起來和那個叫做布萊德利的餵食者沒什麼區別。他花了一會兒工夫才接受了這個資訊。「好的。」他說。

「還有，你記住，這種事經常發生，不會引起懷疑。」

「不會引起懷疑。」他機械地重複道。

「現在照做。」莉莎厲聲命令道，「打電話給他們，安排好，但是眼睛要一直看著我。」

那個莫里應允了。他在講電話自報家門的時候，稱自己是諾斯伍德，當他掛斷電話時，一切已經安排好。我們現在除了等，什麼都做不了，而我全身因爲緊張而繃得緊緊的。希爾說過，那個典獄長還有一個多小時才會來上班，在此之前，不會有人有疑問。愛迪只要陪著希爾耗時間，在公文格式不對這個問題上不要引起懷疑就行了。冷靜，蘿絲，妳可以的。

我們等待的時候，莉莎也催眠了餵食者布萊德利，讓他睡得死死的。我不希望這件事有人看見，哪怕是一個癮君子也不行。同樣，我也將這裡的監視錄影器的鏡頭微微地調整了一下角度，這樣它就無法監視到整間屋子的情況。當然，我們走之前還要把它們恢復原樣，不過現在，我們不需要這種監控設備照下即將要發生的事。

我剛在其中一個小隔間裡坐好，門就開了。莉莎坐在靠近諾斯伍德辦公桌的椅子上，以便繼續催眠他，我們告訴他，我就是那個餵食者。我雖然什麼都看不見，但是透過心電感應，我能借著莉莎的眼睛看見走進來的人：兩名守護者……還有維克多・達什科夫。

莉莎看見他，立刻和上次在法庭時一樣，湧上一種悲憤感，她的心怦怦地跳，兩手忍不住輕搖著。上次在法庭時，她之所以冷靜下來，是因爲最後的判決結果，讓她知道維克多會被關一輩子，永遠不會再傷害她。

可是現在，我們卻要親手推翻這一切。

莉莎強迫自己將恐懼的感覺推出腦海裡，這樣才能繼續控制諾斯伍德。

在維克多身旁的兩個守護者都很警覺，隨時準備動手，雖然他們知道沒有這個必要。那病纏著他已經好幾年了，雖然莉莎曾經治好過一段時間，但是沒有了她的幫助，病症再次開始發作。缺乏鍛煉，再加上沒有新鮮空氣也對他的身體不好，而且身爲這裡的犯人，他每天能吸食的血也有限。守護者爲了保證萬無一失，還替他戴上了手銬，那些沉重的金屬拖慢了他的步伐，令他不得不拖著地走。

「那邊。」諾斯伍德指著我，「那個。」

守護者帶著維克多從莉莎身旁走過，維克多連看都沒有看她一眼。她此刻正使用著兩種催眠術：一種要繼續控制諾斯伍德，還要抽空在維克多經過的時候，飛快地對他施加暗示。守護者將他放在我旁邊的椅子上，就退開了，但仍然讓他保持在視線範圍之內。其中一個分神，去和諾斯伍德小聲交談，說這回終於來了兩個年輕的新貨。

如果這件事再重來一回，我一定會讓莉莎將我們扮得老一點。

維克多坐在我身邊，湊過來便張開嘴。吸血是他們的第二天性，每次都一樣，所以他根本不會仔細想這件事，而且，似乎連看都不會看我一眼。

可是……他看了。

他愣住了，眼睛張得大大的。莫里皇室特有的血緣關係，令達什科夫家和德拉格米爾家一樣擁有碧綠色的眼睛，此刻他眼中那疲倦、萬念俱灰的目光不見了，取而代之的是一種敏銳的狡猾。那是他的天性，我對他這種眼神再熟悉不過，他這個樣子，令我想起了剛才看見的那些可怕犯人。

可他眼中同時也有疑惑。就像我們遇到的其他人一樣，我的符咒混淆了他的想法。他的直覺告訴他我是個人類，可是眼睛看到的又不像，而且他身上還有一點因素是別人不具備的：身爲一個不會精神能力的強力催眠者，他對催眠術有抵抗能力。我、愛迪和莉莎對彼此的催眠免疫，是因爲我們知道對方的眞實身分，而維克多經歷的可能也一樣。他的心裡明知我是個人類，可眼睛看到的卻是蘿絲・海瑟薇，哪怕在我有符咒保護的情況下，一旦這種信念堅定了，幻覺自然也就消失了。

他的臉上慢慢地露出一抹陰險的笑容，張開嘴，露出尖牙。「哦，天哪！這可能是我吃過最美味的一餐。」他的聲音很低，被其他人的談話聲蓋了過去。

「你要是敢咬我，這就是你這輩子最後一頓飯了。」我也壓低聲音，用幾不可聞的聲音說道。「不過如果你想要逃出這裡、再看見外面世界的話，就按照我說的做。」

他不明所以地看了我一眼。

我深吸一口氣，說出了必須要說的話：「偷襲我。」

7

「不是用你的牙。」我立刻補充道，「直接撞過來，或者用鐐銬，總之你能用什麼就用什麼吧！」

維克多．達什科夫不是個傻子，換了其他人可能會猶豫或者不停地提問，可他沒有。他也許不清楚這是怎麼回事，不過他憑直覺認爲，這是一次重獲自由的好機會，也許是這輩子唯一的機會了。他這個人可是花了大半生的時間在籌謀畫策上面，是個中的好手，一點就通。

他盡可能舉起手向我撲過來，非常傳神地表現出一副想要用手銬將我勒死的樣子，當他這麼做的時候，我則做出一副嚇得要死的表情。

很快地，那兩個守護者便衝過來，想制止這個瘋子殺死我這個可憐的女生。可是，就在他們忙著制服維克多的時候，我一起身，出手便揮向這兩個人。就算他們知道我很厲害，對我這麼凌厲迅速的攻勢也來不及反應，何況他們還不知道我很厲害。我不禁有些內疚，覺得這對他們兩個很不公平。

我先用力打了第一個一拳，他鬆開抓住維克多的手，向後飛去，直到落在莉莎附近的牆邊才停下來。而莉莎此刻則繼續催眠諾斯伍德，要他保持冷靜，不要打電話叫人來支援。另一個守護者稍稍反應了過來，想要放開維克多來對付我，可是仍然慢了一拍，我趁著他鬆手的一剎那揮拳過去，便和他打了起來。

這個守護者身材高大，難以應付，而且他顯然已認定我是個難纏的對手，出手不再留情。我肩上挨了他一肘，震痛了整條手臂，但我也回了他一下，飛快地用膝蓋頂中他的肚子。這時，他的同伴已經站了起來，又跑向我們。我必須盡快結束眼前的這場戰鬥，不是爲了自己，而是因爲他們一有機會，可能會去打電話叫來後援。

我抓住眼前的這個，用吃奶的力氣將他朝牆上撞去，當然，是撞頭。他被撞得頭暈眼花，站立不穩，我趁機又撞了一下，這時他的同伴剛好跑過來。我手中的這個守護者癱倒在地上，失去了意識。我討厭這麼做，可是長年的訓練讓我能夠控制力道，使得對方既無還手之力，性命又可以無憂，他醒來以後應該只會覺得頭痛而已。當然，這只是我的希望。此時，還有另一個想要發動進攻，我們兩個僵持不下地轉著圈子，希望能夠抓住機會，一擊即中。

「我不能打倒他！」我對莉莎喊，「這個人還有用，催眠他。」

莉莎的反應立刻透過心電感應傳來。同時催眠兩個人對莉莎來說是可以辦到的，可是要消耗許多精力，而我們還沒到最後的緊急關頭，不能冒險讓她在這麼短的時間內拚盡全力。一時間，她心中的恐懼被無奈所代替。

「諾斯伍德，睡吧！」她喊道，「馬上，趴在桌子上睡。你很累了，要睡好幾個小時。」

我的餘光瞥見諾斯伍德身子癱軟下來，頭砰地一聲倒在桌子上——我們走了之後，可能所有的工作人員都會有腦震盪——我於是衝向那個守護者，用盡全力壓住他，將他的頭扭向莉莎。莉莎也向我們跑過來，那守護者正驚訝地看著她，這正是她想要的。

「住手！」

他沒有像諾斯伍德那樣立刻受到影響，顯然這個人的意志力要堅強得多。

「別再打了！」她這次說得比較嚴厲，加強了意念。

不管這個人的意志力有多堅強，他還是不能抵抗這樣的精神能力，他的手臂漸漸垂到身子兩側，不再掙扎。

我退後一步，大口喘氣，將我被打歪的假髮調整好。

「這個人比較難控制。」莉莎對我說。

「比較難控制的定義是五分鐘還是五小時？」

「大概兩個多小時吧。」

「那我們走吧，讓他把維克多手銬的鑰匙拿過來。」

莉莎命令守護者將手銬的鑰匙交出來。他告訴我們，鑰匙在另一個人身上。我搜了搜那個被我撞暈的傢伙身上，找到了鑰匙。他還有呼吸，謝天謝地。現在，我要全力對付的人就是維克多了。我和守護者一開打，他就躲到安全的距離，靜靜地觀察，他那扭曲的心裡肯定升起了新的希望。

我拿著鑰匙走過去，擺出自認最嚇唬人的表情說道：「我現在要打開你的手銬。」我的聲音既甜美又帶有一絲威脅，「你必須完全按照我的要求去做，不能半路逃跑，不能和人動手，只要是有損我們計畫的事情都不能做。」

「哦？妳現在也會催眠了嗎，蘿絲？」他半帶嘲諷地問。

「我不需要。」我打開手銬，「我可以像對待那個傢伙一樣把你揍暈，然後拖著你走。這對我來說不費什麼事。」

沉重的手銬和鏈條掉在地上，他的臉上又露出那種狡猾和自命不凡的神情，可他只是伸手輕輕揉了揉手腕。我注意到，他的手腕上全是瘀痕和劃傷，戴著這手銬肯定不舒服，可我拒絕替他感到難過。他則看著我和莉莎。

「多有意思啊！」他喃喃地說，「在所有想要救我出去的人裡面，我從來沒想過妳們兩個……當然了，話說回來，也只有妳們兩個能辦到。」

「我們不需要你發表評論，漢尼拔先生（注❶）。」我猛地打斷他，「也別用『救』這個詞，別把你自己說得好像是個被冤枉了的英雄似的。」

他揚起眉毛，似乎相信這就是事實。他沒有和我爭辯，而是向布萊德利走去。這個餵食者在整個打鬥中都在睡覺，鑒於他還沉浸在被吸血的快感中，莉莎的催眠已經夠用，不必再費力將他也敲暈了。

「把他給我。」維克多說。

「什麼?」我大喊道，「沒時間讓你做這件事了!」

「那我也沒有力氣做妳心裡想要我做的事。」維克多虛弱地說，他臉上那優雅和無所不知的面具摘了下來，換上一副兇狠、殘暴的表情。「關在監獄裡，可不只是要面對鐵欄杆那麼簡單，蘿絲。他們不給我們吃的，不讓我們吸血，希望我們一直處於虛弱的狀態。每天我唯一一次能活動的時間，就是從牢房走來這裡，這已經是恩賜了。除非妳真的想把我敲暈拖走，不然就給我血!」

莉莎攔住我，搶先回答：「快點。」

我驚訝地瞪著她。我本來不想答應維克多的，可是透過心電感應，我發現莉莎心裡有一種奇怪的感受，那是憐憫和……理解。哦，她還沒有原諒他，這是肯定的，可是她也知道，沒有血的日子有多麼難受。

還算幸運，維克多的動作真的很快，莉莎的話音還沒落，他的嘴已經咬住那個人類的脖子了。我想，不管布萊德利是不是還在睡，被尖牙咬住脖子的感覺應該足以將他叫醒了。他猛地睜開眼，表情很快又因吸血鬼的胺多酚影響，而變得愉悅。維克多狂飲了一陣，應該夠了，可是這時布萊德利的眼睛吃驚地張大了。我意識到維克多一定是加快了吸血的速度，於是撲過去，在維克多還沒有將餵食者的血吸乾之前用力將他拉開。

「你他媽的到底在幹什麼？」我用力搖晃著維克多，大聲質問。這件事我想做很久了。「你眞以爲你能當著我們的面吸乾他的血，將自己變成血族嗎？」

「很困難。」維克多因爲我的力道而有些膽怯。

「他不是這麼想的。」莉莎說，「他只不過一時失控了而已。」

維克多的嗜血慾望得到了滿足，那種圓滑的態度又回來了。「啊，瓦西莉莎，妳永遠都是這麼善解人意。」

「別再裝了！」她咆哮道。

我看著他們兩個。「我們必須走了，立刻。」我轉身看著那個被催眠的守護者，「帶我們去你們的監控室。」

他沒有理會我，我嘆了口氣，充滿希望地看著莉莎。莉莎將我的要求又重複了一遍，他立刻往外走去。我的腎上腺素因爲剛才的戰鬥飆高，迫切希望結束這一切，盡快離開這裡。透過心電感應，我知道莉莎也很緊張。她也許在維克多吸血這件事上幫他講了情，可是我們在走路的時候，她一直盡可能離他遠遠的。意識到他的身分和我們現在正在做的這件事，讓她覺得毛骨悚然。我希望自己能做點什麼令她好過一點，可是現在還不是時候。

我們跟著那個守護者紀梵尼——這是莉莎問出來的——穿過了好幾條走道和崗哨，看起來他帶我們走的路線是繞著監獄的周邊，並沒有從牢房中間穿過去。我一路上都提心吊膽的，生怕遇見什麼人，有可能發生的意外太多了，我們一個都不想碰到。幸運的是，一路上都沒有碰見什麼人，最

注❶：美國電影《沉默的羔羊》裡頭的主角名，是個變態殺人狂。

有可能的原因還是因為此刻正值黎明，而且我們走的又是警備程度比較鬆散的區域。

莉莎和米婭也讓皇庭的守衛者清除了監視錄影帶的畫面，不過我沒有目睹那個過程。現在，紀梵尼帶著我們走進監牢的監控室，我禁不住小聲地驚呼起來。四面牆上掛滿了監視器，監視器的前方有一個充滿了各種複雜按鈕和開關的控制台，到處都是擺放著電腦的桌子。我感覺這個房間好像隨時能夠升上太空的樣子。監牢裡的所有東西都一覽無遺：每個牢房、每條走道，甚至連看守員的辦公室，就是愛迪正坐在那和希爾閒聊的那個房間都能看見。另外兩個守護者也坐在那裡，我不確定我們經過走道時，是不是被他們看見了。應該沒有──他們的注意力都在別的地方：一台面向空白牆壁的監視器。就是我在餵食室時把它轉到一邊去的那台。

他們正湊過去研究，其中一個人提議不如叫人去查看一下。隨後，他們兩個便發現了我們。

「幫她解決他們。」莉莎命令紀梵尼。

他再次猶豫了一下。我們應該找一個意志力比較薄弱的人來當「幫手」，可當時莉莎也不知道是這種情況。如之前一樣，他慢慢地接受了命令，也像之前一樣，在等著他幫忙的漫長過程中，那兩個守護者也被嚇了一跳。他們發現我的力量很強，立刻提高了警戒，可卻很疑惑，我明明只是個人類，而紀梵尼是他們的同伴，他們也想不到他會出手。

不過這不代表這兩個人就是遜咖。雖然我這個幫手等了很長時間才出手，不過確實幹得不錯，我們很快齊心合力地制伏了一個，紀梵尼用力勒住那人的喉嚨，令他無法呼吸，不一會兒他就失去意識了。另一個守護者一直離我們遠遠的，我發現他的眼睛正向其中一面牆上望去，那上面有一個滅火器、一個電燈開關，還有一個圓形的銀色按鈕。

「那是警報器！」維克多看見那個守護者撲過去，立刻大喊。

我和紀梵尼同時向他撲去，在他的手按下按鈕、通知駐守這一區的一票守護者之前，將他撲倒，我一個拐肘令他也失去了意識。來到這裡後，我每打倒一個守護者，心中的內疚就多一分，胃也越抽越緊。守護者都是好人，我不自覺地想，自己正在扮演的是一個惡魔的角色。

現在，這裡只有我們的人了。莉莎馬上明白要怎麼做。「紀梵尼，將上一個小時所有的錄影帶內容都清除掉。」

這次他猶豫的時間更長了。要他去攻擊自己的夥伴，已經消耗了莉莎大量的催眠法力。她一直在催眠別人，身體變得很疲憊，可唯一能夠令他服從我們命令的辦法，就是花比之前還要大的力氣去催眠他。

「照做。」維克多站到莉莎旁邊，也出聲喊道。

莉莎在他靠近的時候畏縮了一下，可是有了維克多的幫助，紀梵尼接受了命令，開始操作控制台上的各種開關。維克多的能力雖然比不上莉莎，可是他瞬間爆發出的催眠力，對莉莎的能力來說是一種補給。

監視器一個接一個地全都黑掉了，紀梵尼在儲存影片的電腦裡輸入了幾行命令，操作台上的紅燈隨即亮起，可是這裡沒有人想要去修理。

「可是，就算他清除了這些，他們也可能將受損的硬碟修復。」維克多提醒道。

「這個問題是應該解決。」我立刻說，「不過改寫電腦程式什麼的我可不會。」

維克多翻了個白眼，「也許吧，不過妳肯定知道怎麼把它徹底弄壞。」

我想了好一會兒，才恍然大悟。我嘆了一口氣，從牆上摘下滅火器，用力將電腦砸個稀爛，除了一堆廢塑膠和金屬片，什麼都不剩。我每砸一下，莉莎都會哆嗦一下，同時一直看著門口。

「希望別有人聽見才好。」她喃喃地說。

「應該可以了。」我信心滿滿地說，「現在該走了。」

莉莎命令紀梵尼帶我們回到前頭典獄長的辦公室。他接受了命令，帶著我們順著原路返回。他的密碼和工作卡讓我們順利地通過所有的關卡。

「我想，妳沒辦法催眠希爾，讓他同意我們出去了吧？」我問莉莎。

她抿嘴笑了笑，搖了搖頭。「我連紀梵尼還能控制多久都不知道，之前我從來沒有將人當木偶這樣控制過。」

「沒問題的。」我向她保證，也是向自己保證。「我們已經成功一半了。」

可是我們還有另一場仗要打，就是如何闖過自己心裡這一關。在俄羅斯打倒了一半血族之後，我對自己的能力頗有信心，可是心裡的內疚感卻不是那麼容易消失的。如果再遇到十、七八個守護者，單憑我自己是肯定擺不平的。

我已經沒辦法將現在的方位和平面圖相對照了，但是顯然，紀梵尼要帶我們回去，得要穿過一個牢房。我們前方又出前一塊牌子，上面寫著：警告，從此處起為關押區（精神病區）。

「精神病？」我驚訝地問。

「當然了。」維克多小聲說，「不然妳以爲，他們將那些因爲精神出問題而犯罪的犯人們關在哪兒？」

「送去醫院啊！」我回答道，隨即忍住了後面想說的玩笑話——難道犯人不就是因爲精神有問題，才會犯罪的嗎？

「哦，其實並不總是——」

「停！」莉莎在門前猛地停住，也叫住了紀梵尼。我們幾個差點撞到她。她猛地向後退了幾步。

「怎麼回事？」我問道。

她轉身對紀梵尼說：「換別條路去辦公室。」

「這是最近的。」他說明道。

莉莎慢慢地搖著頭。「我不管。換另一條路，換一條不會遇見別人的路。」

他皺起眉頭，可是莉莎又加強了催眠的能力。紀梵尼猛地轉身，我們匆忙讓開路。

「到底出了什麼事？」我追問道。莉莎的心情太過混亂了，我找不出她這麼做的原因，她看上去很不開心。

「我感應到那裡面有精神能力者的靈光。」

「什麼？有幾個？」

「至少兩個。我不知道他們是不是也感應到我了。」

如果不是前方的紀梵尼走得比較急，而我們又趕時間，我一定會停下來。「精神能力的使用者……」

莉莎找了這麼久，卻很少發現和她一樣的人。有誰能想到我們居然在這裡找到了呢？事實上……也許我們早就應該想到這點。我們知道精神能力者最後都會失去心智，變成瘋子，所以，爲什麼他們不會被關在這種地方呢？一想到我們在監獄裡引起的這場軒然大波，就不難明白爲什麼要隱瞞精神能力使用者的存在了。我很懷疑在這裡工作的人，是不是眞的知道這些犯人都做了些什麼。

我和莉莎彼此看了一眼。我知道她有多麼想要弄清楚這件事，可是現在時機不對。維克多已經對我們說的話產生好奇了，所以莉莎剩下的話只透過心電感應傳給了我：我很肯定，隨便一個精神能力者都會看穿我的僞裝。我們不能冒險暴露出真實身分，就算是那些說話沒人信的瘋子也一樣。

我同意地點點頭，暫時將好奇心和悔意拋在一邊。我們可以再找機會，比如說，想辦法再闖進這個防守超嚴密的監獄裡一次。

我們終於無驚無險地回到了希爾的辦公室，一路上我的心都怦怦地跳，腦子裡一直在喊：快快快！我們進去的時候，希爾和愛迪正在聊皇庭的政治情勢。愛迪看見我們，知道我們該撤退了，立刻向希爾衝過去。他像紀梵希方才那樣，乾淨俐落地勒住希爾的脖子，將他弄暈。我很高興有人在我身邊，替我做這種不光彩的事。不幸的是，希爾在昏倒在地上之前，還是大喊了一聲。

很快地，之前將我們送來這裡的那兩個守護者跑了過來。我和愛迪立刻轉身看向他們，而莉莎和維克多則有紀梵尼守護。可是，紀梵尼幫我們搞定了一個守護者之後，居然打破了莉莎的催眠術，掉頭回來對付我們。更可惡的是，等我發現時，他已經向牆邊一個銀色的報警器按鈕跑去，他一拳砸下去，刺耳的聲音立刻充斥在空中。

「該死！」我大喊。

莉莎的那幾下三腳貓功夫沒辦法和人硬碰硬，而維克多的情況也好不到哪裡去。現在，只能靠我和愛迪來對付這兩個人了，而且要速戰速決。第二個護送我們來的守護者也倒下了，現在只剩下我、愛迪和紀梵尼。他幹得很漂亮，成功地將我的頭撞向牆壁，這一下應該可以將我撞暈的，不過我只覺得眼前天旋地轉，有很多黑白小點。我愣了一會兒，幸好愛迪撲過來，沒幾下，紀梵尼就不再是我們的問題了。

愛迪扶住我的手臂，幫我站穩，我們四個立刻衝了出去。我回頭看著地上倒著的那幾個人，再次痛恨起自己的所作所為。可是已經沒時間讓我內疚了，我們必須闖出去，就是現在。很可能一分鐘以後，監獄裡所有的守護者都會趕過來。

我們一票人向正門跑去，發現這門被從裡面鎖上了。愛迪咒罵了一聲，要我們等一下，他跑回希爾的辦公室，回來的時候手裡拿著一張紀梵希用來開門的卡。門應聲而開，我們衝出去，瘋狂地向那台租來的車子跑去，鑽了進去。我很高興維克多一直很配合，沒有說什麼令人火大的廢話。

愛迪猛踩油門，車子掉頭向來時的路衝出去。

我坐在副駕駛座上，提醒他：「我肯定守門的那個傢伙也聽見警報器響了。」我們本來是希望能夠告訴他，檔案弄錯了，然後輕輕鬆鬆出去的。

「沒錯。」愛迪同意道，神情變得嚴峻。

沒錯，那個守護者已經從他的哨崗裡跑出來，舉起了手臂。

「那是槍嗎!?」我大喊。

「恐怕我們沒辦法停下來看清楚了。」愛迪又用力踩了一下油門，此刻那個守護者已經意識到我們可能要不顧一切逃跑了，於是他跳開閃到一旁。我們衝破封路上的木柵欄，任憑碎木片在身後飛舞。

「巴德可能會扣我們的保證金。」我說。

我們身後響起了槍聲，愛迪又爆了幾句粗口，但是隨著我們的車速越來越快，槍聲也越來越小。終於，我們跑出了射程之內。

他鬆了一口氣。「如果被打中輪胎或者是窗戶，我們要擔心的就不只是保證金了。」

「他們可能會派人來追。」坐在後座的維克多說道，此刻莉莎仍然坐得離他遠遠的。「也許已經出發了。」

「你覺得我們會沒想到這點嗎!?」我猛地喊道。我知道他是好意想要幫忙，可是此刻，我最不願意的就是聽見他說話。雖然我這麼說，還是不自覺地回頭，隨即看見後方路面上出現兩台車子的黑影。他們的速度很快，毫無疑問的，那些大越野車用不了多久就能追上我們這沉甸甸的一車人。

我看了看GPS。「我們馬上就要到轉彎處了。」我對愛迪說，不過他不用我說也早就知道了。

我們事先準備好了一條逃跑路線，那是一條很偏僻的小路，一路上九彎十八拐，很不好走。此刻，這些轉彎對我們來說眞是太走運了。愛迪用力將方向盤往左轉，然後又立刻向右轉，可是，後照鏡裡還是能夠看見那些追上來的車子。不過，在轉了幾個彎之後，我們身後就完全沒有任何車子的蹤影了。

車子裡的人全都沒有說話，氣氛十分緊張，大家都在等著看那些守護者什麼時候會再出現，可是他們沒有再出現，大概是因爲我們糊里糊塗地轉了許多彎。我足足愣了十分鐘，才終於接受我們已經甩掉他們的事實。

「我想，我們應該甩掉他們了。」愛迪說，他的話和我心裡想的不謀而合。愛迪的表情仍然很嚴肅，顯得憂心忡忡，雙手也緊緊地攥著方向盤。

「在離開費爾班克斯之前，是不會眞正甩掉他們的。」我說，「他們肯定到處搜查，這個地方可不大。」

「我們要去哪兒？」維克多問，「如果能允許我這麼問的話。」

我轉過身子，以便看著他的眼睛說話。「這應該由你來告訴我們。雖然說出來很難讓人相信，可是我們這麼做，只是因爲我們很想念你那個令人愉快的同伴。」

「是很難令人相信。」

我眯起眼睛。「我們要去找你的弟弟，羅伯特・德魯。」我很滿意地看著維克多聽到這句話後的意外模樣。

他隨即狡猾地說：「當然。這和艾比・馬祖爾的事有關，對嗎？我早就應該知道他不會接受別人對他說不的。當然了，我也從來沒想過妳居然會和他扯上關係。」

維克多顯然不知道，事實上我跟艾比不只有關係，而且還是血緣關係。不過我不打算告訴他。

「我跟他沒關係。」我冷冷地說，「現在，你必須帶我們去見羅伯特。他在什麼地方？」

「妳忘了，蘿絲，」維克多語帶興味地說：「我們兩個之中，不會催眠術的人是妳吧？」

「沒忘，不過我是可以將你綁起來丟在路上，然後打個匿名電話，叫他們把你接回監獄去的人。」

「我怎麼知道一旦妳達成了目的，不會也把我送回去呢？」他問道，「我沒有相信妳的理由。」

「你說的對，我也不相信我自己。可是如果你同意了，就還有獲得自由的一線生機。」不，事實上連一絲都沒有。「你難道不想賭一把嗎？有這種機會，你永遠不會放過的，你很清楚。」

維克多沒有再反駁我。哈哈，又得一分。

「所以，」我繼續說，「你到底要不要帶我們去見他？」

我無需費心去猜他那雙渾濁的眼睛後面藏著什麼，毫無疑問，他此刻正在計算自己有多少優勢，在想有沒有可能在帶我們見羅伯特之前逃跑。我自己也正在想這件事。

「拉斯維加斯。」維克多終於說道，「我們要去拉斯維加斯。」

8

有鑒於我每回在對艾比出言不遜之後，經常會流落到一些很可悲的地方，這次要去的是罪惡之城，我應該心懷感激才對。

哎，我眞是沒想到下一個冒險站居然會是那裡。第一，那個接近半個瘋子的人居然藏身在拉斯維加斯這種地方，眞是我作夢都想不到的。根據我所聽到的零散消息來判斷，羅伯特應該會隱居起來，以防止被別人找到，而一個繁華、遊客如織的城市，眞的不是一個合適的選擇。第二，這樣的城市對血族來說，是一個獵物唾手可得的地方。擁擠、隨意、無法無天，人隨時都會消失，特別是對那些會在夜晚外出的人。

我心裡有些懷疑維克多是在耍花樣，可是他發了毒誓，說這是眞的。所以，在沒有其他辦法的情況下，我們只得將拉斯維加斯定爲下一個目的地。況且，身後還有守護者在費爾班克斯到處找我們，我們也沒有多少時間可爭論。老實說，莉莎的符咒很管用，如果按照他們想的樣子，是很難找到我們的，可他們知道維克多的樣子，所以我們越早離開阿拉斯加越好。

不幸的是，在這方面我們有點小問題。

「維克多沒有身分證。」愛迪說，「我們沒辦法帶他上飛機。」

沒錯，維克多所有的財產都被監獄的獄卒沒收了，此刻正處於嚴密看護中，大概動用了六、七個守護者，我們肯定沒時間去將他的私人物品找出來。莉莎的催眠術儘管萬能，可是她在催眠了那麼多人之後，已經非常疲倦。此外，守護者們也很有可能派人在機場監視。

我們的「老朋友」巴德，那個租車人，爲我們提供了解決辦法。他看見愛迪用那種魔鬼開法開回來的滿是刮痕的車子後，嚇了一跳，不過大把的鈔票最後還是讓這個人類閉上了嘴，不再碎碎唸著說「居然把車租給了一群孩子」，然後維克多突然想出一個主意，去和巴德商量。

「這附近有沒有私人機場，有飛機對外出租？」

「當然有。」巴德說，「可是價錢不便宜喲。」

「這不是問題。」我說。

巴德斜眼看著我們。「你們這幾個傢伙是搶銀行去了嗎？」

沒有，我們只不過是帶了很多錢而已。莉莎有一筆信託基金，每個月都會匯一筆錢到她的帳戶裡，一直到她年滿十八歲爲止，而且她還有一張無上限的信用卡。我自己也有一張信用卡，是從我去俄羅斯時，用甜言蜜語哄艾德里安給我的路費裡扣下來的。他給我的其他東西，我都已經還給他了，比方說他在銀行替我開的一個巨額戶頭。不過，出於某些原因，我將這張卡留了下來，主要是爲了應急。

現在這種情況當然可以說是緊急情況，所以我們用這張卡付了一部分租借私人飛機的費用。飛行員不能帶我們飛到拉斯維加斯那麼遠的地方，不過可以先帶我們飛去西雅圖，然後找他認識的另外一個飛行員，帶我們飛完剩下的路程。當然，這又是一筆錢。

「又是西雅圖。」我聽完這個計畫之後，覺得有些好笑。

這架私人的小噴射機有四個座位，兩兩相對，於是我坐在維克多旁邊，愛迪坐在他對面。我們認爲這是最好的防護方案。

「西雅圖怎麼了嗎？」愛迪不明所以地問。

「沒什麼。」

這架私人小噴射機的速度不像大型商務飛機那麼快，我們幾乎一整天都花在趕路上。在這段期間，我一直不斷地盤問維克多，他弟弟在拉斯維加斯究竟是做什麼的，最後我如願以償地得到了答案。不過，維克多是說了沒錯，但他似乎為了報復，有意回答得拖拖拉拉。

「嚴格來說，羅伯特其實並不算生活在拉斯維加斯。」他說道，「他有一棟很小的房子，我猜應該是間小木屋，在紅岩大峽谷附近，離市中心有好幾英里的距離。」

啊，這和我想的倒是差不多。

莉莎聽見小木屋，身子一僵，透過心電感應，一陣不安傳了過來。維克多當時綁架了她以後，就是將她關進一間小木屋裡，在那裡折磨她。我看著她，盡量透過眼神表達我的安慰。在這種時候，我就很希望心電感應可以是雙向的，這樣我就能夠真真正正地安慰她了。

「這麼說，我們要去那裡了？」

維克多哼了一聲。「當然不。羅伯特對他的隱私很重視，絕不會讓陌生人進他家的。不過如果我要求的話，他可能會願意進城一趟。」

莉莎看了我一眼。維克多可能是騙我們的，他有很多支持者，現在他既然出來了，接到他通知來見我們的就有可能是這些人，而不是羅伯特。

我向她微微一頷首，再次希望我能夠透過心電感應告訴她，我也想到了這一點。看來，我們絕對不能讓他獨自一個人，以防他趁機跑去打求救電話。事實上，這個計畫要在拉斯維加斯執行，令我心情好過了一點。為了讓我們的安全不受維克多親信的威脅，最好是待在城裡哪兒都不去。

「看著我這麼幫忙的份上，」維克多說，「我有權知道你們想要找我弟弟做什麼吧？」他看了一眼莉莎，「去找教精神能力的老師？你們肯定是做了很充分的調查，才知道他的事吧？」

「你無權知道我們的計畫。」我也不客氣地回嘴道，「你想聽真話嗎？如果你真想知道我們到底是誰幫誰的忙，那絕對是我們贏。在我們跑了塔拉索夫這一趟之後，你要做很多事才能報答我們。」

維克多只是微微一笑，算是回答。

我們在天黑以後才又再次起飛，這意味著我們抵達拉斯維加斯的時候是明天一早，有安全的陽光。而落地後，我立即驚訝於這裡的機場居然這麼擁擠。私人飛機在西雅圖降落的那個機場，停滿了幾排飛機；在費爾班克斯的機場裡，幾乎一架都沒有，像沙漠一樣；而這裡的機場幾乎沒有一塊空地，有許多飛機甚至可以令人驚呼為「豪華」。我其實不應該驚訝才對，拉斯維加斯是名人和有錢人的遊樂場，許多人都不願屈尊坐商務飛機和普通人擠在一起。

這裡到處都是計程車，省去我們得租車的麻煩。可是當司機問我們要去哪裡時，我們全都沉默了。

我轉頭看著維克多。「城中心，是嗎？長街？」

「是的。」他同意道。他既然這麼肯定羅伯特習慣在公共場所會見陌生人，就代表這些地方很容易脫身。

「長街範圍可大了，」司機說，「你們是有指定的地點，還是要我載你們到長街的中段，然後放你們下來？」

我們又都沉默不語。莉莎意味深長地看了我一眼。「午夜酒店怎麼樣？」

我想了一下。拉斯維加斯是許多莫里都很鍾愛的地方，這裡明媚的陽光令血族的數量少了些，而沒有窗戶的賭場又得以令他們享受舒服、迷人的夜空，午夜酒店是我們唯一聽說過的酒店和賭場。裡面雖然有很多人類客人，可其實經營者是莫里，裡面有很多祕密設施是為了吸血鬼服務的，比如密室裡的餵食者、只允許莫里預定的包廂，還有一票執勤的守護者。

守護者……

我搖著頭，又側眼看了一下維克多。「我們不能帶他去那裡。」拉斯維加斯所有的酒店裡，我們最不能去的地方就是午夜。維克多逃跑的消息肯定在莫里的世界裡鬧翻了天，而帶他到拉斯維加斯中，莫里最喜歡、守護者最多的大酒店，是我們此時最不能做的事。

透過後照鏡，我看見司機變得不耐煩起來。

最後，還是愛迪拿了主意說：「去盧克索酒店。」

我和他坐在後座，中間夾著維克多，我探出身子看了他一眼。「那地方在哪裡？」

「去那裡的路程比去午夜要近一半。」愛迪看起來突然有些靦腆，「我一直想住住那裡。我是說，來到這裡，有誰會不想試試住在金字塔裡呢？」

「這個邏輯倒是成立。」莉莎說。

「去盧克索酒店。」我對司機說。

我們一路上都很沉默，所有人全都有些敬畏地看著外面的風景，呃，維克多除外。就算現在是大白天，拉斯維加斯的街道上仍全都是人。這個年輕卻充滿魔力的地方，街上全都是從美國中部來的中年人，他們可能省吃儉用，才攢夠錢來這裡，一路上經過的酒店和賭場全都建造得相當宏大、奢華，十分吸引人。

我們到了盧克索酒店後發現，沒錯，這裡就和愛迪說的一樣，一間金字塔一樣的酒店。我們下了車以後，我張大眼睛看著它，用盡力氣克制自己不要讓下巴掉下來，像個沒見過世面的鄉巴佬。我付了車錢，和他們一起走進去。我不知道我們要待多久，不過肯定需要一間房間作爲基地。

進入這間酒店裡面之後，我感覺好像回到了聖彼德堡或是新西伯利亞的夜店，裡面燈光閃閃、煙霧繚繞，還有噪音、噪音、噪音、噪音。吃角子老虎機器嗶嗶啵啵地響著，錢嘩啦嘩啦掉下來，賭錢的人因爲沮喪或開心而大叫，而人們嗡嗡的說話聲，讓人覺得這屋子裡好像有一大窩蜜蜂。我皺起眉頭，這些全都刺激著我緊繃的神經。

我們穿過賭場中間走到前台，這裡的服務員見到我們三個年輕人和一個老人只訂一間房，連眼睛都沒有眨一下。我能想像得出，他們對這種情況應該已經見怪不怪了。我們的房間只是普通的標準房，有兩張雙人床，不過我們很幸運，這個房間的視野還不錯。莉莎站在窗邊，看著樓下大門口的人們進進出出，長街上車來車往，而我則直奔主題。

「好，打電話給他。」我命令維克多道。

他正坐在一張床上，交叉著雙手，神情寧靜，好像他眞的是來度假的。除了那自命不凡的笑容，他的臉上仍然有掩飾不住的疲憊。就算他吸飽了血，可是這麼漫長的逃亡之旅又令他精神緊張，而他那逐漸復發的疾病，也令他的身體大不如前。

維克多立刻拿起酒店的電話，可我搖了搖頭。「莉茲，讓他用妳的手機。我想要記住這個電話號碼。」

她小心翼翼地將手機遞過去，好像生怕被他弄髒了。

維克多接過來，用黯夜天使般的表情看了我一眼。「我想我可能不會有談論私人話題的時間吧？我和羅伯特已經很久沒見了。」

「沒有！」我厲聲道，聲音中的嚴厲讓我自己都嚇了一跳。這提醒了我，莉莎不是今天過度使用精神能力唯一的受害者。

維克多微微聳了聳肩，開始撥號。他在飛機上對我們說過，他將羅伯特的號碼記在了心裡，我必須相信他打電話時不會使詐，而且還必須祈禱羅伯特沒有換電話號碼。當然，就算維克多好幾年沒有見過自己的親弟弟，他也只在監獄裡待沒多久，應該還掌握著羅伯特的行蹤。

屋子裡所有人都很緊張，電話接通以後，我們所有人都等待著。過了一會兒，我聽見電話那頭傳來一個人的聲音，可是我聽不清他說話的具體內容。

「羅伯特，」維克多高興地說，「我是維克多。」

這句話引起了電話另一頭的熱情反應。整個對話內容我只能聽到一半，可是已經覺得很有意思了。維克多先是花了很長時間，令羅伯特相信他已經出獄了。很顯然，羅伯特並沒有完全與莫里的世界隔絕得那麼徹底，可他也無法及時收到最新消息。維克多說具體的細節稍後再說，然後便努力說服他來見我們。

這通電話講了很久。我有種感覺，羅伯特好像生活在恐懼和偏執當中，這令我想起了卡普夫人因為精神能力副作用的積累，而一點一點變得瘋狂的事。在整個過程中，莉莎眼睛一直盯著窗戶外面看，可是我還是能夠知道她的感覺，她很怕自己有一天也會落得這個下場。我其實也一樣，如果我無法擺脫精神能力的影響的話。在塔拉索夫見到的那一幕又浮現在她腦海裡：警告，從此處起為關押區（精神病區）。

講著講著，維克多換上一種充滿誘哄意味的聲音，甚至可以說是慈祥的。

我不安地想起了從前，那時我們還不知道維克多的野心和他想做的事情，他對待我們很和藹，表現得好像與莉莎親如家人般。我很好奇他到底有多少面貌是真的，還是說，這一切都只是他裝出來的。

終於，在講了差不多二十分鐘之後，維克多說服了羅伯特來見我們。電話那邊的話語聽來雖然含糊不清，可是透露出一種焦慮，聽到這裡，我才相信維克多是真的在和他那個半瘋狂狀態的弟弟通電話，而不是他的支持者。接著，維克多又打電話跟酒店的飯店訂了晚餐的位子，這才終於掛斷電話。

「晚餐?」維克多掛了電話之後,我問道,「難道他不擔心天黑以後在外面會出事嗎?」

「是比較早的晚餐。」維克多回答我,「我訂的是四點半,太陽在八點之前是不會落下去的。」

「四點半?」我問道,「天哪,我們是得到了貴賓級的特別待遇嗎?」

不過他對於太陽落山的時間估算得倒很準。這裡不像阿拉斯加,有幾乎不落的太陽,日出和日落交替帶來的壓力讓我幾乎快要窒息,哪怕這裡現在是夏季。不幸的是,一個比較早的安全晚餐,意味著我們還要等上幾個小時。

維克多向後靠在床頭,枕著手臂。我想他是在試圖緩和房間裡的氣氛,可是最後我發現自己猜錯了,他只不過是想試試這床到底有多舒服。

「你們不想下樓試試運氣嗎?」他看著莉莎說,「精神能力者玩撲克牌可是很有一套的。不用我告訴妳,你們多會猜別人的心思吧?」

莉莎沒有理他。

「誰都不能離開房間。」我說。我其實一點都不喜歡困在這裡,可是我不能冒險給他機會逃跑,或者是讓躲在賭場角落的血族將他抓走。

莉莎將頭上的水性染髮劑洗掉,拉了把椅子坐在床邊,她還是拒絕靠近維克多。我盤著腿坐在另一張床上,身旁空了一大塊地方給愛迪坐,可是他仍然靠牆站著,以一個非常標準的守護者姿勢看著維克多。我毫不懷疑愛迪可以保持這個姿勢站上好幾個小時,不管這有多麼不舒服,畢竟我們全都被操練得可以適應各種困難條件。他的意志力很堅強,可是每次當我看向他的時候,都發現他在好奇地研究著維克多。愛迪雖然幫我劫獄,可是他並不知道我爲什麼要這麼做。

我們待了幾個小時之後,有人來敲門。我立刻站了起來。

我和愛迪彼此交換了一個眼神，兩個人全都處於高度戒備狀態，伸手去拿銀樁。我們一個小時前要了份午餐，可是客房服務的人送完餐後就走了；要是羅伯特的話，時間還太早，而且，他根本不知道我們是用誰的名字訂的房間。不過，我沒有噁心的感覺，在外面的應該不是血族。我看著愛迪，默默地用眼神交流著我們接下來要怎麼做。

不過第一個反應過來的是莉莎，她站起來，走了幾步來到房間中央。「是艾德里安。」

「什麼？」我喊道，「妳確定？」

她點了點頭。精神能力者通常只能憑靈光判斷，可是如果他們離得夠近的話，是可以感應到彼此的，就好像在監獄裡那樣。不過，我們誰都沒動。她憐憫地看了我一眼。

「他知道我在這裡。」她指出，「他也能感應到我的存在。」

我嘆了口氣，手仍然按著銀樁，慢慢向門口走去。我瞇著眼睛從貓眼裡看出去，門外那個人的表情既好笑又不安，正是艾德里安。我沒有看見別人，也沒有跡象顯示有血族的存在，於是，我打開了門。他看見我，非常高興，於是彎下身來，飛快地啄了我的臉頰一下，然後走了進來。

「妳們兩個眞的以爲可以甩掉我，自己跑來度週末嗎？嗯？特別是在這種——」他愣住了，艾德里安．伊瓦什科夫被完全嚇一跳的情況是很少見的。

「妳們知道此刻坐在床上的人，是維克多．達什科夫嗎？」他艱難地開口問道。

「知道，」我說，「我們其實也有點震驚。」

艾德里安的目光從維克多身上移開，環顧四周，立刻發現了愛迪。愛迪仍然站得筆直，好像他是這個房間裡的傢俱一樣。艾德里安轉頭看著我。

「妳們到底在搞什麼飛機？所有人都在找他！」

莉莎透過心電感應對我說：*妳應該告訴他實話，妳知道他現在絕對不會走了。*

她說的對。我不知道艾德里安是怎麼找到我們的，可是既然他來了，就代表絕對不會走。我有些猶豫地看著愛迪，他也在猜我的心思。

「我們可以的。」愛迪說，「去談談吧，我保證這裡不會有事。」

我身體還可以，如果他有什麼不軌的企圖，我會催眠他的。莉莎透過心電感應補充道。

我嘆了一口氣。「好吧，我們一會兒回來。」

我拉著艾德里安的手臂，將他拽了出去。

我們一到走道，他立刻就問：「蘿絲，這——」

我搖了搖頭。到這裡之後，我已經受夠了酒店客人發出的所有噪音，但站在走道上，就代表我的朋友們有可能會聽到我們的談話。於是，我和艾德里安搭電梯下樓，來到下面人聲可以蓋過我們談話聲的賭場。我們找了一個比較偏僻的角落，艾德里安立刻將我按在牆上，臉色顯得很不好。他輕浮的態度有時會惹火我，可是在他這麼火大的時候，我卻懷念起那種輕浮，主要是因爲我害怕他會承受不住精神能力的負面影響而崩潰。

「妳留給我一張字條，說妳們打算溜出去過個狂歡的週末，可是我卻發現妳們和一個最危險的囚犯在一起？我離開皇庭的時候，所有人都在談論這件事！那個人沒有打算殺了妳們嗎？」

我用問題來回答他的問題：「你是怎麼找到我們的？」

「信用卡。」他說，「我就等著妳用它。」

我張大了眼睛。「你答應過我，如果我用的話，你不會跟蹤的。」我的戶頭和信用卡都是他幫忙弄的，我知道他有辦法調出使用記錄，可是他說他會尊重我的隱私，而我居然相信了他。

「我的保證是妳在俄羅斯的時候，現在不一樣。我一直不斷打電話給銀行，私人飛機一起飛，我就收到通知，而且猜到妳們要去哪裡了。」

如果艾德里安一直在監視著這張卡，那麼收到消息以後，這麼快就追來便不是不可能的事了。一般直飛來這裡的商務飛機，速度應該比我們那慢吞吞的小飛機要快，而且我們中途還轉了一次機。

他繼續說：「我怎麼能夠抵抗拉斯維加斯的誘惑呢？所以我想要給妳一個驚喜，希望能和妳們一起分享快樂。」

我想起住宿費也是用信用卡支付的，那再次暴露了我們的行蹤。我和莉莎的信用卡並不是別人的附卡，可是他居然這麼容易就能找到我們，這讓我很緊張。

「你不應該這麼做！」我喊道，「我們現在是在一起，可是那是有底線的，你至少應該尊重我一下下。這件事根本就與你無關。」

「我又不是在偷看妳的日記！我只是想找到我的女朋友，然後——」艾德里安此刻的惱怒是個信號，代表他的大腦開始運作，將所有的事情都拼湊起來了。「哦，天哪。蘿絲，拜託妳告訴我不是你們去把他救出來的！他們全都在找兩個人類的女生和一個拜耳男生，那些描述根本和你們不一樣……」他呻吟了一聲，「不過，就是你們幹的，對吧？你們想了個辦法，闖進了最高警戒級別的監獄。還有愛迪。」

「顯然他們的守備並不是那麼好。」我輕聲說。

「蘿絲！那個傢伙可是想要妳們倆的命，妳爲什麼要救他出來？」

「因爲……」我有些猶豫。我該怎麼向艾德里安解釋這一切呢？我要說的那些，就我們世界目前的所有證據來看，又怎麼可能發生呢？而我做這一切的動機又該怎麼說出口呢？「維克多有我們需要的情報。呃，或者說，他可以幫我們找到一個人，這是我們能找到那人的唯一方法。」

「你們找那個人到底要幹什麼？」

我吞了口口水。我闖進過監獄，也闖進過血族的老巢，可是要對艾德里安說出下面的話，還是令我很緊張。「因爲，也許有一種方法能把變成血族的人救回來，讓他們變成原來的樣子。而維克多……維克多認識能夠這麼做的人。」

艾德里安盯著我看了幾秒，卻讓我覺得好像是一輩子，甚至在賭場這個吵雜的環境裡，我卻感覺好像整個世界都靜止了，安靜極了。

「蘿絲，這不可能。」

「也許可能。」

「如果眞的有這種辦法，我們早就知道了。」

「這牽涉到精神能力使用者的事，我們也是剛知道有這些人存在的。」

「這也不代表——哦，我懂了。」他那暗綠色的眼眸閃了一下，這次，是代表憤怒。「是因爲他，對不對？妳會這麼瘋狂，是爲了救回他，救回迪米特里。」

「不只是他，」我爭辯道，「這能夠救所有的血族。」

「我以爲已經結束了！」艾德里安吼道。他的聲音太大了，附近玩吃角子老虎的幾個人全都轉過頭來看我們。「妳告訴過我，說一切已經結束了；妳告訴過我，說妳會向前看，會和我在一起。」

「我是。」我說道，很驚訝自己語氣中的絕望，「可這是我們發現的唯一方法，我們必須要試一下。」

「然後呢？如果這愚蠢的方法成功了呢？妳奇蹟般地救了迪米特里，然後便可以因爲這樣而甩掉我！」他將手指握得咯咯響。

「我不知道。」我疲憊地說，「我們目前只想到這一步。我很愛和你一起的感覺，眞的。可是我沒辦法丟開這件事不理。」

「妳當然不能。」他抬頭向上看，「夢啊，夢啊，我在夢中行走，在夢中存活，在夢中自欺欺人。現在，看起來我可以生活在現實中了。」他詭異的語氣令我緊張。我知道，這是他那種瘋狂的精神能力微微失控的表現。這時，他看著我，嘆了一口氣。「我需要去喝兩杯。」

我之前所有的內疚和難過，此刻都變成了憤怒。「哦，好極了，酒精能治好所有事。我很高興在這個瘋狂的世界裡，你還有老朋友的陪伴。」

我被他的眼神嚇得有些顫抖。他平時不怎麼這麼看人，可是當他這麼做時，威懾力是相當大的。

「那妳希望我怎麼做？」他問道。

「你可以……你可以……」哦，死就死吧，「呃，既然你已經來到這裡了，你可以幫我們。再說，我們要見的這個人，也是一個精神能力的使用者。」

我有種預感，我要說服他，就必須要引起他的興趣。

艾德里安毫不掩飾自己的想法，「對，這正是我想要的。幫我的女朋友救回他的前男友。」他轉身離開了，我聽見他喃喃地說：「我需要去喝兩杯。」

「四點半！」我在後面喊，「我們約了四點半。」

他沒有回答，只是走進擁擠的人群中。

我回到房間，所有人都看出我一臉烏雲。莉莎和愛迪很聰明，沒有問我是怎麼回事，可維克多卻沒有這麼好心。

「怎麼？伊瓦什科夫先生不打算加入我們嗎？我本來還很盼望有他作伴呢！」

「閉嘴。」我說著，環抱起手臂，站在愛迪旁邊，斜倚在牆上。「沒有允許的時候，不許說話。」

後面的幾個小時很難熬。我一直在安慰自己，說下一分鐘艾德里安就會回來，不情願地同意幫我們，如果事情進展不順利，我們還可以借用他的催眠術，雖然他的力量比不上莉莎。當然……他當然有愛我到願意來幫我吧？他不會放棄我吧？妳這個傻子，蘿絲。這是我自己在和自己聊天，不是莉莎。他沒有理由幫妳，妳一次又一次傷他的心。就像妳對梅森一樣。

差不多四點十五的時候，愛迪看了我一眼。「我們要換到下面，去桌子旁坐著等嗎？」

「當然。」我有些不安，又心煩意亂。我不想再在這個房間裡多留一秒，心裡那種黑暗的想法一直揮之不去。

維克多下了床，伸了個懶腰，好像睡了一個午覺剛剛醒來般。可我發誓，他眼睛深處仍然藏著一抹興奮。綜合種種跡象來看，他和他這個同父異母的弟弟關係很親密，可我完全看不出維克多是一個懂得愛與忠誠的人。誰知道呢？也許他確實對羅伯特有特殊的感情。

我們形成一個防守隊形，我在最前面，愛迪在最後，兩名莫里跟在中間。我打開房門，剛好和艾德里安面對面碰上。他正舉高手，做出要敲門的樣子。

他挑起一邊眉毛。「哦，嘿。」此刻他臉上又是那種標準的艾德里安式的表情了，雖然他的聲音還有一點乾澀。我知道，他一點都不高興，我能夠透過他緊繃的下巴和焦慮的眼神看出來。不過，他在其他人面前還是表現得很正常，這讓我非常感激。最重要的是，他回來了，這比什麼都好，我可以忽略他身上的酒精味和菸味。「呃……我聽說一會兒好像有一個聚會，介意我一起去嗎？」

我無力地向他感激地笑了笑。「當然。」

如今小隊的人數已經增加到了五個，我們順著走道向電梯走去。「妳知道嗎？我剛剛贏了牌桌上的所有人。」艾德里安說，「這應該是個好兆頭。」

「不知道是不是眞的這麼靈驗。」我打趣道。「不過我想應該很值得紀念。」

電梯門開了，我們走了進去，去見羅伯特・德魯，這個可能是迪米特里唯一的救贖者的人。

9

羅伯特·德魯在人群中一眼就能看見。

不是因爲他長得和維克多很像，也不是因爲他即將和久別的哥哥團圓臉上那種戲劇化的表情，我是透過莉莎的精神能力發現的。我透過她的眼睛看到了羅伯特，看到了精神能力者那抹金色的靈光，那使得他在飯店的一角像顆星星一樣閃閃發光。莉莎很驚訝，連帶著腳步也稍微有點不穩。探測靈光的能力是可以選擇開啓或關閉的，而就在她對自己說「關上它」的時候，她發現這靈光比艾德里安的金色靈光還要亮，而且同樣也有一種很不穩定的感覺，間或還會出現其他幾種顏色，可是轉瞬即逝。她很好奇，不知道這種情況是不是表示，這個精神能力者已經瘋了。

他抬起眼，看著維克多站在桌子旁，兩個人既沒有擁抱也沒有握手。維克多在他弟弟旁邊坐下，我們其餘幾個人站在那裡，有些不知所措。整個情況太詭異了，可是他就是我們之所以在這裡的原因，於是愣了幾秒鐘之後，我和我的朋友們也坐了下來。

「維克多……」羅伯特倒吸一口氣，眼睛張得大大的。羅伯特的外貌也許繼承了達什科夫家的，可是他的眼睛是棕色的，而不是綠色的。他手裡抓著一張餐巾紙絞動著。「眞不敢相信……這麼久以來，我一直很想去見你……」

維克多的聲音很溫柔，就像剛才講電話時一樣，好像在和一個孩子說話。「我知道，羅伯特。我也很想你。」

「你準備留下來嗎？你願意回來和我一起住嗎？」羅伯特問。我忍不住想大喝一聲要他醒醒，別作白日夢了，可是羅伯特語氣中那種迫切的希望，又讓我對他起了一絲憐憫之意。我將想說的話嚥了下去，仍舊靜靜地看著眼前上演的這一場好戲。「你藏在我這裡沒問題的，就我們兩個人。」

維克多有些猶豫。他並不是傻子，從我在飛機上的態度來看，他知道要我放了他根本就是癡人說夢。「我不知道。」他靜靜地說，「我不知道。」

走過來的侍者嚇了我們一跳，我們每個人都點了杯飲料。艾德里安居然點了一杯酒單上沒有的琴湯尼，雖然不知道這是因為他看起來像個二十一歲的成年人，還是因為他用了精神能力的緣故，不管是什麼，我都沒有激烈反應。酒精可以麻痺精神能力，而我們現在的處境很危險，我希望他的能量是處於滿格的狀態。當然，想到他方才已經喝了不少，也許現在喝不喝都沒影響了。

侍者走掉以後，羅伯特這才發現了我們幾個的存在。他草草地打量了一下愛迪，目光銳利地看了看莉莎和艾德里安，然後打量了我許久。我表情有些僵硬，一點都不喜歡他這種眼神。終於，他又看回自己的哥哥。

「維克多，你帶來的都是些什麼人？」羅伯特講話時的語氣還是一樣漫不經心，可是此刻多了一點懷疑。真是個膽小又偏執的人。「這幾個孩子是幹什麼的？兩個精神能力者和……」他又看著我，應該是在看我的靈光，「和一個影吻者？」

我聽到他居然說出這個詞，驚訝地愣了一會兒。隨後我想起來，馬克，就是歐克桑娜的老公告訴過我的事。羅伯特也曾經和一個守護者有心電感應，後來那個守護者死了，這加劇了羅伯特心智的退化。

「幾個朋友。」維克多輕描淡寫地一語帶過，「他們有幾個問題，想來請教你。」

羅伯特皺著眉頭說：「你在說謊，我敢打賭，這些人根本沒有把你當朋友。他們全都很緊張，而且坐得離你遠遠的。」

維克多沒有承認，他只是說：「總之，他們需要你的幫助，而我答應過他們。這就是我能來這裡見你的代價。」

「你不應該擅自替我作決定。」羅伯特手裡的餐巾紙已經被撕成了一條一條。我很想把自己的餐巾紙遞過去。

「可是難道你不想見我嗎？」維克多很有把握地說。他的語氣溫和，笑容溫柔。

羅伯特好像很矛盾，也很不解。我再次覺得他很像個孩子，開始懷疑這個人是不是真的把血族變回來過。

直到我們的飲料端上來之前，他都沒有回答。我們沒有一個人想要打開菜單點菜，都覺得侍者的存在很多餘。侍者走開之後，我打開自己手裡的這份，可是根本沒有細看。

維克多將我們一一介紹給羅伯特，正經得好像是在介紹一個外交使者團，監獄的生活並沒有磨滅掉他身上的皇室優雅氣息。不過，維克多只介紹了名字，沒有說姓。羅伯特又看著我，眉頭緊鎖，目光不停地在我和莉莎之間徘徊。艾德里安說過，只要我和莉莎同時出現，就能透過靈光看出來我們兩個之間的關係。

「心電感應……我幾乎忘了那是什麼感覺了……可我記得愛爾頓。我從來沒有忘記過他……」

羅伯特的眼神漸漸變得夢幻而迷茫，似乎正陷在往日回憶中。

「很抱歉。」我聽見自己說出這麼富有同情心的話，感到很驚訝，這可不是我想像中的審問。

「我能想像出失去他……是什麼感受……」

那夢幻的眼神立刻凌厲起來。「不，妳想像不到，這種事妳是無法想像出來的，連一絲一毫也不可能。此刻……此刻……妳處於只有妳能擁有的心電感應世界裡，處於一個可以超越個人的宇宙裡，能夠理解另一個人的心意。失去它……就好像被人生生撕裂……那種感覺生不如死。」

哇哦，羅伯特說這種感人的話眞是個中好手。在座的所有人，此刻都很希望侍者能夠回來。等到他眞的回來後，所有人都陸續點了餐，當然羅伯特除外。這裡提供亞洲菜，我點了自己在菜單上看到的第一樣東西：一份蛋捲。

大家紛紛點完了餐後，維克多仍然不折不撓地追問著羅伯特，那在我看來完全是白費力氣。

「你會幫助他們嗎？你會回答他們的疑問嗎？」

我有種預感，維克多之所以這麼逼迫羅伯特的原因，並非是爲了報答我們將他救出來，而是因爲他的天性，他迫切想知道這裡所有人的祕密和動機。

羅伯特嘆了一口氣。無論何時，他看著維克多的表情都透露出一種強烈的熱情，甚至是愚蠢的崇拜。無論他的哥哥要求他做什麼，羅伯特肯定都不會拒絕，他是維克多手裡的一枚好棋子。

我突然意識到，自己應該感激羅伯特的狀況依然不穩定。如果他已經完全能夠控制自己的能力，維克多上次可能就不會打莉莎的主意了，他可能已經有了一個私人的精神能力醫師，來幫他達到那些邪惡目的。

「你們想知道什麼？」羅伯特精疲力竭地問道。他看著我，顯然已經視我爲這票人的首領。

我看了一下自己的朋友，希望能夠得到大家的支持，可是沒有人理會我。不管是莉莎還是艾德里安，一開始就不同意這麼做，而愛迪根本就不清楚我的目的。我吞了口口水，替自己壯了壯膽子，全神貫注地看著羅伯特。

「我們聽說你曾經救回過一個血族，說你有能力將他——也可能是她——變回來，恢復這人原來的本性。」

總是很鎭靜的維克多此時也不免有些驚訝，他肯定沒有想到過會是這樣。

「妳是從哪裡聽到的？」羅伯特問。

「我在俄羅斯遇到過一對夫婦，男的叫馬克，女的叫歐克桑娜。」

「馬克，歐克桑娜……」羅伯特再次恍惚了一下，直覺告訴我這種情況在他身上可能常常發生，他活在現實中的時間並不多。「我不知道他們兩個已經結婚了。」

「已經結了，而且生活很幸福。」我現在需要把他拉回來，「是真的嗎？你真的做過他們說的事？這有可能嗎？」

羅伯特的回答一如既往的慢一拍。「是她，不是他。」

「什麼？」

「我救回來的那個，是個女的。」

我覺得呼吸有些困難，不敢相信他的話。

「你說謊。」艾德里安嚴厲地說。

羅伯特看了他一眼，面帶玩味和嘲笑。「你憑什麼這麼說呢？你怎麼敢確定呢？你的精神能力令你傷痕累累，以後能不能再使用這種能力都是個未知數。而你用的所有方法……其實都不怎麼見效，對不對？精神能力的副作用對你影響很大……你很快就會分不清什麼是現實、什麼是夢境了……」

艾德里安聽完這席話之後愣了會兒，隨後說道：「我無須擁有精神能力，也看得出來你是在說謊，你說的根本就是不可能的事，這個世界上根本不存在將血族救回來的方法。他們變成血族，就永遠都是血族，已經是死人了，不死的死人，永永遠遠。」

「死人不見得一直都會是死人……」羅伯特的話不是對艾德里安說的，而是對我。

我不禁打了個寒顫。「怎麼做？你是怎麼辦到的？」

「用銀樁。她是被銀樁殺死的，當然也可以用銀樁將她救活。」

「哦，不可能。」我說，「我的銀樁下死過大把血族，相信我，他們確實死了。」

「不是隨便一根銀樁都可以。」羅伯特的手指輕巧地敲著玻璃杯的杯口。「而是要用特製的銀樁。」

「一把注入了精神能力的銀樁。」莉莎突然說道。

他抬了抬眼，看著她笑了，那是一種很令人毛骨悚然的笑容。「是的，妳真是一個非常、非常聰明的女生，又聰明又高貴，高貴又善良。妳的靈光是這麼說的。」

我眼神放空，盯著桌子，腦子飛快地轉動著。一根注入了精神能力的銀樁。銀樁裡通常會被注入四種莫里最普遍的魔法元素：土、氣、水、火，這也是構築生命的四種元素，所以才有力量能夠殺死血族。我們近期研究了各種可以將精神能力注入其中的物體，卻從來沒有想到過銀樁。精神能力是有治癒的力量的，精神能力可以令我死而復生，可是將它注入到混合了別的魔法元素的銀樁裡，真的能夠除去血族心中的暴戾和邪惡，令此人回復到原本的狀態嗎？

我此時很感激侍者端上了食物，我的腦子已經不夠用了。吃蛋捲的時候，我可以再好好消化一下。

「真的就這麼簡單？」我最後問道。

羅伯特輕蔑地回答道：「根本一點都不簡單。」

「可你剛才說……你說我們只需要一根注入精神能力的銀樁，然後用它殺死血族。」或者說，是救活血族，剛剛的說法是不正確的。

他又微微一笑，說：「不是妳，妳不行。」

「那是誰……」我猛地停了下來，剩下的話已經來到嘴邊，卻又嚥了回去。「不，不。」

「影吻者可是沒有賦予別人生命的能力的，只有受上帝保佑的精神能力者。」他解釋道，「問題是，你們其他人誰能夠做到？是高貴的小姐，還是酗酒的紈褲子弟？」他瞄了瞄莉莎和艾德里安，「我打賭，肯定是那位高貴的小姐。」

這些話終於令我從震驚狀態中清醒，事實上，是整個粉碎了我那牽強的、想要救回迪米特里的夢。

「不。」我不願相信，「你說的話可信度還有待商榷，就算這是眞的，她也不行，我不能讓她這麼做。」

原本因羅伯特的話感到震驚的莉莎，猛地轉向我，憤怒透過心電感應傳來。「從什麼時候開始，需要妳告訴我什麼可以做，什麼不可以做了？」

「就從我不記得妳接受過任何守護者的訓練，知道怎麼將銀樁刺進血族的心臟開始。」我淡淡地說，試圖保持冷靜，「妳只打過李德一拳，那已經是最厲害的時候了。」那時，愛瑞・樂澤想要控制莉莎的心緒，她派了她的影吻者哥哥來負責動手，想要將莉莎從窗邊推下去。在我的說明下，莉莎揍了他一拳，將他打倒。這一擊雖然漂亮，可她還是不喜歡做這種事。

「可我做到了，不是嗎？」她喊道。

「莉茲，揍人和用銀樁殺死血族可不一樣，更別說妳根本就不可能近身接觸血族。妳認爲妳能在血族衝過來咬妳或者擰斷妳脖子之前，接近他們嗎？不可能。」

「我會學。」她口吻堅決，心意堅定。

然而，我們守護者花了十幾年的時間來學習這些，可仍有很多人最後還是被殺死。

艾德里安和愛迪看到我們鬥嘴，都很不安，可是維克多和羅伯特卻好像饒有興味地在看好戲。我不喜歡這樣，我們來這裡可不是爲了娛樂他們的。

我決定轉移這種危險的話題，於是又看向羅伯特。「如果說，精神能力者可以將血族救回來，那麼這個人就會變成他的影吻者。」我沒有很肯定地說這個人就是莉莎。愛瑞變得瘋狂的原因，撇開原本就有的副作用，還有一部分是因爲她不只和一個人有心電感應。這麼做，將令精神能力者的情緒變得更加不穩定，最後會將所有人都置於黑暗和瘋狂之中。

羅伯特又變回那種迷茫的樣子，看向我身後。「心電感應只有在人死後——靈魂離開，進入死人的世界，才會產生，當靈魂被召喚回來之後，才會形成影吻者，那是因爲死神在他們身上打了烙印。」他的眼神突然又變得銳利，瞪著我，「就如同妳一樣。」

我拒絕閃躲他的目光，不過他的話還是令我心裡冒出一絲寒意。「血族死了，將他們救回來，就代表著將他們的靈魂從死人的世界裡帶回來。」

「不對，」他爭辯道：「他們的靈魂沒有走遠，一直在徘徊……不在活人的世界，也沒有跑去死人的世界。這種情況是錯誤的，是不正常的，所以才會造就他們現在的樣子。殺死一個血族，或是救回一個血族，就代表將他們的靈魂送入另一個世界，或是帶回原來的世界，所以不會和其產生心電感應。」

「也就是說沒有危險。」莉莎對我說。

「除了血族可能會殺死妳的生命危險。」我一點都不客氣地指出來。

「蘿絲——」

「我們之後再討論這件事。」我看著她，一點商量的餘地都沒有。我們彼此看了好一會兒，她率先看向羅伯特，可是透過心電感應傳過來的那絲倔強，我一點都不喜歡。

「你是怎麼將精神能力注進銀椿裡的？」她問道，「我還在摸索中。」

我又一次警告地瞪著她，然後忽然意識到某事。也許羅伯特說的都是錯的，也許眞正發揮作用的是那注入了精神力量的銀椿。他以爲必須要由精神能力者來做，只是因爲他曾經這麼做過。況且，比起打架，我寧願讓莉莎將注意力放在精神能力這種事情上。如果整個注入能力的過程太難，也許她就能徹底死心了。

羅伯特瞥了一眼我和愛迪。「你們兩個身上肯定有人帶著銀樁，我示範給你們看。」

「公共場所是不能將銀樁拿出來的。」艾德里安說，這是一個很聰明的拒絕方法。「雖然人類不知道它到底是做什麼的，可也能看出來是武器。」

「他說得對。」愛迪說。

「我們可以吃完飯之後，回房間慢慢研究。」維克多說。

他心裡似乎很高興，可是臉上卻不露聲色。我觀察著他，希望我的懷疑沒有寫在臉上。莉莎雖然熱心想要幫忙，可我仍然感覺到她對維克多的建議有一絲疑慮，凡是維克多的話，她都不信。我們都見識過，維克多爲了達成目的，可以不擇手段到什麼地步。他爲了能夠逃獄，甚至不惜將自己的女兒變成血族，而就我們所知，他現在仍然有同樣的——

「我明白了！」我驚叫道，同時瞪大眼睛看著他。

「妳明白什麼了？」維克多問。

「我明白你爲什麼讓娜塔莉變成血族了。你是想……你早就知道了，你早就知道羅伯特可以這麼做。你是想借助她變成血族之後的力量從監獄裡逃跑，然後再讓羅伯特把她變回來。」

維克多本就蒼白的臉色變得愈發慘白，似乎一瞬間就老了許多，那種不可一世的表情不見了。他別開頭，強自鎭定地說：「娜塔莉死了，再也救不回來。現在再說這些，也於事無補。」

接下來的時間，我們試圖想借食物來掩蓋這沉默尷尬的氣氛，可是蛋捲對我來說已經味同嚼蠟。我和莉莎都在想同樣的事：在維克多犯下的諸多罪行中，我們一直認爲，他將自己的女兒變成血族這件事是最不可饒恕的。所以，我一直深信不疑他是一個魔鬼。可是突然間，我需要重新審視這一切，重新審視他這個人。如果他知道娜塔莉還能變回來，那麼他做的那件本來不可饒恕的事，此刻也變得可以體諒了。不過，這仍然改變不了他在我們心目中是個壞人的印象。

然而，如果他相信娜塔莉有辦法變回來，就代表他相信羅伯特的能力。雖然我仍然不會答應讓莉莎靠近血族，但這個難以置信的計畫，此刻似乎變得稍稍實際了些，而我不能輕易錯過這個機會。

最後，我說道：「吃完飯以後，我們可以回去慢慢再聊。不會太久。」

我這話是對維克多和羅伯特說的，羅伯特似乎又沉浸在自己的世界裡了，所以只有維克多點點頭。

我飛快地看了愛迪一眼，他也匆匆地點了點頭，含義卻不同。他知道，要將這對兄弟帶回私人的地方，風險有多大。愛迪這是在告訴我，他會格外警惕——這不代表他現在就不警惕。

用餐完畢之後，我和愛迪立刻進入戒備狀態。他走到羅伯特身邊，而我則站在維克多身旁，我們中間站著莉莎和艾德里安，將這兩兄弟隔開。可是，即便我們已經站得很近，仍然無法一起穿過賭場擁擠的人群，我們的前後左右都是人，還經常有人從我們中間穿過……整個情況一團混亂。有兩次，我們這一隊人被一些遊客完全隔斷。我們離電梯的距離不是很遠，可是我仍然很擔心，維克多和羅伯特可能藉著這麼多人的掩護逃跑。

「我們必須避開這麼多人！」我對愛迪喊道。

他微微點了一下頭，突然向左拐去。我驚訝極了，維克多似乎也一樣。莉莎和艾德里安並行在我們身後。我有些納悶，直到看見了前面的走道上標示著「緊急出口」的牌子，才恍然大悟。

一旦避開了擁擠的賭場，嘈雜聲也隨之逝去。

「這裡應該有樓梯。」愛迪解釋道。

「狡猾的守護者。」我笑著看了他一眼。

我們又轉過一個彎之後，發現右手邊是一間小小的警衛室，而前方有一扇門，這代表門後就是樓梯。穿過這扇門，既可以躲開人群，又能上樓。

「棒極了。」我說。

「你們的房間應該是在十樓。」艾德里安說。這是他這麼久以來說的第一句話。

「只是做個小小的熱身——該死！」我走到門前，突然驚呼一聲。門上面有一個小小的警告牌，說這扇門一旦被打開，警報聲便會響起。「過不去。」

「抱歉。」愛迪說，好像他應該爲此負責似的。

「不是你的錯。」我說著，掉頭轉身。「我們回去吧。」

我們還是得從人群裡擠過去。也許這麼轉來轉去，維克多和羅伯特就累了，沒有力氣逃跑，畢竟這兩個人都年紀一大把了，而且維克多的身體狀況還很糟糕。

莉莎一直在想心事，任由大家帶領著走來走去，可是艾德里安看著我的眼神，明顯在說他認爲這麼轉來轉去是在浪費他的時間。當然，他認爲關於羅伯特這整件事情，全是在浪費他的時間。老實說，我也很驚訝，他居然還會和我們一起上樓。我本來以爲他會說要留在賭場裡，吸兩根菸，或者是再喝兩杯。

愛迪走在前面，順著通往賭場的走道往前走，比我們快幾步。

這時，我猛地愣住了。

「別動！」我大叫。

他立刻反應過來，停在了一個空間窄小的地方。大家都有點摸不著頭緒。維克多因爲愛迪猛地停住，有些收不回腳步，差點絆了一跤，而莉莎又撞上了維克多。愛迪本能地去摸銀樁，而我的銀椿已經握在手裡了。那種反胃的感覺剛一出現的時候，我就將它拿了出來。

有血族攔住了我們去賭場的道路。

10

其中一個……其中一個……

「不。」我倒吸一口氣，轉過身子看著離我最近的那個血族——是個女的。我們周圍一共有三個血族。

愛迪也採取了動作，我們倆盡量將四個莫里掩護在身後。其實不用我們這麼做，他們也會自動退到後面，因爲莫里見到血族的第一反應就是退後，我們現在的隊形變得有些像瓶頸。愛迪忙著防守，而莫里們忙著害怕，我相信肯定沒有人發現我早就發現的事——

其中一個血族是迪米特里。

不不不，我在心裡對自己說。他警告過我，他在信裡反覆地說過，只要我離開結界的保護範圍，他就會來找我。我從沒有懷疑過，可是……親眼見到又是另外一回事。事情已經過去三個月了，可是這一瞬間，無數的回憶又湧上心頭，似水晶一般清澈明白。我被迪米特里囚禁的那段日子，他吻住我的唇那麼、那麼火熱，可是他的皮膚卻是冰冷的；還有他的牙咬住我脖子的感覺，那緊隨而來的甜蜜快感……

此刻的他看起來也沒有變化，依然有著白灰的膚色和紅眼圈，以及那一頭柔軟的及肩棕髮，當然還有他臉部那完美的線條。他甚至還穿著一身皮衣，不過這件應該是新的，之前那件應該在我們橋上那一戰時報銷了。他是從哪裡買來這些的呢？

「快跑！」我喊道，這句話是對莫里說的，同時，我的銀樁已經刺進了眼前這個女血族的心臟。所有人都愣住的這一刻，相較於她，對我更加有利，我取得了絕佳的進攻角度，而很顯然她沒有料到我的動作會這麼快。我能順利殺掉那麼多血族，有很大的原因是因爲他們低估了我。

愛迪就沒有我這麼幸運了。維克多在後面推了他一下，他往前踉蹌了幾步，另外一個站在他前面的男血族趁機將他按在牆上，將他的手臂反剪在背後鎖住。不過，這種情況我們經常會面對，愛迪的表現非常出色，他立刻扭轉了局面。此刻，那四個莫里已經往外跑了，愛迪得以全力對付眼前的這個傢伙。

而我呢？我的注意力全都放在迪米特里身上。

我從那個死掉的血族身上跨過去，連看都沒有看一眼。迪米特里原本在後方徘徊，他的任務應該是派手下上前送死。也許是因爲我太瞭解迪米特里了，所以我覺得他看到我這麼快就幹掉一個，而愛迪也沒有令對手好過的戰果，並不會驚訝。我很懷疑迪米特里會將這兩個人的死放在心上，他們只是爲了令我分心，好讓他抓住我的工具。

「我告訴過妳了。」迪米特里說，他的眼神既帶著玩味，又顯得很銳利。他小心看著我的每一個動作，我們倆像是在照鏡子一般僵持著，都在等待一個合適的時機發動進攻。「我告訴過妳，我會找到妳的。」

「對，我收到信了。」我說，同時試圖不要分心去注意愛迪和另一個血族的戰鬥。愛迪可以打敗他的，我知道他沒問題。

迪米特里的唇邊溢出一抹幽靈般的笑容，露出的尖牙激起了我心中的一絲渴望，但也矛盾地覺得厭惡。很快地，我將這些情緒拋在一邊。我曾經猶豫過一次，且差一點死掉，我不能再犯同樣的錯誤，而飆升的腎上腺素又恰到好處地提醒我，此刻是生死存亡之戰。

他先動手，我立刻擋住，好像早就知道他會這麼做。這就是我們兩個之間的問題。我們對對方都太瞭解了，已經到了熟知對手每一步動作的地步。當然，這不代表我們就可以打個平手，就算他還活著，也是一個閱歷豐富於我的人，再加上此刻他的血族力量替他加了不少分。

「可妳居然到了這裡。」他說，臉上仍然掛著微笑。「妳本可以待在安全的皇庭，可居然跑出來了，這太蠢了。我的眼線告訴我的時候，我甚至不敢相信。」

我什麼都沒有說，只是不斷揮動手中的銀樁撲過去。他見招拆招，往旁邊一閃，躲了過去。他有眼線這件事沒什麼可奇怪的，就算是白天也一樣。他掌控著一個情報網路，手下既有血族，又有人類，我甚至早就猜到他肯定會安放耳目監視皇庭。問題是，他到底是怎麼在大中午進入這間酒店的？就算他在機場安插了人，或者是和艾德里安一樣監視了我的信用卡記錄，可他和他的血族朋友，不是應該等到夜幕降臨以後才來嗎？

不，不一定。我想了一會兒才明白，血族偶爾也會懂得變通：那些有車篷的卡車或者小客車，都有完全密封的車廂，還有地下停車場的入口，也能隔絕陽光。莫里一直都想在白天前去賭場享樂，所以熟知通往各個賭場的祕密通道，迪米特里肯定也知道。如果他一直在等著我從結界裡走出來，肯定早就想好了逮住我的辦法，我比所有人都清楚，他是一個足智多謀的人。

我還知道，他不停地說話是爲了讓我分心。

「最奇怪的是，」他繼續說道，「妳不是一個人出來的，還帶了莫里一起。妳一直是只拿自己的命來冒險的人，可是眞想不到，現在的妳居然這麼草率，也拿別人的命來冒險了。」

這提醒了我一件事。除了賭場傳來的隱約聲響，和我們此刻的打鬥聲，四周就再沒有別的聲音了。我們沒有聽見那種很重要的聲音，比如緊急出口的門打開時應該響起的警報聲。

「莉莎！」我大喊，「快離開這個鬼地方！把他們都帶出去。」

她應該想到的，他們三個應該想到了。那扇門可以通往樓上，也就是戶外，而外面的太陽還很大。就算警報器響起並招來保全也無所謂了，該死的，也許這樣能夠將血族嚇走，莫里能夠逃到安全的地方最重要。

我飛快地透過心電感應找到了問題的癥結所在。莉莎被嚇呆了，愣住了，因爲突然看清楚我是在和誰打鬥，這個震撼實在是太大了。知道迪米特里變成了血族是一回事，可是看見——親眼看見——呃，又是另外一回事了。這一點，我有親身的體會，即使是我，在有了十足的心理準備之後，他現在的樣子仍然令我無法接受。莉莎仍傻傻地站在一邊，不能思考，也不能動。

我感受她的心情只是一瞬間的事，可是在和血族的戰鬥中，僅是一秒鐘的遲疑都有可能會決定生死。迪米特里的策略成功了，我的眼睛雖然一直沒有離開他，而且自認爲有防守能力，他還是撲了過來，一把將我死死地釘在牆上，他的雙手緊緊抓住我的手臂，痛得我扔掉了手裡的銀樁。

他湊過來，臉幾乎要貼到我的臉，我們的額頭幾乎快要碰在一起。「蘿莎……」他喃喃地喊著我的名字，呼吸觸碰到我的皮膚，溫暖而甜蜜，原本我以爲他的呼吸裡應該充滿一種腐屍的味道。

「爲什麼？爲什麼妳要這麼固執呢？我們本來可以永遠在一起……」

我的心怦怦直跳。我很害怕，而這種對死亡的恐懼，可能幾秒之後就不會再有了。同時，我很難過，我要永遠失去他了。看著他的臉，聽著那同樣帶有口音、此刻像天鵝絨一樣包圍著我的聲音……我覺得自己的心又碎了一次。爲什麼？爲什麼這種事情會發生在我們身上？爲什麼老天這麼殘忍？

我設法關掉心底情感的開關，再次面對無情的現實。迪米特里現在就是這個樣子，我們是獵人和獵物的關係，此刻我有被吃掉的危險。

「抱歉，」我咬著牙，用力掙開他的手，可是失敗了。「我的永遠裡，不包括變成不死的怪物這一部分。」

像。「永遠的日子沒有了妳，我會很孤獨的。」

「我知道。」他說。我發誓他此刻的表情也很悲傷，可是我努力說服自己，那一定只是我的想

這時，耳邊響起一聲尖銳的鳴叫，我們兩個全都愣了一下。人類聽到這種聲音只會嚇一跳，但對我們這些聽覺靈敏的人來說，無疑像身在地獄。我還是禁不住鬆了一口氣。那扇緊急逃生門……終於，那幾個笨蛋逃了出去。對，有鑒於他們之前的表現，我喊我的朋友們笨蛋一點都不會感到良心不安。透過心電感應，我感受到了陽光，同時因爲迪米特里的尖牙還未刺穿我的脖子，吸走我全身的鮮血，而稍稍感到放心。

我希望警報器能夠令他分心，可是他眞的是太出色了。我又一次用力掙扎，希望能趁他不注意時掙脫開，可是根本掙不動。他唯一想不到的是，愛迪將銀樁斜著刺進了他的腹部。

迪米特里痛得大吼一聲，鬆開了我，轉身去對付愛迪。愛迪的表情很嚴肅，眼睛一眨不眨。愛迪看見迪米特里應該也很震驚，可是從他的表情卻看不出來。在我看來，愛迪可能根本沒有看出來這是迪米特里，也許在他眼裡，這只是個血族。學校就是這麼教我們的，你看見的是怪物，而不是人。

迪米特里的注意力暫時從我身上移開了。他希望慢慢享受我的死亡，愛迪只是個小麻煩，他只要撥個空解決掉，就能繼續玩貓捉老鼠的遊戲了。

此刻，愛迪和迪米特里僵持著，和之前我和迪米特里的情況差不多，只是愛迪沒有我那麼瞭解他的行動。所以，他沒有辦法避開迪米特里的攻擊，因此被他抓住了肩膀，撞到牆上。那一撞，好像要撞碎愛迪的頭骨，可是愛迪用自己的身體減緩了撞擊力。那樣還是很痛，可是他還活著。

這些事情的發生好像只花了一毫秒的時間，而就在這一瞬間，我突然改變了想法。

當迪米特里和我戰鬥，想要咬我的時候，我一直克制著自己不去想這個人是迪米特里、是我曾

經瞭解和深愛的人，我一直努力扮演好一個獵物的角色，在生命即將走到盡頭的時候，一直提醒自己要進入戰鬥戰鬥戰鬥模式。

可現在，看著迪米特里和別人打在一起……看見愛迪的銀樁從他身體裡拔出來……哦，突然間，我無法再保持冷靜，我記起自己究竟爲什麼會來到這裡，記起了我們剛才從羅伯特口中知道的事。

我的心防仍然脆弱，不堪一擊。我曾經對自己發誓，如果眞的面臨迪米特里要殺掉我，而又還沒找到救出他的方法時，我絕對不會手下留情，我肯定要殺了他。而現在，就是我的好機會，我和愛迪將迪米特里夾在中間，一定能擊倒他，我們可以結束掉他目前這個邪惡的身體，以償他的夙願。

可是……在不到半個小時以前，我心裡剛剛生出一絲希望，期盼血族可以被救回來。眞的有這種辦法，雖然關於只能由精神能力者動手的那一部分還有待商榷，可是維克多相信它。如果他這樣的人都相信的話……

我不能這麼做。迪米特里不能死，現在還不行。

我撿起自己的銀樁，用力將鈍的那一頭往迪米特里的後腦敲去。他咆哮了一聲，想要將我推開，一隻手仍然要制止住愛迪的攻擊。迪米特里做得很好了，但愛迪的銀樁離他的心臟只有幾公分，我的朋友表情堅定，想要使出致命的一擊。

迪米特里夾在我們兩個中間，就在一個小空隙中，而一口氣還沒有喘完，我就看見愛迪已經找好角度，準備將它刺進迪米特里的心臟。這一擊下去，肯定會成功，可我的計畫就會落空。

於是，我掏出自己的銀樁伸手一劃，劃過迪米特里的臉，也撞歪了愛迪的手臂，整個動作一氣呵成。迪米特里的臉非常好看，我不忍心將它劃破，可我知道這傷口很快就會復原。我使出這一擊之後，便將他往愛迪的方向用力一推，好讓我和愛迪可以趁機向仍然響個不停的緊急逃生門跑去。愛迪雕像一般的臉上露出一絲訝異，一時間我們兩人僵持不下，我用力拉著他往門口跑，而他則用力往回跑，想要去刺殺迪米特里，但同時又有些猶豫。時機稍縱即逝，此刻愛迪的舉動無疑於將我推給一個血族，而這種事在他所接受的訓練中，是絕對不能發生的。

突然，迪米特里抓到了反擊的機會，他伸手抓住我的肩膀，試圖將我往回拉。愛迪於是抓住我的手臂，將我往前拽。我很驚訝，卻也忍不住痛得大叫出聲，感覺自己好像快要被他們兩個撕裂一樣。迪米特里是我們三個之中最強大的，可是在他們兩個中間，我的力道則會發揮關鍵作用，於是我用力偏向愛迪，慢慢地往他那邊移去。不過，這種移動十分緩慢，就好像在蜂蜜裡行走。我每移動一步都要花費很大的氣力，而迪米特里則能夠隨即將我再拉回半步。

我和愛迪就這樣慢慢地移向發出刺耳聲音的逃生門，整個過程真的、真的非常痛。過了一會兒，我聽見外面響起了嘈雜的人聲和腳步聲。

「保全來了！」愛迪低喊著，又用力拉了我一下。

「該死。」我說。

「你們贏不了的。」迪米特里沙啞著聲音說。他正設法用另一隻手抓住我的另一個肩膀，他的力氣眞是該死的大。

「哦，眞的嗎？我們可是馬上就要到酒店外面的廣場上去了。」

「那麼這裡可能要留下一地屍體了，人類的屍體。」他輕蔑地說。

他口中的人類正向我們跑過來。我不知道他們此刻是怎麼想的，是有人襲擊了幾個小孩？他們大喊著要我們停手，轉身看著他們，可我們三個仍然沒有理會，兀自玩著「拔河」遊戲。接下來，他們一定是全都伸手制住了迪米特里，因此他雖然仍舊拉著我，可是開始漸漸地鬆開了力道，當他最後鬆手的那一瞬間，我差點跌到愛迪的身上。我們兩個誰都不敢回頭，此刻那些保全已經在朝我們兩個喊話了。

不只是他們，就在我推開門跑出去的那一剎那，我聽見迪米特里在後面喊話，他的語氣充滿了嘲弄：「遊戲還沒有結束，蘿絲。妳眞的以爲這個世界上有妳的藏身之地，是我無法找到的嗎？」還是那句話，一直都是這句一成不變的警告。

我盡力無視他話中的威脅和我心中的恐懼。我和愛迪衝進宛如沙漠的戶外，雖然此刻已近傍晚，太陽仍然沒有下山。外面便是酒店的停車場，可是沒有停幾台車，不夠我們藏身。我們倆有默契地向人多的地方跑去，知道我們的速度足以甩掉後頭追趕的人，藏身進茫茫人海中。

我不知道有多少人在追我們，我猜那些保全已將精力全都放在那個敢在酒店裡殺人的高個子身上了。我們身後的追趕聲越來越小，最後終於聽不見了。我和愛迪在紐約紐約酒店門口停下，再一次，我們很有默契地立刻走了進去。裡面的設計七轉八繞，客人比盧克索酒店還要多，我們很輕鬆地混進去，終於在遠離酒店賭場的地方找到一塊空地。

這一路跑來十分疲累，我們站在原地喘著氣，休息了好一會兒。愛迪終於轉頭看著我，臉色惱怒，我知道事情嚴重了。那件事令他變得堅韌，有足夠的決心面對任何挑戰。可是，哦，現在他卻在生我的氣。自從他去年第一次被血族抓住以後，愛迪一直都表現出那種冷靜和克制的樣子。

「這該死的到底是怎麼一回事!?」愛迪大喊，「妳居然放了他！」

我努力用最嚴厲的臉色看著他，可是今天他似乎佔了上風。「什麼？你忘了我最後用銀樁劃破他的臉的事了嗎？」

「我已經對準了他的心臟！我本來有機會，可被妳破壞了！」

「保全來了，我們來不及，必須要盡快跑掉。不能讓他們看見我們殺人。」

「我可不認爲他們還有活著離開、告訴別人發生什麼事的機會。」愛迪靜靜地說。他似乎想要重新調整自己的情緒。「迪米特里肯定會留下一地死屍，妳知道的。那些人的死，全是因爲妳不肯讓我殺了他。」

我瑟縮了一下身子，知道愛迪說的對，肯定會是這種結果。我沒有看清楚到底有多少保全趕過來，究竟死了多少人呢？但這不重要，重要的是有一群無辜的人死了，哪怕只有一個也不應該。這全都是我的錯。

我的沉默不語令愛迪壓下了自己的怒火。「妳怎麼能夠忘了學校是怎麼教我們的呢？我知道他曾經當過妳的老師，可那已經是往事了，現在的他不一樣了。他們那麼嚴厲地一遍又一遍地告誡我們，不要猶豫，不要認爲他們還是一個眞正的人。」

「可我愛他！」我忍不住吼了出來，完全沒有經過大腦。愛迪不知道這件事，只有爲數不多的幾個人，才知道我和迪米特里之間的眞正關係，以及在西伯利亞發生的事。

「什麼？」愛迪驚訝地倒吸一口冷氣，他的憤怒變成了驚訝。

「迪米特里……他不只是我的老師那麼簡單……」

愛迪愣愣地瞪了我幾秒。「曾經是。」他最後說道。

「什麼？」

「他曾經對妳很重要，而妳愛他。」愛迪方才那陣短暫的困惑不見了，他又變成了那個堅強的守護者，毫無同情心。「我替妳難過，不管你們兩個之間發生過什麼，可是那已經過去了。妳必須清楚一點，妳愛的那個人已經走了，而我們剛剛看見的那個傢伙呢？這兩個人是不一樣的。」

我緩緩地搖了搖頭。「我……我知道，我知道他已經不再是他，我知道他是魔鬼，可是我們可以救他……如果我們能夠按照羅伯特說的辦法……」

愛迪張大了眼睛，愣了一會兒。「所以這就是原因？蘿絲，這太荒唐了！妳不能相信那種鬼話。血族就是死人，他們已經離我們而去了，羅伯特和維克多是在瞎扯。」
現在輪到我驚訝了。「那你爲什麼來這裡？爲什麼你會和我們一起留在這裡？」
他憤怒地舉起手。「因爲妳是我的朋友。我幫妳做了這麼多……救出維克多、聽他那個半瘋狂弟弟的鬼話……是因爲我知道妳需要我，妳所做的一切，是爲了保護妳自己的安全。我以爲妳有迫不得已的原因要將維克多救出來，過後還會再將他送回監獄。這聽起來很瘋狂是吧？對，可這種事對妳來說再正常不過。妳做的事情，總是有自己的理由的。」
他嘆了口氣，「可是這件事……已經突破底線了。只爲了一個完全不可能的說法，就放走了一名血族，這比我們救維克多出來還要惡劣十倍，甚至百倍。迪米特里在這個世界多存在一天，就會有人因此而犧牲。」
我雙腿一軟，靠在牆上，閉上了眼睛，胃又開始隱隱作痛。愛迪說的對，是我搞砸了。我曾經答應過自己，若是在沒有弄明白羅伯特的辦法之前碰到迪米特里的話，我會殺了他。今天，一切本應該就此結束的……可我退縮了。又一次。
我張開眼睛，站起來。現在我要趕緊找別的事做，不能在賭場裡頭哭出來。「我們趕緊去找其他人，他們身邊沒有人保護。」
這是唯一一件能夠令愛迪暫時放過我的事，讓他想起自己的職責：保護莫里。
「妳知道莉莎在什麼地方嗎？」
整個逃跑的過程中，我一直透過心電感應追蹤著她，可當時我沒辦法深入地去感受她的位置，只知道她沒有受傷，還活著。此刻，我稍稍讓自己深入一點去感受。
「在對街，MGM酒店。」

我們跑進來的時候，曾路過那間宏偉的酒店，不過沒想到莉莎居然會在那裡。現在，我能夠感應到她了，她也和我們一樣藏在人群裡，雖然她很害怕，可是人並沒有受傷。我寧願他們幾個選擇站在陽光下，可是本能驅使著他們躲進了沒有陽光的室內。

我和愛迪一邊過馬路，一邊又針對迪米特里的事討論了幾句。天空已經轉成了蜜桃色，但我依然有一種安全感，這裡總比盧克索酒店的走道要安全。心電感應讓我能夠感應到莉莎的方向，我毫不遲疑地帶著愛迪穿過MGM裡頭的各個轉角，最後終於在一排吃角子老虎機附近，看見了莉莎和艾德里安。艾德里安手裡拿著一枝煙，莉莎看見了我，跑過來抱住我。

「哦，天哪，我簡直嚇死了，我不知道你們兩個的情況。我恨死了這種單向的心電感應。」

我勉強擠出一絲笑容。「我們沒事。」

「不過是有點皮外傷。」艾德里安走過來，依然能開玩笑。我毫不懷疑他的話，在戰鬥中的亢奮，很容易令人忽視身上的傷痛，然而事後便會感受到身體究竟受到了多麼大的損害。

我眼裡只有莉莎，一直在心中感激著她沒有事，所以忽略了愛迪早就發現的事。「夥伴們，維克多和羅伯特在哪裡？」

莉莎原本開心的表情黯淡了下去，甚至連艾德里安看起來都很鬱悶。

「該死。」不用他們說，我也明白了。

莉莎點點頭，眼睛張大，擔心地說：「他們跑了。」

11

哦，眞是太棒了。

我們討論了一會兒，才決定了下一步的行動。一開始，我們想了各種將羅伯特和維克多找回來的辦法，可是最後又一一否決。我們留下的是羅伯特的手機，美國員警也許能夠根據線索順藤摸瓜，可我們顯然不能這麼做；就算羅伯特的住址能夠從黃頁裡查到，維克多也絕不會再讓他回到那裡去了。雖然艾德里安和莉莎能夠看到精神能力者的靈光，可是我們也不可能在這個城市裡漫無目的地亂晃，期望好運來臨。不，我們不可能有那種好運氣會恰巧碰上這兩個人。現在除了回皇庭，面對等著我們的處罰，沒有別的事能做了。我們——其實是我——搞砸了這一切。

日落時分即將來臨，鑒於我們手裡已經沒有可以帶來麻煩的逃犯，我們一票人決定先去午夜酒店，想想我們的旅行計畫。我和莉莎很可能立刻被人認出來，可是逃家的孩子和逃亡的叛徒，這兩者還是不能相提並論的。我們決定去扔骰子（不是雙關語），在離開拉斯維加斯之前，和守護者待在一起，總比冒險再遇上血族要好。

除非你刻意去觀察，否則午夜酒店和我們去過的兩家酒店沒什麼不同。這裡的人類過於沉迷在賭博的遊戲裡，沒有發現這裡有另外一批顧客，多是身材高挑、纖瘦，膚色蒼白的人。至於拜耳呢？人類根本就看不出來我們不是人類，只有莫里和拜耳具有神奇的感應力，能夠分辨得出來誰是誰。

守護者們散落在歡快、嘈雜，間或傳出哭聲的人群中。根據守護者的所需數量規定，只有這種地方，才被允許有人全天候二十四小時值勤。幸運的是，隨著前來玩樂、有錢有勢的莫里人數的增加，此處守護者的數量也愈來愈多。莫里聚在吃角子老虎機或者輪盤旁邊，玩得興高采烈，而他們身後則跟著默默察看周遭情況的守護者。沒有血族敢來這裡。

「現在怎麼辦？」莉莎問，她幾乎要用喊的才能蓋過這些噪音。這是我們決定到這裡之後，交談的第一句話。我們走到一張玩黑傑克的桌子旁邊休息，位置剛好處於整個賭場的中心。

我嘆了口氣。根本不用任何精神能力的副作用幫忙，我的情緒就已經十分低落。*我弄丟了維克多，我弄丟了維克多*。我陷入了無盡的自責當中。

「我們去找這裡的商務中心，然後訂機票。」我說，「如果距離上飛機還有很長一段時間，我們就再訂一個房間。」

艾德里安的目光四處掃來掃去，一直在一旁的許多酒吧間流連。「我們過去待一會兒，不會沒命吧？」

我猛地跳起來。「你是認真的嗎？在發生了這麼多事之後，你唯一想到的就是這個？」

他原本充滿狂喜的眼眸轉而看向我，接著皺起眉。「那邊有很多監視錄影器，可能有人會認出妳。有證據顯示妳是在這個賭場裡，而不是在阿拉斯加，對妳比較有利。」

「這倒是。」我承認道。我猜在艾德里安這種輕鬆的外表下，心裡肯定很不舒服。他除了知道了我來拉斯維加斯的真正目的，還遇見了血族，尤其是變成血族之後的迪米特里。這對任何莫里來說，都不是一種愉快輕鬆的經歷。「雖然也沒有證據能夠顯示，我們真的去過阿拉斯加。」

「只要維克多不在這裡出現，就沒有人會將這兩件事聯繫在一起。」艾德里安的語氣有點苦澀，「這更加證明了這些人有多麼愚蠢。」

「是我們幫維克多逃走的。」莉莎說，「可是不會有人認為我們居然敢做這種事。」

愛迪仍然默默地站在一邊，他意味深長地看了我一眼。

「那就這麼決定了。」艾德里安說，「得有人去訂機票，我去喝一杯，再試試手氣。這個世界欠我幾分好運。」

「我去訂機票。」莉莎說完，便四處察看有沒有指示牌，能夠指出廁所以及商務中心的方向。

「我陪妳一起去。」愛迪說。儘管他之前一直露出那種責怪我的表情，現在卻極力避免接觸到我的眼神。

「好吧。」我說著環抱起手臂。「你們訂完以後通知我們，我們去找你。」這是對莉莎說的，意思就是她可以透過心電感應告訴我。

艾德里安打了個招呼，便向酒吧走去，我則跟在他身後。

「一杯湯姆可林。」他對那個莫里酒保說。艾德里安的腦子裡好像放了一本雞尾酒大全，只要翻一翻，雞尾酒的名字便會一個接一個地蹦出來，我好像從沒見他喝過重複的酒。

「要加料嗎？」酒保問。他穿著一件白色襯衣，繫著黑領結，看起來比我大不了多少。

艾德里安扮了個鬼臉，「不要。」

酒保聳了聳肩，轉身去準備飲料。

「加料」是莫里的暗語，意思是指在飲料裡加一點血。這酒吧後面有好幾扇門，其中一個很可能是通往餵食室的。我看著這個酒吧，發現這裡到處都是杯裡加了料的莫里，他們談笑風生，很是開心。有的莫里很喜歡在酒裡面摻上血，不過，大部分卻都和艾德里安一樣，除了直接從「血源」身上吸血，不願意用別的方法飲用。想來味道應該是不一樣的吧。

我們等待的時候，一名年紀比較大的莫里站在艾德里安身旁，他看著我，讚許地點了點頭。

「你的貨色不錯嘛。」他對艾德里安說，「年輕，而且是個良家婦女。」這個人杯裡的可能是紅酒，也可能是鮮血，他撇頭指了指其他幾個坐在吧台的人。「大部分都是別人用過又洗乾淨的。」

我順著他的姿勢看過去。其實不必看也知道，有幾個拜耳女生混在人類和莫里當中，她們都穿著絲質或天鵝絨短裙，衣服的布料非常少，根本沒有所謂的想像空間。大部分人都比我的年紀要大，她們看起來一點都不無聊，正大聲地和旁人調笑著。是吸血妓女。我看了那個莫里一眼。

「你要是敢再這麼說她們，小心我拿酒杯打你的臉。」

那傢伙張大了眼睛，看著艾德里安。「這麼野蠻。」

「你有所不知。」艾德里安接過酒保遞來的湯姆可林，「她今天過得可不好。」

那個莫里混蛋不敢再看我，顯然認為我的威脅是認真的。「所有人今天過得都不好。你聽到新聞了嗎？」

艾德里安似乎放鬆了下來，他緩緩地啜著飲料，離那個人又近了點。我覺得他似乎有些緊張。

「什麼新聞？」

「維克多・達什科夫，就是那個綁架了德拉格米爾家公主，還試圖謀反女王的老傢伙，你知道他吧？他逃跑了。」

艾德里安揚起了眉毛。「逃跑了？太離譜了。我聽說他被關在了一個守備最森嚴的地方。」

「沒錯，沒人知道到底是怎麼回事。他們說，可能是人類幹的……整個故事可離奇了。」

「有多離奇？」我問道。

艾德里安伸出手臂摟著我，我想應該是在暗示我，剩下的話由他來問。我不確定這是因為他認為這樣更符合一個吸血妓女的身分，還是擔心我真的揍那傢伙一頓。

「其中一個守護者說，他是被人催眠了，他還很肯定地說，整個過程他都迷迷糊糊的，記不太清楚了。我聽說有幾個皇室已經開始著手調查了。」

艾德里安大笑起來，又喝了一大口酒。「這也太不負責任了，聽起來好像是他們內部出了問題。維克多有的是錢，要買通一個守護者太容易了。我覺得應該是這樣。」

艾德里安的聲音有一種愉快圓潤的感覺，我知道他稍稍用了一點催眠能力。那個傢伙臉上露出一抹奇怪的笑容。「我想你說的對。」

「你應該去告訴你的皇室朋友，」艾德里安又補充道，「這肯定是他們內部出了問題。」

那傢伙點點頭。「好的好的。」

艾德里安又看了他一會兒，這才低頭看著自己杯中的雞尾酒。另外那個傢伙放空的眼神恢復了正常，可我知道，艾德里安要他散播「內部問題」的命令，已經發揮了作用。艾德里安一口氣喝乾杯裡的飲料，將空酒杯放在吧台上，他本想再度開口，可是對面發生的事引起了他的注意。另外一個莫里也注意到了，我則順著他們兩人的目光看去，想看看究竟是什麼令他們這麼注意。

我低吟了一聲。女人，當然是女人。起初，我還以爲是拜耳，可是直到我自己的眼睛也像被糖果黏住般移不開，才知道不是。經過再三確認，我才驚訝地確定那是幾個莫里女生，準確地說，是莫里的歌舞女郎。她們全都穿著差不多的低胸金屬片短裙，唯一有區別的是她們身上金屬片的顏色，有紫銅色、孔雀藍……她們的頭髮上都別著羽毛和閃閃發光的水鑽，而她們經過人群的時候面帶微笑，笑聲迷人。她們的美麗和性感，與我們拜耳的不一樣。

其實這倒不令人驚訝。以前我觀察莫里男人的時候，認爲他們常常向拜耳的女生暗送秋波，這可能是因爲我自己也是拜耳的緣故。可是老實講，莫里的男人很有魅力，也經常和莫里的女生調笑。他們的種族就是這樣才得以延續，莫里的男人經常想要身邊有幾個拜耳女生，可是最後，卻還是會選擇和他們同種族的莫里女生結婚。

這幾個歌舞女郎身材都很高挑，而且很優雅，她們這一身光鮮亮麗的打扮，讓我忍不住想她們一定是要去表演。我能夠想像得出她們的表演有多麼精彩，我很欣賞她們。然而，比我還欣賞他們的那個人顯然是艾德里安，從他大張的眼睛就能看出來了。

我用手肘頂了他一下。「嘿！」

這時，最後一名歌舞女郎也消失在賭場的人群裡，正如我預料的那樣，她們順著指示牌上「劇院」的方向走去。

艾德里安看了我一眼，露出一絲壞笑。「看看又沒什麼。」他拍拍我的肩膀。

站在他身邊的莫里同意地點點頭。「我覺得我今天好像也看了齣好戲。」他轉著手裡的杯子。「達什科夫和德拉格米爾這兩家的恩怨……令我有些爲可憐的艾瑞克感到難過。他是個好人。」

我有些懷疑地看著他。「你認識莉莎的爸爸——艾瑞克・德拉格米爾？」

「當然。」那個莫里示意酒保將杯子斟滿。「我在這裡當了許多年的經理，他活著的時候總喜歡來這裡。相信我，他肯定會喜歡這些女生的。」

「你說謊。」我冷冷地說，「他愛他的妻子。」我見過莉莎父母在一起的樣子，就算那時還小，可我看得出來他們兩個之間的感情有多麼堅定。

「我不是說他會做什麼越軌的舉動。就像妳男朋友說的，看看又沒什麼。可是很多人都以爲，德拉格米爾王子殿下很喜歡去派對，特別是那種可以帶女伴的。」這個莫里嘆了一口氣，又舉起杯子。「他遇到的事情眞是太不幸了。眞希望他們能夠抓住達什科夫那個混蛋，別讓他去打擾艾瑞克的小女兒。」

我不喜歡這個人在說到莉莎父親時，話裡暗示的意思，同時很感激莉莎不在這裡。令我不安的是，最近我們發現莉莎的哥哥安德列，也是那種到處弄碎一地芳心的花花公子。這種事會遺傳嗎？

安德列做的事肯定是不對的，可是一個正值年少的花樣男的放浪，和已婚男人的花心是不同的。我不願意承認，可是哪怕一個處於熱戀中的男生，也仍然會毫不遮掩地表示對其他女人的欣賞。艾德里安就是證據。不過，我還是覺得，莉莎不會喜歡聽見有人說她的父親到處留情。安德列的事已經令她很難以接受了，我不希望有任何事粉碎她對自己父母的印象。

我看了艾德里安一眼，暗示他這個莫里要是再胡說八道下去，挨一頓揍就是在所難免的事了，也不希望等莉莎回來找我們的時候看見他。

艾德里安一如既往地對我壞笑著。「哦，甜心，我們要去試試運氣嗎？我認爲妳可能會創造奇蹟，和以前一樣。」

我瞥了他一眼。「好極了。」

艾德里安對我眨了眨眼睛，站了起來。「和您聊天很愉快。」他對那個莫里說。

「我也是。」那傢伙說。他已經不再處於催眠狀態。「你知道，你應該再好好打扮打扮她。」

「我對給她穿衣服可不感興趣。」艾德里安一邊拖著我走，一邊回頭大聲說。

「你最好小心點，」我咬著牙警告他，「不然很可能也會有一個酒杯砸到你的臉上。」

「我可是在幫妳，小拜耳。我可是那個救了妳，保證妳不會被麻煩纏身的人。」我們站在賭場撲克室的外面，艾德里安從頭到腳打量了我一下。「那傢伙說的對，妳是該換身衣服。」

我咬著牙說：「我眞不敢相信，關於他說的莉莎父親的那些事。」

「流言蜚語永遠不會消失，妳應該是最明白這一點的。不管妳是活著還是死了。再說，那場談話其實幫了我們，我是說，幫了妳。肯定已經有人認爲是監獄內部出問題了，如果有這個傢伙再煽風點火，就能保證沒人會想到，這個世界上最危險的守護者會和這件事有關。」

「希望如此。」我強壓下心頭的怒火。我的怒氣始終處於一觸即發的狀態，而我很清楚，這是因爲莉莎在過去的二十四小時裡，過度使用了精神能力，那種副作用會加劇我惡劣的心情，就如同我所擔心的一樣。我換了個感覺較爲安全的話題。「你現在表現得好多了，之前你那麼生氣。」

「我其實沒有那麼開心，不過已經想通了不少。」艾德里安說。

「哦？願意講給我聽聽嗎？」

「這裡不行，我們之後再談。現在還有更重要的事情要擔心。」

「比如說掩蓋罪行，在不被血族攻擊的前提下離開這裡？」

「不，比如說我能贏多少錢。」

「你瘋了嗎？」問艾德里安問題永遠都不是個好選擇。「我們剛剛從一群嗜血魔鬼手裡逃出來，而你滿腦子想的居然就是賭博？」

「事實上，我們還沒死，就應該好好享受生活。」他爭辯道，「特別是我們還有這個時間。」

「你又不缺錢。」

「如果我爸爸把我轟出去，就會缺錢了。再說，我們眞的應該好好玩個痛快。」

我聽到「玩個痛快」這四個字，立刻明白了艾德里安說的意思是「出千」。前提是，你認爲使用精神能力是出千的一種。精神能力包含了許多心理力量，而使用者往往很善於看穿別人的心思。維克多說的對。艾德里安雖然一直表現得很不正經，一直在點酒喝，可我打賭他也很密切地在觀察其他人，就算他很小心地沒有多說話，可是他自信、多變又帶有一絲惱怒的表情已經出賣了他。不用說話，他仍然可以催眠別的玩家，看穿他們的心思。

「快點回來。」我感受到莉莎的召喚，對他說。

他揮了揮手，一點都不在意。我也不擔心他的安全，因爲屋子裡有幾個守護者在。我擔心的是賭場的管理者有可能會注意到他使用了催眠術，然後把我們全都扔出去。精神能力者雖然能力很強，可畢竟是吸血鬼，還是有一定限制的，再說這種行爲是不道德的，在莫里的世界裡是不被允許的，而賭場肯定是最不喜歡看到這種事發生的地方。

商務中心離這間撲克室不遠，我很快便找到了莉莎和愛迪。

「結果怎麼樣？」我們往回走的時候，我問道。

「我們訂了明天一早的飛機。」莉莎說道，有些猶豫，「我們可以今晚就出發，但是……」

不用她再往下說我也明白。在經過了今天的事之後，我們都不願再碰到血族，哪怕是一丁點的風險都不願意冒。去機場只要搭計程車就好了，可就算是這樣，我們也不願冒險走到外面漆黑的大街上。

我搖了搖頭，領著他們向撲克室走去。「妳做的對。我們現在有大把時間要打發了……妳要訂一間客房，睡一會兒嗎？」

「不用了。」她有些顫抖，我感覺到她內心的害怕。「我不想離開人群，我有點害怕自己會做惡夢……」

艾德里安也許對血族的事眞的是滿不在乎，可是那幾個血族的臉孔不斷困擾著莉莎，特別是迪米特里的樣子。

「好吧，」我說，希望能讓她好過一點，「清醒也好，我們可以好好想想回去的計畫，而且妳還能看見艾德里安是怎麼被賭場的保全扔出去的。」

一如我所料，看著艾德里安用精神能力出千，確實轉移了莉莎的注意力，可是她太過投入了，居然也打算自己下場試一試。眞是太好了！我只好替她找了一個比較安全的遊戲，又將艾德里安怎麼暗示那個莫里，說監獄的事是內部出問題的過程講了一遍，不過沒有講關於莉莎爸爸的那一段。

整個晚上無風無浪地過去了，沒有血族，也沒有保全，眞是奇蹟。這期間有幾個人認出了莉莎，他們日後全都可以作爲我們的證人，而愛迪整個晚上都沒有和我講話。

我們第二天一早離開了午夜酒店。由於維克多逃跑，再加上之前的遇襲，每個人都悶悶不樂，但是在賭場的時光令我們稍稍高興了起來——至少在到達機場之前是這樣。在賭場的時候，我們聽說了很多莫里的事情，完全與人類的世界隔離開。可是在等飛機的時候，我們還是不可避免地從無所不在的大電視裡看到了新聞。

頭條新聞是昨晚在盧克索酒店的那場屠殺，警方一點線索都沒有找到，大部分賭場的保全都是被人擰斷脖子而死，除此以外，沒有其他人的屍體。我猜迪米特里應該是將他兩個手下的屍體拖了出去，讓陽光將他們化成了灰，同時，迪米特里自己也溜了，這樣就沒有目擊證人，就連監視錄影器都沒有錄下到底發生了什麼事。我一點都不驚訝，如果我能夠闖進監獄的監控室，迪米特里肯定也能闖進人類酒店的監控室。

我們的好心情一瞬間全沒了。我們沒怎麼交談，我也沒有透過心電感應去看莉莎怎麼想，因爲我自己的心情已經夠糟了，不需要再多添一份煩惱。

我們坐上了直接飛往費城的飛機，這樣可以轉機回到皇庭附近的機場。我們一到那裡，就要面對……呃，其實現在不想也罷。

我一點都不擔心白天的飛機上可能有血族，加上沒有了逃犯需要監視，我允許自己沉沉地睡一覺。這一路上，我已經記不清上次好好睡覺是什麼時候了。我睡得很沉，可是在夢中，我仍被這些事所困擾：我居然讓一個最危險的莫里罪犯逃跑了，而且還允許一個血族，肆無忌憚地屠殺了一票無辜的人類。

我不能讓我的朋友們替我扛，這些全都是我的罪過。

12

當我們歷經千辛萬苦終於回到皇庭後，這個信念就更加堅定了。

當然，我不是唯一一個有麻煩的人。莉莎被女王召去詢問，我知道她不會受到什麼實質性的懲罰。不像我和愛迪。也許我們可以偷偷從學校溜出去，可這裡是皇庭，是處於守護者菁英嚴密守護之下的政治要地，也就是說，我們要面對的處罰，是對違反紀律的守護者的處罰。只有艾德里安逃過了一劫，他已經像沒事人一樣逍遙去了。

說眞的，我受到的處罰沒有我想的那麼嚴重。話又說回來，到了這個地步，我還有什麼可害怕的呢？我成爲莉莎守護者的機會本就非常渺茫，除了塔莎，又沒有其他人願意讓我做他們的守護者，而這一次被我們當做藉口的瘋狂拉斯維加斯週末之旅，幾乎令她不可能再開口要我。這已經夠糟了，可是比這還糟的是，有一些原本屬意愛迪的人，因此收回了他們的邀請。雖然仍然有一大票人搶著要他，愛迪不至於有失業的危險，可我仍然覺得很內疚。他對我們的事一點風聲都沒有透露，可是每次他看著我的時候，我總能從他的眼中看到譴責。

而接下來的幾天裡，我有許多機會見到他，因爲守護者自有一套處罰這些違反紀律的人的方法。

「你們做的這些事，眞是太不負責任了。你們應該回到學校去好好再學習一下！該死，最好是從小學開始上起。」

我們正身處在守護者總部的一間辦公室內，吼我們的人叫漢斯・克洛福特，他是皇庭所有守護者的負責人，也是分派守護者機構的負責人。他是一名五十出頭的拜耳，留著一撮花白的鬍子，這人身手非常厲害，喜歡抽雪茄，身邊總是煙霧繚繞的。我和愛迪恭順地坐在他對面，看他背著手在我們面前走來走去。

「你們的行爲，可能會令德拉格米爾家的最後一名成員死掉，更不用說還有伊瓦什科夫家的那個小夥子。你們認爲女王陛下能夠接受她侄子的死嗎？再說說時間！你們去參加派對的時間挑得可眞好，居然趁著想要綁架公主殿下的那個傢伙逃跑的時候。你們當然不知道這件事，可能那時候你們正忙著玩吃角子老虎，到處炫耀你們的假身分證！」

他提到維克多的時候，我皺起了眉頭，不過聽到他沒有懷疑我們的時候，又稍稍鬆了口氣。漢斯則認爲我這麼做是出於誠心的懺悔。

「你們是畢業了，」他宣佈道，「可這並不代表你們是無敵的。」

這番談話令我想起了我和莉莎剛回到聖弗拉米爾學院的時候，我們也被訓了同樣的話：擅自逃跑，令莉莎處於危險當中。只是這一次，沒有迪米特里爲我說話。那些回憶立刻哽住了我的喉嚨，我又想起了他那嚴肅卻令人愉快的臉龐，那雙時刻保持警惕的棕色眼睛，還有他對我講話時流露出的那種熱情，以及說服別人我的重要性的模樣。

已經過去了，迪米特里不在這裡。只有我和愛迪兩個人，面對闖進眞實世界的後果。

「而你。」漢斯伸出短粗的手指指著愛迪，「你很走運，這次事件不會帶來太多影響。可是，這一次的不良記錄會記在檔案裡，跟著你一輩子，也毀了得以爲皇室服務的機會，雖然有很多守護者都替你求情。不過，還是會將你分派下去，可能是獨自守護那些身分低微的貴族之類的工作。」

身分高的皇室通常不會只有一個守護者，擔任他們的守護工作會比較輕鬆。漢斯話裡的意思是，對愛迪的這種安排，可能會加重他的工作量，而危險性也比較大。

我斜眼瞄了他一眼，看見愛迪臉上又出現了那種堅毅、隱忍的表情，似乎在說，他不在乎獨自守護一個家族的人，就算十個也可以。事實上，就他現在的樣子來看，就是單獨把他扔進一個血族的老巢，他也能夠一個人將他們全部消滅。

「而妳。」漢斯嚴厲的聲音令我猛地收回自己的目光。「妳還有工作做就應該偷笑了。」

一如既往，我說話根本就沒有經過大腦。哦，我應該像愛迪一樣默默地聽著。「我當然會有工作做。塔莎・歐澤拉想要我，而守護者的人數這麼少，你們不可能要我坐冷板凳。」

漢斯好像有些哭笑不得。「當然，守護者的人數是很少，可是我們要做的工作可是各種各樣的，不僅僅是貼身保護工作，還得有人做行政工作，必須有人坐在這裡看大門。」

我愣住了。文職，漢斯在威脅要讓我做文職工作。我心裡最壞的打算，是被隨便分給什麼人，可能是我不認識的莫里，更甚者是我討厭的莫里，可是不管是哪種，我都還可以離開這裡，可以行動，可以攻擊和抵抗。

可是文職？漢斯說的對，守護者組織也需要有人在皇庭做一些文書、行政類的工作。沒錯，做這些工作的人很少，因爲守護者太珍貴了，可是也必須有人去做。可是，如果我也是這些人裡面的一個，就太可怕了。每天坐在這裡，一個小時一個小時地熬下去……就像塔拉索夫監獄的那些守護者，他們每天都得面臨各種枯燥無味——卻是必要的——的任務。

我真的、眞的清醒了，意識到自己是處於一個眞實的世界裡，恐懼瞬間擊中了我。我畢業以後被冠上了守護者的頭銜，可是我眞的理解這個頭銜的含義嗎？我是眞的在玩角色扮演的遊戲嗎？享受津貼，卻不計後果？我已經離開學校了，這裡是沒有感化院的眞實世界，只有生和死。

我的臉色一定出賣了我的想法。漢斯殘忍地微微一笑。「這就對了。我們有很多手段來對付喜歡惹麻煩的人。你們兩個很走運，對你們的處罰措施還在討論中。不過，這裡有很多工作沒人做，你們在這段期間就先去幫忙吧。」

而他說的「工作」，就是一些瑣碎的體力勞動。老實講，這和在感化院裡沒什麼區別，我眞心認爲他們發明出這種方法，純粹是爲了給我們這些犯錯的人一點苦頭吃。我們一天要工作十二個小時，大部分都是在戶外搬運石塊或渣土，爲一個新建的皇室住宅區鋪庭院，有時我們也會被分派去做一些比較乾淨的工作，比如擦地板。我知道，這種工作一般是由莫里的工人來做，也許他們此時剛好放假了吧。

不過，這也比漢斯交給我們的工作要好。漢斯要求我們處理和塡寫一疊又一疊小山一樣高的檔案，我由衷地感激此刻資訊已全都電子化同時，也再度擔心起自己的未來。我一遍又一遍地回想著漢斯說的話，他威脅我說，我的後半生可能就要這麼度過，我永遠都不會成爲一名守護者，眞正的守護者，無法去保護莉莎或是其他人。在我接受的訓練中，一直奉行一個守則：莫里要放在第一位。如果我眞的毀了自己的前程，那麼我的新守則就是：A要放在第一位，然後是B、C、D……

去做苦工的日子，令我沒有機會和莉莎見面，而被關進大樓裡做文書工作，也令我們無法見面。眞是令人惱火。我雖然可以透過心電感應感受到她，可是我們沒辦法講話。我想找個人說話。艾德里安也沒辦法來見我，他甚至連我的夢裡都沒有來過。我很想知道他此刻的感受，從拉斯維加斯回來之後，我們還沒機會「談談」。我和愛迪倒是每天都肩並肩地一起幹活，可是他也沒有和我說話，我只能沉浸在自己的世界裡，不斷地悔恨。

相信我，我有很多事情需要懺悔。在皇庭，人們一般是不會注意到工人的，所以，不管我進進出出，人們都當我不存在一樣，想講什麼就講什麼。最熱門的話題就是維克多，逃亡中的危險人物維克多。這事是怎麼發生的？他是不是有別人不知道的能力？人們很害怕，有人還信誓旦旦地說，他會來皇庭，趁人睡覺的時候殺死這裡所有人。而「內部問題」的理論也很受人歡迎，所以我們仍然不會被懷疑。不幸的是，這就意味著有許多人開始擔心起混在我們中間的叛徒。誰知道這裡誰是爲維克多．達什科夫效力的呢？奸細和叛徒可能就在皇庭裡，策畫著各種活動。

我聽到的所有傳言都很誇張，可這並不重要，因爲所有的傳言最後都指向一個事實：維克多．達什科夫此刻正在這個世界裡自由行走。而只有我，和我的朋友們，才知道這一切的罪魁禍首是我。

我們在拉斯維加斯被人看見，也成了我們與劫獄無關的證據，可同時也證明了我們的舉動是多麼輕率。人們都很吃驚，我們居然讓德拉格米爾家的公主，在那個危險的人逃獄的時候跑出去，而且他過去的犯罪目標就是她！所有人都這麼說，謝天謝地，女王在維克多找到我們之前，終於把我帶了回來。顯然，拉斯維加斯之旅，也爲大家提供了一個新鮮話題，一個我也有份演出的話題。

「哦，瓦西莉莎那麼做，我一點都不吃驚。」某天，我在外面幹活的時候，聽見一個女人說。她和幾個朋友散著步，往餵食室走去，看都沒有看我一眼。「她以前也偷跑過，不是嗎？德拉格米爾家的人性子都很野，只要他們抓住了維克多．達什科夫，她可能會馬上奔向她知道的第一個派對去。」

「妳說的不對，」她的朋友說，「她不是這樣的人，她其實是個頭腦十分冷靜的人。性子野的是經常和她在一起的那個拜耳，就是海瑟薇家的那個女生。我聽說她和艾德里安．伊瓦什科夫私奔，才去了拉斯維加斯。女王陛下的手下及時把他們抓了回來，塔蒂安娜很生氣，特別是那個海瑟薇家的女生，還說沒什麼可以將她和艾德里安分開。」

哇哦，這可眞是個大驚喜。我是說，人們認爲我和艾德里安私奔，總好過指控我劫獄、叛變。可是……我還是很想知道，這個八卦到底是怎麼傳出來的？我希望塔蒂安娜沒有聽見我們這則所謂的私奔緋聞，我毫不懷疑這會毀了我們目前友好的關係。

而我第一次眞正和他人接觸，是在一個意想不到的情況下。我當時正將土鏟進花壇，汗如雨下。這會兒，莫里應該已經去睡覺了，也就是說，夏日正午的太陽正當頭，而我們工作的地點眞是好得不能再好了，就在皇庭那間巨大的教堂外。

我以前經常去學院的教堂，可是到皇庭之後卻很少來，因爲這裡離皇庭的主建築物太遠了。這教堂採用的風格是俄羅斯東正教，也是大部分莫里信奉的教派，這令我想起了去俄羅斯時見過的那些大教堂，可是那些都沒有眼前這個大。這是一棟十分漂亮的紅色石砌建築物，塔上有綠色的圓頂，最上面矗立著金色的十字架。

兩名園丁在教堂的另一頭幹活，這是我們今天要完成的諸多花圃其中之一。我們附近是許多帶有皇庭特色的裝飾——比如歷代莫里女王——的巨大雕像，幾乎有十個我那麼高，而豎立在它們對面的，當然是歷代國王的雕像。我向來都記不住這些人的名字，但是很確定這些人我們在歷史課上都學過，他們是富有遠見的人，皆在在位時期改變了莫里的歷史。

一個人影遠遠向我走過來，我以爲是漢斯來給我們精神訓話，可是我抬起頭，驚訝地發現居然是克里斯蒂安。

「嘿，」我說。「你知道如果被人看見你和我說話，會有麻煩嗎？」

克里斯蒂安聳聳肩，坐在尚未完工的石牆上。「不見得。妳才是會有麻煩的人，不過我覺得妳的情況也不會再壞到哪裡去了。」

「沒錯。」我咕噥了一聲。

他默默地坐了一會兒，看著我鏟起一堆又一堆的土，終於，他開口問道：「好吧，妳是怎麼做到的？目的是什麼？」

「做什麼？」

「妳自己心裡清楚，這次的小冒險。」

「我們訂了機票，飛去了拉斯維加斯。目的嘛，嗯……讓我想想。」我停下來，擦了擦額頭上的汗。「因爲除了那裡，我們還能在哪兒找到有海盜主題的酒店，和不用看身分證的酒保呢？」

克里斯蒂安冷笑起來，「蘿絲，別把我當傻子。你們去的不是拉斯維加斯。」

「我們有機票，還有酒店的入住記錄可以證明，而且還有人證，有人看見德拉格米爾家的公主在用力打一台吃角子老虎機。」

我的注意力全都放在手頭的工作上，可是我能想像出克里斯蒂安猛搖頭的樣子。「我一聽說有三個人闖進監獄裡將維克多・達什科夫救走，就知道肯定是妳幹的。你們也是三個人吧？肯定沒有錯。」

不遠處，我看見愛迪愣了一下，不安地往四處看了看。我也是。我也許很期望有人能夠聊天，可是不願冒險讓人偷聽到我們的談話，畢竟我們的罪行所會帶來的責罰，將會讓此刻的花園勞動顯得像是在度假。這裡只有我們幾個，可是我仍然壓低了聲音，裝出一副無辜的表情。

「我聽說是維克多雇了三個人類。」這是另外一個廣爲流傳的版本，還有下面這一個，「但其實，他可能是變成了血族。」

「好吧。」克里斯蒂安假意道，他太瞭解我了，根本不相信我的說法。「我還聽說有一個守護者失去記憶，不知道自己爲什麼會襲擊自己人。他發誓說他是受了別人的控制，而這個人肯定懂得催眠，能夠讓人以爲自己看見的是人、小丑，甚至是袋鼠……」

我仍然沒有看他，只是低頭猛鏟土，同時咬著嘴唇，忍住不要發火。

「她這麼做，是因爲她認爲血族可以變回原來的樣子。」

我猛地抬起頭，不敢相信地看著愛迪，被他的話嚇住了。「你在幹什麼？」

「實話實說。」愛迪回答道，他的手裡並沒有停止動作。「他是我們的朋友，妳認為他會告發我們嗎？」

不會，叛逆的克里斯蒂安．歐澤拉永遠不會告發我們。可這也不代表我就願意告訴他實話。這就是現實，祕密越少人知道，洩露的可能性就越小。

果然，克里斯蒂安的反應和其他人沒什麼兩樣。「什麼？這不可能，這是常識。」

「但根據維克多．達什科夫的弟弟所說，這是可能的。」愛迪說。

「你能閉上嘴了嗎？」我喊道。

「如果妳自己說的話，我就閉嘴。」

我嘆了一口氣。克里斯蒂安瞪著我們，冰藍的眼睛因為震驚而張大。和許多朋友一樣，他自己也是一個不正常的人，可這還是超過了他的底線。

「我以為維克多．達什科夫是家裡的獨子。」克里斯蒂安說。

我搖了搖頭。「不是，他爸爸還有一個情婦，所以維克多有一個同父異母的弟弟，叫羅伯特。他也是個精神能力者。」

「只有妳，」克里斯蒂安說，「也只有妳能打聽出這種事。」

我無視他一貫的冷嘲熱諷。「羅伯特說他曾經救回過一個血族，他消滅了她身上邪惡的部分，將她變回原來的樣子。」

「精神能力是有限的，蘿絲。也許妳能被救回來，可是血族不行。」

「我們對精神能力的瞭解十分有限。」我指出，「一半都不到。」

「我們都知道聖弗拉米爾的事。如果他知道有辦法可以救回血族，妳認為像他那樣的人，有可能不去做嗎？我是說，如果這不是奇蹟，那還有什麼配叫奇蹟？這種事肯定會被廣為傳頌，四處宣揚的。」克里斯蒂安爭辯道。

「也許會，也許不會。」我重新將鬆開的馬尾綁緊，第一百次在腦中回想了一遍羅伯特的話。「也許聖弗拉米爾根本不知道這件事，這不是件簡單的事。」

「沒錯。」愛迪說，「這是個好消息。」

「嘿。」我瞪了他一眼，「我知道你在生我氣，可是克里斯蒂安在這裡，我們真的不需要別人替他完成冷嘲熱諷的工作。」

「我不確定。」克里斯蒂安說，「在這種事情上，也許兩個人一起來比較好。現在，妳好好解釋一下，這種奇蹟是怎麼發生的。」

我嘆氣道：「要將精神能力，和其他四種魔法元素一起注入銀樁。」

用精神能力製造符咒，對克里斯蒂安來說也是個全新的領域。「真沒想過會是這樣。我猜，精神能力也許可以將事物重新組合……可我還是無法想像，用這種注入精神能力的銀樁刺進血族的心臟，就能將他們救回來。」

「呃……其實還有一個條件。根據羅伯特的說法，不能是我來做這件事，必須是精神能力者親自動手。」

又一陣沉默。我又一次成功地令克里斯蒂安無語了。

最後，他終於說道：「我們不知道有多少精神能力者，更不知道有誰會格鬥，或者將銀樁刺進血族的心臟。」

「我們知道的精神能力者有兩個。」我皺著眉頭，想起了在西伯利亞的歐克桑娜和被關起來的愛瑞，可她被關在……是醫院？還是像塔拉索夫一樣的監獄？「不，一共是四個，加上羅伯特的話，是五個。可是你說的對，沒有一個人知道具體該怎麼做。」

「無所謂，因爲這種事根本就不會發生。」愛迪說。

「我們根本無法確定！」我聲音之大，把我自己也嚇了一跳。「羅伯特相信這個辦法，維克多相信。」我猶豫了一下，又說：「莉莎也相信。」

克里斯蒂安飛快地接下我的話說道：「而她很想這麼做。因爲她願意爲妳做任何事。」

「她不會的。」

「是因爲她沒有這個能力，還是因爲妳不會同意？」

「都有！」我喊道，「我不會讓她接近血族。她已經……」我呻吟了一聲，痛恨說起我們分開那陣子，我透過心電感應知道的事。「她找了一根銀樁試過了，不過，目前爲止她還沒有那麼好的運氣，眞是謝天謝地。」

「如果這辦法可行，」克里斯蒂安慢慢地說，「也許我們的世界就會被徹底改變。如果她眞的學會了……」

「什麼？不！」我很希望能夠讓克里斯蒂安相信我，可是現在，我寧願他不要。唯一不讓他們參與進來的辦法，就是沒人認爲這件事可行，沒人認爲莉莎眞的可以與血族對抗。「莉莎不是戰士，我們知道的精神能力者沒有一個是，所以除非我們眞的找到一個，不然的話……」我畏縮了一下，「我寧願讓迪米特里死掉。」

愛迪聽見最後一句話，停下了手裡的動作，他扔掉手裡的鏟子說道：「眞的？這可眞是出人意料。」

他的譏諷終於惹火了我。我猛地一轉身，攥緊雙拳，大步向他走去。「聽著，我眞的再也忍不下去了！除了對不起，我不知道還能說什麼。我知道我搞砸了，是我放走了迪米特里，是我讓維克多跑掉了。」

「妳放走了維克多？」克里斯蒂安震驚地問。

我沒有理他，繼續朝愛迪喊道：「這是我的錯。可是面對迪米特里……我總會變得脆弱。道理我全都懂，可就是做不到，我們都清楚這一點。可是你知道的，這一切都不是我故意造成的。如果你眞的是我的朋友，就應該知道，如果我能夠彌補……」我哽咽起來，驚訝地發現眼淚居然掉了下來。「我肯定會做到的。我發誓，我眞的可以，愛迪。」

他仍然面無表情。「我相信妳，我是妳的朋友，也知道……也知道妳不想造成這樣的結果。」

我鬆了一口氣，身子軟下來，驚訝自己居然這麼害怕失去這個好朋友。我低著頭，看著攥成拳的雙手，然後鬆開手，不敢相信自己方才竟那麼激動。「謝謝你，眞的很謝謝你。」

「你們在這裡鬼吼鬼叫些什麼？」

我們一起轉身，看見漢斯向我們走來，他看上去很生氣。同時，我還發現克里斯蒂安早就已經人間蒸發了。這樣也好。

「這可不是讓你們閒聊天的時間！」漢斯咆哮道，「罰你們兩個今天再多做一小時。如果還不能專心，那乾脆將你們兩個分開好了。」他轉頭對愛迪說，「過來，我這裡還有很多表格等著你塡呢！」

漢斯帶著他走掉，我同情地看著愛迪的背影，但也因爲不用去塡那些該死的表格而鬆了口氣。

我繼續手上工作，心裡想著這一個星期以來一直在想的問題。我對愛迪說的話，是認眞的。我眞的很想讓救回迪米特里這個美夢成眞，比任何事都想，前提是，我不能拿莉莎的生命冒險。我不應該猶豫，應該那時就殺了迪米特里。這樣，維克多就不會逃跑，而莉莎也不會認眞考慮起羅伯特所說的。

想到莉莎，我不自覺地又溜進了她的意識。她正待在自己的房間，將所有行李又檢查了一遍，準備睡覺。明天，她就要去里海大學了。沒錯，發生了這麼多事，我陪她一起去的計畫肯定取消了，最糟糕的是，這週末是她的生日，而我可能仍然沒有辦法陪她一起度過。我們應該要一起慶祝的。她心裡很煩，想要好好整理一下心情，這時響起的敲門聲，嚇得她跳了起來。

她一邊想誰會在這個時候來，一邊開了門，然後驚訝地看見克里斯蒂安站在門外。我也覺得很不真實。有那麼一刻，我以為我們又回到了學校，回到了男生不許進女生房間的宿舍。可是我們已經不在那裡了，我們現在已經算是成年人了。我心想，克里斯蒂安一定是見完我之後，就直接去找她了。

兩人間的氣氛立刻變得緊張，莉莎心裡好像打翻了調味瓶，憤怒、安心、不解……全都纏繞在一起。

「你來這裡做什麼？」她問道。

克里斯蒂安臉上的表情也同樣複雜。「我想和妳談談。」

「現在太晚了。」她僵硬地說，「而且，我記得你好像不願意談談。」

「我想談談維克多和羅伯特那件事。」

這句話令莉莎嚇得忘記了憤怒。她擔心地看了看走道，將克里斯蒂安拉了進來。「你是怎麼知道的？」她壓低聲音，匆匆關上門。

「我剛才見過蘿絲。」

「你怎麼能夠去見她？我都沒辦法。」莉莎和我一樣，很不高興上面的人將我們兩個分開。

克里斯蒂安聳了聳肩。這間套房的客廳很小，他小心翼翼地與莉莎保持著安全距離，然後兩個人都防備性地抱起手臂。我猜這兩個人根本沒意識到，他們的反應完全就像是在照鏡子。「我溜去了拘留她的地方。他們派她去鏟一天的土。」

莉莎皺起眉。我們被分開了，她當然不知道我的近況。「可憐的蘿絲。」

「她還撐得住，和以前一樣。」克里斯蒂安看著沙發和她打開的行李箱，發現最上面的絲綢襯衣上放著一根銀樁。「帶著這個去學校，眞是有意思。」

莉莎匆匆關上行李箱。「這不關你的事。」

「妳眞這麼認爲？」克里斯蒂安完全不理會莉莎的話，向前走了幾步，他的迫不及待顯然令他忘了要保持距離，就連莉莎也忘了這一點。但是，她馬上意識到兩人之間太過接近了，她想起了他的味道、意識到他映著燈光閃閃發光的黑髮……「妳認爲妳可以成功救回血族？」

莉莎將注意力放到這場談話上，搖了搖頭。「我不知道。我眞的辦不到，可是我……我必須試一下。如果別的做不了，至少我想知道，把精神能力注入銀樁能發揮什麼作用。這樣做沒有危險。」

「可是蘿絲不願意。」

莉莎悲傷地笑了笑，隨即意識到自己居然對他笑了，立刻又板起臉。「對，蘿絲不願意我碰這件事，雖然她很想令這件事成眞。」

「告訴我實話。」他燃燒著熊熊烈火的眼睛看著她。「妳覺得妳有一絲機會可以刺中血族的心臟嗎？」

「沒有。」莉莎老實說，「我可能一拳都打不出去。可是……就像我說的，我必須試一試。我應該試著去學……我是說，學會怎麼用銀樁。」

克里斯蒂安考慮了一會兒，又指了指那個行李箱。「妳明天一早要去里海大學？」

莉莎點點頭。

「可是蘿絲不能去？」

「對。」

「女王同意妳帶別的朋友了嗎？」

「是的。」莉莎回答說。「而且，她特別希望我帶艾德里安去。可是他在生氣……我也不是很想帶他一起去。」

克里斯蒂安似乎覺得很滿意。「那麼就帶我去。」

我可憐的朋友們。我不知道他們今天還要接受多少個意外的「驚喜」。

「憑什麼我要帶你去!?」莉莎喊道。她看見克里斯蒂安這個樣子，火氣又冒了出來，這是她要開口罵人的前兆。

「因爲，」克里斯蒂安冷靜地說，「我可以教妳怎麼用銀樁對付血族。」

13

「你要是能教就見鬼了。」我對著空地大聲說。

「不，不可能。」莉莎說，她的表情很配合我的質疑。「我知道你學過怎麼用火去戰鬥，可是你根本就不懂怎麼用銀樁。」

克里斯蒂安的表情很堅決。「我會——一點點，而且還可以學習更多。米婭找了幾個守護者朋友教她格鬥的技巧，我也跟著學了一點。」

搬出米婭這個理由，並沒有令莉莎改變主意。「你才來這裡不到一個星期！別說的自己好像是一個受訓多年的專家似的。」

「這總比一點都不會要好吧。」克里斯蒂安說，「不然誰會教妳？蘿絲嗎？」

莉莎的暴怒和不信任稍稍降了下來。「不可能，」她老實說，「她永遠不會答應的。事實上，如果蘿絲發現我這麼做，一定會阻止我。」

我該死的當然會。事實上，如果不是眼前有這麼多事妨礙我，我可能現在就已經衝過去了。

「看，這就是妳的機會。」克里斯蒂安說，他的語氣變得有些譏諷。「聽著，我知道我們兩個之間……有點不愉快，可是如果妳想學的話，就必須這麼做。妳去跟塔蒂安娜說，希望能帶我一起去里海大學，她可能會不高興，但不會不同意。這樣，空閒時間我就可以教妳，然後等我們回來以後，我再帶妳去找米婭和她的朋友。」

莉莎皺著眉說：「可如果蘿絲知道的話……」

「所以我們要趁妳離開皇庭的這段時間，就開始訓練。她離妳那麼遠，沒有辦法阻止妳。」哦，仁慈的上帝啊，我一定會教他們怎麼打鬥的，先從揍克里斯蒂安一拳開始。

「我們回來以後呢？」莉莎問。「她還是會知道的。我們之間有心電感應，是瞞不過她的。」

他聳了聳肩。「如果她還在接受處罰期間，我們還是可以躲開她的。我是說，她可能會知道，可是只能乾著急。這就夠了。」

「也許不夠。」莉莎嘆了口氣說，「蘿絲其實是對的，而且我也不期望，幾個星期就能達到她這麼多年的訓練成果。」

幾星期？她要去這麼久嗎？

「妳必須要試一試。」克里斯蒂安說，語氣近乎溫柔。可惜，只是近乎。

「爲什麼你對這件事這麼感興趣？」莉莎疑惑地問。「爲什麼你這麼關心救迪米特里的事？我是說，我知道你喜歡他，可是你肯定沒有蘿絲那麼熱衷於這件事。」

「他是好人。」克里斯蒂安說，「如果眞的能把他變回拜耳呢？對，這件事實在是太驚人了，但不只這樣……能救回來的不只是他。如果眞的有辦法能夠救回所有的血族，那麼我們的世界會發生翻天覆地的變化。我是說，用火將這些濫殺無辜的魔鬼殺死沒什麼不對，可是我們爲什麼不能從源頭制止，讓他們不再去殺人呢？這是一把可以拯救我們的鑰匙，拯救所有人。」

莉莎不知道該說什麼好。克里斯蒂安的這幾句話非常有感染力，帶給莉莎一種她未曾想過的希望，非常……感人。

他見莉莎不說話，乘勝追擊道：「再說，這件事又沒有人可以指導妳。我希望能夠降低妳遇害的危險，因爲就算蘿絲不願意承認，我知道妳還是會想要嘗試一下。」

莉莎一直沉默不語，仔細考慮著。我細聽她的心聲，一點都不喜歡自己所聽到的。

「我們明早六點出發。」她終於說道，「你五點半的時候能到樓下等我嗎？」塔蒂安娜聽見這個新客人的名字，一定會驚訝，可是莉莎很確定明天早上要去找她談一談。

克里斯蒂安點點頭。「我準時到。」

我回到自己的房間，還沒有回過神來。莉莎想要學習怎麼用銀樁對付血族，想要做我的後盾，還想要克里斯蒂安教她。這兩個人自從分手之後，就完全沒有交集，我其實應該高興，他們兩個背著我離開這裡這件事，可以讓他們和好。可我一點都不高興，我很生氣。

我想了一下目前的選擇。此處沒有之前在學校時的宵禁，可是如果我太過活躍，與別人聯繫得太頻繁，肯定會激怒這裡的守護者負責人。漢斯也警告過我，沒有獲得許可的話，不可以與莉莎走太近。我左思右想，認爲就算漢斯要把我從莉莎的房間裡拖走，我也要去。可是最後，我還是想到了一個折衷的辦法。現在時間是晚了，但還不算太晚，我走出房間來到隔壁，敲了敲門，希望我的鄰居還沒睡。

她是個和我年紀差不多的拜耳，剛從另一間學校畢業不久。我沒有手機，但是今天稍早的時候，見過她拿著手機和別人在講話。過了一會兒，她跑來開門，很幸運，她顯然不是被我吵醒的。

「嘿。」她的驚訝可以理解。

「嘿，我能借妳的手機傳個簡訊嗎？」我沒打算用她的手機打過去大聊特聊，再說，莉莎有可能會掛掉。

我的鄰居聳了聳肩，走回房間，拿了手機又走了出來。

我輸入莉莎的號碼，傳送出下面這一段話：我知道妳想要做什麼，這是個非常不應該有的想法。我見到你們以後，一定會狠狠地踢你們兩腳。

我將電話還給了鄰居。「多謝。如果有人回簡訊，能告訴我一聲嗎？」

她說沒問題，不過我倒沒有抱很大期望，畢竟我自己有讀取回應的管道。

我回到房間，潛進莉莎的意識，剛好聽見她的手機響起。克里斯蒂安走了，她看見我傳過去的簡訊，悲傷地笑了笑。答案立刻透過心電感應傳來，她知道我在。

對不起，蘿絲。這個險我必須冒，我一定要試一試。

整個晚上，我在床上輾轉反側，還是很不高興莉莎和克里斯蒂安要做的事。我本以為自己會失眠，可是當艾德里安走進我的夢裡時，我意識到身體的疲倦顯然擊敗了我的怒火。

「拉斯維加斯？」我問道。

艾德里安可以隨心所欲地在夢中製造各種氛圍和地點。今晚，我們站在長街上，離我和愛迪找到他和莉莎的MGM酒店很近。明亮的燈光和酒店的霓虹燈，在黑夜中閃閃發光，比起現實中的情況，整條街寧靜得詭異。艾德里安沒有將眞實世界裡的車子和人放進來，讓這裡感覺像一座鬼城。

他微微一笑，靠在一根貼滿了演出海報和保鏢服務的柱子上。「哦，我們在那裡並沒有玩得盡興。」

「沒錯。」我離他幾步遠，雙手環胸。我穿著T恤和牛仔褲，還戴著護身符，艾德里安顯然不願意好好打扮我。對此，我倒是心懷感激的，他本可以將我打扮得和那些莫里歌舞女郎一樣，戴著羽毛和水鑽。「你不是在躲著我嗎？」他在午夜酒店時那種態度，令我搞不清楚此刻我們兩個是什麼關係。

他哼了一聲。「不是我自願的，小拜耳。那些守護者一直努力想把妳單獨監禁起來。」

「克里斯蒂安剛才偷偷來找我，我們聊了幾句。」我說，希望能夠避開艾德里安心裡一直想的那件事：就是我冒著生命危險去救我的前男友。「他還想教莉莎怎麼用銀樁對付血族。」

我等著艾德里安回話，可是他仍然是那副吊兒郎當、冷嘲熱諷的老樣子。「她想試一試一點都不驚訝。我覺得驚訝的，倒是他眞的願意在這種瘋狂的事情上幫忙。」

「呃，他就是因爲瘋狂才變得有魅力……而且他們可以藉此修復兩個人之間的關係。」

艾德里安微微仰著頭，幾綹頭髮垂下來擋住他的眼睛。一棟大廈門前放了一棵有著藍色霓虹燈的松柏，那清冷的閃光映照在他的臉上，他用一種了然的目光看著我。「得了，我們都知道他爲什麼這麼做。」

「是因爲他教過吉兒和米婭，所以便認爲自己可以當老師了？」

「是因爲他可以有藉口留在她身邊，並且看起來不會像是他先認輸的樣子。這樣，他仍然維護了男人的自尊。」

我微微移了下身子，這樣那個大看板上的吃角子老虎機的燈光，就不會晃到我的眼睛。「眞是荒唐。」特別是最後說克里斯蒂安要男人自尊的那句。

「男人會爲愛情做出很多瘋狂的事。」艾德里安伸手從口袋裡掏出一包香菸。「妳知不知道我現在有多想抽一根菸？可是我忍住了，蘿絲。這全都是爲了妳。」

「別扯到我身上。」我忍著笑，警告他道：「我們沒時間說這些話，特別是我最好的朋友馬上就要去追殺魔鬼的時候。」

「對，可是她怎麼能找到他呢？這會是個問題——他。」艾德里安無須點出「他」到底是誰，我也能瞭解。

「沒錯。」我承認道。

「而且她現在也不能將精神能力注入銀椿。所以，在她學會以前，那些功夫什麼的不是個大問題。」

「守護者練習的不是功夫。你怎麼知道銀樁的事的？」

「她跑來問了我幾次。」艾德里安解釋道。

「哈，這個我也不知道。」

「嗯，妳一直都很忙，可能連一點心思都沒有分出來，想一想妳可憐的憔悴的男朋友。」

在我整個「服刑」過程中，我沒有很多時間去看莉莎的想法，只能偶爾去看看她。「嘿，你在我心裡肯定比塡表格重要。」從拉斯維加斯回來之後，我非常害怕艾德里安會生氣，可是他現在在我面前，仍然表現出那種玩世不恭的態度，雖然有一點太過了。我希望他能夠先關注眼前的問題。「你幫了莉莎什麼忙？她快要成功了嗎？」

艾德里安下意識地把玩著手裡的香菸，我想告訴他，如果眞的忍不了的話，那就抽一根。畢竟，這是在夢裡。「不清楚，我沒辦法像她那樣製造符咒，尤其是注入的物品裡面還有其他的魔法元素……這比單純使用精神能力難度還要大。」

「你有沒有幫她？」我不太相信地問。

他搖了搖頭，好像覺得很有趣。「妳覺得呢？」

我有些猶豫。「我……我不知道。你們在一起研究精神能力時，你幫了她很多，可是幫她完成這件事就等於是……」

「在幫迪米特里？」

我點點頭，不敢相信居然是我自己先提起的。

「沒有。」艾德里安最後說，「我沒有幫她，不過只是因爲我不知道該怎麼幫。」

我鬆了一口氣。「我眞的很抱歉，對所有事……很抱歉我騙了你，沒有告訴你我眞正要去的地方，和眞正要去做的事。這是我不對，我不明白……呃，我不明白爲什麼你還對我這麼好。」

「我應該對妳尖酸刻薄嗎？」他眨了眨眼睛，「妳希望我這麼做？」

「不!當然不。我的意思是，你剛到拉斯維加斯，發現眞相的時候非常生氣。我只是覺得……我不知道，我以爲你可能會恨我。」

艾德里安臉上戲謔的表情不見了，他走過來，雙手扶住我的肩膀，那雙墨綠色的眼睛顯得非常認眞。「蘿絲，這個世界上沒有什麼事會讓我恨妳。」

「就算我想救回變成血族的前男友?」

艾德里安抱住我，哪怕是在夢裡，我也能聞到他身上古龍水的味道。「對，這是實話。如果貝里科夫現在眞的在這裡，像以前那樣活著的話，會怎麼樣呢?肯定會有點問題。我不願去想我們之間會發生什麼事，除非……總之，現在不值得爲這件事浪費時間。他還不在這裡。」

「我還是……還是希望我們可以在一起。」我柔順地說。「我會努力，就算他眞的回來了也一樣。我只是不能接受一個自己關心的人離開。」

「我懂。妳做的事情與愛情無關，我也不能因此而生妳的氣。這雖然很蠢，可這就是愛情。妳知不知道我都爲妳做了些什麼呢?爲了守護妳?」

「艾德里安……」我不敢看他的眼睛。突然間，我覺得自己的擔心很多餘，他是這麼善解人意。我唯一能夠做的事情，就是將頭靠在他的胸口，讓他緊緊地抱住我。「對不起。」

「妳可以爲說謊話而道歉，」他在我的額頭上吻了一下，「可是不要爲妳愛他而道歉。那是妳的一部分，必須放手的一部分……可有了這一部分，才是完整的妳。」

必須放手的一部分……艾德里安說的對，我必須要承認這件可怕的事。我已經盡力了，我拚死一搏去救迪米特里，可是我失敗了。若是不想讓莉莎帶著銀樁去任何地方冒險，就代表我眞的應該和別人一樣接受現實：迪米特里已經死了。我必須要往前走。

「該死。」我喃喃地說。

「妳說什麼？」艾德里安問。

「我討厭你是我們兩個裡比較清醒的那一個。你搶了我的事做。」

「蘿絲，」他強忍著笑，用很嚴肅的語氣對我說：「我能想出許多詞來形容妳，性感、火辣肯定是這些詞裡的頭幾個，可是妳知道最不可能想到的詞是什麼嗎？就是清醒。」

我哈哈大笑。「好吧，好吧，那麼我就負責當比較不瘋狂的那個人好了。」

他想了想，「這個說法我可以接受。」

我湊過去，將自己的嘴唇印上他的，就算我們的愛情還有不穩定的因素，可是我們的吻是實實在在的。在夢裡親吻和在現實中親吻沒什麼兩樣，我們兩個全都熱血沸騰，我覺得一股電流經過全身。他鬆開我的手，緊緊摟住我的腰，使得我們兩個人緊貼在一起。

我意識到，這次是眞的要履行諾言了。生活還要繼續，迪米特里可能走了，可是我還有艾德里安，至少在我有工作做之前。當然，前提是如果我會有一份工作的話。該死，如果漢斯眞的一直要我做文職工作，艾德里安依然表現得這麼懶散的話，我們也許眞的可以永遠在一起。

我和艾德里安吻了很久，身子越貼越緊。最後，我終於掙脫出來。如果你在夢裡和人發生關係，是不是代表你就眞的這麼做了呢？我不知道，可我不願意親身驗證。我還沒有準備好。

我往後退了一步，艾德里安明白了我的意思。「如果妳有空，就來找我。」他說道。

「希望很快就可以。」我說，「那些守護者不可能懲罰我一輩子吧。」

艾德里安看起來有些不相信，可他還是結束了這個夢，沒有再說什麼。我又回到自己的床上，作起屬於自己的夢了。

第二天一早，唯一一件能夠阻止我，跑去莉莎樓下攔住她和克里斯蒂安的事，就是漢斯搶在這之前叫我去開工。今天他丟給我的工作是處理檔案，而且還是在守護者總部的地下室，眞是太諷刺了。我只得透過心電感應，眼睜睜看著莉莎和克里斯蒂安出發，這證明我有能力一心二用，可以同時按照字母表整理檔案並監視他們。

不過，我的一心二用被突如其來的聲音打斷了——

「沒想到還能在這裡見到妳。」

我眨了眨眼，離開莉莎的意識，從手中的工作上抬起頭，見到米哈伊爾正站在我面前。維克多事件之後，一連串的事情就接踵而來，我幾乎忘了米哈伊爾在「逃跑」這件事上也有一份。我放下手裡的文件，朝他微微一笑。

「對，命運就是這樣愛捉弄人，不是嗎？上帝現在眞的希望我待在這裡了。」

「沒錯。我聽說妳好像麻煩纏身啊。」

我的笑臉變成了苦瓜臉。「我倒是很想聽一聽。」我往四周看了看，再三確認這裡沒有別人。「沒有給你添麻煩吧？」

他搖了搖頭。「沒人知道我做的事。」

「那就好。」至少還有一個人逃過了這場浩劫。我的內疚已經禁不起再多加一份了。

米哈伊爾屈膝蹲下來，以便能夠看到我的眼睛，他將手臂搭在我正坐著的桌子上。「你們成功了嗎？這麼做值得嗎？」

「你這個問題好難回答。」

他揚起了一邊眉毛。

「應該說……不是很成功。不過我們已經找到了想要的答案，或者說……呃，我們自認爲找到了。」

他屏住了呼吸。「你們知道了將血族變回來的方法？」

「我想是這樣。如果我們的線人說的是實話，就沒錯。不過，就算他……總之，它很難做到。正確來說，是幾乎不可能做到。」

「怎麼說？」

我有些猶豫。米哈伊爾確實幫過我們，可是他不在我的可信任名單之內。不過就在此刻，我看到了他眼中的悲傷，如同上一次那樣。那種失去所愛的痛仍然折磨著他，這份傷痛大概會一直伴隨著他吧？如果我將實情告訴他，是能夠安慰他，還是會令他比現在還要痛苦呢？這種渺茫的希望會不會將他傷得更重？

最後，我決定還是要告訴他實話。就算他告訴了別人——雖然我覺得他不會——那些人聽了也會一笑置之，倒也沒有什麼壞處。眞正的問題是，如果他向別人提起了維克多和羅伯特的名字，那才不得了，雖然我其實沒必要將這兩個人的名字告訴他。然而，和克里斯蒂安的反應不同，米哈伊爾聽到最近在莫里中引起轟動的劫獄事件，居然是他幫過的這幾個孩子幹的，一點都不吃驚。也許，除了與救回索婭有關的事，他什麼都不關心。

「他們說要有一個精神能力者，」我簡單地說，「還有一根注入了精神力量的銀樁，然後由他……或者是她，將銀樁刺進血族的心臟。」

「精神能力者……」這種能力對大部分的莫里和拜耳來說，仍然是一個陌生的詞，可對他不是。「就像索婭。我知道精神能力可以令他們變得比較有魅力……可我發誓，她眞的不需要。她本身就已經很漂亮了。」

還是老樣子，米哈伊爾在提起和卡普夫人有關的事時，臉上永遠都充滿了哀傷。自從見到他以來，我從未在他臉上看到過眞心的快樂，可是，他笑起來肯定會很好看，因爲只是微笑他就已經很迷人了。

突然，他意識到自己說了什麼，覺得有些尷尬，於是很快繞回了正題。「有哪個精神能力者會用銀椿？」

「一個都沒有。」我淡淡地說，「我唯一認識的兩個精神能力者，一個是莉莎・德拉格米爾，一個是艾德里安・伊瓦什科夫。哦，還有一個是愛瑞・樂澤。」我刻意不提歐克桑娜和羅伯特的名字，「可是這幾個人都不會，你和我一樣清楚，而且艾德里安對這件事也不感興趣。」

米哈伊爾立刻從我的話裡，找到了我不想說出來的事實。「妳是說莉莎感興趣？」

「是的。」我老實承認，「可是她要學會的話，最快也要等好幾年。可是，她是她們家族裡最後一個人，我不能讓她冒這麼大的風險。」

我的話對他來說不啻於晴天霹靂，我也和他一樣覺得難過和失望。和我一樣，他在這最後一搏上寄予了很大希望，希望能夠找回自己失去的愛人。而我，才剛剛告訴他那是有可能的……卻也不可能。我想，如果由兩個人共同分擔，應該可以比較容易接受這件事。

他嘆了一口氣，站了起來。「唉……謝謝妳做的這些，也爲妳受了這麼多苦卻一無所獲而難過。」

我聳了聳肩。「沒關係，是值得的。」

「希望吧……」他的表情有些猶豫，「希望這一切都快點結束，不要影響到其他的事。」

「影響什麼？」我聽出他話裡有話。

「就是……呃，妳知道，有時候不服從命令的守護者，要面臨的是長期的處罰。」

「哦，這個啊。」他沒有明白說出我最害怕的那件事，就是被困在這裡做一輩子文職的工作，而我則想要表現得輕描淡寫，不願顯露出自己有多害怕。「我想漢斯不過是虛張聲勢。我是說，他不會眞的因爲我逃跑了，就把我關在這裡一輩子——」

一絲了然從米哈伊爾眼中一閃而過，我突然停住了話，張大了嘴巴。我很早以前就聽說過他的事，知道他當時想要去找卡普夫人，可是這其中的細節我從來沒有想過，直到現在。想必沒有人會放行他的搜索行動，所以他只好擅自行動，衝破了守備，後來終於在遍尋未果的情況下，放棄了追尋返回。他從邁阿密回來以後，一定遭遇了和我此刻相同的境遇。

「所以……」我吞了口口水，「所以……你才會被分派到這裡，在地下室看守這些東西？」

米哈伊爾沒有回答我的問題，他只是垂下眼皮，笑了笑，指著我手裡的一疊文件。「F要放在L前面。」他說完，轉身離開了。

「該死。」我看著手裡的東西，喃喃地說道。他說的對。很顯然，我一邊想著莉莎一邊工作確實會分心。可是，此刻這裡又只剩下我一個人了，我禁不住又潛進了她的意識裡，我想知道她現在在做什麼。而且，我十分不願意去細想，我的所作所爲在守護者總部的眼裡，是不是比米哈伊爾的行爲還要惡劣。哪怕只是同樣惡劣，我眼前的刑期可能也是漫漫無期的。

莉莎和克里斯蒂安在里海大學附近的酒店住了下來。吸血鬼的中午，對應的是人類學校的傍晚時分，因此莉莎的行程要從明天一早才開始。也就是說，她現在只能在酒店裡等待，盡量將作息調整成人類的作息。

莉莎的「新」守護者塞琳娜和格蘭德都在她身邊，另外還有女王安排的三名守護者。塔蒂安娜同意了讓克里斯蒂安一起來，態度良好，沒有莉莎想像中反對得那麼厲害。這讓我不禁懷疑起來，女王是不是眞有我們想像中的那麼可怕。此外，普里西拉．沃達，這個我和莉莎都很喜歡的女王最親密的顧問，也陪莉莎一起來視察。普里西拉身邊跟著兩名守護者，而克里斯蒂安身邊跟著第三個。他們一票人吃過飯後，便各自回房休息。塞琳娜與莉莎寸步不離，格蘭德則守在門外。看著這些，令我覺得好像被人開槍打中了頭。雙人守護，這是我之前曾經接受過的訓練。當時，我以爲自己會用一生去保護莉莎。

塞琳娜是非常標準的面無表情的守護者，雖然存在，可是又令你感受不到她的存在。莉莎拿出自己的衣服，一一掛起來。這時外面響起的敲門聲，令塞琳娜立刻警惕起來。她拿出銀樁，慢慢向門口走去，透過貓眼往外看了看。我禁不住爲她的表現暗自叫好，可是心裡又有些不服氣，覺得不會有人比我的表現還要好。

「退後。」塞琳娜對莉莎說。

過了一會兒，塞琳娜的緊張稍稍退去，她打開門。格蘭德陪著克里斯蒂安走了進來。

「他來見妳。」格蘭德通報道，好像別人都看不出來似的。

莉莎點點頭。「嗯，對，進來吧。」

克里斯蒂安等著格蘭德往旁邊退了一步，才走進來。他進來的時候意味深長地看了莉莎一眼，同時微微向塞琳娜點了點頭。

「嘿，呃，妳介意讓我們獨處一會兒嗎？」莉莎這話一出口，臉上立刻羞得通紅。「我是說……我們……我們只是想聊一下天，就這樣。」

塞琳娜還是一臉淡然，可她心裡並不相信他們只是想聊聊天那麼簡單。年輕人的愛情故事在莫里的世界裡，並不是八卦的重點，可是鑒於莉莎的特殊地位，她的戀愛史總能引起廣泛關注。塞琳娜肯定知道克里斯蒂安和莉莎的往事，也知道他們已經分手。不過在她來看，顯然這兩個人已經和好，莉莎邀請他一起前來，就是很好的證明。

塞琳娜又四處看了看。保護和隱私如何拿捏，一直是莫里和守護者間的難題，而酒店的客房服務則令這件事變得越發的困難。如果是按照吸血鬼的作息時間，所有人都在白天睡覺的話，我毫不懷疑塞琳娜會和格蘭德一起去走道裡待一會兒。可是現在外面天已經黑了，就算現在是在十五層樓，血族還是有可能會闖進來，塞琳娜不能冒險讓自己的新主人獨處。

莉莎的酒店套房有一間十分寬敞的客廳和工作區，和臥室只相隔一扇法式毛玻璃門板。塞琳娜向他們點點頭說：「我去那裡怎麼樣？」眞是個聰明的提議，既能夠讓他們獨處，又離得不遠。隨後，塞琳娜似乎想到了什麼，急忙說：「我是說……要是你們想要進去，我也——」

「不不，」莉莎急忙澄清，覺得越來越尷尬了，「這樣就可以。我們待在客廳，聊天就好。」

我不確定克里斯蒂安和塞琳娜這兩個人，到底是誰覺得鬆了一口氣。塞琳娜點點頭，拿了本書走進臥室，這讓我又不自覺想起了迪米特里。塞琳娜關上門，屋子靜悄悄的，莉莎不知道該如何進入主題，所以她打開了電視。

「天哪，這眞是太糟了。」她呻吟道。

克里斯蒂安似乎整個人都很放鬆，他斜倚在牆上。雖然從哪方面看，他都不像是一本正經的人，可他去吃飯的時候仍然換了件正式服裝，此刻也還穿著，這身衣服襯得他很有魅力。「爲什麼？」

「因爲她好像覺得我們……她覺得我們……呃，你知道的。」

「所以呢？這是個大問題嗎？」

莉莎翻了個白眼。「你是男生，當然不會覺得怎樣。」

「嘿，我們又不是沒有溫存過。再說，讓她誤會，總比讓她知道眞相好。」

提到兩人過去的溫存，令莉莎既尷尬又憤怒，可又帶有一點渴望，不過她不願意表現出來。

「好吧，我們跳過這個話題。今天是個大日子，可能整晚都睡不了覺了。從哪裡開始呢？你要我去幫你找一根銀樁嗎？」

「目前不用。我們應該先從一些基礎的防守動作練起。」他站起來，向客廳中間走去，同時拉過一張桌子。

我不禁咒罵了一聲。如果不考慮他們要做的事，看著兩個人進行訓練，是一件很令人愉快的事。

「好，妳應該已經知道如何出拳了。」克里斯蒂安說。

「什麼？我不知道！」

他皺起眉頭。「可妳打倒了李德．樂澤。蘿絲至少說了一百遍，我從來沒聽過她對什麼事這麼自豪過。」

「我這輩子只打過一個人。」莉莎說，「而且還是蘿絲教我的。我不知道自己能不能單獨完成。」

克里斯蒂安點點頭，好像有些失望，不過不是對她的技巧失望，而是因為他天生就沒有耐心，想要直接就進行到最重要的打鬥階段。不過，他還是以驚人的耐性，示範了如何出拳和使用力道，而他的許多動作，其實是跟我學的。

他算是一個好學生。可是他達到了守護者的水準了嗎？沒有，那還有好長的路要走呢。而莉莎？她很聰明，也有能力，可她對打鬥根本一竅不通，無論她有多麼想要幫上忙。雖然她打李德．樂澤那一拳確實漂亮，可是也不見得她天生就是這塊料。幸運的是，克里斯蒂安只是先教她最簡單的閃躲，以及看穿別人的意圖。莉莎是個初學者，但表現得已經令人有信心，雖然克里斯蒂安盡量隱藏他的攻擊路數，不過我一直都覺得精神能力者天生就有一種本領，能夠知道別人下一步想要做什麼。不過，我懷疑這招用在血族身上，是不是一樣可以成功。

一會後，克里斯蒂安終於開始教她防守，而事情就是從這裡開始變糟的。

莉莎溫和、善治癒的本性使得她不願意用盡全力，生怕傷害到他。可是這一點被克里斯蒂安看了出來，他的火爆脾氣開始掩飾不住了。

「打呀！別有保留。」

「我沒有。」莉莎反駁道，同時揮出一拳向他的胸口打去，而克里斯蒂安雖然挨了這一拳，卻根本動都沒有動。

他伸手狂亂地揉著自己的頭髮。「妳根本就沒有用全力！我覺得妳敲門的力道，都還比這個大。」

「這個比喻太爛了。」

「還有，妳根本不敢打我的臉。」他又補充道。

「我不想在上面留下疤痕！」

「哦，照我們目前這種程度看來，根本沒有這個危險性。」他喃喃地說，「再說，反正妳還可以治好它。」

我覺得聽他們鬥嘴很有趣，可是卻不喜歡他這麼隨隨便便地，鼓勵莉莎使用精神能力。讓莉莎在劫獄的時候，用了那麼久的精神能力，我仍然覺得很抱歉。

克里斯蒂安走上前，一把抓住她的手腕，猛地將她拉向自己。他用另一隻手幫她握住拳頭，慢慢地示範應該怎麼揮動，才能打中他的臉。他只是在示範技巧和動作，所以那一拳不過是輕輕擦著臉頰而過。

「明白了嗎？要有一個向上的弧線，然後才能擊中。別擔心會傷到我。」

「哪裡有那麼簡單啊……」她的聲音越來越小。

兩個人突然意識到此刻的情況。他們幾乎貼在了一起，而克里斯蒂安仍然握著莉莎的手腕。莉莎身上開始發燙，一股電流襲過全身，此時的空氣似乎變得黏稠，將他們兩個人緊緊地裹住；而克里斯蒂安則張大雙眼，屏住呼吸。我打賭，他的反應肯定也和莉莎一樣。

突然，克里斯蒂安鬆開莉莎的手，往後退了一步。「嗯，我猜妳根本沒有認眞想要幫蘿絲的忙。」他粗暴地說，顯然剛才的親密令他有些心煩意亂。

他的目的達到了。雖然莉莎身體裡的慾望還在，可是克里斯蒂安的話令她非常火大。她緊握著拳，趁著克里斯蒂安沒有防備的時候，狠狠揮過去，一下打中他的臉。這一擊雖然比不上她揍李德的那一拳，可也讓克里斯蒂安痛得不輕。不幸的是，莉莎自己也重心不穩，失去了平衡，跌跌撞撞地向克里斯蒂安撲過去，兩個人抱在一起，跌在了地板上，撞翻了一旁的小桌子和檯燈。檯燈撞在桌腳上，碎了。

於此同時，莉莎也跌在了克里斯蒂安的身上。他的手臂緊緊摟著她，如果說剛才兩個人之間還有一點縫隙，此刻根本連一點也沒有了。他們看著彼此的眼睛，莉莎的心在胸膛裡狂跳，那陣電流又竄過兩人全身，整個世界在莉莎眼中，只化成了克里斯蒂安的雙唇。我和她都很想知道他們會不會接吻，可就在這時，塞琳娜從臥室裡衝了出來。

她正處於高度警戒狀態，身體繃直，手裡拿著銀樁，看樣子是以爲外面有血族。可是當她衝出來以後，卻立即目瞪口呆，因爲眼前的情景顯然是一對小情侶在纏綿悱惻。

老實說，這眞是奇怪的一對，因爲地上有碎了的檯燈，而克里斯蒂安臉上還有一塊紅色的拳印。所有人看了都會覺得奇怪，塞琳娜也從攻擊模式切換到了迷惑不解模式。

她猶豫地說道：「呃……抱歉。」

莉莎此刻恨不得找個地縫鑽進去，克里斯蒂安的感覺可能也差不多。不過，莉莎還在惱怒克里斯蒂安之前的話。她猛地推開他，坐了起來，急於澄清兩人之間根本沒有什麼曖昧的事情。

「不……不是妳想的……那樣。」她結結巴巴地說，眼睛四處亂看，就是不敢看克里斯蒂安。克里斯蒂安也掙扎著站起來，和莉莎一樣急於想澄清。「我們在打架。我是說，練習打鬥。我想學一點本領防身，還有攻擊技巧，還有怎麼用銀樁。所以，克里斯蒂安在教我，僅此而已。」她這番沒頭沒腦的話令人覺得很可愛，有點像迷人的吉兒。

塞琳娜鬆了口氣，不過，她隱藏得很好，保持著守護者那種面無表情的樣子。不過，看得出來，她也覺得很有意思。「嗯，不過看起來，你們兩個水準都不怎麼樣。」

克里斯蒂安揉著被打紅的臉，憤怒地說：「嘿！我們可不一樣，是我在教她。」

塞琳娜還是覺得眼前的情況很好笑，不過，她的眼中也閃過一絲認真。「這一下應該只是運氣好而已。」她猶豫了一下，好像還沒有下定決心。不過，最後，她還是說：「好吧，如果你們真的想學，那就應該遵循正確的方法。我來教你們。」

哦，不。

現在，我真的開始考慮逃出皇庭，跑去里海大學，然後結結實實揍他們兩下。當然，第一個要先揍塞琳娜。

就在這時，有人把我從莉莎的意識裡拉出來，回到了現實。是漢斯。

我本想說幾句冷嘲熱諷的話，可是他沒有給我這個機會。

「忘了這些表吧，跟我來。有人要召見妳。」

「我——什麼？」真是大驚喜。「誰要召見我？」

他的臉色很可怕。「女王陛下。」

14

上次塔蒂安娜想吼我的時候，還只是單獨邀請我去她的起居室。當時的氣氛很奇怪，我以爲我們是在喝下午茶，不過一般人不會在喝下午茶的時候吼人的。我沒有理由相信這次會有什麼不同……不過，當我被人帶著來到皇庭的主樓後，發現幾乎所有的皇室成員都到了。看來，事態要比我想像的嚴重許多。

沒錯，當我終於走到塔蒂安娜所在的房間時……呃，我幾乎想停下腳步，非常不願意進去。我身後的守護者輕輕推了我一把，我才硬著頭皮走了進去。

裡面滿滿的全是人。我認不出是不是曾經來過這裡。莫里族爲他們的國王或者女王，準備了一個眞正的宮殿，可我覺得應該不是這裡。這個房間金碧輝煌，延續了舊日的皇室風範，牆上有很多精心雕琢的紋樣，還有金光閃閃的燈座，而且上頭眞的放了燃燒的蠟燭。房間裡所有的金屬都映著燭光閃閃發亮，閃得我覺得自己好像走進了一個巨大的舞台。

事實上，眼前的情況也很相似。我愣了一會兒，才想起自己來到了什麼地方。屋子裡的人分成兩邊，前方的長桌後坐了十二個人，成爲全屋的焦點，塔蒂安娜坐在中間的位置，左右兩邊各坐著幾名莫里，一邊是六個，一邊是五個。剩下的人則坐在幾排椅子上，那些椅子全都做工精細，上面還包了緞面的坐墊。這些人也全都是莫里，他們相當於是觀眾。

塔蒂安娜兩邊的莫里全都非等閒之輩，他們全都是長輩，不怒自威。這十一個莫里代表了莫里的十一個皇室，而莉莎雖然即將滿十八歲，可還沒有過生日，所以沒有資格出席。普里西拉·沃達也派了人代替她出席。

我默默觀察著這些議會的成員，也就是莫里世界裡的王子和公主。每個皇室中，只有最年長的人才能冠以這種頭銜，有資格成為塔蒂安娜的顧問團，坐在她身邊。有時候，也會有人主動放棄這個資格，讓給家族中較有能力的人選，但是一般選出來的人年紀都在四十五歲以上。議會將從這些人裡選出國王或是女王，而他或她的任期要等到死亡或退休才能結束。偶爾，也會有人在獲得足夠皇室力量的支持下，強迫現任國王或女王讓位。

在議會裡的每位王子或公主，都是經過家族議會的推選才得以坐在這裡的。再看看下面的觀眾席，我發現幾乎所有的皇室家族議會的成員都坐在這裡了：伊瓦什科夫家族、樂澤家族、巴蒂卡家族……而最後一排坐的是觀察團。塔莎和艾德里安坐在一起，可事實上，他們既不是皇家議會的成員，也不是皇室家族議會的成員。不過，看見他們在這裡，我稍稍安心了些。

我處在靠近門口的地方，不安地一步一步緩慢往前走著，不知道要面對的是什麼。等著我的肯定不是一場公開的羞辱，而是一群這個世界上最有權有勢的莫里。眞是太好了。

一名像骷髏一樣、白髮蒼蒼的莫里向前邁了一步，走到長桌的旁邊，清了清喉嚨。立刻，所有的竊竊私語全都停止了，房間裡靜得出奇。

「莫里皇家議會現在開始。」他宣佈道，「尊敬的女王陛下，塔蒂安娜・瑪麗安・伊瓦什科夫擔任主席。」他朝女王的方向微微一鞠躬，然後又退到牆邊，和一排像雕像一樣的守護者站在一起。

我每次見到塔蒂安娜的時候，她都穿得好像出席派對，而在這種正式場合下，她此時的裝扮倒眞的能夠突顯她的女王風範。她穿了一件長袖的藏青色長裙，頭頂上的皇冠鑲了白色和藍色的寶石，穩穩地坐在她編起來的頭髮上。如果是在選美比賽中，我可能會認為這些不過是假鑽石，可是在她身上，我毫不懷疑這些是貨眞價實的藍寶石和鑽石。

「謝謝你。」她說道，仍然是那種皇室的腔調。她的聲音洪亮，縈繞在整個房間，令人印象深刻。「我們今天將繼續昨天的討論。」

等一下……什麼？他們昨天就在討論我的事了？我發現此時自己正環抱著雙臂，顯示出一種防衛性的姿態，於是立刻放下了手臂。我不想讓自己看起來像個弱者，不管面前等著我的是什麼。

「今天我們要聽一聽新進守護者的證詞。」塔蒂安娜的目光落在了我身上。事實上，整個房間的人都在看著我。「蘿絲瑪麗．海瑟薇，能請妳上前一步嗎？」

我往前邁了一步，高昂著頭，顯得自信滿滿。我其實並不知道要站在哪裡，所以我選了房間的正中，只面對著塔蒂安娜。如果我要被當眾羞辱，那麼我希望有人能幫我換上一身黑白兩色的守護者制服。不過算了，就算穿著T恤和牛仔褲也無所謂，我才不害怕。我微微欠了欠身，然後盯著塔蒂安娜的眼睛，打算勇敢地面對接下來的時刻。

「妳願意重複一下妳的姓名嗎？」她問。

她已經替我說過一遍了，不過我還是老實照做。「蘿絲瑪麗．海瑟薇。」

「妳幾歲了？」

「十八？」

「妳滿十八歲多久了？」

「幾個月。」

她等了一會兒，好讓大家都聽清楚，好像這是多麼重要的資訊似的。「海瑟薇小姐，眾所周知，妳好像從聖弗拉米爾學院退學了，是這樣嗎？」

是要問這件事？不是問帶莉莎去拉斯維加斯的事嗎？

「是的。」我沒有多說。哦，上帝啊，我希望她千萬不要提迪米特里。她不會知道我和他的關係的，可是我又看不出她到底想要說什麼。

「妳後來去俄羅斯獵殺血族了？」

「是的。」

「是私下追蹤襲擊聖弗拉米爾學院的血族，爲學院報仇？」

「呃……是。」

沒有人說話，可是我的回答顯然掀起了一陣波瀾。人們不安地動了動，彼此相互看了一眼。血族總是能引起惶恐，而眞的有人主動追擊，對我們的世界來說是一件很不尋常的事。奇怪的是，塔蒂安娜對我的回答似乎很滿意，這意味著我要面對的攻擊會越來越厲害嗎？

她繼續說道：「那麼我們是否可以認爲，妳個人傾向於支持直接迎擊血族呢？」

「是的。」

「人們對聖弗拉米爾學院那次可怕的襲擊，有不同的反應。」塔蒂安娜說，「妳不是唯一一個想要直接迎擊血族的人，不過妳肯定是最年輕的。」

我不知道還有其他和我一樣想法的人，好吧，除了在俄羅斯那幾個無法無天的拜耳。如果她眞的願意相信我是爲了這個而去的，那情況對我還是很有利的。

「我們接到了來自俄羅斯的報告，既有守護者的，也有煉金術士的，他們都說妳做得很漂亮。」這是我第一次在公開場合聽到有人提起煉金術士，不過這對議會來講應該是一件很普通的事情。「妳能告訴我們，妳殺死了多少個血族嗎？」

「我……」我驚訝地張大了眼睛，「我沒數過，女王陛下。至少……」我仔細回想了一下，「有七個吧。」應該不只。看樣子她也這麼想。

「這和我們知道的數字相比，眞是一個最謙虛的說法了。」她點出來。「不過，這也是一個很了不起的數字。那些血族都是妳自己獨立殺死的嗎？」

「有時候是，有時候有人幫我，他們都是……拜耳，我和他們短暫相處過。」其實，幫我忙的還有血族，不過這點我還是略過不提比較好。

「他們都和妳一樣大嗎？」

「是的。」

塔蒂安娜沒有再說什麼，不過她身旁的女人似乎接到了暗示，接著問話。我記得她是康塔家族的公主。

「妳第一次殺死血族是什麼時候？」

我皺了皺眉頭。「去年十二月。」

「那時妳只有十七歲？」

「是的。」

「妳是自己獨立完成的嗎？」

「嗯……算是吧，有幾個朋友幫我引開了血族的注意力。」我希望他們不要再問細節了。提起那一次的經歷，會令我想起死去的梅森，還有很多關於迪米特里的事，那些回憶經常會折磨我。

康塔公主似乎也不想知道更多的細節，她和其他人，就是那些七嘴八舌開始發問的人，大概只想知道是我自己獨立完成的就夠了。他們也對幫我的那幾個拜耳有一點興趣，但是對我說的幫助我的那些莫里卻提都不提。他們也沒有提我違紀的事，這令我很費解。後來，他們還問了我其他在學校時的細節，比如我那場獨一無二的畢業考試、我是怎麼在二年級的時候帶著莉莎逃跑，可是回來後又迅速趕上其他同學的進度，成爲班上第一名的（至少在格鬥方面是第一名）。他們還問了我們獨自在外面世界生活的時候，我是怎麼保護莉莎的，最後，又問了我畢業考試的分數。

「謝謝妳，海瑟薇守護者。妳可以離開了。」塔蒂安娜高傲的語氣令人不容置疑。

她想要我離開，我其實也很急著想走，連話都沒有說，只是又鞠了一躬，然後就匆匆跑了。我出去的時候飛快地瞥了一眼塔莎和艾德里安，走出門之後，就聽見女王的聲音從身後清清楚楚地傳過來——

「今天的討論就到此為止，我們明天繼續。」

艾德里安很快地追上來，我一點都不驚訝。漢斯沒有要求我要在會議結束後馬上回去工作，所以我將其視為我自由了。

「好吧。」我說著，將自己的手放進艾德里安的手裡。「能否請你用你皇室成員的政治頭腦，提點我一下，這到底是怎麼回事？」

「毫無頭緒。我是個最不願意過問政治的人。」他說，「我甚至不知道發生了這件事，我是在開會之前的一分鐘，被塔莎拉來陪她的。我猜她可能收到消息，知道妳今天會出現，不過她好像也是一頭霧水。」

我們兩個都沒有再說什麼，我帶著他往這裡的商業大樓走去，那裡設置了餐廳、商店等設施，受了這麼大的刺激，我快餓死了。

「我覺得他們好像一直在討論一件什麼事，今天是其中的一個階段。塔蒂安娜說過，他們上次還在討論。」

「那是私下討論的，明天的也是。沒人知道他們要討論什麼。」

「那為什麼今天的要公開？」女王和議會的人只挑出今天這個階段來公開，似乎有失公允。要公開，就要將所有的事都公開。

他皺起眉。「也許是因爲他們要舉行一場投票，然後再公開。如果妳的證詞很重要，那議會的人肯定希望其他的莫里也知道，這樣所有人才知道投票開始的時候，該怎麼做。」他停了一下，「可爲什麼要我知道呢？我又不是政客。」

「聽起來他們好像已經有決定了。」我抱怨道，「可是爲什麼要投票呢？而且我又有什麼事是跟政府有關的呢？」

艾德里安替我拉開一間小咖啡館的門，這裡提供一些速食，比如漢堡和三明治之類的東西。艾德里安是在優雅的飯店和精緻的食物中長大的，我知道他比較喜歡去那種地方，可是他也知道我不喜歡像展覽品一樣坐在那裡，也不願意讓我不斷地想起，我是在和一個來自高貴皇室家族的人約會。我很感激他這麼體貼，知道我今天只想過平凡的一天。

不過，我們兩個一起出現，還是惹來了這裡一些客人好奇的眼光和竊竊私語。在學校的時候，我們就是人們議論的焦點，而在皇庭呢？我們根本就像是站在聚光燈下。皇庭非常重視面子，大部分莫里和拜耳之間的戀情都是偷偷摸摸，在地下進行的；而這麼光明正大地談戀愛，特別是這個人是艾德里安，令這件事變得好像一件醜聞，非常令人震驚，況且人們也不是永遠都會掩飾自己的反應的。自從到了皇庭，我便聽到了各種版本的流言。有一個女人說我不要臉，還有一個大聲地說，不明白爲什麼塔蒂安娜還不「處理」我。

幸運的是，今天這裡大部分的觀眾表現還不錯，讓人很容易就忽略他們。

我們坐下來後，艾德里安說道：「也許他們要投票決定，妳到底能不能成爲莉莎的守護者。」我聽了以後大爲震驚，愣了好幾秒都不知道該說什麼。這時侍者突然出現。我結結巴巴地點了自己的東西，然後張大眼睛瞪著艾德里安。

「眞的嗎？」畢竟，今天的這個會議詢問了我的格鬥技巧，他的說法聽上去有點道理。只是……「不對。議會不會為了一個守護者的去向，專門召開會議討論。」我感覺希望又落空了。

艾德里安也同意地聳聳肩。「沒錯，不過這不只是分派一個普通的守護者，莉莎是他們家族裡最後一滴血脈。所有人，包括我的姑姑都對她有特別的興趣，而分派給她一個像妳這樣……」見我威脅地看了他一眼，他適時地改口換了個詞：「有爭議的人，可能會讓某些人感到擔憂。」

「所以這就是他們要求我，詳細描述自己都做過什麼的原因？這是為了說服別人，我是適當的人選嘍？」雖然我這麼說，可仍然不太相信他的說法。這太美好了，好得不真實。「我只不過是無法想像，畢竟我是一個這麼容易惹麻煩的守護者。」

「我不知道。」艾德里安說，「剛剛只是我的猜測。誰知道呢？也許他們認為拉斯維加斯的事，是無傷大雅的惡作劇。」他的語氣裡有些痛苦。「而且我說過，塔蒂安娜姑姑是站在妳這邊的。也許她現在希望妳成為莉莎的守護者，但是還需要一次公開的討論，才能做最後確定。」

這真是個驚人的想法。「可如果我和莉莎在一起，你怎麼辦？頂著你貴族的身分，也來和我們一起上大學？」

「我不知道。」他若有所思地說完，又喝了一點飲料。「也許我會去吧。」

這也是個驚喜，我又想起了和他媽媽的那番談話。如果我成為了莉莎的守護者，和她一起去了大學，他也會陪我們一起度過接下來的四年嗎？我非常確定，戴妮拉認為我們今年夏天就會分手；至於我自己……我很驚訝地發現，我其實還蠻想繼續和他在一起的。迪米特里是我心裡永遠的痛和渴望，可我仍然希望自己的生活裡能有艾德里安。

我笑看著他，伸手握住他的手。「我不知道如果你真的這麼貼心的話，我該怎麼做。」

他將我的手舉到唇邊，吻了一下。「我有個建議。」他對我說。

我不知道是他的話令我覺得身子一顫，還是因為他的唇碰觸到了我的皮膚。我本來想問是什麼建議，可是卻被人打斷了……是漢斯。

「海瑟薇。」他站在我們面前，高高挑起一邊眉毛。「看來我們對『處罰』這個詞，有不同的定義。」

被他一語道中。在我的心裡，懲罰指的事很簡單，比如鞭打和挨餓，但不包括處理檔案。不過，我回答他道：「你又沒有說過，要我見完女王就馬上回去。」

他的雙眼直噴火。「可我也沒有說過，妳可以去搞什麼約會。起來，跟我回地下室去。」

「可我有午休時間！」

「妳的午休時間和我們一樣，是指幾個小時以後。」

我想要壓抑住自己的火氣。我在工作的時候，他們倒沒有壞到只給我麵包渣和白開水，可是那些食物也不怎麼可口就是了。恰好這時，侍者端來了我們的食物。侍者還沒有來得及將東西放下，我便一把抓起盤子裡的三明治，拿餐巾紙一包，問漢斯道：「我能帶走嗎？」

「如果我們回去之前妳能吃完就行。」他話中的諷刺不言而喻，因為地下室就在這附近。很顯然，他低估了我解決食物的能力。

我當著一臉不贊成的漢斯面前和艾德里安吻別，然後向他使了個眼色，暗示他我們的談話還沒有結束。他也回了我一個明白、開心的笑容，我還來不及多看，漢斯就命令我趕緊離開。我為了不辜負他的希望，在回到守護者總部的路上，兩三口就解決了三明治，而代價是在接下來的半個小時裡，因為消化不良而有些想吐。

我的午餐時間對莉莎來說便是晚餐，因為她生活在人類的世界裡。我又開始了可怕的服刑工作，但又有些高興，因為我又可以透過心電感應去看她了。她今天一整天都在里海大學裡，這裡有她希望的一切。她愛上了這裡，愛上了這裡美麗的建築，愛上了這裡的操場，愛上了這裡的宿舍……特別是這裡的課程。這裡的課程表密密麻麻，幾乎涵蓋了世上所有的學科，有一些學科連聖弗拉米爾學院裡都沒有，她幾乎想要將這裡能夠提供的所有東西都看過一遍。

雖然她很希望我在場，不過還是很開心，因爲今天是她的生日。普里西拉送了她一套十分珍貴的珠寶，還答應晚上帶她去吃大餐。這本來和莉莎預期的慶祝方式大相逕庭，但是也很令人感動，畢竟她的十八歲生日仍然過得這麼難忘，特別是她參觀了這個將要進入的夢幻大學。

我承認，我很嫉妒。不管艾德里安是怎麼解釋今天女王召見我的原因，我都知道，莉莎也知道，我和她一起上大學的機會仍然十分渺茫。而一小部分的我對於即使我沒有去，她自己一個人也能那麼高興，感到無法釋懷。我知道，我很幼稚。

但我並沒有氣很久，因爲參觀一結束，莉莎的隨行人員便表示得回去酒店了。普里西拉告訴他們，有一個小時的梳洗打扮時間，然後就接他們去吃飯。對莉莎來說，這一個小時便意味著練習時間。我的嫉妒立刻變成了憤怒。

今天一早，我便知道事情變得更加嚴重了。塞琳娜告訴格蘭德，莉莎和克里斯蒂安想要學一些格鬥技巧自保的事，格蘭德顯然也認爲這是一個好主意，可以行得通。莉莎這兩個守護者居然都是激進派的！爲什麼不派給她兩個守舊學院派的呢？就是那種生怕莫里興起和血族打鬥念頭的人。

於是，在我只能無助地坐在這裡，不能阻止的情況下，莉莎和克里斯蒂安此刻有了兩個新老師。這不僅僅意味著他們多了學習的機會，還意味著塞琳娜有了搭檔，可以示範一些特別的動作。她和格蘭德輪番上陣，解釋動作要領，而莉莎和克里斯蒂安只有瞪大眼睛的份。

幸運的是（呃，對莉莎來說不是），我和她立刻就發現了一件事：這兩個老師不知道莉莎想學格鬥的眞正目的，所以他們也不知道她想要接近、刺殺血族，是爲了那僅有的一絲能夠將他們救回來的希望。話說回來，他們又怎麼會知道呢？他們以爲莉莎只是想學習一些基本的防守技巧，這在他們看來，是在合理的要求範圍之內。因此，他們也只打算教這麼多。

格蘭德和塞琳娜讓莉莎和克里斯蒂安一起練習。我想，他們這麼做有兩個原因，一是因爲覺得莉莎和克里斯蒂安的殺傷力都不大，不會造成眞正的傷害；二就是因爲他們兩個覺得很有趣。

可莉莎和克里斯蒂安一點都不覺得有趣。他們兩個之間的關係仍然很緊張，既有激情的衝動，又有憤怒，所以全都痛恨這種近身的接觸。格蘭德和塞琳娜只好叫停，不再讓他們練習這種面對面的對打，改要求他們練習一些快速閃躲的技巧，點到爲止就可以。就這樣，每練習一會兒，兩個守護者便有一個出來扮演血族，讓莉莎或者是克里斯蒂安進攻。兩個莫里都很喜歡這種練習，畢竟，他們想要學的是直接攻擊。

可是，當克里斯蒂安（扮演血族角色）大力地推開莉莎，將她推倒撞到牆上的時候，學習如何進攻對莉莎來說，便不那麼好玩了。這場練習需要他們貼身肉搏，克里斯蒂安的手臂緊緊摟住莉莎的，莉莎能夠聞到他身上的味道，感受到他的體溫，不由得幻想此時他是在抱著自己、親吻自己。

「我覺得你們兩個應該再從基礎的防守練習開始。」格蘭德打斷了她的幻想，他的語氣好像生怕他們兩個人會傷到彼此，所以迫不及待地認爲應該將他們兩個分開。

莉莎和克里斯蒂安愣了好一會兒，才反應過來他說的話，終於放開了彼此。兩個人分開時，都盡量避免接觸對方的眼神，然後各自回到沙發上坐好。接著，兩個守護者則出場進行示範，教他們如何躲開別人的攻擊。莉莎和克里斯蒂安已經看了許多次，覺得這些東西都已經熟爛於心，而方才那種對彼此的吸引力也被憤怒所取代。

莉莎很有禮貌，什麼都沒有說，可是當十五分鐘以後，塞琳娜和格蘭德還在示範怎麼用手臂擋住別人的進攻和如何閃躲時，克里斯蒂安終於忍不住了。「你們是怎麼用銀樁幹掉血族的？」

塞琳娜聽了克里斯蒂安的話愣住了。「你是說銀樁嗎？」

格蘭德沒有特別驚訝，只是覺得好笑，他笑著說：「我認爲這種事你們不需要想，你們只要不讓血族近身就好了，不要讓他們接近你們。」

莉莎和克里斯蒂安交換了一個不安的眼神。

「我曾經幫忙幹掉過血族。」克里斯蒂安自己說了出來，「在學院那次的襲擊事件裡，我曾用火焰幫過忙。你覺得這樣不妥嗎？我不應該這麼做嗎？」

現在輪到塞琳娜和格蘭德不安了。哈哈，我心想，這兩個人沒有我想的那麼激進嘛。他們只能接受防守，不能接受進攻。

「你當然應該這麼做。」格蘭德最後說道，「你做的事是很驚人的。如果再碰到同樣的情況呢？當然還可以這麼做。你不願意袖手旁觀，可重點是，你用的是魔法。如果你眞的和血族近身肉搏，你的魔法一點用都沒有，而你已經知道了應對方法，就是和他們保持安全的距離。」

「那我怎麼辦？」莉莎問。「我又不會那種魔法。」

「妳永遠不會遇到近身面對血族的情況。」塞琳娜淡淡地說，「我們會保護妳。」

「此外，」格蘭德又打趣地補充道：「也不會有人像我們隨身帶著銀樁四處走動。」

我眞想叫他們打開莉莎的行李箱，看看裡面是什麼。

莉莎咬著嘴唇，不願再看克里斯蒂安一眼，害怕會引起他們的注意。這可不在他們那個瘋狂的計畫裡。

最後，還是克里斯蒂安又挑起了話頭：「你至少可以做個示範吧？」他裝出一副好奇和迫不及待的樣子，很成功。「很難嗎？我覺得你們好像只要瞄準，然後刺下去就可以了。」

格蘭德哼了一聲。「才不是，這可沒有你說的那麼簡單。」

莉莎將身子往前傾，拍著手緊跟克里斯蒂安的話題。「哦，那就不用擔心我們會偷學了。示範給我們看看。」

「對，我們只是想看看。」克里斯蒂安坐在莉莎身邊，擺出一個隨意的姿勢，結果兩個人的手臂碰在了一起，他們馬上像觸電一樣又分開。

「這可不是遊戲。」格蘭德說。不過，他還是走到他的大衣旁邊，拿出銀樁。

塞琳娜難以置信地看著他。「你要做什麼？」她問道，「刺我嗎？」

他輕輕笑了兩聲，便在屋子裡四下尋找。「當然不是。啊，找到了。」他向一張小扶椅走去，拿起了上面精緻的墊子，然後舉起墊子，測了測墊子的寬度。墊子又厚實又蓬鬆，很適合當目標物。於是，格蘭德回到莉莎旁邊，示意她站起來，接著所有人都很驚訝，因爲他將自己的銀樁交給了她。

他固定好姿勢，雙手拿著墊子舉到身前幾步遠的地方。「來吧。瞄準，然後刺下去。」

「你瘋了嗎？」塞琳娜問。

「別擔心。」格蘭德回答道，「普里西拉．沃達會付賠償費的，我只是爲她提供一個機會。現在，用力刺這個墊子。」

莉莎只遲疑了一會兒，一股少見的興奮湧上她心頭。我知道她對這件事其實一直有顧慮，但是此刻，她的決心比以往都要堅定。她咬著牙，走了幾步，笨拙地將手裡的銀樁刺了過去。她很小心，生怕自己傷到格蘭德，不過其實這些擔心都是多餘的，她甚至沒能碰到格蘭德，那根銀樁只輕輕劃破了墊子表面的布料。她又試了好幾下，但是進步微乎其微。

克里斯蒂安又變成了老樣子。「妳就這麼點本事？」

莉莎瞪了他一眼，將銀樁交給他。「希望你能做得比較好一點。」

克里斯蒂安站起來，看著墊子研究了一下，臉上譏諷的笑容不見了，並屏住呼吸。在此同時，莉莎發現兩個守護者都露出覺得好笑的表情，塞琳娜甚至整個人都放鬆下來。他們兩個的目的達到了，證明了銀椿不是那麼簡單就能學得會的。我也很高興，對他們的評價因此高了一點點。

克里斯蒂安終於刺了出去，他確實刺中了墊子，可是並沒有刺破墊子和裡面的填充物，格蘭德仍然紋絲不動。克里斯蒂安又試了幾次，均以失敗告終，他這才坐下來，將銀椿交了回去。看見原本驕傲自大的克里斯蒂安氣焰被打掉，是件很讓人愉快的事，連莉莎也這麼想。可她同時也開始沮喪，沒想到這件事居然這麼難。

「這墊子裡面裝的東西太多了。」克里斯蒂安抱怨道。

格蘭德將自己的銀椿交給塞琳娜。「怎麼，你覺得換了血族的身體就比較好刺穿了？那裡面可是貨眞價實的肌肉和肋骨呢！」

格蘭德又重新拿起墊子，擺好姿勢，塞琳娜毫不猶豫地一下刺了過去，銀椿立刻從墊子的背面穿透過去，離格蘭德的胸口只有一點點距離，而墊子裡的塡充物紛紛飄落在地上。塞琳娜猛地將銀椿抽出來，交給克里斯蒂安，好像她剛剛完成了這個世界上最簡單不過的事。

克里斯蒂安和莉莎全都驚訝地張大了眼睛，克里斯蒂安說：「我再試試。」

等到普里西拉來叫他們下去吃飯的時候，這個房間裡已經沒有一個完好無損的墊子了。天哪，她接到帳單的時候，肯定下巴都會掉下來。方才那段時間，莉莎和克里斯蒂安拿著銀椿到處亂刺一通，而兩個守護者則在一旁好整以暇地看著，相信他們已經明確無誤地傳達了自己的資訊：用銀椿刺殺血族不是件容易的事。

莉莎終於明白了。她意識到，刺穿墊子或者是血族，並不是只要知道原理就可以成功的事。沒錯，她不只一次聽我提到過，在進攻的時候要對準心臟，錯過肋骨，但這不是知道就能成功的。成功的要訣在於力量，而她此刻沒有這種力量。塞琳娜雖然個頭很小，可她花了許多年鍛煉自己的肌肉，才能有足夠的力量刺穿任何東西。一個小時的特訓，是無法令莉莎擁有這種力量的。

他們一行人去吃飯時，她在路上和克里斯蒂安小聲地交換心得。

「妳已經退縮了嗎？」克里斯蒂安壓低嗓音問。他們此刻正坐在一台休旅車的後座裡，格蘭德、塞琳娜和其他三個守護者也在這台車裡，不過他們全都忙著聊自己的事。

「沒有！」莉莎沙啞地說，「可是，在此之前，我需要很長時間的訓練。」

「比如說舉重？」

「我……我不知道。」其他人雖然還在閒聊，可莉莎覺得這個話題太危險了，不能冒險讓別人聽到，於是她湊近克里斯蒂安，再次因爲這熟悉的親暱感而覺得緊張。她吞了口口水，努力板著臉，直奔主題：「可我現在還不夠強，要做到基本上比較不可能。」

「聽起來妳已經放棄了。」

「嘿！你也沒刺穿墊子好不好？」

克里斯蒂安有些臉紅。「我差點就刺穿了那個綠色的墊子。」

「那個墊子薄得要命！」

「我只需要多練習幾次就可以了。」

「你根本什麼都不用做！」她吼回去，但是仍然壓低了嗓音。「這又不是你的仗，是我的。」

「嘿！」克里斯蒂安也火了，一雙藍眸像是閃閃發光的冰藍色鑽石。「妳瘋了才會以爲我眞的打算讓妳冒著——」他閉上嘴，確切地說是咬住了嘴唇，覺得不應該再說下去。

莉莎瞪著他。我們兩個都很想知道他這句話會怎麼作結。他不能讓莉莎冒什麼險呢？冒著置自己性命於不顧的危險？這是我猜的。

雖然克里斯蒂安不再說話，可他的表情已經替他說完了。透過莉莎的眼睛，我看見他正貪婪地看著莉莎，想要藏起自己的情緒。終於，他猛地扭過頭，拉開兩人之間的距離，盡可能坐得離莉莎遠遠的。

「好吧，隨妳便，我不在乎。」

此後，兩個人誰都沒有再說話。現在是我的午休時間，可是卻不得不回到現實裡，繼續去和檔案奮戰——在漢斯的提醒之下。

「拜託！現在不是午休時間嗎？你總得讓我吃飯吧！」我喊道，「這是虐待。至少給我點麵包渣也好啊。」

「我已經給妳吃過了。哦，或者該說，妳在狼吞虎嚥了一個三明治之後，已經吃過了。然後妳想午休，也已經讓妳休息過了。現在，妳該繼續工作了。」

我攥著拳，看著眼前無邊無盡的一疊疊文件。「就不能給我點別的工作嗎？刷油漆怎麼樣？或者搬石頭？」

「恐怕不行。」他的唇角擠出一絲微笑。「我們有許多檔案等著要整理。」

「還要多久？你還打算懲罰我多久？」

漢斯聳聳肩。「直到有人告訴我說可以了為止。」

他又丟下我一個人，我靠在椅背上，努力克制想要掀翻面前桌子的衝動。我知道，這樣做暫時會舒服點，可這也意味著之前的工作全都要從頭再來。我嘆了一口氣，繼續開工。

等我再次回到莉莎的意識裡時，她正在吃飯。雖然名義上是替她慶祝生日，可整個過程中就只有普里西拉一個人在滔滔不絕。我認為這根本就不算是過生日嘛！只要我一恢復自由身，一定要好好替她補過一次生日。我們可以舉辦一個真正的派對，然後將我準備的禮物送給她，那是一雙漂亮的皮靴，是我還在學校的時候，艾德里安幫我買的。如果我能潛進克里斯蒂安的意識裡就更好玩了，可這不可能，我只好回到自己的身體裡，繼續思考之前和艾德里安的談話。這場懲罰難道終於接近尾聲了？皇室議會的人眞的會同意我擔任莉莎的守護者，而不顧守護者的規矩？

試圖想出這些問題的答案，讓我的腦子好像小倉鼠在跑的轉輪般轉得飛快。可是無論轉得多快，都徒勞無功。所以，我在不知不覺的情況下，又回到了莉莎那邊的餐桌上，而他們一票人已經起身，向飯店門口走去了。此時，外面的天已經黑了，莉莎忍不住覺得這種時間表眞是怪異。如果是在學院或者是皇庭，現在應該是中午才對，可是他們卻要回到酒店，準備上床睡覺。好吧，也許不必馬上就睡覺。我毫不懷疑莉莎和克里斯蒂安可能會暫時停火，回去繼續練習刺墊子。雖然我還是很希望他們趕快復合，可是也不禁覺得也許他們分開一下比較好。

這票人在飯店吃飯吃了很久，所以出來的時候街上幾乎沒有什麼人。守護者沒有將車子停在後面，可是也沒有停在門口，事實上，車子停在一旁一盞明亮的街燈下面。

可是，這盞街燈現在卻滅了，燈泡被人打碎了。

格蘭德和普里西拉的守護者馬上注意到了這個情況。在學院時，我們經常被告誡要注意這種小細節，任何不尋常的事都有可能導致被襲擊。一瞬間，這兩個人就抽出了銀樁，將莫里圍在中間，而塞琳娜和負責守護克里斯蒂安的守護者也緊隨其後。這是我們接受的另一個訓練：時刻保持警覺——反應——緊跟保護目標。

他們的動作很快，所有人的動作都很快，可已經晚了。

因爲，突然之間到處都是血族。

我不是很清楚他們到底是從哪裡冒出來的，也許是早就在車子後面或者路邊埋伏好。如果我可以從空中俯瞰整個情況，或者是親自在現場，讓自己的「反胃預警」發揮作用，也許能更清楚地感應到，可我只能透過莉莎的眼睛看著這一切。守護者們擋在她身前，阻住這些好像是憑空出現的血族，莉莎只覺得眼前一花，根本看不清守護者的動作。她的貼身守護們將她推來推去，想要爲她在被血族包圍的環境中，開闢出一塊安全的地方，她只能驚恐地看著這一切的發生。

沒有多久，我們兩個就看見有人不斷地死去。塞琳娜一如在酒店房間裡表現的一樣，身手敏捷，一擊就直接用銀樁穿透一個男性血族的心臟。可是，一個女性血族立刻舉起普里西拉的一個守護者，擰斷了他的脖子作爲回敬。莉莎這時才反應過來克里斯蒂安摟著她，將她按在休旅車的車身上，用自己的身體護住她。剩下的守護者盡可能地圍成一個圈圈保護他們，可是不久便被沖散了，他們組成的保護圈空隙越來越大，而且人數正在不斷減少。

一個接一個地，守護者慘死於血族的手下，不是因爲他們技藝不精，只怪敵我數量懸殊太大。一名血族用牙齒撕碎了格蘭德的喉嚨，而塞琳娜則不知爲何，反手用力撐住柏油路，臉朝下，維持著一動也不動的姿勢。最最恐怖的是，血族似乎對莫里也沒有慈悲之心。莉莎緊緊地貼著休旅車的車身，好像快要成爲車子的一部分，她張大眼睛看著一名血族迅速地咬進普里西拉的脖子，然後停下來吸血，那個莫里貴婦甚至來不及驚訝。可至少這不是很痛，她的血液和生命離開身體的時候，血族的腦內啡可以降低她的痛苦。

莉莎很快就不覺得害怕了，取而代之的是各種複雜的情緒，比如震驚、痲木。面對這麼冷酷殘忍的現實，她知道她的死期就在眼前，所以也就泰然接受了。她拉住克里斯蒂安的手，緊緊地握著，轉身看著他。莉莎覺得稍稍安心了一點，因爲她知道自己在生命即將終結的那一刻，還能看見那雙美麗的、如水晶一般的藍眼睛。從克里斯蒂安的表情來看，他好像也在想同樣的事，他的眼中充滿了溫暖、溫暖和愛，以及——

絕對的震驚。

克里斯蒂安張大眼睛，用力瞪著莉莎身後的人。與此同時，一隻手抓住莉莎的肩膀，將她轉了過去。終於到了，她心裡響起了一個小小的聲音，我就要死在這裡了。

這時，她突然明白了克里斯蒂安震驚的原因。

站在她面前的，是迪米特里。

和我一樣，她看著這個是迪米特里，又不是迪米特里的人，也有一種不眞實的感覺。他身上有太多的地方沒有變化……可是又有太多的地方和以前不同了。她想要說些什麼，隨便什麼都好，可是那些話到了她的嘴邊，卻沒辦法說出來。

莉莎身後突然有一股熱氣襲來，一抹明亮的火光映照著迪米特里蒼白的面孔。我和莉莎不用看，也知道是克里斯蒂安正在施展他的魔法，亮出一個火球。看見迪米特里的震驚和莉莎的恐懼，令克里斯蒂安急中生智。迪米特里微微瞇著眼睛看著那團火，接著他邪邪地一笑，原本放在莉莎肩膀上的手，慢慢移向她的脖子。

「把火滅掉。」迪米特里說，「把火滅掉，不然她就死定了。」

莉莎終於找到了自己的聲音，哪怕是在脖子被人掐住的情況下。「別聽他的。」她喘著氣說，「反正他最後還是會殺了我們。」

可她身後的那團火滅掉了，陰影重新籠罩了迪米特里的臉孔。克里斯蒂安不敢拿莉莎的生命冒險，哪怕她說的是對的。不過，此刻這些都無所謂了。

「事實上，」迪米特里的聲音聽來輕鬆愉快，可又顯得有些恐怖。「我想讓你們活著，至少可以多活兩天。」

我感覺到莉莎皺起了眉頭。我猜想克里斯蒂安肯定也是這副表情，因爲他的聲音裡透出困惑，連平時最擅長的冷嘲熱諷都說不出來，他只能乾澀地吐出三個字：「爲什麼？」

迪米特里的眼睛閃著光芒。「因爲我需要你們當誘餌，引出蘿絲。」

15

我在情急之下，想要立刻站起來靠雙腿跑去里海大學。雖然那地方在千里之外，我仍然覺得這計畫可行。可是下一秒，我意識到這完全不可能，完完全全超出了我的能力範圍。

我立刻站起來向外面跑去，同時突然非常想念奧伯黛。我在聖弗拉米爾學院的時候，見識過她非比尋常的反應能力，知道她可以處理任何情況。我和她的相處過程中最特別的一點，就是無論我帶什麼壞消息給她，她都能立刻展開行動。可是，我對皇庭的守護者都還不熟，我能去找誰呢？漢斯？那個討厭我的傢伙？他不會相信我的，不會像奧伯黛或是我媽媽那樣相信我。我跑在靜悄悄的走道裡，頭腦一片混亂。沒關係，我會讓他相信我的。只要我能找到的人，我一個都不會放過，只要他能將莉莎和克里斯蒂安救出來。

只有妳可以，我的心裡響起一個聲音，妳才是迪米特里想要的。

我沒有理會這個聲音，主要是因爲這會讓我分心，但我拐過一個轉角的時候，結結實實地和人撞了個滿懷。

我發出一聲悶哼，因爲我的臉剛好埋在這個人的胸口。我抬起頭，是米哈伊爾。我本可以放下心來，可我此刻神經緊繃、心情焦慮，所以我拉著他的袖子，拽著他和我一起往樓上跑去。

「跟我來！我們去求救！」

米哈伊爾一動不動，沒有跟著我走。他皺著眉頭，神情冷靜。「妳在說什麼啊？」

「莉莎！莉莎和克里斯蒂安。他們被血族抓住了，被迪米特里抓住。我們可以找到他們，我可以帶你們找到，但是動作必須要快。」

米哈伊爾越聽越糊塗。「蘿絲……妳在這裡待多久了？」

我沒時間跟他解釋，於是鬆開手，獨自向樓上跑去，還要好幾層才能跑到一樓。過了一會兒，我聽見身後傳來他追上來的腳步聲。我跑到辦公室的時候，本以爲會有人因爲我擅離職守來追我，可是……似乎沒有人注意到我跑出來了。

整個辦公室一團混亂，守護者們全都跑來跑去，電話響個不停，每個人都扯著嗓子在喊話。我這才反應過來，他們已經知道了，他們已經知道了。

「漢斯！」我邊喊邊撥開擋在前方的人群。他在房間的另一端，剛剛掛斷一通電話。「漢斯，我知道他們在什麼地方，知道血族將莉莎和克里斯蒂安帶到哪裡去了。」

「海瑟薇，我沒時間和妳——」突然，他恍然大悟地說：「妳和她有心電感應。」

我驚訝地張大眼睛。我本以爲他會像趕蒼蠅一樣將我趕走，所以想了一肚子的話準備說服他。我急忙點了點頭。「我看見了，發生的所有事我都看見了。」現在輪到我皺眉頭了，「你是怎麼知道的？」

「塞琳娜。」他簡短地說。

「塞琳娜死了……」

他搖了搖頭。「不，還沒有，至少從她在電話裡的聲音聽起來不像。不管她是生是死，總之她一定是盡了最大努力撥通這通電話的。我們已經派了煉金術士去救她，還有……清理戰場。」

我又回想了一下剛才的經過，想到塞琳娜倒在柏油路上的姿勢，她的姿勢很奇怪，而且沒有動。我當時以爲情況不妙，不過如果她還活著——很顯然還活著——那麼我倒是可以想像出，她用血淋淋的手從口袋裡掏出手機的樣子……

拜託，拜託一定要讓她活下來。我心裡想著，不知道該向誰祈禱。

「走吧，」漢斯說，「我們需要妳，隊伍已經集合好了。」

又一個想不到。我沒想到他會這麼快同意讓我去，心中不由得對漢斯升起一股全新的敬意。他也許表現得像個混蛋，不過他也是個領導者，當看到能用的人，絕不會放過。一瞬間，他已經衝到了門口，身後還跟著幾名守護者。我努力跟上他們的大步伐，看見米哈伊爾也跟過來了。

「你要親自去救人。」我對漢斯說，「這……太罕見了。」我不知道該不該說出最後那句話。我當然不是想要他留下來，可是這種救援行動都不是尋常小事。當血族掠走莫里以後，人們通常會覺得他們一定沒命回來，不值得去救。上次學院遭到襲擊之後，我們是費了很多唇舌，才令上面同意我們去救人的。

漢斯冷冷地看了我一眼。「德拉格米爾公主殿下也只有一個。」

莉莎對我來說很重要，是世界上最重要的人，而她對莫里來說，也很重要。大部分莫里被血族抓走之後，都會被默認為死亡，可她不屬於這些人。她是德拉格米爾家族的最後一滴血脈，是那十二個古老皇室的最後一支。如果她死了，有所損失的不只是莫里世界的文化，還是一個徵兆，預示著血族真的打敗了我們。為了她，守護者寧願冒險去執行救援行動。

事實上，要冒險的不只是守護者。我們到達皇庭的大門時，車子已經停好在等我們了，同時等著我們的還有早就來到這裡的守護者——和許多莫里。我認出了其中的幾個，有塔莎．歐澤拉，而其他人也都和她一樣，是火元素的使用者。如果我想通了什麼，那就是他們能夠參戰是多麼的可貴。看起來，那些對莫里是否應該上戰場的爭論，現在已經全都被拋在了腦後，我也沒有想到這票人居然這麼快就能集結起來。塔莎看了我一眼，神色無比的堅決，她什麼都沒說，用實際行動說明了一切。

漢斯大聲發號施令，將所有人分成小組，分配到各台車上。我盡力克制著自己，靜靜地站在他旁邊等著。我急躁的性格令我想立刻就跳上車，然後問有什麼是我可以做的，但是我對自己說，漢斯一定會制止我。他應該已經安排好我的任務，我只要等著聽從就是了。

莉莎同時也在考驗著我的自我控制力。自從迪米特里抓住了她和克里斯蒂安，我就從她的意識裡抽離出來了。我不能回去，現在還不行。我無法忍受看著他們，無法忍受看見迪米特里。我知道一旦我和這些守護者趕過去，還是能夠看見他，可是現在……我不能。我知道莉莎還活著，現在要做的，就是等待時機。

不過，我還是覺得倍受打擊，且非常緊張。這時，突然有人碰了碰我的手臂，我差點用銀樁對準他的胸口。

「艾德里安……」我鬆了口氣，「你來這裡做什麼？」

他站在那裡，低頭看著我，伸手輕撫著我的臉頰。他這種嚴肅、悲壯的表情，我只見過幾次，而我每次見到他這副樣子，都不喜歡。艾德里安應該是那種常常微笑的人。

「我一聽到消息，就知道妳會在這裡。」

我搖了搖頭。「這件事……我不知道，好像才發生了十分鐘？」我已經完全沒有時間概念了，「為什麼所有人都這麼快就收到了消息？」

「因為一出事，皇庭的電台就發出廣播了。他們立刻啓動了警報系統，事實上，女王也被單獨保護起來了。」

「什麼？為什麼？」不知怎麼的，我有些生氣。塔蒂安娜又不是陷入危險的人。「為什麼要浪費人力在她身上？」

旁邊的守護者聽見這話，嚴厲地瞪了我一眼。

艾德里安聳聳肩。「血族的襲擊地點不是離這裡相對比較近嗎？他們認爲皇庭正面臨最嚴重的安全威脅。」

「相對」這個詞才是重點。里海大學離皇庭約有一個半小時的路程，守護者一直都在保持警惕，而每過一秒，我都希望他們的動作能夠再快一點，同時也保持警惕。如果不是艾德里安出現在這裡，絆住了我，我打賭我肯定會忍不住大吼，要漢斯快一點。

「是迪米特里。」我壓低了聲音說。我不知道應不應該將這件事告訴別人。「是他抓走了他們。他用他們作爲人質，打算引我現身。」

艾德里安的表情愈發凝重了。「蘿絲，妳不能……」他沒有說完，可我知道他想說什麼。

「我有別的選擇嗎？」我喊道，「我必須去。莉莎是我最好的朋友，而我是唯一一個能夠救他們的人。」

「這是個圈套。」

「我知道，他也很清楚我知道。」

「那妳打算怎麼做？」

再一次，我明白艾德里安的言外之意是什麼。我看了看剛才在無意識間拿出來的銀樁。「做我必須做的事。我必須……我必須殺了他。」

「很好。」艾德里安的表情柔和了一點，「我很高興。」

不知道爲什麼，我有些惱火。「天哪！」我猛地叫道，「你就這麼渴望幹掉自己的競爭對手嗎？」

艾德里安的臉色仍然很嚴肅。「不。我只知道，只要他還活著……或者從某種意義上來說還活著，妳就有危險。我不能忍受的是這點，我不能忍受知道妳危在旦夕，就是這樣，蘿絲。如果他不死，妳就永遠不會安全。我希望妳能安全地活著，也需要妳安全地活著，我不能……我不能接受妳出事。」

我的怒火來得快也去得快。「哦，艾德里安，對不起……」

我任由他將我摟在懷裡，我的頭靠在他的胸口，感受著他的心跳，感受著他柔軟襯衫的觸感。我允許自己稍稍放鬆一會兒，逃避片刻。不知為什麼，我很想就這樣融化進他的懷裡。我不想再讓自己陷入恐懼當中，害怕莉莎會死掉，害怕迪米特里會殺死他們……可是很快地，一股寒意突然襲上我心頭。不管最後結果怎樣，今晚我總會失去他們其中一個。如果我們救出了莉莎，迪米特里就會死；如果他活著，莉莎就會死。這個故事沒有一個大團圓的結局，沒什麼能阻止我的心碎成一片一片。

艾德里安的唇輕輕摩挲著我的額頭，然後低下來探索著我的唇。「蘿絲，妳要小心。不管發生了什麼事，一定要小心。拜託，拜託，我不能失去妳。」

我不知道該怎麼回答，不知道該怎麼反應才能表明自己的心意。我的心裡有各種情緒摻雜在一起，洶湧澎湃，完全不能理性地思考。於是，我只好踮起腳，吻住他。在這個充滿了死亡氣息的晚上，不管是已經過去的，還是即將來臨的，這一吻比我們之前的任何一個吻都要有力量。這個吻是活的，我是活著的，我想要一直活下去。我想要將莉莎活著帶回來，想要重新回到艾德里安的懷抱，來回應他的唇和這一切……

「海瑟薇！我的天哪，是不是要我將妳揪下來？」

我立刻和艾德里安分開，只見漢斯憤怒地看著我。幾乎所有的車上都已經坐滿了人，現在我該走了。我看了艾德里安一眼，作為道別，他強擠出一絲微笑，我想他是在鼓勵我要勇敢。

「一定要小心。」他再三叮囑。「把他們活著帶回來，妳自己也要活著回來。」

我向他飛快地點了點頭，然後跟著不耐煩的漢斯上了一台休旅車。我坐進後座後，奇怪地感覺到這一幕似曾相識。我突然愣住了，想起上次去救被維克多綁架的莉莎那次。那時，我也是坐在這樣的黑色休旅車後面，指揮他們莉莎的所在位置，只是那次坐在我身邊的是迪米特里，那個我認識許久、善良勇敢的迪米特里。那些回憶如此刻骨銘心，我連每個細節都還能記得，比如他是怎樣將頭髮別在耳朵後面，或是他猛踩油門，爲了能夠早點救出莉莎時那冷靜的表情和棕色的眼眸。他是那麼的堅決，認爲自己是在做對的事。

這個迪米特里，這個變成血族的迪米特里，也很堅決，可是兩者天差地遠。

「妳能夠做到嗎？」漢斯坐在前排，回過頭來問。一隻手輕輕地捅了捅我的手臂，我這才驚覺坐在我身邊的居然是塔莎，我根本就沒有注意到她也上了這台車子。「我們全都靠妳了。」

我點點頭，不願辜負他的期望。我以最佳的守護者狀態，盡量掩藏起自己的情緒，不願再想原來的迪米特里和現在的不同，也不再去想上次去從維克多手裡救出莉莎的那一晚，我和迪米特里還中了情慾咒……

「一直向里海大學開。」我冷靜地說。現在，我是一名守護者。「我們接近的時候，再指示你具體的方向。」

我們只開了二十分鐘，我便感受到了莉莎他們的位置。很顯然，迪米特里選了一個離大學並不遠的地方藏身，這樣比他們一直移動容易被找到。當然，我不斷提醒自己，那是因爲迪米特里非常希望被人找到。我知道在到達里海大學之前，其他的守護者不需要我指引方向，於是放任自己潛進莉莎的意識裡，去看看現在的情況如何。

莉莎和克里斯蒂安沒有受傷，不過他們被捆起來扔在一邊。他們待的地方看起來像是一個廢棄許久的儲藏室，所有的地方都積了厚厚一層灰，已然看不出軟塌塌的架子上堆放的是什麼東西。應該是一些工具吧。這裡到處都是紙，偶爾也有幾個箱子，而一個外露的燈泡是這個房間裡唯一的光源，讓這裡的一切顯得昏暗。

莉莎和克里斯蒂安各自坐在一張直背的木椅上，他們的手被反剪著綑了起來。恍惚間，這一幕又令我覺得頗爲熟悉。我想起了去年冬天，自己和朋友們被血族捉住時，也是坐在這種椅子上，手被綁起來，他們還用愛迪來當餵食者，而梅森就是那次犧牲的……

不，不能想這些，蘿絲。莉莎和克里斯蒂安還活著，目前還很安全，一會兒也會沒事的。

莉莎心神不定，不過有一些殘留的影像，令我可以看到他們被帶進來時，看到的那棟建築物的外貌。這裡看起來像是一個貨倉，一個老舊、被廢棄的貨倉，這對血族來說是關人質的最佳地點。

房間裡一共有四名血族，不過對莉莎來說，只有一個人眞正値得擔心，那就是迪米特里。我明白她爲什麼這麼想，看見他變成血族這個樣子，對我來說也很難受，甚至有種不眞實的感覺。我現在能夠稍微接受一點，是因爲我曾經和這樣的他相處過很長一段時間。不過，每次看見這樣的他，我還是會心頭一緊，而莉莎完全沒有準備，所以仍然處於震驚狀態。

迪米特里的深棕色頭髮，今天軟軟地垂落下來，這是我最愛的一種髮型。他此時漫無目的地在屋子裡踱來踱去，不停撣著落在身上的灰塵。大部分時候，他都是背對著莉莎和克里斯蒂安的，這令莉莎更加擔心。因爲看不見他的臉，莉莎幾乎就要相信這便是她以前認識的那個迪米特里。他來來回回地走著，正和其他三名血族爭論，但是從表面上根本看不出他內心的波動。

其中一名血族吼道：「如果守護者眞的會來，我們就應該守在外面！」她的個子很高，有一頭蓬鬆的紅髮，這表明她之前應該是一名莫里。她的語氣暗示她根本不認爲守護者會立刻趕來。

「他們一定會來。」迪米特里聲音低沉，那可愛的口音令我的心猛地抽痛起來。「我非常肯定。」

「那就讓我們出去，這還比較有用！」那個血族大吼，「你根本不需要我們來當這兩個孩子的保母。」她的口吻輕蔑，甚至有些傲慢。這可以理解，吸血鬼世界的每個人都知道莫里不會打鬥，而且莉莎和克里斯蒂安還被捆得牢牢的。

「那是妳不瞭解這兩個人。」迪米特里說，「他們很危險。我甚至不確定此刻這種防備，能夠確保萬無一失。」

「眞是荒唐！」

迪米特里飛快地轉身，反手賞了她一巴掌。這一擊令她往後退了幾步，她因爲憤怒和驚訝而張大了眼睛。隨後，迪米特里像沒事發生一樣，繼續踱步。

「妳必須留在這裡，按我說的看著他們，明白了嗎？」見那個血族心有不甘地瞪著他，伸手摸了摸自己的臉，什麼都沒說，迪米特里又看了看其他兩個。「你們也一樣。如果守護者眞的能夠闖進這裡，你們要做的就不只是當保母了。」

「你怎麼知道？」另一個血族問，他的一頭黑髮顯示出他之前應該是個人類，這在血族中可是很少有的事。「你怎麼知道他們會來？」

血族雖然有驚人的聽力，但是趁著他們在鬥嘴的時候，莉莎還是抓緊機會小聲對克里斯蒂安說：「你能燒斷我的繩子嗎？」她的聲音幾乎微不可聞。「就像上回幫蘿絲那樣？」

克里斯蒂安皺起眉頭。我和他也曾經被關在一起，而他就是那樣做才令我掙脫了出來。不過那種痛楚和在地獄沒什麼分別，我的手和手腕都被燒得起了水泡。「他們會發現的。」克里斯蒂安小聲回了一句。

他們的對話沒能夠再繼續進行下去，因爲迪米特里突然轉身向莉莎走來。

她猛地驚呼一聲，完全沒有料想到。迪米特里瞬間閃到莉莎面前，跪下來，看著她的眼睛。她雖然盡力克制，可還是全身顫抖。她從來沒有離血族這麼近過，而眼前的這個血族是迪米特里，則令她的恐懼加倍。圍繞著他瞳孔的那圈紅色，似乎像火焰一樣燒灼著她的心，而迪米特里的尖牙看起來好像隨時都準備咬下去一樣。

迪米特里伸手掐住莉莎的脖子，強迫她抬起臉，這樣他可以用一個較佳的角度看清她的眼睛。迪米特里的手指陷進莉莎的皮膚裡，雖然不至於令她無法呼吸，可是之後肯定會有瘀痕留下。如果莉莎能活到那時候的話。

「我知道守護者一定會來，是因爲蘿絲一直都在看。」迪米特里說，「妳說對嗎，蘿絲？」他稍稍鬆了一點手勁，指尖順著莉莎的皮膚一路滑到她的喉嚨，輕輕地……不過毫無疑問，他只需要動一下，就能擰斷莉莎的脖子。

此時此刻，他看著的好像是我，是我的靈魂，我甚至覺得他是在掐我的脖子。我知道這不可能，心電感應只存在於我和莉莎之間，別的人不可能看到。可是這時，我和他之間好像並沒有第三個人，好像莉莎根本就沒有擋在中間。

「妳肯定在，蘿絲。」他的嘴角揚起一絲似笑非笑的弧度，「妳不會棄他們兩個於不顧。妳也沒有傻到會自己來，對嗎？也許以前妳會，可是現在，不可能。」

我猛地從莉莎的意識裡抽出來，不敢再看那雙眼睛，不敢再看著他那麼盯著我。我不知道是自己在害怕，還是受了莉莎的感染，只覺得自己正在不住地顫抖。我強迫自己冷靜下來，想要撫平激烈的心跳，我吞了口口水，四下看了看，想知道有沒有人發覺。所有人都在討論下一步的行動部署，可是塔莎除外。

她那雙冰藍色的眼睛仔細地看著我，關心地問：「妳看見什麼了？」

我搖了搖頭，也不敢看她。「惡夢。」我喃喃地說，「我最害怕的惡夢成眞了。」

16

我沒有機會數清楚迪米特里究竟帶來了多少血族，從我透過莉莎眼睛看到的數量，已經令我心緒大亂，既疑惑又害怕。既然他知道我不會隻身前往，那麼肯定已經做好了要面對大批守護者的準備。漢斯本來希望能夠借助人數的優勢，彌補我們的倉促出動，他已經召集了能在皇庭召集到的所有守護者。可老實說，皇庭雖然有結界的保護，可是也不可能出動所有的人員。

幸好有那些新進的守護者在，他們大多數人都留守在皇庭，經驗老道的守護者才得以和我們一起共赴這場救援盛宴。我們共有四十個人左右，這和血族大規模集結行動一樣，是很少見的。守護者一般都是成對出動，就算保護一整個家族的莫里，最多也就是三個人，而此回出動了這麼龐大的數量，幾乎可以媲美學院襲擊事件那次的救援隊伍。

漢斯知道，想要趁著黑夜偷偷摸摸接近是行不通的，他令所有車子都停在離血族藏身的倉庫，不到一英里的地方。那棟倉庫建在公路旁的一條岔道上，那裡是一片工業區，幾乎沒有樹木，而已值深夜，所有的商店和工廠全都休息了。我走下車子，讓溫暖的夜風包裹住我，這裡濕度很高，濕潤的空氣令我原本就被恐懼壓抑的心情，變得更加沉重，幾乎喘不過氣來。

站在公路旁，我一點噁心的感覺都沒有。迪米特里還沒有派人到這個地方，也就是說我們的到來，某種程度上，還是可以達到出其不意的效果。漢斯走到我身邊，我盡可能詳細地將所猜測的告訴他，因爲可供我判斷的線索十分有限。

「但妳眞的能找到瓦西莉莎？」漢斯問。

我點點頭。「只要我進去那裡，心電感應就會告訴我她在哪裡。」

漢斯轉身，看著夜空下在公路上狂飆而去的車輛。「如果他們已經在外面埋伏好，那就一定會聞到我們的氣味，或者聽見我們的聲音，先我們一步行動。」過往車輛的車燈打在他的臉上，看得出他陷入了沉思。「妳說他們一共佈置了三層防線？」

「目前我只知道有這麼多。有幾個在看守莉莎和克里斯蒂安，外面還有。」我停頓了一下，試著想像迪米特里此時會怎麼做。我當然能猜到，就算他變成了血族，我還是很瞭解他，能夠計算出他的每一步棋。「然後倉庫裡面應該還有一些。就是在你們進入倉庫，但是還沒到關押莉莎的房間那個區域。」這點我不是十分肯定，可我沒有告訴漢斯。這是我憑著直覺，假設我自己和迪米特里可能會做的人力配置，而得出來的，我覺得按照這種部署讓漢斯制定對策會比較好。

他確實也是這麼做的。「那我們就分成三隊。妳領著一隊直奔目標，另一隊掩護你們，層層推進。一旦你們衝進去，就由他們負責解決裡面的血族，而妳則率領妳的小隊去解救人質。」

聽起來……真專業。掩護、人質，我還是……小隊的隊長。這種分配聽起來很合理，可是在過去，這些對我來說只是書本上的東西，因爲我從來都是被晾在一邊的人。歡迎妳加入守護者的隊伍，蘿絲。在學校，我們經歷了各種各樣的訓練，在老師編排完各種情況的劇本後，假裝應付各種不同血族的襲擊。可是，當我看著這間倉庫，所有的部署都像是回到了當時，只是，這卻是個無法預料前方有什麼在等著你的遊戲。

有那麼半秒鐘，我感覺所有的責任都同時壓在了肩上，但我很快調整心態，決定不要想太多。我受了這麼久的訓練，爲的就是這一刻，我生來就是爲了這一刻的。我的恐懼算不上什麼，得把莫里放在第一位。現在，是時候證明這一切了。

「如果我們沒辦法偷襲成功怎麼辦？」我問道。漢斯的計畫是建立在我們取得主動權的基礎上。

他臉上的笑容幾乎可以用頑皮來形容，他解釋道，他的計畫是我們一起衝過去，然後再分頭行動。他這個策略眞是膽大妄爲，很有我的風範。

就這樣，我們出發了。在外人眼裡，我們這麼做無疑是自殺。也許是這樣，但老實說，就算是也不重要了。守護者們不會放棄德拉格米爾家的最後一員，我也不會放棄莉莎，哪怕德拉格米爾家有數百萬人。

所以，在偷偷摸摸攻過去行不通的情況下，漢斯選擇了正面進攻。我們一票人分坐八台休旅車，超速順著公路衝下去。我們並排橫行，佔滿了整條路，冒險假設對面不會有來車。兩台車並排衝在前方打頭陣，後面六台分成兩排，每排各三台，我們就這樣衝到路的盡頭，直到倉庫前才停下來，急剎車的聲音響徹天空。車子一停，所有人都衝了下來。如果偷襲不行，我們乾脆就用速度和氣勢打他們個措手不及！

有幾名血族確實被我們嚇到了。很顯然，他們看見我們衝過來了，可是沒想到這麼快，快到他們幾乎只有一點時間可以做出反應。當然，如果你是一個擁有速度、能力超凡的血族，這一點點時間就夠了。一票人擋住我們，漢斯下令前鋒小隊進攻，那些位於我的小隊和另一小隊中間的守護者，隨即便衝了進去。會火魔法的莫里全被分派在留守戶外的這一小隊，因爲漢斯怕他們進入到倉庫之後，會將倉庫點燃。

我的小分隊繞開他們，幹掉了幾個前鋒小隊來不及收拾的血族，一路衝了進去。我抱著視死如歸的決心，無視胃裡的翻江倒海，只要有血族接近我，見一個殺一個，見兩個殺一雙。漢斯特意命令我，要我千萬不要停下來，除非是有血族攔住我的去路，而他和其他的守護者就在我身邊做掩護，不讓任何人靠近我。他不希望我分心，希望我能夠一鼓作氣，帶著他們找到莉莎和克里斯蒂安。

我們一路打進了倉庫，一進去便發現裡面是一個漆黑的大廳，去路全都被血族攔住。我猜中了迪米特里會在這裡設置一道防線。在這個狹小的地方，血族擺成了一個瓶頸狀的陣型，馬上我們就陷入一場激戰。莉莎已經這麼近了，好像正在不停地呼喚我，而我的耐心已經耗盡，等不及要將這裡的敵人全都收拾乾淨了。我的小分隊站在後方，替另一小隊的人騰出戰鬥空間，我看著血族和守護者相繼倒下，卻努力不讓自己分心。現在要戰鬥，悲傷留給以後。莉莎和克里斯蒂安——我要努力想著他們。

「小心。」漢斯抓住我的手臂。我們的前面有一道溝，裡面藏了大票的血族，可是他們全都被我的戰友們纏住了，所以我得以繼續往前衝。我們衝過了大廳，來到倉庫中的一塊空地，裡面散落著一些垃圾和包裝紙，應該是以前存放在這裡的貨物留下的。

這塊空地對面有許多扇門，不過就算不用心電感應，我也知道莉莎在哪裡了，其中一扇門外站著三名血族。這麼看來，應該是四道防線，迪米特里比我多算計到一層。這沒關係，我的小隊有十個人。血族怒吼一聲，好像已經料到我們會馬不停蹄地發動進攻。我揮了揮手，便有五名守護者包圍了他們，其他的人則破門而入。

我在緊張地尋找莉莎和克里斯蒂安之餘，心裡一直有一個揮之不去的牽掛。迪米特里。我們遇到的所有血族裡，都沒有迪米特里的影子。我要全力投入戰鬥，所以沒有分心去莉莎那裡檢查情況，可是我很有信心，他絕對還在房間裡面。他肯定會和莉莎在一起，因爲他知道我一定會去，他肯定會等著見我。

今晚，這兩個人之中必有一死，不是莉莎，就是迪米特里。

我們達成目標，我便不再需要額外的保護。漢斯抽出銀樁，專心應付他面對的第一個血族，他從我身邊擠過，跳進戰場，而剩下的其他幾個守護者也是，我的小隊剩餘的成員則衝進房間。我之前認爲這裡很混亂，可是眞的見到了，才知道比想像中更糟。我們所有人，守護者和血族加起來，剛好塡滿了這個房間，也就是說可供戰鬥的地方非常、非常有限。一個女性血族，就是之前被迪米特里賞了一巴掌的那個，朝著我衝來，我機械式地開始戰鬥，直到抽出銀樁刺進她的心臟之後，才知道自己做了什麼。在這個房間裡，在所有的喊聲、廝殺和碰撞聲中，我的世界裡現在只有三個人：莉莎，克里斯蒂安和迪米特里。

我終於看見他了。迪米特里和我的兩個朋友，一起待在房間的最裡面。沒有守護者在和他打鬥，他環抱著手臂，像守護自己城池的國王一樣，看著手下在前方與敵人搏鬥。他的目光終於落在我身上，帶著玩味和期待。我和他皆心知肚明，這就是我們了結恩怨的地方。我避開血族的攻擊，從人群中穿過，我的戰友在我身邊戰鬥，替我解決掉企圖攔住我去路的人。我任由他們替我擋掉那些小嘍囉，直奔目標。所有發生的一切，都是爲了這一刻：我和迪米特里之間的終極對決。

「妳在戰鬥的時候是最漂亮的。」迪米特里說。他冷冷的聲音令我清醒了些，哪怕身邊打鬥的怒吼震天響。「就像最後大審判的時候，上帝派下來的復仇天使。」

「有意思。」我說著舉起銀樁，「所以我才會來到這裡。」

「歡迎天使駕到，蘿絲。」

我幾乎已經走到他面前。透過心電感應，我感到莉莎身上傳來一股痛，是灼痛，可是目前爲止，並沒有人傷害過她。我用餘光看了看，發現她的手臂在動，立刻明白發生了什麼事。克里斯蒂安同意了她的請求，用火燒斷了捆綁她的繩子，我看見她悄悄地去解開克里斯蒂安的繩子。這時，我又將注意力放到迪米特里身上。既然莉莎和克里斯蒂安已經可以自由行動，那麼事情就比較容易了。一旦我們解決掉所有的血族，他們會比較容易逃跑——前提是，如果我能解決掉所有的血族的話。

「你製造了許多麻煩，就是爲了引我來這裡。」我對迪米特里說，「有許多人因此而死，爲你，也爲我。」

他聳聳肩，毫不在意。我快要走到了，前方，一個守護者正和一個大塊頭血族纏鬥著，他那殘缺不全的頭髮配上蒼白的膚色，眞的不能替他加分。我繞過他們。

「這沒什麼。」迪米特里看著我走近，也變得緊張起來。「這些都算不了什麼。如果他們死了，那很顯然他們並不值得活著。」

「獵人和獵物。」我喃喃地說，想到他在關押我的期間對我說過的話。

我終於來到他面前，我們之間此刻沒有第三個人的存在了。這和我們過去的戰鬥完全不一樣，當時我們有很大的餘地，可攻可守，現在，我們被這個狹小的房間困住，雖然兩人仍然保持著距離，可其實已經離得很近。這對我來說，是劣勢。血族在身體條件上要優於守護者，較大的空間可以彌補我們的不足，發揮我們身手靈活的優勢。

不過，我也不需要躲閃了。迪米特里想要引我出動，引我首先發動攻擊，但是，他也一直防備著，保護住他的要害——心臟。如果我用銀樁刺中別的地方，也能令他受傷，可這麼近的距離，他也可以借助這點大力反擊。所以，我也想試著引誘他率先出手。

「這些人的死，全都是因爲妳，妳知道的。」他說，「如果妳同意讓我喚醒妳，我們就可以在一起……這樣的話，這些事就不會發生，我們可以一起留在俄羅斯，躺在彼此的懷抱裡，那麼妳在這裡的朋友們都會很安全，沒有一個人會死。這全都是妳的錯。」

「那麼我在俄羅斯殺的人要怎麼算呢？」我反問道。他微微移動了一下，這是預兆嗎？「他們的安全在哪裡呢？如果我——」

這時，左方傳來一聲巨響，嚇了我一跳。是克里斯蒂安，他此刻已經自由了，剛用他的椅子朝一個和守護者苦戰的血族頭上砸去。那血族像趕蒼蠅一樣將克里斯蒂安揮開，克里斯蒂安向後飛去，撞在牆上後，又順著牆壁跌在地上，好像有一點被撞暈的樣子。儘管我面對強敵，還是不自覺地看了一眼，看見莉莎正向他跑去——誰來幫幫忙？她手裡居然還拿著一根銀樁。她是怎麼拿到這個東西的，我真的想不透。也許是別的守護者掉在地上，她撿起來的；也許是他們被綁進來的時候，那些血族忘了搜她的身。畢竟，誰會想到一個莫里身上還帶著銀樁呢？

「別再添亂了！快離開這裡！」我向他們大喊道，同時轉身看著迪米特里。

分心去看這兩個人是要付出代價的，我知道迪米特里肯定會趁機出手，於是不管三七二十一，先躲了再說。事實證明，他確實想要掐住我的脖子，我閃躲得很及時，沒有令他完全得逞。不過，他還是抓住了我的肩膀，將我甩出去，讓我和克里斯蒂安一樣飛了很遠。不過，我和克里斯蒂安不一樣的地方是，經過這麼多年的訓練，我早就知道該如何處理這種情況。我有很多恢復身體平衡的辦法，所以我只是踉蹌了幾步，馬上就站穩了腳步。

我只能暗自祈禱克里斯蒂安和莉莎會聽我的話，別再做什麼蠢事。我的全部注意力必須都放在迪米特里身上，不然我自己都小命不保。如果我死了，莉莎和克里斯蒂安當然也別想活。我記得衝進來的時候，我們的人數是佔優勢的，不過有時候，這點優勢真的不算什麼。不管如何，我還是希望我的戰友們能夠解決掉那些小角色，讓我安安靜靜做我該做的事。

迪米特里看著我躲開，哈哈大笑。「如果這是一個十歲孩子幹的，倒真是令人驚訝。話說回來，妳的這兩個朋友，其實也只有十歲孩子的水準。不過誰讓他們是莫里呢？這種表現已經相當好了。」

「對，沒錯，等我殺了你的時候，我們看看你是怎麼評價的。」我對迪米特里說。我微微動了一下，想藉此測試一下他有沒有分神，而他也幾乎不著痕跡地往旁邊挪了一小步，優雅得像一名舞者。

「妳辦不到的，蘿絲。妳到現在還不明白嗎？難道妳看不出來嗎？妳不可能打敗我，也不可能殺了我。就算妳可以，也下不了這個決心。妳還是會猶豫，第三次了。」

不，我不會。他不瞭解，將莉莎綁來這裡，是他犯下的最大錯誤。她能令我的銀樁對準任何人。她就在這裡，活生生的，而此刻她正命懸一線，所以……我絕不會猶豫。

迪米特里肯定已經等我等得不耐煩了，他伸出手，再次直擊我的脖子，我又一次躲開，讓肩膀替我承受這一擊。這一次，他緊緊抓住我的肩膀不放，猛地將我拉向他，那雙紅眼閃著勝利的光芒。我們兩個距離這麼近，他足以殺了我——他可以如願以償了。

不過，顯然他不是唯一一個想要抓住我的。另一個血族也向我衝過來，伸手想抓我，他可能以爲這麼做是在幫迪米特里，但迪米特里露出尖牙，憤怒地向這個血族吼叫。

「她是我的！」迪米特里大吼，同時一拳揮出去。這個血族肯定沒有想到自己會受到這種待遇。

這是我的機會。迪米特里這一分心，令他鬆開了抓住我的手，而我們之間這麼近的距離，此時令我反過來成爲了他的威脅。我看見了他的胸膛，看見了他的心臟，而我手裡還有銀樁。

我不確定接下來這一系列事情的發生，究竟用了多久時間。很可能只是一瞬間的事，可是就在這一瞬，我們全都愣住了，就好像整個世界都靜止了。

我的銀樁向他的胸口刺去，迪米特里的目光再次落在我身上，我想他終於相信我會殺掉他了。

這次，我沒有猶豫。事情應該就此結束，我的銀樁已經刺了下去——

可是，卻偏開了。

有什麼從我的右手邊撞了過來，將我從迪米特里身前撞開，毀了這天賜良機。我一下失去平衡，根本來不及躲開。儘管我在打鬥中一直試圖對周遭的情況保持警戒，仍忍不住稍稍分神看向兩邊。我的左邊是一對正在打鬥的血族和守護者，而右邊則是牆——還有莉莎和克里斯蒂安。

所以，將我撞開的是莉莎和克里斯蒂安。

我想迪米特里可能也和我一樣震驚，而當莉莎用她手裡的銀樁刺向他的心臟時，他可能更加震驚了。一個念頭透過心電感應一閃而過，我得知她最近很小心很小心地在瞞著我一件事：她已經學會了怎樣用精神能力製造符咒。所以，她才會在格蘭德與塞琳娜上次的教學課程中，如此勤奮賣力。她知道她已經有了工具，所以非常想試一試。她成功地對我隱瞞住這是一根注入了精神能力的銀樁。

不過，現在這已經不重要了，不管這根銀樁是不是注入了精神能力，她都沒辦法接近迪米特里。迪米特里也知道，他的驚訝立刻變成了饒富興味——幾乎是縱容了，就像看著一個勇氣可嘉的孩子一樣。莉莎的攻擊很笨拙，她的速度不夠，力量也不夠。

「不！」我尖叫一聲，向他們撲過去，雖然明知自己根本就趕不及救下她。

突然，我面前築起一道熱氣逼人的火牆，令我不得不退後。這道火牆是從地上竄出來的，而後形成一個火圈圍住了迪米特里，令我無法接近。這火牆來得很突然，但我轉念一想，便知道這是克里斯蒂安幹的好事。

「住手！」我不知道是該阻止克里斯蒂安，還是跳進火圈。「你會把所有人都燒死的！」

這火圈其實是可以控制的，克里斯蒂安有這個本領，可是這個房間太小，就算是能夠控制的火勢，還是有致命的危險。見狀，另外一個血族也開始往後退。

那道火牆漸漸逼近迪米特里，越縮越小，我聽見迪米特里的尖叫，雖然隔著烈火，也能看到他臉上痛苦的表情。火已經燒著了他的衣服，濃煙滾滾升起，直覺告訴我，我應該出手阻止……可是，這有什麼用呢？反正我也會殺了他，換個人替我做這件事又有什麼關係呢？

這時，我發現莉莎的進攻仍然在繼續。迪米特里此刻已經顧不上莉莎，周圍的這道火牆令他不斷大叫。我也在尖叫，卻分不清是爲了他，還是莉莎。透過火牆，我看見莉莎的手臂穿過火牆，灼痛感再次透過心電感應傳來，一如之前克里斯蒂安燒斷捆綁她的繩子時那樣。不過，她還是沒有放棄，沒有理會火焰帶來的痛苦，她的姿勢正確，手裡的銀樁對準了迪米特里的心臟。

銀樁刺了下去，刺進了迪米特里的胸膛……好吧，一部分。

如同她用墊子練習時一樣，她沒有足夠的力氣將銀樁刺進正確的位置。我感覺到她又定了定神，用力聚集起身上的每一分力量，然後拚盡全身的力氣用雙手又刺了一下。這次，銀樁又往裡深入了一些，可仍然不夠。如果換做是平時，這種遲疑可能已經要了她的小命，不過這並不是一般的情況。迪米特里沒有阻擋她的意思，因爲火焰正慢慢地將他吞噬，但他仍掙扎了幾下，鬆動了刺在身上的銀樁，眼看就要令她小小的努力白費。莉莎咬緊牙關又試了一次，將銀樁又推進去了些。

可是，仍然不夠。

我這時終於反應過來，知道自己必須阻止她。莉莎如果繼續這麼下去，很可能也會被燒傷，她太缺乏技巧了。要不就是我替她將銀樁刺進迪米特里的心臟，要不就任由他被火燒死！我往前探出身子，莉莎看見我過來，便盯著我的眼睛，對我進行催眠。

不！讓我來！

她的命令我無法抗拒，一道無形的牆令我停住了，我愣愣地站在那裡，除了因爲催眠術的力量，也因爲不敢相信她會這麼對我。不過，不久之後，我就擺脫了催眠力量的影響。她此刻要注意的事情太多，催眠的力道不夠，而且我也不是那麼容易接受催眠的人。不過，這已經讓我的阻止晚了一步。

莉莎知道這是自己最後一次機會，如果失手，就不會再有了。再一次，烈焰灼痛了她，她幾乎是整個人豁了出去，終於將銀樁刺進迪米特里的心臟。她的攻擊動作仍然不熟練，所以將銀樁刺進去的瞬間有些搖搖晃晃，不像訓練有素的守護者那樣乾淨俐落。但不管動作是不是漂亮，銀樁終於刺進去了，刺進了他的心臟。

在此同時，我感到一股魔法力量穿透過我們的心電感應，而這種似曾相識的感覺我已經感受過許多次，這是她使用治癒能力時才會出現的，只是這股力量比我之前感受到的要強烈上百倍。我愣在原地，好像又中了她的催眠術一樣，我感覺身上所有神經都擴張開了，就好像被閃電劈中一樣。她周圍突然爆出一陣白光，這光芒甚至比火焰的光芒還要明亮，就好像有人在這間房裡扔了一個太陽。我喊出聲來，手摀著眼睛不斷退後。從房間裡傳出的聲音來判斷，似乎所有人都是同一個反應。

其間，心電感應似乎中斷了一會兒。莉莎的感受我一點都接收不到，沒有疼痛，沒有魔法，當白光充斥房間的時候，心電感應消失得無影無蹤。她的力量已經超過了我們的心電感應，令它變得麻木。接著，白光一閃而逝。不是漸漸消失，而是……一眨眼就不見了，就像有一個開關突然被關掉。房間裡一片寂靜，只有些微不適的呻吟聲和騷動。那光芒對血族敏感的眼睛來說太過明亮，就連我都受不了，感覺眼前全是小星星，除了強光過後的殘像，我什麼都看不清。

終於，在瞇著眼睛的情況下，我又可以看清楚了。火牆已經滅掉，只在天花板和地上留下灼燒過後的黑色痕跡，還有一些沒有散去的黑煙。根據我的判斷，應該沒有造成很嚴重的損壞。但我沒時間感嘆這個奇蹟，因爲有另一個奇蹟擺在我眼前。

這不只是一個奇蹟，根本就是一個神話。

莉莎和迪米特里全都倒在地上，他們的衣服全都被燒焦了。莉莎原本無瑕的皮膚上此刻既有著猙獰的紅色，也有淡淡的粉色，這足以證明剛才的火焰有多麼厲害。她的手和手腕傷勢尤其嚴重，上面甚至有被火燙出的血泡，如果我在生物課上學到的沒有錯的話，這應該是三度灼傷。不過，她似乎並不覺得疼痛，好像也沒有影響到雙手的活動。

她正撫摸著迪米特里的頭。此刻莉莎的姿勢像是要站起來，而迪米特里則狼狽地癱趴在地上。他的頭垂在莉莎的膝蓋上，而她的手指則穿過他的頭髮輕輕地撫摸著，好像是在哄小孩或愛撫一隻寵物。莉莎的臉雖然也被火焰灼傷，可是仍散發著慈愛的光輝。迪米特里剛才說我是復仇天使，而此時的莉莎更像個慈悲的天使，她低頭看著迪米特里，輕輕地哼唱著聽來無意義，卻使人感到平靜的字句。

從他此刻衣服被燒焦的狀態，和方才見到的火勢來看，我以為他會被燒成一具焦屍，就像那種嚇人的黑乎乎的骷髏。可是他卻抬起了頭，讓我清楚地看到他的樣貌。他臉上一點燒傷也沒有，皮膚上也沒有疤痕——和我初見他時那溫暖的古銅色皮膚毫無兩樣。在他又將臉埋進莉莎的膝頭之前，我瞥見了一雙曾令我無數次沉醉其中的深邃棕色眼眸，沒有紅眼圈的眼眸。

迪米特里……已經不是血族了。

而且，他在哭泣。

17

整個房間的人似乎都屏住了呼吸。

不過，就算親眼見證了奇蹟，守護者——如果一定要算的話，還有血族——仍不會因此分心。戰火隨即重燃，而且變得更加猛烈。守護者的人數此刻佔了上風，而那些沒有忙於和剩餘血族戰鬥的人，便猛地一擁而上，向莉莎衝過去，想要把她從迪米特里身邊拉走。令所有人都驚訝的是，她緊緊地拉著迪米特里，還試圖反抗那些圍住她的守護者，她此刻暴怒異常，充滿保護慾，再次令我聯想到一個正在保護孩子的母親。

迪米特里也緊緊地拉住她，守護者花了好大的氣力才將他們分開。這些仍然摸不著頭腦的守護者開始討論，不知道該不該殺死迪米特里。要殺死他並不難，他此刻軟弱無助，當那些守護者猛力想將他拉起時，他連站都站不起來。

方才我只是愣愣地瞪視著，此刻則猛地驚醒過來，往前衝過去。不過，我不知道自己究竟是爲了莉莎還是迪米特里。

「不！不要！」我看見有些守護者拿出銀樁，不由得大喊，「他已經不是你們想的那樣了！他不是血族了！看看他！」

莉莎和克里斯蒂安也在喊著同樣的話，同時有人拉住我，將我往後帶，告訴我這裡交給其他人處理。我想都沒想，轉身一拳打中抓住我的那個人的臉，然後才後知後覺地發現那是漢斯。他往後退了一步，似乎沒想到我會這麼做。不過，我的這一拳成功吸引了別人的注意力，我很快和自己人打了起來。我的反抗似乎不怎麼見效，除了寡不敵眾，也可能是我沒辦法像對付血族一樣使出全力。

我被守護者圍困的同時，瞥見莉莎和迪米特里被其他人抬出了房間。我想知道他們要被帶去什麼地方，於是大喊著我必須去見他們，可是沒有人聽我說話。他們把我拖出了倉庫，途中經過了小山一樣的屍首堆，其中大部分都是血族，不過我也認出有幾個是在皇庭任職的守護者。我爲他們而難過，即使我們並不熟識。戰鬥結束了，我們這方大獲全勝，可是損失也很驚人，活下來的守護者此刻正在清理戰場。如果此刻見到煉金術士，我也不會驚訝，不過這個時候，我怎麼想根本就不重要了。

「莉莎在哪裡？」我被塞進休旅車裡時，仍然不停地問著。兩名守護者坐進來，將我夾在中間，我全都不認識。「迪米特里在哪裡？」

「公主殿下會被送去一個安全的地方。」其中一名守護者冷冷地說。他和另一個傢伙眼睛一直看著前方，我意識到他們也不會透露迪米特里在哪裡，或許他們也不知道。

「迪米特里在哪裡？」我大聲地反覆問著，希望這裡有人能夠回答我。「他和莉莎在一起嗎？」

這個問題得到了回答。「當然不可能。」之前回答我問題的那個守護者說。

「他……他還活著嗎？」這是我最難問出口的一個問題，可我必須知道答案。我雖然不願意承認，可如果換成我處在漢斯的位置，我可能也不會奢求有奇蹟這回事，肯定會杜絕任何潛在的威脅。

「對，」最後還是司機回答了我，「他……它……還活著。」

這是我唯一能夠問出來的事情了，之後不管我再怎麼吵鬧，嚷嚷著必須放我下車——相信我，我確實用上了所有的招數，可他們無視我的能力實在是好得令人髮指，眞的。客觀地說，我其實也不確定他們是不是清楚究竟發生了什麼事，一切幾乎都發生在眨眼之間。他們兩人唯一知道的，就是執行命令，護送我離開倉庫。

我一直希望會有個認識的人上來這台車，卻一直都沒有。克里斯蒂安和塔莎沒有，甚至連漢斯也沒有。當然，這是可以理解的，他可能怕會再挨我一拳。

車子上坐滿人之後，我們踏上了歸途。我終於放棄了糾纏，乖乖坐在了後座上，另一台休旅車和我們並排前行，可我卻不知道自己的朋友們是不是在那上面。

我和莉莎之間的心電感應仍然處於麻木狀態，在經歷過一開始的強烈衝擊之後，我便什麼都感覺不到了。慢慢地，我捕捉到了一絲微弱的屬於她的感覺，這才放下心來，知道我們兩個之間仍然有心電感應，而且她還活著，這就夠了。在她使用了那麼多的能量之後，我們的心電感應力彷彿暫時被透支了，維繫我們的魔法變得十分脆弱，每回我想要用心電感應去看她時，眼前卻依然一片白茫茫，就好像看見太刺眼的東西一樣。我只好假設它不久就會自動恢復，因爲我需要透過她的角度來查看究竟發生了什麼事。

不行，只有支離破碎的閃念。我必須知道究竟發生了什麼，得有連續的畫面才行。我其實還沒有完全平靜下來，而回去皇庭的這段漫長旅途，可以允許我有時間好好消化一下剛才發生的事。我想立刻就跳到迪米特里的那部分，可我知道，如果我想要好好分析到底發生了什麼事，就必須從頭開始。

首先，莉莎將精神能力注入銀樁，而且對我隱瞞了這點。可她是什麼時候做到的呢？在她前往里海大學之前？還是在里海大學的期間？還是在被捉之後？不過這不重要。

其次，雖然她刺墊子的訓練以失敗告終，可她還是將銀樁刺進了迪米特里的心臟。雖然過程很曲折，不過克里斯蒂安的火牆幫了她大忙。我打了個激靈，想起了莉莎被火燒灼時的痛楚和經受的折磨，當時心電感應還在，她的痛我感同身受，後來我還看到了她臉上的傷。艾德里安不見得是世界上最好的治癒師，不過希望他的能力可以令莉莎復原。

第三，也是最後一個事實……呃，應該是事實吧？莉莎刺中迪米特里之後，也使用了她的治癒能力。然後呢？這是個大問題。除了透過心電感應傳來的、那種像原子能爆炸般的魔法力量，還發生了什麼？我眞的看見了我自以爲目睹過的事嗎？

迪米特里……變了回來。

他不再是血族。我從心底裡感受到這一點，雖然只是匆匆瞥了一眼，但已足夠令我看清眞相。血族的特徵都消失了，莉莎做到了所有羅伯特所說的救回血族的要領，而且令人確信她的這種魔法可以做到任何事。迪米特里後來的樣子又浮現在我腦海裡，他趴在莉莎身上，抬起頭，淚流滿面。我從來沒有見他這麼感性過，而且，我認爲血族是不會哭的。

我的心莫名地絞痛起來，我不停地眨眼，不願在車裡哭出來。我抬起頭，看了看此刻周圍的環境。車外的天色已經微亮，再過不久太陽就要出來了。坐在我身邊的守護者仍然是那種標準的撲克臉，不過他們眼中的警惕從來沒有消失過。我忘了時間，不過生理時鐘告訴我，車子應該已經開出去好一會兒了，應該馬上就會到皇庭了。

我試探性地又去觸動了一下心電感應，發現它終於回來了，可連線仍然十分脆弱，時有時無，大概還處於自我修復階段。不過這已經令我安心多了，我鬆了口氣。幾年前，我剛發現有心電感應的時候，那種感覺怪怪的，很不眞實。現在，我已經接受了它成爲自己的一部分，今天失去它的同時，亦讓我有一種失落感。

我透過莉莎的眼睛，看著她乘坐的那台休旅車，立刻盼望起能看見她身邊坐著迪米特里。在倉庫裡的那一瞥並不能令我滿足，我需要再次看見他，需要看見這個奇蹟是不是眞眞切切地發生了。我想要好好看看他的臉，看看那久違了的迪米特里，那個我愛的迪米特里。

可他沒有和莉莎在一起，坐在莉莎旁邊的是克里斯蒂安，他正看著暴躁不安的莉莎。莉莎已經睡了一覺，但是仍然覺得頭暈眼花。眼前的景象時而清楚，時而模糊，不過不管怎樣，我還是能夠看到這裡發生的事。

「妳覺得怎麼樣？」克里斯蒂安問。他的聲音和眼神都透出無盡的愛意，濃烈到莉莎想裝作沒發現都不行。

不過此刻，她腦子裡正在想別的事。「還是很累，累慘了，就好像……我不知道該怎麼說，好像被扔進龍捲風裡，或者是被汽車輾過一樣。總之我現在的感覺很恐怖。」

克里斯蒂安微微一笑，輕輕地撫著莉莎的臉頰。我敞開自己，讓莉莎的感覺變得更清晰，除了她身上燒傷的痛楚，還能感受到他小心翼翼、盡量避開莉莎臉上傷口的撫觸。

「很恐怖嗎？」莉莎問道，「我的皮膚是不是全都毀了？看起來像個外星人嗎？」

「不。」他輕輕笑出了聲，「沒有那麼嚴重。妳還是很美，一點都沒有變，離變醜還遠著呢！」

可是，抽痛的傷口令莉莎意識到，眞實的情況應該比克里斯蒂安說的還要嚴重，不過克里斯蒂安的話依然發揮了安慰的效果。有那麼一刻，她專注地看著克里斯蒂安的臉，表情像冉冉升起的太陽，光芒四射。

可是這陣光芒隨即就消散了。

「迪米特里！我要見迪米特里！」她開口同時，眼神也望向了坐在車子裡的守護者。

可結果一樣，沒有人打算告訴她關於迪米特里的事。

「為什麼我不能見他？為什麼你們要帶走他？」

這個問題肯定也不會有人回答，最後，還是克里斯蒂安解答了她的疑惑。

「因為他們覺得他很危險。」

「不，他已經……他需要我。他受了很重的內傷。」

克里斯蒂安的眼睛突然張大了，神情惶恐。「他不是……妳和他沒有心電感應吧？嗯？」

克里斯蒂安的表情告訴我，他可能也想起了愛瑞是如何控制那麼多人，最後瀕臨崩潰的。當羅伯特解釋他對於靈魂的理論，以及為什麼救回血族不會產生心電感應的時候，克里斯蒂安並不在場。

莉莎緩緩地搖了搖頭。「沒有……我很清楚。我……我可以試著解釋一下。」她伸手耙著自己的頭髮，愁眉苦臉地想著應該怎麼用言語形容她的魔法，同時感覺一股倦意湧了上來。「就好像我在替他的靈魂動手術一樣。」她最後說道。

「他們認為他還是個危險人物。」克里斯蒂安輕輕地重複道。

「他不是！」莉莎看著車子裡的其他人，他們全都扭頭看著別的地方。「他已經不再是血族了。」

「公主殿下，」其中一名守護者不安地說，「沒人知道究竟發生了什麼事，妳不能這麼肯定——」

「我就是知道。」莉莎的聲音在這個狹小的空間裡顯得異常的大，語氣裡帶著一種不容人質疑的王者之風。「我知道，因為是我救了他，是我把他帶回來的。我十分肯定他已經不再是血族了！」

守護者們都不太自在，再次沉默了。我猜他們只是不太明白。真的，他們怎麼可能明白呢？之前根本沒有這種先例嘛。

「噓——」克里斯蒂安說著握住莉莎的手，「我們到皇庭之前，妳什麼都做不了。妳現在受傷了，而且還這麼累，這些全都寫在妳臉上。」

莉莎知道克里斯蒂安說的對。她受了傷，還很疲倦，剛才的魔法幾乎要將她整個人撕裂成兩半。可同時，她對迪米特里所做的事，令兩個人之間也有了一種感應，不是心電感應，而是一種心理上的依賴。她真的很像是一個母親，非常想要關心、保護自己的孩子。

「我一定要見到他。」莉莎說。

她一定要見到他？那我呢？

「會的，」克里斯蒂安雖然這麼說，可我很懷疑他真的這麼想，「不過，現在再睡一會兒吧。」

「我睡不著。」莉莎這麼說，卻打了好幾個哈欠。

克里斯蒂安寵溺地笑著，伸手摟住莉莎，盡可能將她摟得緊緊的。「試一下。」他哄著她。

莉莎將頭靠在克里斯蒂安的胸膛，他的親暱本身也是一種治癒能力。雖然她仍然擔心迪米特里，不過也要先調養好身體。最後，她終於在克里斯蒂安的臂彎裡沉沉睡去，迷迷糊糊地聽他在耳邊說道：「生日快樂。」

二十分鐘以後，我們一隊人回到了皇庭。我以爲我可以馬上衝下車，可是車上的守護者們卻一直拖延時間，好像是在等待信號或命令，而沒人想要告訴我情況。最後，事實證明他們等的是漢斯。

我衝下車，想要跑向……好吧，我不知道要去哪裡，反正是迪米特里在的地方。

「不行。」漢斯用力按住我的肩膀，「再等等。」

「我必須去見他！」我喊道，想要掙脫漢斯。想到今晚他應付的血族比我還要多很多，你可能會以爲他已經累得沒有力氣了，可他就像一堵磚牆。「你必須告訴我，他在什麼地方。」

出乎我意料地，漢斯居然眞的回答了：「他被關起來了，關在一個妳找不到的地方，可能所有人都找不到。我知道他曾經是妳的老師，可是現在最好還是和他保持距離。」

我的大腦因爲整個晚上的激戰，和情緒過度的波動，有些不靈活，想了好一會兒才明白過來，同時想起克里斯蒂安的話。「他現在已經沒有危險性了。他已經不再是血族了。」

「妳怎麼能肯定？」

這個問題，剛才也有人問過莉莎。我們要怎麼回答呢？我們知道，是因爲付出了慘痛的代價，也尋到了如何救回血族的步驟，而且我們完成這件事的時候，還發生了原子能爆炸一樣的情況。難道這對別人來說不能算是有力的證據嗎？迪米特里的外表難道還不足以說明一切嗎？

但是，我的回答卻和莉莎一模一樣。「我就是知道。」

漢斯搖搖頭，現在我看得出來他究竟有多麼疲憊了。「沒有人知道貝里科夫身上發生了什麼事。我們在場的所有人……好吧，我不確定自己看到的是什麼。我唯一知道的就是，他前一刻還是血族的頭領，可是現在卻能在太陽下行走。這不合理，沒人知道他現在是什麼。」

「他是拜耳。」

漢斯沒有理會我，繼續說道：「我們要先確認。在此期間，貝里科夫必須要被關起來，接受我們的檢查。」

檢查？我不喜歡這個詞，聽起來好像迪米特里是實驗用的小白鼠。我不由得怒火攻心，幾乎要對漢斯吼叫出聲。我冷靜了一會兒，終於壓下了心中的怒火。

「那我要去見莉莎。」

「她被送去醫院治療了，她傷得很嚴重。而且，妳哪裡都不能去。」他又補充道，好像知道我要說什麼，「有一半的守護者都在醫院接受治療，那裡很亂，妳就不要去添亂了。」

「那我該死的到底要做什麼？」

「去好好睡一覺。」他淡淡地看了我一眼，「雖然我覺得妳的態度還是有問題，不過看了妳剛才的表現……好吧，我必須說，妳確實很懂得怎麼戰鬥，我們需要妳做一些比文職更重要的工作。現在，先照顧好妳自己。」

然後談話就結束了。他話中的敷衍意味很明顯，其他守護者則從我身邊匆匆跑過，好像我不存在一樣。不管怎樣，我之前的擔心已經不再是問題，經歷了這一場，應該不會再派我去整理檔案。可是我要做什麼呢？漢斯瘋了嗎？我怎麼睡得著呢？我必須找點事做。我必須去見迪米特里，可我不知道他們把他關在了哪裡。也許是上次關維克多的地方，但那個地方我肯定進不去。我還要去見莉莎，可是她不知道在醫院的什麼地方，我也沒辦法混進去。我需要找一個比較有影響力的人。

艾德里安！

如果我去找艾德里安，他可能會幫上忙，畢竟，他在這裡是有權有勢的皇室。該死，就算他這麼吊兒郎當，女王還是很寵他。雖然很難接受，可我此刻也清醒了許多，知道現在立刻就去見迪米特里是根本不可能的。可如果去醫院呢？艾德里安也許能帶我去見莉莎，就算那裡擁擠而混亂。心電感應仍然不太穩定，直接去找她，應該可以幫我盡快問出迪米特里的下落。再說，我真的很想親眼看看她是否安然無恙。

不過，當我趕到艾德里安在皇庭的住所時，門房告訴我他剛才已經走了，諷刺的是，他去的地方正是醫院。我呻吟了一聲，他當然要去。他有治癒能力，他們肯定會把他從床上拉起來，不管他能力強弱，總之可以幫上忙。

「妳當時在場嗎？」我轉身要走的時候，門房突然叫住我問道。

「什麼？」一開始，我以爲他說的是醫院。

「當然是和血族的戰鬥！救援行動。所有事我都聽說了。」

「眞的？你都聽到什麼了？」

門房張大眼睛，眉飛色舞地說道：「他們說，去的守護者幾乎都死光了，不過你們俘虜了一個血族，還將他帶了回來。」

「不，不是的……受傷的人比較多，沒有死那麼多人。至於另一件事……」有那麼一刻，我幾乎無法呼吸。到底發生了什麼事？迪米特里到底怎麼了？「那個血族其實已經變回了拜耳。」

門房瞪著我，「妳腦袋壞了嗎？」

「我說的是事實！是瓦西莉莎・德拉格米爾用她的精神能力做到的，當時那股力量遍佈四周。」

我覺得他的下巴可能要掉下來了。我沒有理會他，開始往回走，卻不知道還能去找誰。我回到自己的房間，雖然很沮喪，可仍然不想去睡覺。至少，這是我現在的眞實心情。我在房間裡踱步了一會兒，便在床上坐下來，想要制定出一個計畫。不過還沒想到，我就不知不覺睡著了。

當我驚醒過來的時候，有些不明白身上爲什麼會這麼痛，完全忘了昨天晚上剛有過一場激戰。我瞥了一眼時鐘，驚訝於自己居然睡了這麼長時間。按照吸血鬼的作息時間，現在應該是上午了。我在五分鐘之內沖了個澡，換上沒破、沒有血漬的乾淨衣服，就跑了出去。

外面人來人往，都在忙著各自的日常事務，而我經過的每群人，都在討論昨天倉庫的那場戰鬥，還有關於發生在迪米特里身上的事。

「你知道她有治癒的能力，」其中一個莫里男人對他老婆說，「爲什麼不能治好血族？爲什麼不能起死回生？」

「這不可能。」他老婆分析道，「我從來都不信什麼精神能力。這是個藉口，用來掩飾那個德拉格米爾家的女生其實什麼都不會。」

他們的對話我沒有聽完，不過其他人的論調基本上也是如此。人們要不就是相信整件事情是一個騙局，要不就百分之百相信莉莎是聖人。不過除此以外，我還聽見一些很奇怪的說法，比如說守護者俘虜了一票血族回來做實驗。不過在所有的流言中，我沒聽到有人提起迪米特里的名字，或者眞的知道他身上發生了什麼事。

我腦子裡只有一個想法，就是前往守護者總部底下的皇庭監獄，雖然我不是很清楚到了那裡以後要做什麼。我也不是很確定迪米特里是不是被關在那裡，不過那是可能性最高的一個地方了。我從一個守護者身邊跑過去，過了幾秒，我才想到這個人我好像認識。我猛地收住腳，往回跑。

「米哈伊爾！」他回頭看見是我，便走了過來。「怎麼樣了？」看到一張友善的臉孔，讓我鬆了一口氣。「他們把迪米特里放出來了嗎？」

他搖了搖頭。「沒有，他們還在研究到底發生了什麼事，所有人都是一頭霧水，不過公主殿下看過他，發誓說他已經不再是血族了。」

米哈伊爾的聲音裡透出一種驚喜，還有渴望。他也希望這是眞的，這樣也許他的摯愛也有得救的機會。我替他感到心痛，希望他和索婭也能有個大團圓的結局，就像——

「等一下，你剛才說什麼？」他的話令我的浪漫幻想煙消雲散。「你剛才說莉莎見過他？你是說在戰鬥結束之後？」我立刻開啓了心電感應，此刻它已經漸漸地恢復了，可莉莎在睡覺，我什麼都沒有探聽到。

「是他要求見她的。」米哈伊爾解釋道，「所以守護者才帶她去，當然，是在被保護的狀態下。」

我張大眼睛，下巴快要掉到地上。迪米特里可以見客了，他們真的同意他見別人了。這對我來說，無異於黑暗中的一點亮光。我迫不及待地轉過身。「謝謝你，米哈伊爾。」

「等一下，蘿絲——」

可我沒有停下來，完全不在意形象地全速跑向守護者關押人犯的大樓。我太激動了，這個剛剛聽說的好消息眞是令我激動萬分。我可以見迪米特里了，我終於可以見到他，見到原來的那個他。

「妳不能見他。」

當接待處的值班守護攔住我這麼說的時候，我差點摔倒。

「什、什麼？我必須要見他。」

「他不能見客人。」

「可是莉莎……呃，就是瓦西莉莎・德拉格米爾公主就見過他。」

「那是他自己要求的。」

我難以置信地張大眼睛。「他肯定也有要求要見我。」

守護者聳聳肩。「如果他眞的提了這個要求，也沒有人通知我。」

我壓抑了一整晚的怒火，終於在此刻爆發了。「那就去找知道這件事的人來！迪米特里肯定想要見我，你必須讓我進去。你上司是誰？」

這個守護者皺著眉看著我。「還沒到換班時間，我哪兒都不會去。如果妳可以破例，肯定會收到通知。在此之前，沒有獲得特許的人是不能進去的。」

有了塔拉索夫監獄那一次經歷之後，我很有信心可以輕鬆地打倒這個傢伙。不過，我也相信，就算我眞的衝進去，肯定還會遇見更多的守護者。有那麼一刻，我覺得將這些傢伙全部收拾掉也不是不可能。要知道，這可是關乎迪米特里，為了他，我什麼都可以做。

這時，一陣輕微的震動透過心電感應傳來，令我清醒了許多。莉莎剛剛醒了。

「好吧，」我揚著下巴，高傲地看著他。「謝謝你的『幫助』。」我不需要這個笨蛋，我還有莉莎。

她住的地方和這裡剛好位於皇庭廣場的兩端，我於是小跑著過去。當我終於抵達她的住處，莉莎剛好打開門，看來她的梳洗速度可以和我今早相媲美了。事實上，我覺得她好像也想要出門。我仔細看著她的臉和手，看見上面的燒傷差不多都不見了，這才放下心來。曾經被嚴重燒傷的地方，此刻只剩手指上還殘留著幾顆小紅點，這一定是艾德里安的傑作，世界上沒有一個醫生可以做到這個地步。她穿著一件淡藍色的小可愛，一頭金髮披在身後，看上去不像一個昨天晚上剛剛歷經了一場劫難的人。

「妳還好嗎？」莉莎問。雖然發生了這麼多事，可她仍然在擔心我。

「嗯，還好。」至少生理上是這樣，「妳呢？」

她也點點頭。「我也還好。」

「妳看起來氣色不錯。」我說，「昨晚……我是說，我真的嚇壞了。那些火……」我真的說不下去。

「是啊。」她說著別開頭，似乎有些緊張和不自在。「艾德里安的治癒本領蠻不錯的。」

「妳現在是要去醫院嗎？」心電感應傳來激動和不安，如果她是因為要急著去醫院幫忙，也說得通。不過……之後緊隨而來的想法令我知道了真相。「妳要去見迪米特里！」

「蘿絲——」

「不，」我迫切地說，「這真是太好了，我和妳一起去。我剛從那邊過來，他們不讓我進去。」

「蘿絲——」莉莎現在看上去顯得非常不自然了。「他們給了我一堆狗屁回答，說他要求見妳，卻沒有要求見我，所以不能讓我進去。可是如果和妳一起去，他們肯定就會同意了。」

「蘿絲，」莉莎很嚴厲，終於打斷了我的喋喋不休。「妳不能去。」

「我——什麼？」我重複了一遍她的話，以爲自己聽錯了。「我當然可以去。我要見他，妳知道我必須要見他。他也想要見我。」

莉莎緩慢地搖了搖頭，看上去仍然很緊張，表情卻多了一絲憐憫。「守護者說的沒錯，迪米特里確實沒有要求見妳，只有我。」

我所有的激動、所有的熱情，一瞬間全都凍結了。我只聽見自己的心跳，不明白這是爲什麼。「嗯……」我想起他昨晚緊緊依附在她身上的樣子，還有臉上那極度渴望的表情，雖然不願意承認，可是這似乎解釋了爲什麼迪米特里第一個要求見的人是她。「他當然想要見妳，昨晚發生的一切可以說是史無前例，而且是妳救了他。等他適應了，就會想見我的。」

「蘿絲，妳眞的不能去。」這次，莉莎的悲傷透過心電感應傳了過來，傳入我的心底。「並不是迪米特里沒有要求見妳，而是他特別要求不要見妳。」

18

有時候和別人有心電感應並不見得是件好事，尤其是當你知道這個人在說謊的時候……或者，像今天這樣，知道這個人並沒有說謊。可是，我還是本能且迅速地做出反應。

「這不是眞的。」

「是嗎？」莉莎意有所指地看了我一眼，她也知道我能夠辨別出她話裡的眞假。

「可是……這不可能……」我很少有不知道該說什麼的情況，特別是和莉莎在一起的時候。我們兩個在一起的時候，通常是我滔滔不絕地向她解釋，事情爲什麼會變成這樣。但是不知從什麼時候開始，在我沒有意識到的情況下，莉莎已經不再是一朵溫室的小花了。

「對不起。」莉莎雖然道歉了，但是她的決心並沒有改變，心電感應告訴我，她有多麼痛恨說這些讓我傷心的話。「他跟我說……一定不能讓妳進去，他不願意看見妳。」

我懇求地看著她，幾乎是在撒嬌。「可爲什麼呢？他爲什麼這麼說？他肯定是希望見到我的。他一定是糊塗了……」

「我不知道，蘿絲。他就是這麼對我說的，眞的很對不起。」

她伸手想要擁抱我，可我躲開了。我還是沒有想明白。

「不管怎樣，我要跟妳一起去。我可以在樓上等妳，然後妳告訴迪米特里說我來了，他就不會再拒絕了。」

「我覺得很困難，」莉莎說，「他不願見妳的心意似乎很堅決，堅決得近乎瘋狂。我想，他要是知道妳去了，肯定會生氣。」

「生氣？他會生氣？莉茲，我們說的人可是我啊！他愛我，他需要我。」

莉莎有些害怕，我這才意識到自己正在對她吼叫。

「我只是按他要求的去做，事情都還沒有弄明白……拜託，別讓我爲難，就……先等等看，看看到底是怎麼回事。反正如果妳眞的想知道的話，可以用老辦法……」

莉莎沒有說完，我已經知道她指的是什麼了。她邀請我透過心電感應，一起去看她和迪米特里的會面，這是她最大的讓步了。不過，就算我要偷偷這麼做，她也阻止不了。她其實一直都不喜歡這種被「監視」的感覺，顯然這是她所能想到的方法中，最能讓我感覺比較好過的了。

先拋開這一點不說，所有的一切都太瘋狂了。我居然不能去見迪米特里……迪米特里聲稱不想見我！這見鬼的是怎麼回事？我本能地選擇忽視她剛才說的那一長串，想要跟她一起去，然後要求和她一起進去。但是，心電感應卻懇求我不要這麼做，她不想惹麻煩。儘管她也不明白迪米特里爲什麼這麼要求，不過她覺得最好還是遵守承諾，直到情況出現轉機。

「拜託。」莉莎說道。這可憐兮兮的一句話，終於粉碎了我的任性。

「好吧。」我這麼說的時候，心在淌血，好像被人打敗了的感覺。就當作是一種戰略性的讓步吧。

「謝謝妳。」這次她抱住了我。「我發誓，我會盡可能瞭解情況，弄清楚是怎麼回事，好嗎？」

我點點頭，垂頭喪氣地和她走了出去。我們兩個要分手的時候，我非常不情願，可不得不看著莉莎往守護者的總部走去，而我則往自己的房間走去。她一離開我的視線，我便立刻溜進了她的意識裡，透過她的眼睛，看著她穿過修剪齊整的草地。此時的心電感應仍然有一點模糊，但是漸漸地越來越清楚。

她的感覺很矛盾，一方面，她爲我感到難過，對拒絕了我的要求感到非常內疚；可是另一方面，她又很想趕快見到迪米特里。她也有一定要見他的理由，但肯定和我的理由不是同一個。她還有一種責任感，覺得要對他負責，一種保護慾在她心中油然而生。

莉莎來到總部的大辦公室時，剛才攔住我的那個守護者向她點點頭，算是打招呼，然後便立刻拿起了電話。過了幾分鐘，三名守護者走進來，請莉莎跟著他們往裡面走去。他們每個人臉上都不是一般的嚴肅，哪怕是對一個守護者來說，也嫌太過了。

「您不必親自來的。」其中一個守護者說，「僅僅因爲他不斷地要求……」

「沒關係，」莉莎拿出皇室的風範冷冷地說，「我不介意。」

「今天還是和上次一樣，有許多守護者在周圍，安全問題您不用擔心。」

莉莎瞪了他們一眼。「我從一開始就沒有擔心過這個問題。」

他們走到樓下，我痛苦地想起了上次去那裡，是迪米特里帶我去見維克多的時候。那時的迪米特里和我心靈相通，全然地瞭解我。那次的見面結束後，他很生氣維克多居然威脅我。那時的迪米特里深愛我，願意做任何事，只要能夠保護我。

一張需要刷門卡的防護門打開之後，露出裡頭那一條長長的走道，走道兩邊全都是牢房。這裡雖然沒有塔拉索夫那麼悲涼絕望的氣氛，但是這種鋼筋混凝土的工業氛圍，也不會令人有溫暖的感覺。

莉莎幾乎快走不過去，因爲裡面擠滿了守護者，而所有的人都只爲了看守住一個人。血族要破壞這裡的牢房鐵欄杆不是不可能，但迪米特里已經不再是血族了。爲什麼他們就看不明白呢？他們都瞎了嗎？

莉莎和她的守護者穿過擁擠的人群，來到關押迪米特里的牢房前。這裡和其他的地方一樣，都是感覺冷冰冰的，除了必要的傢俱，什麼都沒有。迪米特里坐在一張窄小的床上，他依靠在牆角，雙手抱膝，始終背對著牢房的鐵門。這和我想像的完全不一樣。爲什麼他不去拍打鐵欄杆？爲什麼他不要求他們放了他，跟他們說他已經不再是血族了？爲什麼他要這麼安靜？

「迪米特里。」

莉莎的聲音溫柔有禮，話中的溫暖和牢房的冰冷形成了鮮明的對比。這分明是天使的聲音。很顯然，迪米特里也這麼認爲。他慢慢地轉過頭，表情慢慢地產生了變化，從陰鬱變成了不可思議。

他不是唯一一個感到不可思議的人。我的意識也許和莉莎在一起，但我眞實的身體幾乎要停止了心跳。昨晚那一瞥，已經很令人震驚了，可是現在……當他這麼看著莉莎——看著我——我們可以清清楚楚看見他的外表，眞是令人嘆爲觀止，這太不可思議了，這是天賜的禮物，是一個奇蹟。

說眞的，怎麼會有人認爲他還是血族呢？我怎麼能夠相信，這個迪米特里和當初在西伯利亞的迪米特里是同一個人呢？他昨晚被帶回來後，已經洗過澡，此刻穿著一件簡單的黑色T恤和一條牛仔褲。他的棕色頭髮綁在腦後，束成一個短短的馬尾，而下巴上的一片陰影，顯示出他該剃鬍子了。不過，也許沒人敢給他鋒利的東西。奇妙的是，這樣的他看上去比較性感，比較眞實，比較像一個拜耳，而且是活的。他的眼睛將這一切奇妙地結合起來。他原來那像死人一樣的蒼白皮膚——現在已經不是了——總令人害怕，配上那雙紅眼就更嚇人了。現在這雙眼睛完美極了，和以前一模一樣，溫暖的眼神，棕色的瞳孔，還有長長的睫毛。我眞想看著這雙眼睛，看一輩子。

「瓦西莉莎。」迪米特里吸了一口氣。「妳來了。」

他的聲音令我心頭一緊。天哪，我是多麼想念他的聲音啊！

他剛下床往鐵欄杆前走，莉莎周圍的守護者就圍上來，隨時準備將他按住。

「退下！」莉莎的語氣很像女王，她瞪著周圍的所有人。「給我們留點私人空間。」沒有一個守護者敢立刻退開，她又加重語氣重申了一遍：「我是認眞的！退下！」

我感覺到一絲魔力透過心電感應傳來，雖然力量不大，可是她確實在話裡加了一點催眠力量。她可能沒辦法同時催眠這麼多人，不過這種命令式的口吻，足以迫使那些守護者稍稍退後，爲她和迪米特里留出一些空間。莉莎轉頭看著迪米特里，態度立刻和緩了下來。

「我當然會回來。你怎麼樣？他們有沒有……」她用帶著威脅的眼神，瞥了一旁的守護者一眼。「他們對你好嗎？」

迪米特里聳聳肩。「還不錯，沒有人傷害我。」如果他眞的回復成原來的他，就算有人傷害他，他也絕不會承認。「只是有些問題，許多問題。」他的話裡再一次充滿了疲倦，十分不像是一個從不需要休息的血族。「還有我的眼睛，他們一直想要檢查我的眼睛。」

「你現在有什麼感覺？」莉莎問。「在想什麼？心裡有什麼感覺？」如果不是這裡的氣氛如此嚴肅，我幾乎要笑出來。這一串問題很像是心理諮詢師在問話，我和莉莎都有豐富的經驗。我很討厭被問到這種問題，可是現在，我眞的很想知道迪米特里是怎麼想的。

他剛才還目不轉睛地看著莉莎，現在卻轉開頭，眼神變得迷茫。「這……很難形容。就好像從一場惡夢中醒來一樣，又好像看著別人借用了我的身體——我彷彿置身於電影或遊戲情節之中，主角不是別人，就是我，而且只有我。而如今我身在此處，感覺整個世界都改變了，我覺得好像重新認識了所有的事。」

「都會過去的。你會逐漸適應，然後變回原來的那個你。」這雖然是莉莎的猜測，可她對此信心滿滿。

迪米特里轉頭看著其他的守護者。「他們不會這麼想。」

「總有一天會的。」莉莎無比堅決地說，「他們還需要時間。」兩人沉默了一小會兒，莉莎在說出接下來的話前猶豫了一下。「蘿絲……她想見妳。」

本處於迷茫、陰鬱之中的迪米特里，突然間變得激動。他緊盯著莉莎，而我不禁攥住了拳頭，緊張地等著他開口。「不，誰來都行，就是她不行。我不能見她，別讓她來這裡，拜託。」

莉莎吞了口口水，不知道該怎麼回應。事實上，因爲有我這個觀眾，令她更加爲難。她唯一能做的就是壓低聲音，不讓後面的話被其他人聽見。「可是……她愛你，也很擔心你。你知道我們爲什麼可以做到昨天的事嗎？大部分都是她的功勞。」

「救我的人是妳。」

「我只是做了最後一步，可其他的……嗯，都是蘿絲做到的，她做了很多。」比如說，策畫劫獄，放走了囚犯。

迪米特里背過身去，剛才的激動情緒似乎稍稍平靜了點。他走到牢房的最裡面，靠在牆上，閉上眼睛好一會兒，然後深吸一口氣，又張開了眼睛。

「誰都可以，就是不能是她。」迪米特里重申，「尤其是在我對她做了那麼多事之後，就更不行。我做了許多……可怕的事情。」他攤開手心看了一陣子，好像能看到那雙手上沾著鮮血。「而我對她做的，是所有可怕的事情裡最可怕的，尤其對象是她。她來救我，想要將我從那種處境裡救出來，可我……」他搖了搖頭，「我對她做了很可怕的事，對其他人也是。我沒有臉見她，我所犯下的都是不可饒恕的罪行。」

「不是這樣的。」莉莎急促地說，「那不是你，不是眞正的你。她會原諒你的。」

「不，我不能被原諒，尤其在我造了那麼多孽之後。我配不上她，連站在她身邊都不配。我唯一能做的事……」他又走到莉莎面前，令我們吃驚的是，他居然跪了下來。「我唯一能做的，也是我唯一能夠贖罪的方式，就是報答妳的救命之恩。」

「迪米特里，」莉莎開始不安起來，「我告訴過你了——」

「我感受到那股力量了。在那一刻，我感受到妳將我的靈魂帶了回來，是妳治好了我。這份恩情我無以爲報，但是我發誓在我有生之年，一定會盡力報答。」他抬頭看著她，那種熱切的表情又回到他臉上。

「我不需要你報答，這不算什麼。」

「不，一定要。」迪米特里堅持，「我欠妳一條命，還有靈魂，這是我可能可以替自己贖罪的唯一方法，雖然這遠遠不夠……但我會盡己所能。」他緊握住手掌，「我發誓，不管妳有什麼需要，任何事——就算是要我的性命——我都會去做。我將用下半生的時間爲妳效勞、保護妳，並聽從妳的吩咐。我將永遠效忠於妳。」

莉莎再次張口，想說她不需要，可是這時她突然靈光一閃。「那你會見蘿絲嗎？」

他的臉又垮了下來。「除了這件事。」

「迪米特里——」

「求妳。我什麼事都可以答應，除了見她……這種傷痛我承受不起。」

這也許是唯一能夠令莉莎放棄繼續這個話題的理由，再加上迪米特里那絕望、憂傷的表情。莉莎之前從來沒有見過他這樣，我也沒有。他在我眼裡一直都是無敵的，然而這種脆弱的表現，並沒有讓我覺得他變成了一個懦夫，只是令他變得更加捉摸不透，令我更加愛他，想要幫助他。

莉莎只好微微點點頭，算是回答。這時一名守護者走過來，說她必須離開了。莉莎被守護者簇擁著帶走之後，迪米特里仍然跪著，他看著莉莎的背影，臉上的表情似乎在訴說，莉莎是他活在這個世界上的唯一希望。

我的心絞痛起來，既難過又嫉妒，還有一點憤怒。他用這種眼神看的人應該是我。他怎麼敢？他怎麼敢這樣看著莉莎，好像她是世界上最偉大的人？爲了救他，莉莎確實做了很多，可跑遍大半個地球去找他的人是我，我才是那個不斷拿性命冒險救他的人。最重要的一點是，我才是那個愛他的人。他怎麼能這麼對我？

莉莎走出守護者總部的時候，我和莉莎都感到有些困惑不安。我們兩個全都對迪米特里現在的狀態深感憂慮。不管我多麼氣他不願意見我，還是很怕看見他這樣意志消沉。他以前從來都不會這樣。在學院的那次襲擊事件之後，他也很悲傷，爲死了那麼多人而難過，但他此刻的絕望情緒和那時完全不一樣，這是一種他無法逃離的、深深的絕望和內疚。我和莉莎都爲他這個樣子而震驚。迪米特里一直都是行動派的人，一個隨時準備在悲劇發生後第一個站起來，接著投身下一場戰鬥的人。

可是現在呢？他這種情況我們以前從來沒有遇到過，而我和莉莎則有著不同的應對措施。她那溫和、富有同情心的方法，是不斷地和他聊天，同時也冷靜地勸說皇庭的高層相信，迪米特里現在已經沒有威脅；而我的解決方法就是直接去找迪米特里，不管他的要求。我已經劫過一次獄，而且成功逃了出來，那麼闖進這種小牢房，根本就是輕而易舉。我十分肯定，只要他見到我，那麼所有贖罪之類的想法便會全部煙消雲散。他怎麼這麼肯定我不會原諒他？我愛他，我能夠理解。至於勸服皇庭的人相信他不再有危險性……好吧，我現在還沒有想出具體的方法，不過我有預感，一定會有許多怒吼和砸門聲。

莉莎非常清楚我看到了她和迪米特里的會面過程，所以覺得沒有必要再來見我，尤其是在深知醫院的人需要她的情況下。她聽說艾德里安因爲使用魔法替別人治療，幾乎累慘了。這眞的很不像他的性格，這麼大公無私……他確實表現得很出色，但也為之付出了慘痛的代價。

艾德里安。

問題來了。我從倉庫那一役回來之後，還沒有見過他，除了聽說他前去治療別人的光輝事蹟，我真的完全沒有想到過他。我曾經說過，就算迪米特里真的獲救了，也不代表我和艾德里安的戀情就走到了盡頭。可是，迪米特里回來還不到二十四小時，我已然把一門心思都放在——

「莉莎？」

儘管我已經把意識抽了回來，可仍然有一部分的我，下意識地留在了莉莎那裡。此刻克里斯蒂安站在醫院外面，靠在牆上。從他的姿勢來看，顯然已經到了一會兒，似乎在等待著什麼，或是說，是在等待什麼人。

莉莎停下腳步，不知怎麼地，所有對於迪米特里的擔心此刻全都消失不見了。哦，拜託，我是希望這小倆口能夠和好如初，可是現在沒時間讓他們談情說愛。迪米特里的命運比和克里斯蒂安鬥嘴重要多了。

克里斯蒂安看上去並沒有等待的焦躁不安，他的表情除了好奇還有關心。「妳覺得怎麼樣？」克里斯蒂安問。他們兩個回來以後也沒有機會講話，莉莎當時被無數人包圍，已經暈頭轉向了。

「還不錯。」她不自覺地摸了摸自己的臉。「艾德里安治好了我。」

「我就說他還是有點用的。」好吧，也許克里斯蒂安今天還是有些焦躁。不過，只有一點點。

「艾德里安可不只會這些。」莉莎雖然這麼說，卻也忍不住笑了。「他一整個晚上都在廣場上奔走。」

「妳呢？我太瞭解妳了，妳肯定一痊癒就跑去幫他的忙了。」

莉莎搖了搖頭。「沒有，他治好我以後，我去見了迪米特里。」

克里斯蒂安臉上的愉悅不見了。「妳和他講過話了？」

「已經兩次了。是的，我和他聊了聊。」

「然後呢？」

「什麼然後？」

「他像什麼？」

「他像迪米特里。」莉莎突然眉頭緊皺，又想了想。「呃……也不完全像迪米特里。」

「怎麼？他身上還殘留著血族的性格嗎？」克里斯蒂安立刻站直，一雙藍眸閃動著光芒。「如果他仍然很危險，妳根本沒必要接近——」

「沒有！」莉莎喊道，「他完全沒有威脅性了。而且……」莉莎往前走了幾步，回頭瞪著他，「就算他還很危險，也不用你來告訴我什麼該做，什麼不該做！」

克里斯蒂安誇張地嘆了口氣。「本來，我以爲蘿絲是唯一一個，會不顧性命安危、將自己陷於險境的大傻瓜。」

莉莎立刻火大了起來，可能是她過度使用了精神能力的緣故。「嘿，你並沒有幫忙刺中迪米特里！你只是訓練我這麼做。」

「這是兩回事。我們當時的處境已經很糟了，如果眞的有危險……我肯定會將他燒成灰。」克里斯蒂安從頭到腳將莉莎打量一遍，那眼神不只是帶著客觀的評估，還有其他成分。「但是用不著我出手，妳做得很棒，妳刺中了他。我不知道妳是怎麼做到的，不過妳成功了……還有那道火牆……妳一點都沒有退縮，但一定很痛……」他的話中帶著領悟，似乎到現在才眞正地肯定了莉莎所做的事。

聽了他的關心和讚美，莉莎的臉刷地一下紅了，她只能用老辦法，將頭偏向一邊，讓幾縷頭髮從馬尾辮中垂落下來，擋住自己的臉。其實完全沒必要，克里斯蒂安現在正低頭看著地面。

「我必須這麼做。」莉莎最後說，「我必須要試一試，看看會不會成功。」

克里斯蒂安抬起頭。「成功了……對吧？他身上眞的一絲血族的痕跡都沒有了嗎？」

「沒有了，我十分確定。可惜沒有人相信。」

「這也不能怪他們。我是說，我當時在場，還爲此出了一份力，也很希望這是眞的……可是連我都不太敢相信，眞的有人可以變成血族之後再變回來。」

他又轉開頭，看著不遠處一棵丁香樹。莉莎能夠聞到丁香花的味道，可是這種疏離感，以及克里斯蒂安臉上的表情，都告訴她他現在心裡想的事不尋常。我意識到，他們兩個此刻想的都不是迪米特里。克里斯蒂安在想他自己的父母。如果歐澤拉夫婦變成血族的時候，就有精神能力者在場該多好？如果那時就知道有方法可以將他們變回來，該有多好？

莉莎沒有像我想到這麼多，她回答道：「我自己其實也不敢相信。可是，當那一刻發生的時候……我就相信了。我現在很肯定，迪米特里身上已經沒有血族的成分。我必須要幫助他，必須讓其他人也知道這一點，不能讓他們將他囚禁一輩子，甚至處死他。」將迪米特里從倉庫帶出來，而不讓其他守護者將銀樁刺進他的心臟，對莉莎來說並不是一件容易的事，她顫抖地回憶著他剛剛變身回來的那幾秒，所有人都喊著要殺了他。

克里斯蒂安轉過頭，擔心地看著她。「那麼，妳說他像原來的迪米特里，卻又不像，是怎麼回事？」

莉莎的聲音有些顫抖。「他……很難過。」

「難過？他獲救了不是應該高興才是嗎？」

「不……你不懂。他覺得當他身爲血族時做的那些事很過分，他很內疚，甚至絕望，他在懲罰自己，因為他覺得那些事是不可原諒的。」

「真該死。」克里斯蒂安顯然沒有料到。此時，有幾個莫里女生經過，聽見他罵髒話，都露出厭惡的表情。她們匆匆走掉，一邊走一邊小聲議論著。克里斯蒂安沒有理會她們。「可是他也沒有辦法——」

「我知道，我知道。我已經跟他說過同樣的話了。」

「蘿絲能幫忙嗎？」

莉莎訥訥地說道：「不能……」

克里斯蒂安等待著，希望她能說得詳細些，見莉莎久久沒有說下去，他有些不耐煩起來。「妳說不能是什麼意思？她不是最有資格幫忙的人嗎!?」

「我現在不想說。」我和迪米特里的情況令她心煩意亂。其實我們兩個都是。莉莎轉頭向醫院裡面走去。從外觀看，它比較像是帝王的古堡，不過裡面和普通醫院一樣，具有現代化的無菌設施。

「哪樣？」克里斯蒂安問道，同時追上前幾步。

「聽著，我現在要進去了。還有，別那樣看著我。」

「那種不照你說的辦，就不滿生氣的樣子。」

「我沒有！」

「你現在就有！」莉莎轉身背對著他，直直向醫院的大門走去。「如果你想聽完整版的故事，我們可以稍後再談，我現在沒時間……而且老實講，我也真的不願意說。」

克里斯蒂安臉上那種不高興的表情——莉莎說的對，確實如此——此刻稍微緩和了一點。他有些緊張地說：「好吧，那就晚點再說。呃，莉莎……」

「什麼？」

「我很高興妳沒有事。妳昨天晚上的表現……眞的是太棒了。」

莉莎瞪著他看了幾秒，看著一陣微風吹亂了克里斯蒂安的黑髮時，她的心跳加快了。「沒有你的幫忙，我也不會成功。」她最後說道。

就這樣，莉莎轉身走了進去，我則將意識完全抽了回來。

和之前一樣，我又成了沒人要的棄嬰。莉莎肯定要忙一整天，可是站在守護者的大辦公室裡大吼大叫，眞的沒辦法幫我見到迪米特里。好吧，我猜也許我可以表現得差一點，讓他們氣得決定也將我扔進牢房裡，那樣我就能和迪米特里做鄰居了。但我及時地打消了這個念頭，因爲害怕他們最後只會拿更多檔案讓我處理。

我該怎麼做？什麼都做不了。我要去見他，可是卻毫無辦法，我討厭這種無能爲力的感覺。莉莎和迪米特里的會面根本無法滿足我，不管怎樣，我最想要的是用自己的眼睛看著他，而不是用莉莎的。哦，那悲傷絕望的表情，我眞的無法忍受。我想要抱住他，告訴他一切都會過去；我想要告訴他，我已經原諒了他，一切都可以像以前一樣。我們可以在一起，就像當初計畫的一樣……

想到這裡，眼淚忍不住掉了下來。我懷著挫敗的心情，悶悶不樂地回到自己的房間，一頭倒在床上。我終於一個人了，從昨晚憋到現在，我終於可以痛快地大哭一場了。我並不是很清楚自己究竟爲了什麼而哭，是爲了昨天失去的同伴？爲了我破碎的心？爲了迪米特里的憂傷？還是爲這殘酷的環境毀了我們的人生？確實，有太多原因了。

我一整天都待在房間裡，任由自己難過、傷心。我一遍又一遍地回想著莉莎見到迪米特里時的情形，回想他說的話、他的樣子。我忘記了時間，直到外頭響起敲門聲，才將我從令人窒息的情緒裡拉出來。

我匆匆用手臂抹乾眼淚，打開門，看見艾德里安站在外面。「嘿。」我說道，心裡有些驚訝他會來這裡，當然還有一點內疚，畢竟我為了另一個男人哭了一整天。我還沒有準備好面對艾德里安，可是眼前的情況由不得我。「你……你要進來嗎？」

「真希望我可以，小拜耳。」他好像很趕時間，完全不像是來認眞長談的。「但我只是來送這張邀請卡給妳。」

「邀請卡？」我問道。我的腦子裡仍然還是迪米特里，迪米特里，迪米特里，迪米特里。

「對，一張派對的邀請卡。」

19

「你瘋了嗎？」我問道。

他用表情回答了我的問題。

我嘆了一口氣，嘗試和他繼續溝通：「派對？這太過分了，就算是你也不例外。人們才剛喪生！那些守護者，還有普里西拉。」我沒有提到，有一個人死而復生了。也許，這些話還是不說爲妙。「現在不是和人飲酒作樂的時候。」

我本以爲艾德里安會說，什麼時候都是飲酒作樂的好時候，可他還是一臉嚴肅。「事實上，就是因爲有人喪生了，才會有這場派對。這不是那種玩樂性質的派對。也許用派對這個詞不太恰當，它是……」他皺著眉頭，想著該用什麼字眼。「一個特殊的儀式，與會的全是貴族。」

「所有的皇室派對裡，也全都是貴族。」我指出。

「對，可並不是每個皇室成員都有資格參加……只有貴族中的貴族才行。」

這樣沒辦法說服我。「艾德里安——」

「不，妳聽我說。」他伸手胡亂抓著頭髮，這個熟悉的動作表示他此刻很焦慮。「與其說它是派對，不如說是個祭典。那是一個非常、非常古老的傳統，緣自……我其實也不清楚，可能是羅馬尼亞吧。人們稱其爲『守靈』，這是對死者表達尊重的一種方式，只在幾個最古老的家族中流傳，並祕密舉行。」

我頓時想起了聖弗拉米爾學院裡的那個祕密社團。「這不是那種怪力亂神的聚會，對吧？」

「不是，我發誓。拜託，蘿絲，我也不是很清楚，不過我媽媽非要我去，我很希望妳能陪著我。」

「貴族」和「血統」這兩個名詞令我心生警惕。「也有別的拜耳會去嗎？」

「沒有。」他又飛快地接著說道：「不過我已經安排好了，他們會讓妳進去的。我們兩個一起去會比較好。」

「莉莎呢？」我問道。如果要論及尊貴血統，那她肯定在名單中。

「是的。我剛去醫院找過她，她的反應和妳差不多。」

這消息讓我露出微笑，也激起了我的興趣。我想和她好好談談，關於她和迪米特里剛才的會面，可她一定會躲著我。如果去參加這種愚蠢的皇室儀式，就能找到她，這樣也不錯。

「還有誰會去？」

「那些人妳會喜歡的。」

「好吧，看你說得這麼神祕，我就和你去見識一下這個祭祀活動。」

艾德里安聽了終於露出笑容。「也不算是祭祀，小拜耳。其實就是爲了悼念一下昨晚死去的人。」他伸手摩挲著我的臉頰。「我很高興……天哪，我眞的很高興妳安然無恙地回來了。妳都不知道……」他聲音有些哽咽，笑容也有些勉強，但是隨即便恢復了正常，「妳不知道我有多擔心。妳離開之後的每一分每一秒，我一直在想妳會遇上什麼事……那眞的很痛苦。就算後來聽說妳沒事了，我還是不停地追問醫院裡的每個人，問他們有沒有看見妳、妳有沒有受傷……」

我覺得喉嚨好像被人堵住了。我回來以後雖然沒辦法見到艾德里安，可我至少應該跟他報個平安。我緊握著他的手，試圖說個笑話來緩和這種尷尬，可是說出的話一點都不好笑。「他們怎麼說？說我超級厲害嗎？」

「是的，就是這樣。他們一直不停地誇獎妳在戰役中有多神勇，塔蒂安娜姑姑也聽了不少有關妳的事，雖然她早就已經知道了。」

哇哦，這可眞是出人意料。我本想追問下去，不過他接下來說的話，便將我的話堵了回去。

「我還聽說，妳對眾人吼叫著說要去找貝里科夫。而今天早上，妳還被攔在守護者總部的門外。」

我別開頭。「哦，對。我……聽著，我很抱歉，可我必須——」

「嘿，嘿，」他的聲音嚴肅又急切，「不用道歉，我明白。」

我抬頭看著他。「你明白？」

「是的，我早就想到了，如果他能被救回來，妳一定會這麼做的。」

我想解釋又不敢解釋，只得盯著他認眞的臉細看。「我知道，我記得你之前還說過……」

他點點頭，又笑了。「當然，我是眞的沒想到能夠成功。莉莎解釋了她是如何使用魔法……不過，天哪，這種事我想我是辦不到的。」

「你相信嗎？」我問道，「你相信他已經不再是血族了？」

「是的。莉莎說他不是，我相信她的話，而且我遠遠地看見他站在太陽底下。但是，我不是很贊成妳去見他。」

「你這是在嫉妒。」想到我的心裡一直念著迪米特里，我眞的沒有權利指責他。

「我當然嫉妒。」艾德里安若無其事地說，「妳希望我怎麼樣呢？妳的前男友又活過來了——反正和活過來差不多——我眞的不希望看到這種事情，卻不會責怪妳搖擺不定。」

「我對你說過——」

「我知道，我知道。」艾德里安好像不是特別生氣，事實上，他的話裡帶著驚人的耐性。「我知道妳說過，就算他活過來，也不會影響我們的關係。但，說是一回事，當事情眞的發生了，能不能做到又是另外一回事了。」

「你想說什麼？」我有些糊塗了。

「我想要妳，蘿絲。」他緊緊地握著我的手。「我一直都想要妳，想要和妳在一起。我也很想和其他男生一樣，說想要照顧妳，不過……嗯，從實際情況來看，恐怕是要妳來照顧我才對。」

我忍不住笑了出來。「有時候，和別人比起來，我反而覺得你是最危險的。你知道的，你聞起來就像是一根大香菸。」

「嘿，我可從來沒有說過自己有多完美。而且，妳說的也不對，妳才是我生命裡最危險的人。」

「艾德里安——」

「等等。」他用另一隻手摀住我的唇。「聽我說就好。如果我眞的相信，妳的前男友死而復生，不會影響到我們之間的關係，我就是個大傻子。所以，我願意讓妳去見他嗎？不，答案當然是不願意，這是本能的反應。但，還有其他原因，妳知道的。我確實相信他已經變回拜耳了，完完全全，但是……」

「但是什麼？」艾德里安欲言又止的樣子，令我更心急了。

「他不再是血族，並不意味著他就能擺脫血族的心理。」艾德里安發現我張口想反駁他，說道：「先別說話。我不是說他還是個魔鬼，或是還會做出可怕的事之類的，但是他所經歷的變化……太巨大了，就像傳說一樣。我們眞的不清楚整個改變的過程，而他重新活過來對他又會產生什麼樣的影響呢？他身上那些暴戾的部分，眞的能夠一下就消失得乾乾淨淨嗎？蘿絲，這些才是我擔心的。我很瞭解妳，知道妳肯定管不住自己，想要去見他、和他說話。可是，這眞的安全嗎？沒有人知道。我們完全不清楚，也不知道他是不是還很危險。」

克里斯蒂安也對莉莎說過同樣的話。我專注地看著艾德里安，聽起來他像是在找藉口，不讓我去見迪米特里。可是，我在那雙綠眸深處看見了真誠，他是真的這麼想的，他對迪米特里可能會做的事感到不安。艾德里安還很誠實地坦承了他的嫉妒，這點令我非常欣賞。他沒有命令我不要去見迪米特里，或是試圖指責我的行爲，這點我也非常欣賞。我伸出手，和艾德里安十指緊扣。

「他已經不再有危險性了。他……很難過，對他之前的所作所爲，內疚幾乎快將他折磨致死。」

「我能想像，如果換了我發現自己在過去幾個月，殘忍地殺了那麼多人，很可能也不會原諒自己。」艾德里安摟著我，在我額頭上輕輕一吻。「看在死了這麼多人的份上——沒錯，也包括他自己——我眞的希望他是像妳說的那樣。答應我，千萬要小心一點，好嗎？」

「我答應你。」我吻了吻他的臉頰。「我會盡可能小心的。」

他笑著放開了我。「這是我最希望的事。現在，我要回去陪我父母一下，四點的時候我來接妳，好嗎？」

「好，參加這種祕密派對，我要穿什麼？」

「漂亮的洋裝就好。」

這時，我突然想起一件事。「如果這場派對對身分要求這麼嚴格，你是怎麼讓我這種層級低下的拜耳混進去的？」

「用這個。」艾德里安伸手拿過放在門邊的袋子，將它遞給我。

我好奇地打開袋子，驚呼了一聲。這是一個做工精細的黃金面具，基本上能遮住半張臉，上面有著綠色的葉子和寶石鑲嵌出的花朵。

「面具？」我喊道，「我們要戴著面具參加這種儀式？這是怎樣，過萬聖節嗎？」

他眨眨眼。「四點見。」

直到抵達「守靈」會場前，我們都沒有將面具給戴上。爲了確保守靈儀式的隱密性，艾德里安說我們在前去的路上，最好不要引起別人的注意。所以，我們衣著正式地穿過皇庭的廣場——我穿的衣服就是去見他父母時的那一件——並沒有像平時我們兩個在一起時那樣，引來那麼多注意。而且，現在時候已經不早了，皇庭裡人的大部分都準備睡覺了。

見到我們的目的地後，我有點驚訝。這裡是那些在皇庭裡工作的非皇室莫里住的地方，離米婭的家非常近。好吧，我想任憑誰都不會想到，皇室的祕密派對會在這種平民的住宅裡舉行。可是，我們並沒有走進任何一戶裡頭，一走進這棟建築物的大廳，艾德里安便要求我戴上面具。隨後，他帶著我向一間很像警衛室的房間走去。

可這並不是警衛室。推開門以後，裡面是一段通往無盡黑暗的樓梯。我看不到樓梯的盡頭，這令我提高了警覺，本能地想瞭解這個地方的所有細節。不過，艾德里安走下樓梯的時候，很是泰然自若，所以我也放鬆下來，相信他不會帶我去什麼有危險的地方。我雖不願承認，但是對這神祕的守靈儀式的好奇，令我暫時忘記了迪米特里。

最後，我和艾德里安走到另一扇門前，門口有兩名保全，全都是莫里。他們也像我和艾德里安一樣戴著面具，站姿挺拔而標準。他們什麼都沒說，只是有所期待地看著我們。艾德里安說了幾句話，聽起來像羅馬尼亞語，其中一名保全聽了，打開門，示意我們進去。

「一串暗語？」我們進去的時候，我悄聲問道。

「其實是兩串。一個是我的，一個是妳的。每個來賓都有獨一無二的暗語。」

我們走進一條狹窄的隧道，兩邊的牆上點著火把，我們經過時，跳動的火苗和陰影來回交替。隧道的那一頭，隱隱傳來低低的談話聲，聽起來沒什麼特別的，就是那種你在任何一個派對上都能聽到的談話聲。按照艾德里安的描述，我甚至覺得也許還能聽見擊鼓的聲音。

我搖了搖頭。「我知道了，他們在建造皇庭的時候，也保留了中世紀的地牢設計。真奇怪，牆上居然沒有鐵鏈。」

「害怕了？」艾德里安揶揄我道，順便拉起了我的手。

「怕這個？很難。我是說，在蘿絲・海瑟薇的害怕級別表上，這根本就——」

我的話還沒有說完，便已經出了隧道，走進一個有著拱形天花板的寬敞房間。我很驚訝，暗暗在心裡估算我們此刻距離地面有多深。鐵製的枝形燭台吊燈掛在天花板上，燭火閃閃發光，呈現出和剛才那些火把一樣的鬼魅效果。這裡的牆是石砌的，每塊石塊都是藝術品，灰色的石塊上點綴著淡紅色斑點，打磨得光滑圓潤。設計者雖然想要保持中世紀地牢的韻味，但同時也融入了一些現代的設計，這是典型的皇室作風。

房間裡面約莫有五十幾個人，有些人圍成了一個小團體。和我及艾德里安一樣，他們也都穿著正式服裝，戴著遮住一半臉的面具。每個人的面具都不一樣，有的和我一樣是植物的主題，有的是動物，有的則只有一些線條和幾何圖形，走極簡風格。雖然這面具只能遮住人的半張臉，可是由於昏暗的光線讓人們的視線變得模糊，所以很難看清楚別人的樣子。我小心翼翼地看著他們，希望能找出一星半點的線索，好認出他們誰是誰。

艾德里安帶著我走進去，躲進一個角落，我這才發現房間中央有一個用石塊疊起的地爐，但是裡面並沒有點燃篝火，但所有人都離它遠遠的。有那麼一刻，我恍然覺得此情此景似曾相識，好像又回到了西伯利亞。我在那裡也見過類似的紀念儀式，雖然沒有人戴面具，也沒有暗語，不過參加儀式的所有人都坐在外面的篝火旁，圍成一圈。當時，我們悼念的人是迪米特里，所有愛他的人都坐在一起，講著有關他的往事。

我想要走近看清楚一些，但是艾德里安立刻拉住我，往人群裡走。「不要引起別人注意。」他警告我。

「看看而已嘛。」

「對，可是如果有人走近了，就會發現妳是這裡最矮的一個，很容易就能認出妳是拜耳。在這裡的，可全都是血統高貴的貴族，還記得嗎？」

我想皺起眉頭，但是面具很礙事。「可我記得有人說，他已經為我安排好了，不是嗎？」我趁他還沒有回答前，搶著繼續說道：「而『安排好了』的意思，就是偷偷摸摸帶我進來？要真的是這樣，那些傢伙的保全措施做得還真爛。」

艾德里安笑道：「嘿，我可是替妳拿到了暗語，這就很了不起了。我從我媽媽那裡偷……呃，是借了客人的名單來看。」

「你媽媽是組織者之一？」

「對，她隸屬的塔魯斯家族，從很早以前就負責這種事務了。如果不算學院襲擊事件那次，這是最隆重的一次了。」

我將這些資訊一古腦地塞進腦子裡，不知道該做何反應。我痛恨人們太過注重形式和外表，可是也很難譴責他們，畢竟這是為了悼念那些逝去的人，特別是其中有大部分都是拜耳。血族對聖弗拉米爾學院的襲擊，是我永生難忘的痛。不過，我還來不及深思，一種熟悉的感覺便竄過我的身體。

「莉莎到了。」我四處尋找著。我能夠感應到她就在附近，可是沒辦法在被面具和陰影籠罩的茫茫人海中，一眼就找到她。「啊，在那裡。」

她站得離人群遠遠的，穿著一襲玫瑰色的連身裙，戴著鑲著金邊的白色天鵝面具。透過心電感應，我發現她也在找自己認識的人。我立刻想要衝出去找她，可是艾德里安又將我拉了回來，告訴我要在這裡等，他過去叫她。

「這到底是怎麼回事？」莉莎走過來以後問道。

「我以爲妳知道呢！」我對她說，「祕密的皇室傳統之類的。」

「保密工作做得太好了，連我都不知道。」莉莎說，「我的邀請卡是女王給我的。她說，這是身爲繼承人工作的一部分，而且我不能告訴任何人。然後，艾德里安來找我，說我必須過來看看妳。」

「塔蒂安娜直接邀請妳？」我喊道。或許我不應該這麼驚訝，莉莎又不必像我這樣偷偷摸摸。我知道肯定會有人邀請她，但我以爲應該是像艾德里安這種人。我不安地四下看了看。「塔蒂安娜在這裡嗎？」

「當然在。」艾德里安回答得很隨意，讓人火大。和往常一樣，他對於他姑姑的出現，總覺得沒什麼大不了，不像我們這麼緊張。「哦，嘿。克里斯蒂安在那邊，戴著火焰面具的那個。」

我不知道艾德里安是怎麼認出克里斯蒂安的，尤其是在這裡的人全都戴著面具的情況下。克里斯蒂安的身高和他的一頭黑髮，令他很容易和周圍的幾個莫里打成一片，他甚至和旁邊的一名女生在聊天，眞不像他平時的樣子。

「他應該不會受到邀請的。」我說。就算歐澤拉家有人可以出席這種聚會，那個人也不可能是克里斯蒂安。

「沒錯。」艾德里安說著，招了招手，示意克里斯蒂安過來加入我們。「但是我把偷來的暗語也給了他一個。」

我震驚地看著艾德里安。「你到底偷了多少個出來？」

「足夠——」

「大家注意了。」

房間裡響起一個低沉的男聲，打斷了艾德里安的話，也令克里斯蒂安停住了腳步。克里斯蒂安不情願地回到原來的位置，站到房間的那一邊。看起來，我不會有機會問莉莎關於迪米特里的事了。

在沒有人指揮的情況下，這裡的所有人都自動地圍著地爐站成一個圈圈。房間不夠大到讓所有人一起圍成一個大圈，所以我便站在其他莫里的身後，看著他們。莉莎站在我旁邊，可是她的注意力卻放在了對面的克里斯蒂安身上，她有些失望他不能和我們站在一起。

「今晚，我們要紀念那些偉大的戰士，他們爲了保護我們不受惡魔的侵犯而犧牲。長久以來，那些魔鬼是我們最可怕的夢魘。」說話的還是剛才那個要我們注意的男人，他戴的黑色面具上有著銀色的漩渦圖樣。這個人我不認識，按照常理來推斷，他應該也是來自很古老的高貴家族，而且恰巧又有一副迷人的好嗓音，適合主持這個任務。

艾德里安證實了我的推測。「他叫安東尼．巴蒂卡，擔任各種活動的司儀。」

此刻，比起司儀來，安東尼比較像是一個宗教領袖。不過我沒有馬上回答，以免引起別人注意。

「今晚，讓我們一起悼念他們。」安東尼繼續說。

周圍所有人都齊聲重複著他的話，把我嚇了一跳。我和莉莎彼此看了一眼，都很震驚。顯然，還有很多劇情是我們不知道的。

「他們的離開太突然了。」安東尼繼續說。

「今晚，讓我們一起悼念他們。」

好吧，這種劇本也許不太難演。安東尼繼續說了一些這場悲劇有多麼慘烈、悲壯的話，他每說一句，我們就重複一遍同樣的回答。整個守靈儀式雖然感覺很怪異，但是莉莎的悲傷情緒透過心電感應感染了我。普里西拉對她一直很好，而且對我也很禮貌；格蘭德也許只擔任了莉莎的守護者很短一段時間，可是他保護了她，而且還教她如何打鬥。事實上，如果不是格蘭德對莉莎的訓練，迪米特里可能到現在還是血族。所以，漸漸地，我也覺得傷心難過起來，就算我覺得應該還有比較好的弔唁方式，不過還是願意藉此機會感激逝去的人。

悼詞繼續唸了一會兒，安東尼用手勢示意某人上前，一個戴著閃亮祖母綠面具的女人，舉著火把走了出來。一旁的艾德里安動了動身子。「這是我親愛的母親大人。」他小聲說。

果然是。經過他的指點之後，我也能夠看出戴妮拉的輪廓了。她舉著火把，點燃了篝火，就像國慶日的慶典時那樣。有人肯定在這些木柴上澆了汽油，或者是俄羅斯的伏特加，也許兩樣都澆了。怪不得那些客人都要避得遠遠的。戴妮拉又退回到人群中，另一個女人走上來，手裡拿著一個托盤，上面放滿了金色的高腳杯。她沿著人群行走，將杯子分到每個人的手裡，當她手裡的杯子分完之後，另一個舉著托盤的女人走出來接替她。

當所有人都拿到了酒杯之後，安東尼解釋道：「現在，讓我們乾了這杯酒，向所有的逝者致意，祈禱他們的靈魂早日升天，安息。」

我不安地動了動身子。人們在說祈求這些枉死的冤魂和死者獲得平靜的時候，其實並不知道這其中的含義。影吻者擁有見到鬼魂的能力，不過我經過長時間的練習，已經學會了控制自己，可以不再看見他們。他們其實一直都在我身邊，我必須要很努力地才能將它們摒除在意念之外。我很想知道，如果我現在卸下這道防禦，會看見什麼景況。那些昨晚被迪米特里殺掉的鬼魂，也會在我們身邊出現嗎？

艾德里安的酒杯裡一斟滿酒，他立刻低頭聞了聞，隨即便皺起眉頭。有那麼一刻，我也害怕起來，直到我聞了自己的杯子，才放下心來。「是酒，謝天謝地。」我小聲對他說，「看你的樣子，我還以為這是血呢。」我想起他有多麼討厭那些不新鮮的血液。

「不是血。」他也小聲回道，「是些不入流的劣酒。」

所有人的杯裡都斟滿酒之後，安東尼雙手捧起酒杯，將酒杯高舉過頭。火光在他身後跳動，令他看起來像是來自冥界的邪惡使者。「敬普里西拉．沃達。」他說。

「敬普里西拉．沃達。」所有人一起說道。

他將杯子放下來，小啜了一口。所有人也依樣畫葫蘆，除了艾德里安。他一口氣喝掉了半杯，也不管這是不是劣酒。

安東尼又將杯子舉到頭頂。「敬詹姆士．維克特。」

我重複他的話時，突然想起詹姆士．維克特是普里西拉的一名守護者。這群瘋狂的皇室莫里確實是在眞心地悼念拜耳。我們就這樣一個一個敬下去，但是我喝的很少，希望今晚能夠保持一個清醒的頭腦。不過，我相信這份名單還沒唸完，艾德里安就沒酒可喝了。

安東尼唸完所有死者的名字之後，他又舉起了杯子，走到跳動的篝火旁。此刻，這個房間已經熱得令人很不舒服，我的後背已經全都被汗浸濕了。

「敬所有被惡魔殺害的遇難者，我們祈求你們的靈魂得以安息，可以早日投胎。」他說完，將剩下的酒潑進了篝火裡。

莫里宗教這種對幽靈去向的看法，顯然和一般的基督教教義不一樣。我很好奇這個儀式究竟有多麼古老，也再次希望撤掉自己的屏障，看看這個儀式究竟能不能將那些魂魄召回來，可是我又不敢。同時，我也不得不拋棄這個想法，因爲此時所有圍成圈的人都開始走過去，將他們杯裡的酒潑進篝火裡。人們按照順時針的方向，一個一個走過去，整個過程沒有一絲聲音，只有篝火燃燒著木柴發出的嗶啵聲，每個人都帶著一臉敬意。

輪到我的時候，我努力不讓自己的手哆嗦。我沒有忘記艾德里安是偷偷把我帶進來的，低階一些的莫里都不被允許參加這個儀式，更遑論是拜耳呢？他們會怎麼做？宣判我非法闖入？痛打我一頓？還是將我丟進火裡？

結果證明，我的擔心完全沒有必要。我走過去將酒倒掉的時候，沒有人說什麼，也沒有發生什麼不尋常的事。過了一會兒，艾德里安走上來，我則退到莉莎的身後。等所有人都做完這個動作之後，我們按照指示，爲逝者默哀。我親眼見證了莉莎被綁架的過程，又參加了救援行動，所以有許多人需要悼念。再多的默哀都不能還他們一個公道。

另一個無聲的指示似乎在房間裡迅速傳了開來，人們散去，緊張感也消失了。人們再次三三兩兩地聚在一塊，輕聲細語，和其他的派對沒什麼兩樣，不過我確實看見有的人臉上還掛著眼淚。

「一定有很多人喜歡普里西拉。」我得出結論。

艾德里安轉身，向一張桌子走去。在儀式進行的過程中，此處已經擺放好了食物，這張靠著牆的桌子上擺滿了水果、起司和大量的酒。他非常自然地替自己倒了杯酒。

「又不是所有人都是爲她而哭。」他說道。

「可我很難相信這些人會爲拜耳而哭。」我指出，「搞不好這裡根本沒有人認識他們。」

「不是這樣的。」艾德里安說。

莉莎很快明白了他的意思。「去參加救援行動的大部分守護者，都是分派給莫里個人的，他們並不全是在皇庭工作的人。」

我知道她說的對。我們前往倉庫的時候，確實有很多人跟著一起去了。有很多莫里都失去了曾經與自己非常親密的守護者，拋開對這些莫里的偏見，我知道其實有很多人都和他們的守護者成為了好朋友。

「這眞是一個奇怪的聚會。」突然有一個人說道。我們轉身，看見克里斯蒂安終於走了過來。「眞不知道我們是在參加一個葬禮，還是在召喚惡魔，感覺好像兩者都有。」

「別再說了。」我說道，這話把我自己也嚇到了，「這些人昨晚是爲你而死的。不管這個派對如何，仍然表示了對他們的尊重。」

克里斯蒂安清醒了些。「妳說的對。」

在我身邊，我感覺到莉莎看見他的時候心裡一熱。他們共同度過的劫難，拉近了他們之間的距離，我想起他們在車上那溫馨的一幕。莉莎熱情地看著他，而克里斯蒂安也回了她一個緊張的微笑。也許在發生了這麼多事之後，還是有些好事發生的。也許，他們兩個能夠冰釋前嫌……

也許不能。

艾德里安突然咧嘴而笑。「嘿，眞高興妳終於來了。」

有那麼一刻，我以爲他是在和克里斯蒂安說話。我回過頭，發現一名戴著孔雀面具的女生也加入到我們當中，這裡這麼多人都戴著面具，我根本沒有發現她是什麼時候走過來的。我看了她一眼，只看見藍色的眼睛和金色的捲髮。我眨了眨眼，認出她來。是米婭。

「妳怎麼會來這裡？」我問道。

她微微一笑。「艾德里安給了我暗語。」

「估計這裡有一半人的暗語，都是艾德里安給的。」

他自己倒是很得意。「看見了嗎？」他笑著對我說，「我說了妳會不虛此行。人全都到了，幾乎全都到了。」

「這是我見過最奇怪的事了。」米婭看著周圍說，「我不明白，為什麼這些人要祕密地悼念這些犧牲的英雄。為什麼不能等到最後集體葬禮的時候，光明正大地舉行呢？」

艾德里安聳聳肩。「我說過了，這是一個非常古老的儀式。應該是起源於中世紀，那些人認為這是很重要的一個儀式。就我所知，原本的儀式要冗長許多，現在這個已經是精簡過的了。」

我突然想到，自從我們發現克里斯蒂安是和米婭一起來的後，莉莎一個字都還沒有說過。我打開心電感應，感覺到一股強烈的妒意和怨恨。我還是堅持認為，最不可能和克里斯蒂安在一起的人就是米婭。（好吧，其實我也根本無法想像他會和別人在一起。他心裡一直都只有莉莎。）莉莎卻看不出這件事，她能看到的，就是克里斯蒂安不停地和不同的女孩在一起。我們的談話還在繼續，莉莎的心情變得愈發低落，而克里斯蒂安之前那種友好的表情也消失了。

「那麼說，傳言是真的嘍？」米婭問，完全不知道發生在她周圍的這戲劇性的一幕。「迪米特里真的……變回來了？」

我和莉莎對視了一眼。「是的。」我很肯定地說，「他現在是拜耳，可是沒有人相信，因為他們全都是大傻子。」

「這太突然了，小拜耳。」雖然這個話題也讓艾德里安不太自在，但他的語氣依然很溫和。「妳不能希望所有人都立刻接受。」

「可他們確實很傻。」莉莎火大地說，「只要見過他的人，都能看出來他已經不再是血族了。

我一直努力想說服他們把迪米特里放出來，這樣所有人都可以親眼看看。」

我希望她能再多努力一下，好讓我去見他，可是現在不適合談論這件事。我看著整個房間，不知道有多少人因爲迪米特里殺死了他們所愛的人，而無法接受他變成拜耳的事實。他當時是不受自己控制的，但是那些因此而死的人，卻也永遠都無法復生。

莉莎看見克里斯蒂安還是覺得很不舒服，變得越來越暴躁。而且，她很想離開這裡，去看看迪米特里。「我們要在這裡待多久？還有沒有別的——」

「妳到底是什麼人？」

我們幾個人同時抬頭看著來人，發現安東尼站在我們身邊。想到我們幾乎都是偷偷混進來的，他很可能是在說任何一個人，不過，從他目光鎖定的方向來判斷，毫無疑問他是有特定目標的。

那個人就是我。

20

「妳不是莫里！」他繼續說道。他沒有大喊，可是周圍所有的人此時都看向我們。「妳是蘿絲．海瑟薇，對不對？妳這種血統低賤的人，怎麼敢亂闖我們這麼神聖的——」

「好了。」一個溫柔的聲音響起，「我來處理這件事。」

雖然她臉上戴著面具，可聲音確實是她的沒錯。塔蒂安娜走到安東尼身邊，臉上戴著裝飾有銀色花朵的面具，穿著一襲長袖的灰色長洋裝。我之前也在人群裡見過她，可是居然沒有認出來，直到她開口講話，從人群裡走出來。

整個房間鴉雀無聲。戴妮拉．伊瓦什科夫匆匆走到塔蒂安娜身後，她認出是我之後，面具後的眼睛張得大大的。「艾德里安——」

但是塔蒂安娜掌控了整個局面。「跟我來。」

毫無疑問這個命令是對我說的，而且我必須服從。塔蒂安娜轉過身，快步向門口走去，我緊跟在後，一起跟過來的還有艾德里安和戴妮拉。

我們一走到點滿了火把的隧道，戴妮拉就對艾德里安說：「你是怎麼想的？你知道我不介意你帶蘿絲出席各種特殊活動，可是今天這——」

「確實不合適。」塔蒂安娜乾脆地說道，「不過，也許應該讓這個拜耳見識一下，她的同伴的犧牲有多麼受人尊敬。」

她的話震驚了在場的所有人。

戴妮拉率先回神過來，「是的，可如果按照傳統來講——」

塔蒂安娜再次打斷了她：「我當然知道傳統。這確實壞了儀式的規矩，但是蘿絲瑪麗肯定不是來鬧事的。沒有了普里西拉……」說到這，塔蒂安娜雖然沒有哽咽，但也沒有了平日的威嚴。

我以為她這樣的人是不會有閨中密友的，但普里西拉就是她最好的朋友。如果我失去了莉莎，會怎麼樣呢？肯定沒有她這麼鎮定自若。

「失去了普里西拉，我肯定會難過上一段非常、非常長的時間。」塔蒂安娜終於說完，她目光銳利地看著我。「我希望妳能眞正理解我們是多麼需要你們，以及認清妳和其他守護者的價值。我知道有時候，你們的族人會覺得低人一等，但事實上並不是這樣。那些人的逝去，也在我們的心裡留下一個深深的洞，而且令我們覺得自己更加無助。我相信妳也已經看出來了。」

我點點頭，仍然震驚於塔蒂安娜沒有大吼著將我趕出去。「這是很大的損失，而且令現在的形勢更加嚴峻，特別是在血族開始大規模集體行動的時候，便顯得我們的人手益發不足。這一點，我們永遠都趕不上了。」

塔蒂安娜點點頭，似乎很高興我們兩個居然也會有達成共識的時候。我們兩個都很意外。「我知道妳肯定會明白。不過……」她轉身看著艾德里安，「你今天這麼做還是不應該。有些規矩是必須要嚴格遵守的。」

艾德里安居然表現得非常受教。「對不起，塔蒂安娜姑姑。我只是覺得蘿絲應該看看這一切。」

「妳會嚴守祕密的，對嗎？」戴妮拉轉身問我，「今天來的客人，有很多都是非常、非常保守的，他們不會希望這件事洩露出去。」

是因為被人看見他們圍著篝火玩面具遊戲嗎？好吧，我明白他們確實需要保密。

「我不會告訴別人的。」我向他們保證。

「很好。」塔蒂安娜說，「現在妳可以離開了……那邊的人是克里斯蒂安・歐澤拉嗎？」她看著屋子裡面的人群問道。

「是的。」我和艾德里安異口同聲。

「他不在受邀之列啊！」戴妮拉喊道。「這也是你幹的好事？」

「其實也不能完全怪我，基因好嘛！」艾德里安說。

塔蒂安娜嘆了口氣說道：「只要他小心一點，別人是不會發現的。不過我相信，他一定會抓住任何可以和瓦西莉莎說話的機會。」

「哦。」我想都沒想地回答：「那不是莉莎。」莉莎其實正背對著克里斯蒂安和別人聊天，不過她不時地往門口這邊看來，很擔心我的情況。

「那是誰？」塔蒂安娜問道。

完了。「那是……呃，米婭・瑞納蒂。她是我們在聖弗拉米爾學院的朋友。」我本來想要說個謊，替她編一個皇室的姓氏，有些家族人數眾多，塔蒂安娜不可能記得住每個人的名字。

「瑞納蒂。」塔蒂安娜皺著眉道：「我記得我有一個僕人姓這個姓。」

我真的沒想到，她居然真的記得為她工作的人的名字。再一次，我對她刮目相看。

「僕人？」戴妮拉威脅地看著她兒子，「這裡還有要介紹給我認識的人嗎？」

「沒了，如果我還有時間，也許還能把愛迪也找來。該死，也許還能找來那個小尤物。」

戴妮拉嚇得花容失色。「你剛才說什麼？小尤物？」

「他在開玩笑。」我立刻替他回答，不希望這裡的情況變得更糟。我很怕艾德里安會回答「那是我替我們的好朋友吉兒・馬斯特諾取的外號」。

不過，不管是塔蒂安娜還是戴妮拉，都不認為他是在開玩笑。

「呃，不過好像沒人注意到他們。」戴妮拉說著，向克里斯蒂安和米婭揚了揚下巴。「但肯定會有流言傳出去，說蘿絲怎麼毀了這場儀式。」

「眞對不起。」我說，很難過替她帶來這麼大的麻煩。

「不過現在也來不及了。」塔蒂安娜有些疲倦地說，「妳現在該走了，這樣別人才會以為妳被狠狠罵了一頓。艾德里安，你和我們一起回去，看好你其他幾個『客人』，別讓他們引起別人注意。還有，以後不要再做這種事了。」

「我保證。」他信誓旦旦地說，好像眞的一樣。

他們三個人轉身離去，剩下我一個人悄悄離開。

不過塔蒂安娜停住腳步，又回頭看了我一眼。「不管是對是錯，不要忘了妳在這裡看見的。我們眞的十分需要守護者。」

我點點頭，因為獲得她的認可，感覺一股驕傲之情油然而生。隨後，她和艾德里安母子一起回到派對上。我看著他們，陷入沉思，討厭這裡的人認為我玷污了他們的儀式。想到在這裡再留下去，只會令我更難受，我決定去碰碰運氣。已經沒有遮掩的必要了，所以我摘掉面具，順著原路走到外面。

沒走多遠，就有個人出現在前頭，但我正全神貫注地想著事情，因此差點被嚇得跳離地十英尺。

「米哈伊爾！」我喊道，「你差點把我嚇個半死。你在這裡做什麼？」

「事實上，我在找你。」他顯得焦慮又緊張，「我剛才去過妳住的地方，可是妳不在。」

「對，我去參加了一個該死的假面舞會。」

他茫然地看著我。

「沒事了。你找我有什麼事？」

「我覺得我們可能有個機會。」

「什麼機會？」

「我聽說，妳今天試圖想見迪米特里。」

啊，對。這個話題也正是我想說的。「是的，不過用『試圖』眞是太樂觀了。他不願意見我，更不用說外面還有一對守護者攔著我。」

米哈伊爾不安地動了動，像隻受驚的動物般四處看了看。「這就是我來找妳的原因。」

「好吧，但我眞的不明白你想說什麼，」我的頭因爲剛才喝的酒有點痛。

米哈伊爾深吸一口氣，又緩緩吐出來。「我想，我可以幫妳溜進去見他。」

我停頓了一下，想確認是他在開玩笑，還是我過度緊張產生了幻聽。可是沒有，米哈伊爾一臉嚴肅，雖然我不是很瞭解他，但也意識到他的話裡沒有開玩笑的成分。

「怎麼做？」我問道，「我試過，可——」

米哈伊爾示意我跟他走。「走吧，我一會兒再和妳解釋，時間有限。」

我不能浪費這個機會，於是急忙跟在他身後。我一趕上他的步伐，立刻問道：「發生什麼事了嗎？他……他想見我了嗎？」我眞的不敢這麼想。米哈伊爾剛剛說要幫我溜進去，基本上已經否決了這個可能。

「他們放鬆了對他的看守。」米哈伊爾解釋道。

「眞的？現在有多少人？」莉莎今天去的時候，差不多有十二個人，包括護送她進去的人在內。如果他們良心發現，意識到看守迪米特里只要一兩個人就夠了，那麼就意味著，不久後所有人都能接受他不再是血族了。

「現在只剩下五個。」

「哦。」不好也不壞。「不過這也代表，他們就快相信他現在沒有威脅了吧？」

米哈伊爾聳聳肩，視線一直看著前方的路。在守靈儀式舉行的過程中，外面下了一場雨，空氣裡濕漉漉的，有點寒意。「有些守護者已經相信了。可最後，還是要由皇室議會正式對外宣佈他是什麼東西。」

我差點絆倒。「宣佈他是什麼東西!?」我喊道，「他已經不是『什麼東西』了！他是人，是和我們一樣的拜耳。」

「我知道，可是這不是由我們來決定的。」

「你說的對，很抱歉。」我咕噥著說。我不是有意朝他發火的。「好吧，我希望他們能盡快進行討論，並得出結論。」

米哈伊爾沉默了。

我狠狠地盯著他。「怎麼了？你還有什麼事瞞著我？」

他聳聳肩。「聽說，現在議會正為了一件必須優先考量的事，舉行一場很重要的投票。」

這種說法也令我火大。這個世界上，究竟有什麼事能夠比迪米特里還重要？冷靜，蘿絲，保持冷靜，要專心，別讓妳的壞脾氣令事情變得更混亂。我一直很努力地壓抑著自己的負面情緒，不過有時還是會不受控制。而現在呢？對，現在還是要繼續壓抑。我決定繞回一開始的話題。

我們走到牢房，我幾乎是兩步併作一步地走。「就算他們減少了守備，還是不會讓我進去的呀！他們肯定知道迪米特里不想見我。」

「我有一個朋友剛剛被調過去。我們時間不多，不過他可以對看守的人說，妳得到了特許。」

米哈伊爾剛要打開門，我攔住了他，拉住他的手臂。「你為什麼要這麼幫我？莫里的議會可能不覺得迪米特里有什麼大不了，但守護者不會像他們那麼想，你可能會有大麻煩。」

他低頭看著我，又露出那種略帶苦澀的微笑。「妳一定要問嗎？」

我想了想，輕聲地說道：「不。」

「當我失去索婭的時候……」米哈伊爾閉上眼睛，立刻又張開，那雙眼好像穿越了時空，望見了過去。「失去她的時候，我幾乎不想活了。她是個好人，眞的。她是被逼到了絕處，才選擇變成血族，因為她根本找不到方法，能把她從精神能力的深淵裡解救出來。我願意付出一切代價，一切，來換取一個幫助她的機會，來彌補我們之間的遺憾。我不知道我們兩個還有沒有這種可能，不過妳現在有這個機會，我不能讓妳錯過它。」

他說完，就帶著我走了進去。當然，裡面的守護者已經不是早上那一批了。就像米哈伊爾說的，他的朋友打了電話過來，說迪米特里有客人要來拜訪。米哈伊爾的朋友很緊張，這也是可以理解的，不過，他還是願意幫忙。我想，朋友之間可以為對方做的事眞是驚人，過去兩週發生的事，就是很好的證明。

就像莉莎來的時候一樣，兩個守護者護送我走到地下。我之所以認得他們，是因為今天早上我透過莉莎的眼睛見過，而他們看見是我也很驚訝。如果他們碰巧聽過，迪米特里曾特別要求不願意見我，那麼我的出現確實會令他們有這種反應。不過他們也猜到，也許是一個有權有勢的人幫我求得了許可，所以並沒有多問。

米哈伊爾跟著我們一起走了下來，我覺得臉紅心跳，呼吸急促。迪米特里，我就要見到迪米特里了。我應該說點什麼好呢？我要怎麼做呢？要說的話太多了。我必須不停地提醒自己，要冷靜，不然可能會什麼都說不出來。

我們來到那條兩邊都是牢房的走道時，我看見迪米特里的牢房前站著兩名守護者，走道另一頭還有一個，而我們所在的入口有兩名。我停下來，不安地想著，如果其他人聽見我們的談話怎麼辦？我不想像莉莎那樣，有旁聽者在一旁，可是這裡很講究維安措施，我可能沒有其他選擇。

「我能單獨和他談談嗎？」我問道。

護送我的一個守護者搖了搖頭。「這是上面的命令。他的監牢門口，必須有兩名守護者全天候二十四小時看守。」

「她也是守護者。」米哈伊爾在一旁幫我說話，「我也是。讓我們兩個負責好了，其他人可以等在門口。」

我感激地瞥了米哈伊爾一眼。有他在旁邊，我就什麼都不擔心了。其他人認爲我們有足夠的能力保護自己，便小心地退到走道的盡頭。雖然不是完全的單獨相處，不過他們應該聽不見了。

我和米哈伊爾走向迪米特里的牢房，看著裡面，我的心立刻狂跳起來。他此刻的姿勢和莉莎早上來的時候幾乎一模一樣，正坐在床上，蜷起腿背對著我們。

所有的話都堵在喉頭，腦子一片空白，我好像完全忘記了自己爲什麼要來這裡。

「迪米特里。」我終於出聲說道。或者說，我試著出聲說道。我有些哽咽，所以發出來的聲音悶悶的。很顯然，這聲音不夠大，因爲迪米特里仍然背對我，沒有動。

「迪米特里，」我又說了一遍，這次聲音比較清晰。「是……我。」

我不用再多說什麼了。他聽見我的第一聲，就知道是誰來了。我有種預感，無論在何種情況下，他都能聽出我的聲音，也許他甚至能認出我的心跳聲和呼吸聲。我這麼想著，屏住呼吸等著他回應。可是，當他終於回答我的時候，答案有點令人失望。

「不。」

「不什麼？」我問道，「你是想說，不是我？」

他挫敗地嘆了口氣，用那種很像——但又不完全像——我在訓練時做了荒唐事時，他會有的聲音說：「這個『不』的意思是，我不想見妳。」他的聲音帶著濃濃的感情，「他們不該讓妳進來的。」

「對。其實，我是溜進來的。」

「我想也是。」

他還是沒有轉過身來看我，眞是令人苦惱。我看了一眼米哈伊爾，他鼓勵地向我點了點頭。我猜，我應該高興，至少迪米特里還肯和我講話。

「我必須來見你。我必須知道你好不好。」

「我相信莉莎已經轉告妳了。」

「我必須自己親眼見到。」

「好吧，妳已經看見了。」

「可我只看見了你的後背。」

這眞是叫人惱怒，然而他對我說的每個字都像是一份禮物，就好像我已經有一千年沒有聽見過他說話一樣。一如既往，我仍然忍不住感到奇怪，自己怎麼會將西伯利亞的那個迪米特里，和眼前這個搞混。他的聲音並沒有變，同樣的音色，同樣的口音，可是他身爲血族的時候，話裡總是透出一種冰冷，而現在的他，聲音是溫暖的、甜蜜的，像天鵝絨一樣柔軟的。瞬間，各種美好的感覺包裹住我，不管他說的內容有多麼傷人。

「我不想妳待在這裡。」迪米特里淡淡地說，「也不想看見妳。」

我想了一會兒，想出了一個對策。迪米特里仍然很絕望，一種無助感包圍著他，莉莎用自己的善良和憐憫之心打動了他，攻破了迪米特里的心防。雖然，這有很大一部分原因，是因爲迪米特里認爲她是自己的救命恩人。我也可以試著做同樣的事，也可以表現出很溫柔、永遠支持他，且充滿愛意的樣子——這些全都是發自肺腑的。我愛他，我非常想要幫助他，可我不知道這麼做會不會有效，畢竟蘿絲．海瑟薇從來都不知道什麼叫溫柔。不過，我必須這麼做，才能激發起他的責任心。

「你不能不理我。」我說，盡量將音量控制在不被其他守護者聽到的範圍內。「你欠我的，是我救了你。」

他沉默了一會兒，小心翼翼地說：「是莉莎救了我。」

怒火再次在我胸中燃起。當我看著莉莎和他講話時，這股怒意就已經存在了。他怎麼能給她這麼高的評價，卻無視我的功勞呢？

「你認爲她是怎麼辦到的？」我問道，「你認爲她是怎麼學會如何救你的？你眞的不知道我們——我——是做了些什麼，才打聽到這些消息的嗎？你認爲我是瘋了才會去西伯利亞？相信我，你根本就沒有見識過什麼叫瘋狂。你瞭解我、知道我的能力，爲了救你，我一直在不斷打破自己的瘋狂紀錄。你、欠、了、我。」

這話很嚴厲，可我需要他做出反應，表露出一些情緒。我成功了，他猛地轉過來，雙眼閃露精光，身體也散發出能量。一如既往，他的動作既有力又優雅，而且，他的聲音也透出很複雜的情緒，混雜了憤怒、沮喪、關心。

「我能做的最好的一件事就是——」

他愣住了，那雙原本眯起的、帶著憤怒的棕色眼眸，突然張得大大的。

裡面是什麼呢？詫異？畏懼？還是那種每次我見到他時，都會有的激動感受？突然之間，我非常確定他此刻的感受和我之前一模一樣。在西伯利亞的時候，他見過我許多次，在倉庫那晚又見過一次，可是現在……他才是用自己的眼睛在看著我。現在，他已經不再是血族，他的整個世界全都改變了，外表和感受也不一樣了，甚至可能連靈魂也不一樣了。

這就好像人們經常說的，一瞬間，他這一輩子的經歷，全都在眼前像電影畫面一樣閃過。因爲在我們彼此對望的時候，我們所歷經的一點一滴，全都在我眼前重播。我記得初次見面時，他是多麼的強壯，多麼的無敵，當時他奉命帶我和莉莎回到莫里的世界裡；我記得他幫我包紮在戰鬥中受傷流血的傷口時，那溫柔的觸碰；我記得他在維克多的女兒娜塔莉襲擊我之後，將我抱在懷裡；而我尤其記憶猶新的，是我們在小木屋的那一晚，後來血族就帶走了他。僅僅一年，我們相識才只有短短的一年，可是卻像認識了一輩子。

我知道他也意識到了這點，因爲他也是這麼看著我的。他的目光強而有力地注視著我，貪婪地看著我身上的每一個細節。我隱約回想起自己今天的樣子：我穿著參加祕密儀式的禮服就趕了過來，此刻我看起來應該很漂亮。我的眼睛因爲哭了一整天，可能還有些紅紅的，後來艾德里安來接我，我只來得及匆匆攏了攏頭髮，就出門了。

不過，我懷疑這些會有什麼影響。迪米特里看著我的眼神……確認了我所懷疑的一切。他在變成血族之前對我的感覺——那種在他變成血族後被扭曲了的感覺——還存在著。它們必須存在。也許莉莎是他的救命恩人，也許皇庭的其他人視她爲女神，可這時我才知道，不管我看起來有多像剛睡醒，也不管他有多想保持面無表情，我才是他的女神。

他吞了口口水，強壓抑住自己的情感，一如他之前所做的一樣。有些事是永遠不會變的。「我能做的最好的事情，」他繼續冷靜地說：「就是避開妳。這是我還債的最佳方式。」

我很難再繼續壓抑自己的情感，理智地和他對話。我也學著他的樣子，冷冷地說：「可你對莉莎的報恩方式，卻是要待在她身邊一輩子！」

「可我沒有……」他別開了頭，沉默了一會兒，再次努力控制住自己，重新看著我，「可我沒有對她做對妳做的那種事。」

「當時那又不是眞正的你！我不在乎。」我的脾氣開始上來了。

「幾個？」他問道，「昨天晚上有幾個守護者因爲我幹的壞事而死？」

「我想……六到七個吧。」巨大的損失。我覺得胸口有些疼痛，又想起了剛才在地牢被唸到名字的那些人。

「六到七個。」迪米特里喃喃地重複道，聲音極度痛苦。「一夜之間就全都死了，這全都是因爲我。」

「你又不是一個人行動！我說過了，當時那個人不是眞正的你，你控制不了自己。這對我來說無所謂——」

「可我有所謂！」他喊道。他的聲音迴蕩在走道裡，守在走道盡頭的其他守護者動了動，可是沒有過來。迪米特里再度開口的時候，已經降低了嗓音，可是聲音仍因爲激動而有一絲顫抖：「這對我來說有分別。事情不是發生在妳身上，妳不會懂得，妳根本不懂我都做了什麼事。成爲血族的那段期間……現在看起來像是一場夢，可是我永遠都記得清清楚楚，我不能得到寬恕。而我對妳做的那些事呢？是我記得最清楚的。包含我做過的每件事，還有每件我想要做的事……」

「你現在不需要做那些事了啊！」我爭辯道，「不如忘了吧。之前……在這些事發生之前，你說過我們可以在一起。我們可以被分派到離彼此很近的地方，然後——」

「蘿莎，」他打斷了我，而這個暱稱刺痛了我的心。我想他應該是脫口而出的，不是眞的想要這麼叫我。他的唇角有一絲微笑，但並沒有笑意。「妳眞的認爲，他們還會再讓我成爲守護者嗎？他們還讓我活著，就已經是個奇蹟了！」

「這不是真的。一旦他們知道你已經變回原來的你……所有事都會回到原來的軌道上。」

他悲哀地搖了搖頭。「妳太樂觀了……妳總是相信沒有做不到的事。哦，蘿絲，這是妳身上最令人驚奇的地方，也是妳身上最令人惱怒的地方。」

「我相信你能夠從血族變回來，」我指出，「相信也許我執著的，根本就不是一件瘋狂的事。」

這番對話太過沉重，太令人心痛，但也令我想起我們以前一起訓練的時候。他想說服我改變一些做法，可是我全都用「蘿絲的邏輯」擋了回去，結果他總是覺得又好氣又好笑。直覺告訴我，雖然現在情況不太一樣，可他還是有同樣的感受。但是，現在不是在訓練，他不會笑，也不會翻白眼。這番談話是很嚴肅的，是有關生與死的。

「我很感激妳做的一切。」他正經地說道，仍然試圖控制自己的情緒。這又是一場屬於我們兩人的較量，我們都想要努力保持冷靜。在這方面，他一直都做得比我好。「我確實欠了妳，而這份情我無力償還。就像我說的，我唯一能夠做的最好的事，就是此生再也不見妳。」

「可如果你成爲莉莎生活的一部分，就沒辦法避開我。」

「人們可以共同生活，卻不必……有所交集。」他決絕地說。

就像迪米特里說的，理智總能戰勝情感。這也是我失敗的地方。正如我說的，他在控制情緒這方面，一直做的比我好。而我呢？肯定做不到。

我衝過去貼著欄杆。這種突然的舉動嚇了米哈伊爾一跳。「可我愛你。」我嘶聲說道，「我知道你也愛我。你眞的認爲你可以做到，後半輩子的時間都待在我身邊，卻無視於我嗎？」

最要命的是，早在學院的時候，迪米特里就有過這種想法，而且堅信自己能夠做到。他曾經準備將對我的感情藏在心底，就這麼度過一生。

「你愛我。」我反覆說，「我知道你愛我。」我的手臂穿過鐵欄杆，雖然離碰到他還有很長一段距離，可是手指仍然絕望地伸展著，想著它們也許會突然變長到足以觸摸到他。這是我唯一需要的。只要碰到他，就可以肯定他還愛著我，只要感受到他溫暖的身體和——

「這不是眞的。」迪米特里靜靜地說，「妳是不是在和艾德里安・伊瓦什科夫約會？」

我的手臂垂了下來。

「你……你從哪裡聽到的？」

「這件事已經傳得沸沸揚揚了。」他說。米哈伊爾也點頭附和。

「可以想見。」我喃喃地說，

「所以妳眞的和他在一起？」迪米特里又問了一遍。

我猶豫著，不知道該怎麼回答。如果我告訴他實話，他肯定會更加堅定自己的看法，要和我分開。可是，我又不可能對他說謊。

「對，不過——」

「很好。」我不知道自己希望他有什麼反應。妒忌？震驚？可是，他卻靠在牆上，看上去……像是鬆了一口氣。「艾德里安是個好人，不像外面傳言的那樣。他會待妳很好的。」

「可是——」

「那才應該是妳的歸宿，蘿絲。」那種無助、厭世的態度又回來了。「妳不懂我經歷了什麼，尤其是從血族變回來之後。所有的一切都改變了。不僅僅是我對妳犯下了不可饒恕的事情，還有我所有的感覺……我對妳的感情……全都變了。我再也沒有從前的感覺，雖然我好像又是拜耳了，可是在經歷了這麼多之後……這些全都在我身上烙下了印記，我的靈魂也被改變。我現在再也不能愛上任何人，我不能，也已經不愛妳了。妳和我之間再沒有任何關係了。」

我的血液瞬間凝固。我拒絕相信他的話，尤其是在他剛才用那種眼神看著我之後。「不！這不是眞的！我愛你，而且你——」

「來人！」迪米特里大喊，聲音之大，可能整棟大廈都被震得晃動了。「把她帶走！把她帶走！」

那些守護者的速度驚人，一瞬間他們已經衝到牢房前了。身爲一名囚犯，迪米特里並沒有資格提出要求，可是守護者也不可能放任這種喧鬧的狀況不管。他們開始驅趕我和米哈伊爾，可我仍然賴著不走。

「不，等一下——」

「別反抗。」米哈伊爾在我耳邊小聲說，「我們已經超出時間了，妳不可能今天就把所有事都說清楚。」

我想反駁，可是話都到了嘴邊，又嚥下去。我任由守護者將我帶出來，可在此之前，我又轉頭戀戀不捨地看了迪米特里最後一眼。他臉上還是守護者那種標準、完美的撲克臉表情，可他那種足以看穿我的眼神，令我相信他心裡一定是波濤洶湧的。

米哈伊爾的朋友還在上面値勤，所以我們成功地溜了出來，而沒有惹來更大的麻煩。我們一走到外面，我就停下來，憤怒地踢著台階。

「該死！」我大喊，幾個從庭院路過，顯然剛從深夜派對歸來的莫里被我嚇了一跳。

「冷靜一點。」米哈伊爾說，「這是他變回來之後妳第一次見他，妳不能期望所有的奇蹟都在一天之內發生。他會想明白的。」

「我不是很確定。」我委屈地說完，抬起頭看著天空，嘆了一口氣。天上幾抹雲絮懶懶地飄著，可我根本沒有在看它們。「你沒有我那麼瞭解他。」

我心底的某個地方清楚地知道，迪米特里剛剛會說出那番話，確實有部分原因是因爲還無法適應變身這件事，可是我知道他也有可能是認眞的。我瞭解迪米特里，清楚他對榮譽的看法，還有對是非黑白的堅定信念。如果他眞的、眞的相信避開我是最佳的選擇，而決定和我分手……那麼他很有可能會堅定不移地去做，不管他有多愛我。我又想起之前在聖弗拉米爾學院的時候，他也是這麼避開我的。

至於其他的，那些他說不再愛我，也沒有能力愛上任何人的話……如果是眞的，那就是所有問題裡最棘手的問題了。艾德里安和克里斯蒂安，都很擔心他身上還會殘留血族的性格，他們害怕他還是很殘暴、嗜血，可是沒人猜到這點——成爲血族的這段經歷，使他的心也變得冷硬，令他失去了愛上別人的能力。

失去了愛我的能力。

我非常確定，如果眞的是這樣，那麼我的一部分生命，也會隨之一起死去。

21

接下來，我和米哈伊爾就不知道該說什麼好了。我不想他爲了幫我而替自己惹來麻煩，所以我默默地跟著他走出守護者的總部。

我們來到外面，此時東方的天空已經呈現出紫色。太陽就要升起，也就是說，這正是吸血鬼的午夜時分。我匆匆透過心電感應去看了看莉莎，守靈儀式已經結束，她正在回房間的路上。她既擔心我，又很氣克里斯蒂安和米婭一起出現這件事。

我決定學莉莎，希望借助睡覺來減少不停想著迪米特里的痛苦，但也許不會成功。不過我還是向米哈伊爾道謝，感謝他冒著這麼大的風險幫我。他只是點點頭，好像這不過是一樁小事。也許，他只是希望，一旦有一天鐵籠後面的人換成了卡普夫人，我也能這麼幫助他。

我躺在床上，沉沉地睡去，可是夢裡的情況依然沒有好到哪邊去。我夢見迪米特里一遍又一遍地對我說，他已經不再愛我了，而我也因此受了一次又一次打擊，覺得自己的心碎了一地。重點是，我好像不只是在夢裡聽見敲東西的聲音，我是眞的聽見了。有人在敲門，我掙扎著從惡夢中醒來。

我迷迷糊糊地打開門，看見艾德里安站在外面。這一幕，和他昨晚來邀請我去參加守靈儀式非常相似，只不過今天他的臉色不太好。我第一個念頭是，他已經知道了我去見迪米特里的事，或是他邀請我們幾個偷偷溜進那個神祕葬禮，導致的後果比我們想像中嚴重。

「艾德里安……你怎麼這麼早……」我回頭看了一眼鐘錶，才發現我睡晚了。

「已經不早了。」他一臉嚴肅地說，「這期間發生了許多事，我必須趕在妳從別人那裡聽來之前，親自告訴妳。」

「發生什麼事了？」

「議會有結論了。他們終於通過了那個爭議已久的重大表決，那個跟妳被傳喚去問話有關的議題。」

「等一下？已經有結論了？」我想起米哈伊爾的話，他說議會一直在爲一件很神祕的事費心忙碌。如果這件事結束了，他們就有空討論別的事了，比如說，以官方的身分宣佈迪米特里又是拜耳了。「這是個好消息。」如果眞的和塔蒂安娜傳喚我去描述自己的能力有關，那麼是不是代表，我眞的有機會成爲莉莎的守護者？女王眞的會同意吧？昨天晚上她對我似乎蠻友好的。

艾德里安看著我的表情，是我從來沒有見過的，那是憐憫。「妳完全在狀況外，對吧？」

「什麼狀況外？」

「蘿絲……」他輕輕地扶著我的肩膀說，「議會剛剛通過表決，要把正式守護者的就職年齡降低到十六歲。拜耳在上完二年級之後就可以畢業，然後接受任務的分派。」

「什麼？」我懷疑自己聽錯了。

「妳知道他們有多麼害怕失去保護，害怕沒有足夠的人手擔任守護者，對吧？」他嘆了一口氣，「所以他們的解決辦法，就是增加守護者的人數。」

「可是十六歲太小了啊！」我喊道，「一個十六歲的小孩，怎麼能夠準備好面對眞正的戰鬥？」

「所以，」艾德里安說，「這就是妳被叫去問話的原因。」

我驚訝極了，一瞬間整個人都呆住了。這就是我被叫去問話的原因……不，這不可能。

艾德里安輕輕地拉了拉我的手臂，想要將我從怔愣中拉回到現實。「別這樣，結果還沒有公佈。他們打算在下次的公開例會中，才會宣佈這個決定，而且有的人……有一點擔憂。」

「沒錯，我也有同感。」他不用再跟我說第二遍，我立刻準備跟他一起前去。

這時，我才發現自己還穿著睡衣。我很快地換好衣服，匆匆抓了抓頭髮，還是不敢相信他剛才說的這件事。我只花了五分鐘就完成出門的準備，然後立刻拉著艾德里安走了出去。艾德里安雖然算不上運動健將，不過仍能跟上我的速度，我們兩個一起迅速向議會大廳走去。

「怎麼會這樣？」我問道，「你不會真的認為……我的話促使了提案通過吧？」我只是在被盤問的狀況下回答了問題，可是他們卻視之為訴狀。

他點了一根菸，但是腳步卻沒有放緩，我也沒打算要他把菸熄掉。「很顯然，這件事已經討論過一段時間了。投票在即，推動這個提案的人知道，他們必須要展示很多證據，才能令提案通過。妳就是他們的王牌，一個還要很久才畢業的十幾歲拜耳，殺死血族已是遊刃有餘。」

「並沒有很久！」我喃喃地說著，火氣又上來了。十六歲？他們真的這麼想？真是太荒唐了。事實上，我對在不知情的情況之下被人利用感到噁心。我真是個傻子，他們一直都沒有提到我的惡行，卻不停地誇讚我、表揚我。他們利用了我，塔蒂安娜利用了我。

我們趕到的時候，議會大廳裡確實如艾德里安所說的那樣，亂成一團。沒錯，我確實不常參加這種會議，但我很確定，這種所有人都站起來對著彼此大喊大叫的情況，是不正常的。議會的司儀肯定也不會常常用吼叫來下達命令，要求所有人安靜。

唯一冷靜的一個人，便是塔蒂安娜。她穩穩地坐在桌子後方正中間的位置，好像整個議會的人都正在有禮地討論事情一樣。她的樣子似乎很高興，而她身邊的同僚，則全都失了風度，和下面的人一樣，站起來彼此大聲指責，說對方有意挑起事端。

我看得張口結舌，不知道該怎麼反應。

「都是哪些人投了票？」我問道。

艾德里安看了看議會的成員，一一爲我指出來，「澤爾斯基家、歐澤拉家、巴蒂卡家、達什科夫家、康塔家和托羅索夫家全都投了反對票。」

「歐澤拉家？」我吃驚地問道。我不是很瞭解歐澤拉家的伊芙特公主，不過她看上去總是那麼古板，臉色很臭。此刻，我對她倒是升起了敬佩之情。

艾德里安又揚揚下巴，指著正怒斥眾人的塔莎，她的眼睛噴火，手臂激動地在空中揮來揮去。「伊芙特是被他們家族的某個人說服的。」

我聽了露出微笑，但也只是一下而已。塔莎和克里斯蒂安又被歐澤拉家的人接受是件好事，可是我們的問題仍未解決。我又想了想艾德里安沒有說到的另外幾個人。

「所以……伊瓦什科夫公主是投了贊成票嘍？」我問道。艾德里安聳了聳肩，算是爲他家族的態度道歉。「贊成的還有樂澤家、澤洛斯家、塔魯斯家和沃達家。」想到沃達家最近剛剛發生的不幸，他們家族投票贊成加強保護力量，並不令人奇怪。普里西拉屍骨未寒，新任的沃達王子亞歷山大，面對這突如其來的重擔，確實會有點手足無措。

我嚴厲地瞪了艾德里安一眼。「現在也才五票對六票而已。哦……」我恍然大悟，「該死，這是他們的決勝局。」

莫里的投票體系是建立在十二個皇室家族之上的，每個家族都擁有一票，不管現任的國王或者女王是誰家的人。沒錯，這就是說，肯定會有一個家族有兩票，因爲在位者肯定不會反對自己家族的想法。大家都知道會有這種情況出現，不過，總投票數之所以共有十三票，是爲了防止有雙方平手的情況出現。

不過……最近的情況有了變化。德拉格米爾家的人在議會裡沒有席位，也就是說，還是有可能會平手。有鑒於這種罕見的情況，莫里的法律規定，在位者的一票具有決定性的作用。據我所知，雖然這條法規常引起爭議，可與此同時，卻也沒有比較好的條例可代替它。平手就意味著無法作出定論，而在位者的這一票，會令許多人相信，這是對整個莫里最有利的選擇。

「塔蒂安娜就是第六個。」我說，「她肯定會投贊成票。」我看著四周，發現反對的人臉上都帶著一絲惱怒。很顯然，不是每個人都相信，塔蒂安娜會根據最符合莫里利益的原則投票。

心電感應告訴我，莉莎此時也趕到了，她的遲到是可以理解的。消息傳播得很快，可具體的細節她還不是很清楚。我和艾德里安向她揮了揮手，她立刻向我們走過來。

「他們為什麼要這麼做？」莉莎問道。

「因為他們害怕，有人會強迫他們學習如何防身。塔莎那票人的聲音太大了。」

莉莎搖了搖頭。「不，肯定不只是因為這個。我是說，為什麼他們要這麼快就投票？發生了這麼多事之後，不是應該在第二天舉行公開的追悼會嗎？是整個皇庭的人都參加的那種，不是神祕兮兮的那種。而且，死掉的人裡還有一個是議員！他們就不能等到葬禮之後？」

我透過心電感應，知道她又想起那天晚上可怕的一幕，當時普里西拉就死在莉莎面前。

「可那樣也許就會有變化。」一個新的聲音響起，克里斯蒂安也走到我們身邊。莉莎特意往旁邊躲了幾步，她仍然很氣米婭的事。「事實上，現在正是好時機，那些想推動這個提案的人，肯定會抓住這次機會。每次一有大規模的血族戰鬥，所有人就會覺得惶恐不安，恐懼令這些人急於抓住他們的救命稻草。如果不能通過議會作出決定，可能就要掀起一場內戰了。」

克里斯蒂安的這番話非常有道理，莉莎也深感折服，可這不代表她就會立刻原諒他。

議會的司儀終於讓自己的聲音蓋過下方的爭吵聲。我想，如果是塔蒂安娜自己叫他們閉嘴，也許大廳裡馬上就會安靜了。可是，她絕不會這麼做，這有損她的威嚴。她仍然冷靜地坐在那裡，好像眼前的一切都很正常。

不過，一段時間後，所有人坐回到自己的位子。我和我的朋友們匆忙抓過最近的椅子坐好。當四周終於又安靜下來之後，灰頭土臉的司儀將發言權交給女王。

她高高在上地微笑看著下面的人群，用最傲慢的聲音說：「我們很謝謝在座的每個人能在今天來到這裡，表達你們的……意見。我知道有些人仍然沒有做出最後的選擇，但這是莫里的法律——一部沿用了幾百年的法律——規定的。我們不久後還會召開一次會議，希望你們能夠有秩序地表達自己不得不說的話。」

直覺告訴我，她這不過是做做樣子而已。人們可以暢所欲言，可她一個字也不會聽。

「這個決定——這個定案——對莫里來說將是有益的。我們的守護者們已經十分出色了。」她說著，向在牆邊站成一排、穿著制服的守護者，非常做作地點了點頭。他們的表情還是像平時那樣無動於衷，可我暗自猜測道，他們也許像我一樣，看這裡一半的人都不順眼，想揍他們一頓。「事實上，就是因爲他們這麼出色，以至於教導出來的學生，小小年紀就能做好保護我們的準備。莫里從此將會變得更加安全，最近發生的這些悲劇也會遠離我們。」

她低頭想了一會兒，似乎是想顯示出自己很難過。

我又想起她昨晚爲普里西拉哽咽的樣子。這些都是在演戲嗎？難道她最好的朋友的死，就是爲了方便她推動她的提案？可是……可是她肯定不會那麼冷血。

女王抬起頭，繼續說道：「我們再一次表示，很高興地聽見你們說出自己的意見，不過按照我們的法律，事情該有結果了。更進一步的討論會議，則要等到我們悼念完那些不幸離開我們的人之後，再行召開。」

她的語氣和身體語言都暗示著，今天的討論到此為止。這時，一個無禮的聲音，突然打破了大廳裡的沉默——是我的聲音。

「那麼，我現在就很想要說說我自己的看法。」

透過心電感應，莉莎對我喊道：坐下，坐下！可我已經站起來，向前方的議員席走去。我停在一個恰當的、能夠顯示出尊重的距離，停在一個他們可以看見我，卻不會令我馬上被守護者帶走的距離。哦，他們肯定看見我了，司儀被我的無禮舉動氣得滿臉通紅。

「妳太過分了，所有的議會條例都不許妳這麼做！趁妳還沒被轟出去，趕緊坐下！」他看了看旁邊的守護者，好像希望他們此刻能夠站出來，接管這個場面。可是沒有一個守護者過來，他們若不是沒有把我視為威脅，就是猜不到我下一步要做什麼。我自己也猜不到。

塔蒂安娜優雅地輕擺擺手，示意司儀退回去。「今天違反條例的事情太多了，我敢說，再多一件也不會有什麼不同。」她和藹地向我笑了一下，很顯然是想向我示好。「再說，海瑟薇守護者是我們最出色的一個守護者，我一直都很想聽聽她會怎麼說。」

她是說真的？一會兒就知道了。我開始面對議會的人，發表言論。

「你們剛剛討論的提案，完全是一個愚蠢的提案，愚蠢至極。」我覺得如果不使用辱罵的字眼，可能會令我的形象變得好一點，可是我想了半天，想不出比愚蠢更合適的詞。誰說我不懂議會的禮貌呢？「你們怎麼能夠坐在這裡，就決定讓那些十六歲的孩子冒著生命危險去戰鬥呢？」

「只差兩年而已。」塔魯斯王子說，「我們又不是讓十歲的孩子去。」

「兩年的差別很大。」我想了想自己十六歲時是什麼樣子。這兩年裡發生了什麼事？我帶著莉莎逃跑了，親眼看見自己的朋友死掉，還環遊了世界、陷入愛河……「這兩年也許是一生中最重要的兩年。如果你們希望我們去前線為你們賣命——因為我們多數人都願意成為守護者——那麼就應該給我們這兩年時間。」

這一次，我回頭看了看觀眾席。他們的反應很複雜，有的人非常同意我說的話，一直不停地點頭；而有的則表現得像世上沒有任何事能夠改變他們的決定；還有的人不敢看我的眼睛……我說到他們的痛處了嗎？他們是還在猶豫嗎？還是他們覺得自己太自私，而感到羞愧呢？看來，這些人是關鍵。

「相信我，我很願意看見你們這些年輕人好好享受青春。」南森．伊瓦什科夫說道。「可是現在，我們沒有別的選擇，血族正在逼近，我們每天都有莫里和守護者死去。徵得更多的守護者，可以阻止事態擴大，說眞的，我們只是不願意這些身具絕學的拜耳多等兩年，浪費自己的才華。這個計畫可以保護我們的種族。」

「它會令我的種族消亡的更快！」我說道。我意識到自己已經快要失控，開始想喊叫了，於是我深吸了一口氣，才繼續說下去：「他們還沒有準備好，那些必須接受的訓練還沒有完成。」

這句話，終於給了塔蒂安娜發揮演技的機會。「可是，妳自己也承認，妳在很年輕的時候，就已經完全準備好了。在妳十八歲以前，就殺了很多血族，比有的守護者一生殺死的血族都多。」

我眯起眼睛盯著她，冷冷地說：「那是因為我有一個好老師，一個現在被你們關起來的人。如果你們說不想讓身懷絕學的人浪費自己的才華，最好先看看你們自己的牢房。」

觀眾席裡掀起一陣輕微的騷動，塔蒂安娜那個「我們是死黨」的表情，稍稍耷拉了下來。「這不在我們今天的討論範圍之內。今天我們要討論的，是要如何加強我們的防護力量。我想妳之前也已經承認了守護者的人數正在減少。」我被自己昨天說的話打敗了。「守護者的隊伍需要補充新血，妳和妳的同伴們，都發誓說會保護我們。」

「我們是例外！」這話雖然很自負，但卻是事實。「不是所有的實習生都能達到這個水準的。」

塔蒂安娜眼中閃過一絲危險的光芒，但她的聲音又柔和下來，像絲一般柔軟。「好吧，那麼，也許我們需要更多的好老師，也許我們可以將妳送到聖弗拉米爾學院或是其他的學院，讓妳可以好好教導學弟學妹們。我本來打算將妳分派到皇庭的守護者總部處理檔案，可如果妳願意協助我們，讓這個新的法令順利推動，我們也許可以改變決定讓妳去當老師。這樣，也許能夠加快妳回到守護者隊伍中的速度。」

我也學著她露出一個威脅性的笑容。「別這樣，」我警告她道，「恐嚇、賄賂或者抹黑我，對我都沒有用。那樣的後果肯定是妳不願意見到的。」

我們兩個也許扯得太遠了，觀眾席裡的人都頗爲震驚，互相看著。有的人露出厭惡的表情，對我應該是沒有什麼好感，我認出了其中幾個，我曾經偷聽到他們議論我和艾德里安之間的關係，還說女王有多麼痛恨我們在一起。我察覺昨天晚上參加守靈儀式的一些皇室也在座，他們都看見塔蒂安娜將我帶出去，此刻肯定會認爲我今天的無禮和暴怒，顯然是爲了報昨天的仇。

被我的話嚇到的不僅僅是莫里，有幾個守護者也往前走了兩步。我不知道他們對我是什麼看法，不過我相信，我連塔蒂安娜都不放在眼裡的態度，令他們不敢上前，所以我暫時應該還可以好好地留在這裡。

「這種話多說無益，」塔蒂安娜說，好像我們又是一國的了，「我們下次的討論是公開舉行的，妳可以繼續發表意見，不過要記得用適當的方式表達。但是現在，不管妳願不願意，這個提案已經通過了，這就是法律。」

*她是故意在激怒妳！*莉莎的聲音在我腦海裡響起。*在妳惹出更大的麻煩之前，趕快退下，之後*

再爭論。

意外的是，我已經處於爆發的邊緣，正想不顧一切將怒火發洩出來，可是莉莎的話阻止了我。不是因爲她說的話，而是因爲莉莎自己。我想起了剛才和艾德里安討論的時候，想到的一件不合理的事。

「這場投票並不公平。」我大聲說，「是不合法的。」

「妳現在又成爲一個律師了是嗎？海瑟薇小姐。」女王語帶譏笑，而且她沒有再稱呼我爲守護者，就是認爲不用再顯示出對我的尊重。「如果妳質疑在位者的一票，在議會中是否有舉足輕重的分量，那麼我們可以肯定地告訴妳，幾百年以來，莫里的法律都是這樣規定的。」她看了看身邊的人，沒有一個提出異議，就算那些投反對票的人都無法反駁她。

「妳說的對，可並非全部的議員都參加了投票。」我說，「妳的議會裡近幾年有一席空位，可是這種情況不會再出現了。」我轉身，指著我的朋友們坐的地方，「瓦西莉莎．德拉格米爾已經年滿十八歲了，她可以代表她的家族出席。」在一片混亂中，所有人都忘了她已經過完了生日，甚至是我。

人們的目光立刻聚集在莉莎身上。

莉莎很不喜歡這樣，不過，她已經習慣了被眾人這麼盯著看。她知道身爲一名皇室應該如何反應，所以，她沒有畏畏縮縮，而是抬頭挺胸，用一種冷靜、如帝王一般的表情告訴大家，她現在就可以走過去，要求自己投票的權利。不知道是她的氣勢眞的掌控了場面，還是因爲她精神能力者的特殊魅力，人們幾乎無法移開自己的視線。她的美貌一如既往地令人感到親切溫暖，大廳裡有許多人都對她露出讚許的表情，這樣的表情我在皇庭已經見過多次了。迪米特里的轉變仍然是一個謎，可是很多人都相信確實是因爲莉莎的緣故，從而將她視做聖人。她在許多人眼裡已經崇高了許多，既因爲她的姓氏，也因爲她神祕的能力，那種還未被確認的、能夠救活血族的能力。

我洋洋得意地看著塔蒂安娜。「十八歲是不是已符合法定的投票年齡？」接招吧，賤人。

「是的，」塔蒂安娜也愉快地說，「如果德拉格米爾家族的成員達到法定人數的話。」

我很不願意承認自己的勝利就這麼輕易被毀了，可是這確實輸得很難看。「法定什麼？」

「法定人數。按照法律，如果一個莫里皇室成員想擁有議會投票權，必須擁有一個家族。可莉莎不符合這種情況，她的家族只剩下她自己。」

我難以置信地瞪著她。「什麼，妳是說她要等生下小孩以後，才有投票權？」

塔蒂安娜笑得很燦爛。「現在肯定還不行，不過我相信，總會有這麼一天的。一個家族要想取得投票權，至少要有兩名成員，其中一個必須年滿十八歲，這是莫里的法律規定的。我要再一次強調，這部律法我們已經沿用了好幾百年了。」

有幾個人疑惑地對看了一下，都很驚訝。很顯然，這部法律也不是每個人都很熟悉。當然，這種情況，就是一個家族只剩下一個人的情況，在近期的歷史上鮮少發生。好吧，根本就沒發生過。

「是這樣沒錯。」阿里亞娜・澤爾斯基附和道，「我也記得。」

好吧，我一瞬間的勝利就這麼破滅了。澤爾斯基家的人我是信得過的，而阿里亞娜是我媽媽保護的莫里的姊姊。阿里亞娜是個學富五車的人，而且她還在這個提案上投了反對票，似乎沒有理由爲虛假的事情作證。

既然沒有彈藥可發，我只能退而防守。

「這，」我對塔蒂安娜說，「眞是我聽說過最他媽的差勁法律。」

我的話一出口，整個觀眾席上的人都震驚無比，他們開始竊竊私語。而塔蒂安娜則放棄堅持方才的友好姿態，她接下來說的話令司儀之前的表現相形見絀。

「把她帶下去！」塔蒂安娜喊道。儘管底下的聲音越來越大，她的聲音還是清晰可聞。「我們不能再容忍這麼放肆的行為！」

一瞬間，守護者就衝過來抓住了我。老實說，由於我最近經常被拽來拽去，幾乎已經有些習慣被這麼對待了。他們把我拖出去的時候，我雖然沒有反抗，但是嘴裡卻沒有閑著。

「只要妳想，什麼法律都能改，妳這個虛僞的賤人！」我吼道。「妳隨意更改法律，因為妳是個自私鬼、膽小鬼！這是妳一生中犯的最大錯誤！妳會後悔的！我們走著瞧，妳肯定會希望自己從來沒有這麼做過！」

我不知道我的這番話他們有沒有聽見，因為這個時候，整個大廳又回到我剛進來時那種混亂的狀態了。將我拖出去的三個守護者，一直等到把我拖到室外才放手。他們放開我以後，所有人都愣住了，不知道接下來該怎麼做。

「現在是要怎樣？」我問道。我試圖壓抑住自己的怒火，雖然我仍然很火大激動，可這又不是這些人的錯。「你們要把我關起來嗎？」如果這樣，我就可以和迪米特里被關在一起了，如此看來，也算是對我的獎勵。

「他們只說要把妳帶下去。」其中一個守護者說，「沒人吩咐過要把妳關起來。」

另一個年紀比較大、頭髮灰白的守護者倒是頗為鎮靜，他冷冷地看了我一眼。「我想，在他們眞的要把妳關起來之前，我可以暫時放妳一馬。」

「如果他們想要這麼做的時候，卻找不到妳，可能就會算了。」第一個守護者又補充了一句。

就這樣，他們三個又走了回去，丟下我一個人在原地，感到既困惑又沮喪。我的身體仍然處於戰鬥狀態，可是心裡卻又充斥著挫敗感，而每次我經歷完這種情況之後，就會有一種特別無助的感覺。我大吼大叫了一通，卻什麼也沒有得到，一事無成。

「蘿絲？」

我收起自己的挫敗心情，抬頭看向議會大樓。那名比較年長的守護者還沒有走進去，依然站在門口。

他臉上的表情很平淡，可是我看見他的眼睛裡閃動著光芒。「爲了讓妳好過一點，我想對妳說，妳剛才的表現棒極了。」

我並不覺得特別感謝，但是說出來的話卻是──「謝謝。」

好吧，至少我還是完成了一件事。

22

我沒有理會那幾個守護者的建議，站在原地，禁不住哭了起來。不過，我不打算坐在這裡的台階上哭，我一邊哭一邊走到一排櫻桃樹附近。本以爲時間拿捏得剛剛好，裡面的會議馬上就會結束，肯定會有大票的人從裡面湧出來，但，我等了幾分鐘，卻不見有任何動靜，於是我又順著心電感應到了莉莎的意識裡，發現事情還沒有結束。塔蒂安娜已經說了兩遍「今天的會議到此結束」，但是人們還是站在那裡，吵成一團。

塔莎站在這群人中間，旁邊還有莉莎和艾德里安，她正激情地演講著，這是她最擅長的事情。塔莎在面對政治波動的時候，也許沒有辦法做到像塔蒂安娜那樣冷靜地計算各種變數，可是她卻能夠在整個局面裡尋找機會，一旦發現就絕不會錯過。她反對這個降低守護者畢業年齡的提案，贊成莫里親自上陣，可是這些都不能讓她獲得更多的支持，於是，她便將話鋒一轉，指向了對自己最有利的話題：莉莎。

「爲什麼在我們已經有辦法可以拯救血族的情況下，還要浪費時間在討論怎麼才能殺死血族呢？」塔莎大手一揮，指向自己身旁的莉莎和艾德里安，將他們兩個推上前線。莉莎仍然保持著她那種親切、自信的樣子，可是艾德里安看上去則像是準備隨時溜之大吉。「瓦西莉莎已經證明了，血族是可以救回來的。順便提一下，她剛剛才喪失了自己的合法投票權，這要多虧這部古老法典的功勞。」

「這件事並沒有被確定。」人群中有人喊道。

「你在開玩笑嗎？」他旁邊的一個女人說，「我妹妹也參與了那次救援行動，她說她很肯定他絕對是拜耳，他甚至還能在太陽下面走動！」

塔莎點點頭，對那個女人表示讚許。「我也在場。現在，我們有兩名可以拯救其他血族的精神能力者。」

雖然我很敬重塔莎，可是也不能完全同意她此刻的做法。莉莎用來救回迪米特里的這種力量——暫且先不提要在銀樁上付出的努力——是非常不穩定的，而且還會暫時令心電感應失靈。我不是說莉莎沒有能力再做一次，也不是說她不想這麼做，要是她再遇到這種事，還是會抱著純粹的悲天憫人的情懷，衝上去營救別人。可我知道，一個精神能力者使用越多能力，就會越快走上瘋狂之路。

而艾德里安……呃，其實他和這件事根本就沒什麼關係。就算他想要拿銀樁去刺血族，也沒有那種治癒能力，可以將被他刺中的血族救回來，至少現在不行。魔法使用者在對魔法的掌控上，水準是參差不齊的。有些用火魔法的人，比如說克里斯蒂安，便能夠自如地控制火焰，而其他人可能只有令屋子裡變得暖和一點的這種水準。所以，莉莎和艾德里安的情況也一樣。艾德里安最多只能治療好骨折，而莉莎到現在仍沒有學會怎麼在夢中行走，不管她有多麼努力練習。

所以，說眞的，塔莎手裡只有一個能夠救回血族的人，而這一個人是不能救回眾多血族的。塔莎對此似乎欠缺考量。

「議會不應該浪費時間，在討論守護者年齡的相關立法上。」塔莎繼續說，「我們需要做的，是認眞找一找我們的族人中間，到底有多少個精神能力者，然後將他們集合起來，幫忙救治血族。」她牢牢地看著人群中的某個人，「馬丁，你哥哥不也是被迫變成血族的？如果我們努力，也許能夠將他救回來，重新送回到你身邊。活生生的，和你之前認識的那個人一樣。被守護者帶回來以後，他只需要再被用銀樁刺一下，當然，他在此之前所犯下的殺戮可以被宣判無罪。」

啊哈，塔莎眞是狠角色，她描述的這一番情景，差點令那個叫馬丁的傢伙痛哭流涕。她倒是沒有提到那些自願變成血族的人。莉莎仍然站在她身邊，不知道該對這個建立救助血族大軍的提議有何想法，不過她知道這只是塔莎眾多計畫中的一個，包括奪回莉莎的投票權。

塔莎又詳細講解了莉莎的能力和性格，並嘲笑那部年代已久、沒有能力預估眼前形勢的過氣法典。塔莎還指出，重新令議會恢復回十二個皇室的局面，會告訴在世界各地的血族，莫里有多麼團結一心。

我不想再聽下去了，就由著塔莎發揮她在政治上的天賦，再爲莉莎講點話吧。至於我自己，還是爲剛剛在議會裡大鬧而被趕出來的事覺得很沮喪。我的意識離開莉莎，回到自己的身體裡，而當我看見站在面前的人時，忍不住驚呼出聲。

「安布羅斯！」

這個地球上長得最帥的拜耳——當然，迪米特里除外——朝我露出了電影明星般迷人的笑容。「妳剛才那個樣子，令我以爲妳可能要變成小仙子了呢。」

我眨眨眼。「小什麼？」

他指了指那一排櫻桃樹。「大自然的精靈，一個變成了櫻桃樹的漂亮女人。」

「我不知道這算不算對我的恭維。」我說，「不過能再見到你，眞是太好了。」

安布羅斯也是一個很奇怪的人，他是一個男性拜耳，卻沒有選擇當守護者，也沒有躲在人類的世界中。一般女性的拜耳選擇不當守護者，是爲了要集中精力照顧家人，所以我們這些女守護者才會變得十分罕見。可是對拜耳的男人來說呢？在眾目睽睽之下，他們沒有藉口。不過，安布羅斯卻寧願被人辱罵，選擇了另一種方法留在莫里的世界裡，就是在皇庭工作。基本上，他可以算是僕人，一個為皇室女性按摩、在宴會中端茶水的高級僕人。如果傳聞是真的，他還是塔蒂安娜的男寵。雖然聽上去很噁心，不過我不打算理會這些事。

「我也是。」他對我說，「可是如果妳不是在跟大自然溝通，那麼妳在這裡做什麼？」

「這個說來可就話長了。基本上，我算是被從議會裡給丟出來了。」

他看上去很驚訝。「是字面上的那種丟出來嗎？」

「我想，應該是被拖出來才對。我很驚訝一直都沒看見你。」我笑著說，「當然，事實上……嗯，我上個星期算是被關了禁閉吧。」

「這個我倒是聽說了。」他同情地看了我一眼，「不過，我確實也不在這裡。我昨天晚上才剛回來。」

「還來得及看好戲。」我小聲地說。

他茫然的表情告訴我，顯然他還沒有聽說提案的事。「妳現在要做什麼？看起來妳沒有受到處罰。妳已經發表完意見了嗎？」

「差不多吧，我現在在等人，然後一起回我的住處。」

「呃，如果妳沒事做，為什麼不和我去看看蘭達阿姨呢？」

「蘭達？」我喊道，「我不是有意要冒犯，可是你的阿姨上次確實沒給我留下什麼好印象。」

「不用介意。」他爽朗地說，「不過她可是一直都掛念著妳還有瓦西莉莎呢！所以，如果妳想隨便逛逛的話……」

我有些猶豫。他說的沒錯，我現在確實沒有什麼事情好做，腦子裡全都是迪米特里的事，還有剛才議會那個愚蠢的提案。不過，這個蘭達——安布羅斯一個懂算命的莫里阿姨——我真的是不想再見了。雖然我找了各種理由，但真正的原因是，蘭達的預言非常準確。我不願意再聽到有什麼壞消息了。

「好吧，」我裝出一副無聊的樣子，「我們快去快回好了。」

安布羅斯似乎看穿了我的小把戲，他笑了笑，帶著我來到上次去過的大樓。這裡面有各種奢華的沙龍和美容院，是專門爲莫里的皇室服務的，我和莉莎上次曾經在這裡修過指甲。安布羅斯帶著我繞來繞去，向蘭達的小算命館走去，我心裡感到一陣刺痛。修指甲、足療按摩……這些似乎是世界上最平凡不過的事情，可是當時一切是那麼美好，我和莉莎非常開心，感情那麼親密……後來便發生了學院襲擊事件，然後所有的一切都變了……

蘭達的算命館在這棟大樓的後面，離前頭繁忙的美容區很遠，雖然又破又小，但還是生意興隆，她甚至還擁有接待員……或者說曾經有。這一次，那張桌子後面沒有人，安布羅斯帶著我直接走進了裡面。這裡和上次相比較，並沒有什麼變化，好像是走進了某個人的心臟一樣，所有的東西都是紅色的，包含牆紙、裝飾以及地毯。

蘭達坐在地上，手裡拿著一杯優酪乳，好像這對一個擁有神祕力量的人來說，是很普通的事情。她一頭黑色的捲髮披散在肩膀，將她耳朵上戴的大金圈耳環襯托得益發閃亮。

「蘿絲·海瑟薇。」她高興地說著，然後將優酪乳放到一邊，「眞是個令人高興的驚喜。」

「妳不是早就應該算到我會來嗎？」我冷冷地說。

她露出覺得有趣的笑容。「我的能力不是這麼用的。」

「對不起，打斷了妳吃飯。」安布羅斯說著，優雅地坐在地上，身上的肌肉非常明顯。「可是蘿絲現在遇到了麻煩。」

「眞不敢想像。」她說，「上次你帶她來，可是給我留下了很深的印象。今天我能幫妳做些什麼呢，蘿絲？」

我聳聳肩，坐在安布羅斯旁邊。「我也不知道，我來這裡是因爲安布羅斯要我來。」

「她覺得妳上次的預言不太準確。」安布羅斯說。

「嘿！」我責備地看了他一眼，「我可不是這麼說的。」

上一次，是莉莎和迪米特里跟我一起來的。蘭達用塔羅牌算出來莉莎將會擁有力量和光明——這一點都不令人驚訝。她還說迪米特里會失去自己最重要的東西，結果也確實如此，他失去了自己的靈魂。我呢？蘭達只說了我會摧毀那些永生不死之人。我曾經對此嗤之以鼻，知道我肯定會用盡一生去刺殺在前方等著我的血族。現在，我才開始懷疑起，也許她說的這個「永生不死之人」，指的就是變成血族之後的迪米特里。就算我沒有親手用銀樁刺中他，但也發揮了很重要的作用。

「也許我們再算一次，可以令妳比較明白一點？」她問道。

我腦子裡全都是那種關於巫婆神棍的笑話，所以當我的嘴巴說出接下來的話時，才讓我那麼驚訝。「問題就在這裡，上次的預言已經成眞了。我怕……我怕這次還會聽到不好的消息。」

「這些牌不會創造將來。」蘭達溫柔地說，「如果事情一定會發生，那麼就躲避不了，不管妳在這裡見到了什麼。即使如此……嗯，未來是一直在變化的，如果我們沒有選擇的權利，那麼活著就太沒有意思了。」

「所以說，」我無禮地說，「這就是喜歡裝神祕的吉普賽人給我的回答嘍？」

「我是羅馬人，」她更正道，「不是吉普賽人。」儘管我出言不遜，她看起來心情似乎還是很好。這種隨和的性格肯定是遺傳自他們的家庭。「那妳想不想再占卜看看？」

我要再試試嗎？她說對了一件事，未來肯定不是幾張紙牌就能呈現的。就算這些牌眞的預示出來了，我可能也要等到事後才會懂。

「好吧，」我說，「就玩玩看吧，上次也許只是碰巧。」

蘭達露出不以為然的表情，不過什麼也沒說，開始洗起桌上的塔羅牌。她洗牌的技巧眞是厲害，幾乎每張牌都洗到了。當塔羅牌終於洗好之後，蘭達將牌交給我，要我切牌。我照做之後，她便將牌又合在了一起。

「我們上次一共抽了三張牌。」蘭達說，「如果妳有時間的話，我們可以多抽幾張。五張怎麼樣？」

「牌抽得越多，是不是就能解釋更多事呢？」

「如果妳不相信的話，那是不是都不會是問題。」

「好吧，五張就五張。」

蘭達翻牌的時候，表情變得認眞起來，她仔細地看著這幾張牌。其中有兩張是倒過來的，我覺得這可能不是個好兆頭。上一次算命的時候，我才知道，原本有些看起來很好的牌，倒過來以後就……變得不那麼好了。

第一張牌是聖杯2，上面是一個男人和一個女人在一個鮮花盛開的草地上，陽光普照。不過，這張牌是倒著的。

「聖杯跟感情有關。」蘭達解釋道，「聖杯2代表的是一份穩定、完美的愛情，和非常愉快的心情。不過既然這張牌倒過來了——」

「妳知道嗎？」我打斷她的話，「我想我自己就可以解釋這張牌了。跳過這張好了，我相信我明白這張牌代表什麼。」也許這張牌上面的人就代表我和迪米特里，空空的杯子裡裝滿了心碎……我眞的不想聽蘭達的分析，那有可能會令我已經被撕裂的心變得更加痛苦。

她於是繼續看下一張牌。是拿著寶劍的王后，也是倒過來的。

「這張牌的喻意是指特殊的人。」蘭達對我說。寶劍王后看上去非常傲慢專橫，有一頭紅褐色的頭髮，穿著一件銀袍。「寶劍王后非常聰明，學識淵博，擅長以智取勝，非常有野心。」

我嘆了口氣。「但是倒放著……」

「倒放著的狀態下，」蘭達說，「所有的優點都會反過來。她還是很聰明，仍然想要按照自己的想法行事……不過是用一種很齷齪的手段。這張牌裡還隱含著許多敵意和欺騙，我想妳應該有一個敵人。」

「沒錯。」我看了一眼王后頭上的王冠。「我想我猜出來這是誰了。我剛剛才喊她『虛偽的賤人』。」

蘭達沒有表示意見，而是繼續看向下一張牌。這張牌雖然是正放著的，可我寧願它倒過來。牌上面有幾把寶劍插在地上圍成一圈，還有一個被捆起來並蒙住眼睛的女人。這是寶劍8。

「哦，不會吧!?」我喊道，「這上面的人是不是在指我？上次有張牌也令我覺得心灰意冷。」上次那張牌裡有一個女人正對著牆揮劍。

「上次是寶劍9。」她也同意道，「不過事情有可能更糟哦。」

「我真不敢相信。」

她拿起其他的牌仔細看了看，隨便抽出了一張，是寶劍10。「妳來看看這張。」

這張牌上面畫著一個死人躺在地上，身上插著十把寶劍。

「完全明白。」我說道。安布羅斯在我身邊吃吃笑著。「寶劍9是什麼含義？」

「寶劍9的意思是被困住了，沒辦法擺脫目前的困境，還表示毀謗或者是官司，或是要鼓起勇氣逃跑之類的。」我又看了一眼寶劍王后，想著我在議會裡說的話。那些話可能會令我被起訴，可是困住呢？呃，也可能是指一輩子都在處理檔案……

我嘆了一口氣。「好吧，下一張是什麼？」這是所有牌裡看上去最好的一張，寶劍6。牌上面畫著一艘船，上面坐著兩個人，正在灑滿月光的小河裡暢遊。

「代表旅程。」蘭達說。

「我剛剛結束一段旅程，去了好幾個地方。」我懷疑地看著她，「天哪！這不會是指那種什麼精神之旅吧？」

安布羅斯又忍不住笑了。「蘿絲，妳是不是每天都在算塔羅牌啊？」

蘭達沒有理他。「如果這些是聖杯的話，還有可能。可是寶劍代表的是準確、行動，這說的是那種眞眞正正的旅程。」

我到底還能去什麼地方？是說我會像塔蒂安娜說的那樣，被派到學校裡去當老師嗎？還是說，在我對她做了種種大不敬的事情、直言不諱地喊她的名字以後，我最終還是會被分派成爲某人的守護者呢？一個住得離皇庭很遠的人？

「可能是妳要去尋找什麼東西，也可能是一趟包含了心靈之旅的實際旅程。」蘭達說，但這種說法很可能是爲了要掩蓋她的漏洞。「最後一張……」她皺眉看著第五張牌，「我看不清。」

我看了一眼。「是聖杯侍者，非常明顯。就是一張……呃，聖杯侍者。」

「一般來說，我都是看得清楚的……牌上的每個細節我都看得清清楚楚，可是這張並不是這樣。」

「唯一看不清楚的是上面畫的是男生還是女生。」牌面上的那個人很年輕，可無論是髮型還是樣貌，都分不太出來這個人的性別。他身上的緊身衣對判斷他的性別沒有太大幫助，不過背景裡陽光普照的大地看上去令人很欣慰。

「都有可能。」蘭達說，「這是代表人物的聖杯裡地位最低的一張牌，這樣的牌一共有四張，分別是國王、王后、騎士和侍者。不管是哪一種侍者，這個人都是値得信任、充滿創造力的。感覺很樂觀，這可能意味著他是和妳一起上路的人，或者就是妳這趟旅程的目的。」

不管我之前對這幾張牌是樂觀還是相信，現在這些情緒全都不見了。根據她說的這上百種可能裡，我完全沒辦法理出一個清晰的線索。照理說她應該會發現我的懷疑，可是現在她的注意力還在那些牌上。

「但是我說不準……因爲我還是看不清楚。怎麼會這樣？這說不通啊。」

她的猶疑不定令我背後冒出一絲涼意。我一直對自己說，這肯定是假的，可是如果這一切眞的都是她編出來的……呃，爲什麼她沒有在最後這一張牌上也大作文章呢？在面對最後這張令她充滿疑惑的牌的時候，她沒有說一些很肯定的話。也許是某種神祕的力量阻止她，爲我這種不虔誠的人做出明確的指示。

她嘆了一口氣，終於抬起頭來。「對不起，我只能說這麼多了。這些對妳有幫助嗎？」

我看了看這些牌，心碎、敵人、官司、困境、旅程。「有些是我已經知道的事，其餘的則帶給我更多的疑惑。」

她心領神會地笑了。「事情往往就是這樣的。」

我還是感謝她爲我占卜，同時暗自慶幸自己不用花錢。安布羅斯帶著我走了出去，我立刻甩掉了蘭達的占卜給我帶來的情緒。我自己的問題已經夠多了，不需要那些愚蠢的塔羅牌替我「錦上添花」。

「妳沒事吧？」我們走到外面之後，安布羅斯問。太陽此時升高了些，整個皇庭的人不久就要去睡覺，結束掉這令人煩惱的一天。「我……如果我知道會讓妳不開心，就不帶妳去了。」

「不不，」我說，「不是那些牌的問題，不完全是，還有其他的事情……不過有一件事你應該知道。」

我剛才遇見他的時候，並不想告訴他提案的事情，可是身爲一名拜耳，他有權利知道即將要發生的這件事。我告訴他的過程中，他的臉色平靜，只是那雙深棕色的眼眸越張越大。

「這麼做是不對的。」他最後說，「他們不應該這麼做。他們不能這麼對那些只有十六歲的孩子。」

「是啊，我也這麼認爲，可是他們肯定是來眞的，不然不會在我提出質疑以後……呃，把我丟出來。」

「我能想像出妳『質疑』的樣子。這樣做，只會令不願意成爲守護者的拜耳變得更多……除非……當然，這麼做可以更早替年輕的孩子洗腦。」

「好像觸到了你的傷心事，嗯？」我問道，畢竟他也是從守護者的隊伍裡脫離出來的。

他搖了搖頭。「要存活在這樣的社會裡對我來說很困難。如果那些孩子眞的不願意成爲守護者，肯定也沒辦法像我一樣，有這麼多有權有勢的朋友，他們都會被邊緣化。這才是這個提案造成的眞正後果，要不就是將那些孩子送上死路，要不就是讓他們完全被自己人排斥。」

我很想知道他說的有權有勢的朋友指的是誰，不過現在沒時間聽他在這裡講述個人歷史了。

「唉，可是那個皇室賤人根本就不在乎。」

他原本陷入沉思的表情突然不見了，眼神立刻變得銳利起來。「別這麼叫她。」他警告性地看了我一眼。「這不是她的錯。」

哇哦，眞是可愛的驚喜。我從沒有見過這個性感、有個性的安布羅斯這麼生氣過，「當然是她的錯！你還記得她是莫里的領袖吧？」

他的眉頭皺得更厲害了。「整個議會都投了票，這不是她一個人的意見。」

「對，可她投的是贊成票，能夠左右整個投票結果。」

「那肯定也是有原因的。妳沒有我瞭解她，她不會願意見到這種事情的。」

我瞪著眼睛，想要問他怎麼會知道，可是突然又停住了。我記起關於他和女王的那些傳言。那些桃色緋聞令我想吐，可如果是眞的，我猜他也許是眞心地愛她。所以，我想也許這就是他爲什麼說我沒有他瞭解塔蒂安娜的原因。他脖子上的咬傷，更顯示出緋聞可能是眞的。

「不管你們兩個之間是什麼關係，那是你們自己的事。」我冷冷地對他說，「但是她肯定在騙你。她也是這麼騙我的，我也中計了。這些全都是圈套。」

「我不信。」他的臉仍然臭得像石頭一樣，「身爲女王，她必須要考慮到各種情況，所以這裡頭肯定另有原因，我相信她一定會改變主意的。」

「身爲女王，」我很討厭他的語氣，「她應該有能力——」

我的話沒有說完，因爲有人在我心裡喊我。是莉莎。

蘿絲，妳一定想要看看這個。可是妳必須保證不能再引起任何麻煩。從莉莎的語氣來判斷，她似乎很著急。

安布羅斯的臭臉變成了關心。「妳沒事吧？」

「我——沒錯。莉莎需要我。」我嘆了一口氣。「聽著，我不想和你吵架，好嗎？顯然我們對這件事有不同的看法……不過我想我們都同意一件事。」

「不應該讓那些孩子去送死？對，這點我們的看法是一致的。」我們都尷尬地對彼此笑了笑，之前的緊張感不見了。「我會找她談的，蘿絲。我會找出眞正的原因，然後告訴妳，這樣可以嗎？」

「好吧。」我其實眞的不相信有人能夠改變鐵石心腸的塔蒂安娜，可是我再一次想道，也許他們兩個的關係眞的非比尋常呢。「謝謝你，很高興見到你。」

「我也是。現在去吧，去找莉莎。」

我不需要他催促，因爲莉莎又用之前那種著急的語氣，透過心電感應傳來新的訊息。我聽了後立刻箭步如飛，因爲這件事與迪米特里有關。

23

我不需要心電感應也能找到莉莎。人群集中的地方，就是她和迪米特里所在的地方。

我的第一個想法是，這像是中世紀要用石頭砸死異教徒之類的場景。後來，我意識到人們只是站在那裡，看著、聽著。我從人群中擠進去，惹來一票人的不滿，不過最後還是擠到了這群觀眾的最前排，而我眼前所見的眞是震撼。

莉莎和迪米特里並排坐在一條長凳上，他們對面坐著三名莫里。該死，居然還有漢斯。

在大部分情況下，這種奇怪的形式代表有人在接受正式的調查，而諷刺的是，這裡就是我和愛迪曾經搬過石塊的庭院，那個到處都是歷任女王年輕時候雕像的院子。這片草坪其實並不算聖地，不過卻是離教堂最近一個能夠緊急召集人們聚集在一起的地方。受難的基督像並不會對血族造成傷害，可是他們沒辦法穿過教堂、清眞寺或者其他神聖的地方，在有教堂和清晨太陽的雙重庇護下，此時此地便是對迪米特里進行審問的最佳時機。

我認出其中一個莫里主審，就是里斯．塔魯斯。他應該是艾德里安娘家那邊的親戚，是贊成降低守護者年齡提案的人之一。我立刻就決定討厭他，特別是在聽到他對迪米特里講話時那種傲慢的語調。

「你覺得陽光刺眼嗎？」里斯問。他手裡拿著一張書寫板，上面很顯然寫著要問的問題。

「不覺得。」迪米特里回答，聲音圓潤又平穩。

他的注意力全都放在了對面的審問團身上，根本不知道我在這裡。我居然覺得這樣也不錯，我只想靜靜地看著他，欣賞他在接受審問時的樣子。

「如果你盯著太陽看會怎麼樣？」

迪米特里沒有立刻回答，眼中有道光芒一閃而過。我不知道別人有沒有看見，但我確實是看見了，而且立刻明白了這代表什麼。這個問題眞是愚蠢，我猜迪米特里——也許，只是也許——想要開口大笑。不過，他一如既往地將自己的情緒控制得很好，仍然很鎭定。

「所有人直接對著太陽看，都會有刺痛感的。」迪米特里回答道，「我和這裡的人沒什麼分別。」

里斯似乎並不喜歡這個答案，可是從邏輯上講，這個答案是沒有錯的。他撇了撇嘴，繼續下一個問題：「陽光會灼傷你的皮膚嗎？」

「現在還不會。」

莉莎望了人群一眼，看見了我。她沒有辦法透過心電感應知道我的行動，不過有時我出現在她附近時，她會有種感應。我想如果我走得很近的話，她應該可以看見我的靈光，因爲所有的精神能力者都說影吻者的靈光是非常獨特的。她朝我微微笑了一下，又轉頭看著對面的審問團。

迪米特里極爲警覺，他注意到了莉莎這個小小的分心，於是也轉過頭來看是什麼事。結果，他看見了我，所以沒能很快地回答里斯的下一個問題。

里斯正問道：「你有沒有發現，你的眼睛偶爾會變紅？」

「我……」迪米特里盯著我看了一會兒，才猛地轉頭看向里斯。「我最近沒有照過鏡子。不過我想如果我的眼睛有變紅的話，看守我的守護者應該會注意到，可是他們沒有人這麼說過。」

我旁邊有一個守護者發出了細微的笑聲，他雖然也努力想要保持面無表情，可是我想他眞的覺得這個過分荒唐的問題實在是太好笑了。我想不起他的名字，不過我很久之前第一次來皇庭的時候，他和迪米特里有說有笑，是很好的朋友。如果連一個老朋友也開始相信迪米特里是拜耳的話，那肯定是一個好兆頭。

坐在里斯旁邊的莫里，憤怒地往四處看了看，想要找出來是哪個傢伙敢笑，卻沒有找到。審問還在繼續，這次問的問題是，迪米特里能不能夠應他們的要求走進教堂。

「我現在就可以去。」迪米特里回答道，「如果你們希望的話，我還可以參加明天早上的彌撒。」

里斯又在書寫板上做了個記號。如果可以的話，他肯定會找來神父在迪米特里身上潑聖水。

「這些都是為了轉移注意力，全是煙霧彈。塔莎姑姑是這麼說的。」我耳邊響起一個熟悉的聲音，克里斯蒂安站在了我身旁。

「這件事確實得做。」我喃喃地說，「他們必須知道，他已經不再是血族了。」

「對，可是他們也不顧反對，公然批准了年齡提案。議會的投票一結束，女王就將對迪米特里的審問提前，是因為她希望用新的話題來轉移公眾的視線。現在，他們終於清靜了。『嘿，你們去看審問吧！』」

我幾乎能想像得到塔莎說這些話的樣子。不過，這也是事實。我覺得有些矛盾，我很希望迪米特里能夠自由，希望他能夠回到原來的樣子，可是我也不能接受塔蒂安娜這麼做，是為了她自己的政治目的，而不是因為她真的關心是非對錯。這很可能是我們歷史中一個最具有意義的里程碑，應該要好好認真對待才是。迪米特里的命運，不應該被這個為了作秀而舉行的審問決定。

里斯現在要莉莎和迪米特里，一起講述那天晚上到底發生了什麼事。我覺得他們在回答這個問題的時候，感覺很慎重。迪米特里到目前為止都表現得沒有威脅性，可是我仍然感覺到他心裡的陰鬱，成為血族時犯下的惡行帶來的愧疚，仍然時常折磨著他。可是，當他聽著莉莎講述的時候，臉上又燃起了希望、敬畏和崇拜。

我此時有些妒火中燒。他的感覺無關情愛，所以我的嫉妒也無關這個。我嫉妒的是他不願承認我的功勞，卻認爲她是世界上最偉大的人；他要我不要再去找他，卻發誓可以爲莉莎做任何事。我再次感覺到一種委屈的怒意，不願意相信他已經不再愛我了，這不可能。在我們兩個經過了這麼多事之後，在我們這麼深愛過彼此之後，這一點我絕對無法接受。

「他們兩個確實看起來很親近。」克里斯蒂安也開始懷疑。

我沒時間告訴克里斯蒂安他的擔心是多餘的，因爲我很想聽聽迪米特里自己是怎麼說的。

不過，因爲精神能力仍然是一件很神祕的事情，因此關於他變回拜耳的事，其他人都覺得很難理解。里斯完全無從問起，只得將這個任務交給了漢斯。因爲漢斯見證過這件事，也因爲他不善言辭，是個行動派，所以他沒有再審問細節，而是拿著銀樁，要迪米特里握住。站在一旁的守護者都很緊張，生怕迪米特里拿到銀樁以後會猛地撲過去。

不過，迪米特里冷靜地伸出手，接過銀樁在手裡握了一會兒。所有人都屏住呼吸，等著看他痛苦地尖叫，因爲血族是不能觸碰充滿魔法的銀樁的。可是，迪米特里看上去什麼事都沒有。

然後，他又做出了一件令所有人都很驚訝的事——迪米特里曲起手臂，將滿是肌肉的小臂伸到漢斯眼前。在這種炎熱的天氣裡，迪米特里只穿了一件T恤，因而手臂是外露的。

「你可以用銀樁刺一下試試看。」他對漢斯說。

漢斯揚起一邊眉毛。「不管是什麼人，被銀樁刺中都會痛的。」

「如果我是血族的話，那種疼痛我肯定無法忍受。」迪米特里指出。他神情堅毅，顯示出決心。他又是我在戰鬥中見到的那個迪米特里，那個永遠不會被打倒的迪米特里。「來吧，千萬別手軟。」

漢斯並沒有馬上動手，顯然這件事出乎他意料之外。他想了一會兒，終於下定決心，伸手一探，用銀樁的尖端在迪米特里的小臂上劃了一下。正如迪米特里希望的那樣，漢斯並沒有手軟，那銀樁的尖端深深地刺了進去，頓時血流如注。有些平時見不慣鮮血的莫里（除了他們喝的），嚇得驚呼一聲，而所有人都不約而同地伸長了脖子。

迪米特里的表情告訴人們，他確實覺得很痛，可是這根注滿了莫里魔法的銀樁對血族來講，帶來的應該不只是疼痛的感覺，而是灼痛。我曾經數次用銀樁刺中過血族，聽過他們淒慘的叫聲，可迪米特里只是皺著眉頭、咬著嘴唇，然後看著鮮血從手臂上流下來。我發誓，他的眼裡有驕傲，因爲他能忍住這麼劇烈的疼痛。

當確認他不會發出慘叫之後，莉莎將手伸過去。我知道她想做什麼，她想要替他治療。

「等一下。」漢斯說，「如果是血族的話，傷口幾分鐘之內便會癒合。」

我必須承認漢斯有一套，他這是一箭雙鵰。迪米特里也感激地看了他一眼。漢斯微微點頭，算是接受了他的道謝。漢斯是相信他的！我突然意識到。不管他是不是做錯了事，漢斯都相信迪米特里已經變回拜耳了。我會因此永遠喜歡這個人，不管他還要我去處理多少檔案。

於是，我們就這樣站著，看著可憐的迪米特里流血。這一幕眞是令人作嘔，可是這個測試起了作用，大家都親眼看見那個傷口並沒有癒合。莉莎終於起身去爲他治療，這個舉動令所有人又發出一陣驚呼，周圍全是好奇的議論聲，眾人臉上都出現那種視她爲女神的表情。

里斯瞥了一眼人群。「還有人要補充問題嗎？」

沒有人講話，所有人都被眼前這一幕震住了。

不過，必須有人站出來。

「我有。」我說著向他們走去。

不，蘿絲。莉莎懇求道。

迪米特里也同樣不悅地看著我。事實上，他身邊的所有人幾乎都是這麼看著我的。里斯的目光終於落在我身上，似乎覺得又看見我在議會大廳裡，罵塔蒂安娜是虛僞的賤人的那一幕。我雙手扠腰，不願理會他們的想法。這是我強迫迪米特里承認我的好機會。

「當你變成血族的時候，」我開口說道，努力讓自己的聲音傳到每個角落，以便大家都能夠聽清楚。「你是非常神通廣大的，你知道很多血族的落腳點，包括俄羅斯和美國的，對不對？」

迪米特里謹愼地看著我，試圖猜測我打算做什麼。「是的。」

「你現在也還記得嗎？」

莉莎皺起了眉頭。她以爲我在暗示迪米特里現在還能夠和其他的血族聯繫。

「是的，」迪米特里回答道，「只要他們沒有遷移到別的地方。」

他這次回答得非常快。我不知道他是不是已經猜到了我的目的，還是只是相信「蘿絲的邏輯」有時候也會有用處。

「你願意告訴其他守護者，這些落腳點的具體位置嗎？」我問道。「你願意告訴我們所有血族藏身的地方，讓我們可以去剿滅他們嗎？」

這句話產生了效果，主動去剿滅血族這個問題頓時引起了熱烈討論。我聽見身後的人群不停地議論著，有人說我是在建議大家一起去自殺，還有人說這個辦法確實值得一試。

迪米特里的眼睛也爲之一亮，雖然沒有他看著莉莎時那樣充滿了崇拜，可我不在乎。這和我們之前共處時的感覺十分相像，像這種時候，我們總是能夠理解彼此的心意，完全不需要用任何語言來表達自己的想法。這種感覺在我們兩個之間閃過，如同是他對我的認同——和感謝。

「是的。」迪米特里回答道，聲音堅定而宏亮。「我可以告訴你們我知道的所有事，包括血族的計畫和血族的藏身之所。不管是要我和你們一起去剿滅他們，還是要我留在後方，我都可以做到。」

坐在椅子上的漢斯探出身子，態度非常熱切。「這眞是非常重要的一個訊息。」漢斯的話裡含有更深一層的意味：他也贊成先發制人，主動出擊剿滅血族。

此刻，里斯的臉漲得通紅，不過這可能只是因爲太陽的緣故。他們努力想要看迪米特里會不會在陽光下被燒死，可是這卻令身爲莫里的他們也覺得很不舒服。

「先安靜，」里斯努力蓋過下面的聲音，「我們永遠不會這麼做，而且，他也有可能是在說謊——」

他的話被一聲女人的尖叫打斷。一個約莫不到六歲的莫里小男生，突然衝出人群向我們跑過來，而發出尖叫的人便是他的媽媽。我走過去攔住他，抓住他的手臂。我不是怕迪米特里會傷害他，而是害怕他的媽媽可能會犯心臟病。她衝上來，感激不已。

「我有個問題。」這個小男生鼓起勇氣小聲地說道。

他的媽媽伸手想拉他，不過我舉起了手。

「等一下，」我低頭笑著對小男生說，「你想要問什麼？直接問好了。」

在他身後的媽媽露出惶恐不安的表情，同時焦慮地看了迪米特里一眼。

「我不會讓他有事的。」我小聲地對他媽媽說。雖然她無法判斷我是不是在騙她，不過她還是留在了原地沒有動。

里斯翻了個白眼。「這太荒——」

「如果你是血族，」小男生大聲地打斷他，「那你爲什麼沒有長角？我的朋友傑弗瑞說，血族頭上都長著角。」

迪米特里看向這個小孩，可是目光中途在我身上逗留了片刻。我們兩個之間的火花再次迸發出來，隨後他便轉向那個小孩，認眞地看著他回答：「血族頭上是沒有長角的。如果他們眞的長了角，那也沒有關係，因爲我不是血族。」

「血族有紅眼睛。」我對他解釋道，「他的眼睛是紅色的嗎？」

那個小男生伸長脖子看了看。「不是，是棕色的。」

「關於血族，你還知道什麼事情嗎？」我問道。

「他們有和我們一樣的尖牙。」小男生回答道。

「你有尖牙嗎？」我用愉快的聲音問迪米特里。這確實已經越界了，不過從一個孩子口裡問出這種問題，確實有一種新鮮感。

迪米特里也笑了，他這發自肺腑的燦爛笑容令我看得有些癡。他很少這麼笑的，不管他是眞的感覺開心還是被逗笑了，通常都是那種似笑非笑的表情。這麼笑也露出了他的牙齒，而他的牙和所有拜耳或人類一樣，沒有尖牙。

小男生也看清楚了。

「好了，強納森。」他的媽媽緊張地說，「你已經問完了，我們走吧。」

「血族是超級強的。」強納森繼續說，他日後很可能會成爲一個出色的律師。「沒有什麼能夠傷害到他們。」

我沒有費力去糾正他的說法，害怕他一時興起，想要試看看用銀椿刺迪米特里的心臟。事實上，里斯沒有要求這麼做也著實令人驚訝。

強納森看著迪米特里，一針見血地問：「你是超級強的嗎？你會受傷嗎？」

「我當然會受傷。」迪米特里回答道，「我很強，可是也會被別的東西所傷。」

這時，我說了一句身為蘿絲．海瑟薇不該對這個小男生說的話：「你可以自己去打他一下試試。」

強納森的媽媽又開始尖叫了。這個小男生動作很快，趕在他媽媽抓到他前跑了上去，然後在沒有人來得及阻止他的情況下——好吧，其實我可以——結結實實地用小拳頭打了迪米特里的膝蓋一下。

當他的拳頭打中敵人，正打算躲開對方的反擊時，迪米特里立刻向後倒去，好像是被強納森擊倒的一樣。迪米特里抱著膝蓋，不斷呻吟著，好像眞的很痛。

有些人看了哈哈大笑。這時，有一個守護者走過來抓住強納森，將他送回他那個幾乎歇斯底里的媽媽手裡。

強納森被拖走的時候，又回頭看了迪米特里一眼。「看來他也不怎麼強嘛，我想他應該不會是個血族。」

這句話引起了更多的笑聲。

審問團的第三個莫里審問官，自始至終都沒有說過話，此刻他哼了一聲，站起身來。「我已經看得夠清楚了。雖然我認爲他目前還不能夠隨意行走，不過，他已經不是血族了。給他找一個住處，但是要好好看守，其他的事等到最終結果宣佈後再說。」

里斯跳了起來，「可是——」

另外一個人揮手打斷他的話。「別再浪費時間了。現在這麼熱，我要回去睡了。我不敢說自己理解了這整件事，不過這是我們目前最不重要的一個問題，尤其是還有一個年齡提案，議會裡有一半的人都恨不得把另一半人的腦袋扯下來。如果今天眞有什麼好事發生，甚至是奇蹟發生的話，就是改變我們的作息時間。我會把今天的事情跟女王陛下彙報的。」

就這樣，人群開始散去，可是他們臉上仍然帶著好奇。他們也開始意識到發生在迪米特里身上的事情是眞的，每件我們知道的關於血族的事，從此都會有所轉變。守護者仍然留在莉莎和迪米特里身邊，我則向他們走過去，想慶祝我們的勝利。當迪米特里被強納森的小拳頭「打倒」時，我看見他對我笑了一小下，我立刻心頭小鹿亂撞。我就知道我的想法沒錯，他對我還是有感覺的。

可是現在，就在一眨眼間，那種默契又不見了。迪米特里看見我走過來，臉色又拉了下來，充滿了防備。

蘿絲，莉莎透過心電感應說，現在別過來，不要招惹他。

「該死的我當然會。」我大聲回答道，既是回答莉莎，也是在告訴迪米特里，「我剛剛幫了你大忙。」

「沒有妳我們也做得很好。」迪米特里口氣僵硬地說。

「哦，是嗎？」我眞不敢相信自己聽到的，「幾分鐘以前你好像還很感謝我，感謝我幫你洗脫了血族的罪名。」

迪米特里看著莉莎，他的聲音壓得很低，可我還是聽見了——「我不想看見她。」

「你必須要看！」我大聲喊道，有一個已經離開的人此時又停下腳步，想看看我們這邊是怎麼回事。「你不能不理我。」

「快讓她離開！」迪米特里咆哮道。

「我不——」

蘿絲！

莉莎在我心裡向我大吼，成功地令我閉上了嘴。她那雙碧綠的眼睛狠狠地看著我。

妳到底想不想幫他？站在這裡朝他大吼大叫，只會讓他更苦惱！這就是妳想要的？妳希望人們

看見這一幕？看見他發瘋似地向妳大吼，這樣妳就覺得沒有被忽視了？人們要看見的是冷靜的他，是一個……正常的他。沒錯，妳剛剛是幫了很大一個忙，可是如果妳現在不馬上離開，就會毀了所有事。

我吃驚地看著他們兩個，心怦怦地跳。莉莎的話雖然只是在我心裡，可她也許馬上就會大踏步走過來，當眾吼我。我的怒火立刻冒了上來。我想要跑到他們面前破口大罵，可是一想到她說的沒錯，我又壓下了火氣，開戰對迪米特里不會有幫助。然而，他們將我轟走又公平嗎？他們兩個同聲一氣，無視我的功勞，這樣的做法又比較公平嗎？不。可是，我不能讓我受傷的自尊心，毀了我剛剛取得的勝利。人們必須接受迪米特里。

我瞪了他們兩個一眼，表明自己的態度，然後就大步地走開了。透過心電感應傳來的莉莎的心情，立刻變成了同情。可我將它們統統關在了腦袋外面，我不想再聽下去了。

我快要穿過教堂的廣場時，遇見了戴妮拉・達什科夫。她精緻的妝容被流下來的汗漬弄花了，我猜她剛才可能也在外面觀看對迪米特里的審問。她應該是和幾個朋友一起來的，不過她在我面前停下來的時候，她那幾個朋友便站遠了一些，逕自聊起天來。

我抑制住憤怒，提醒自己令我生氣的人不是她，然後勉強擠出一絲笑容。「嗨，伊瓦什科夫夫人。」

「叫我戴妮拉，」她和善地說，「別這麼生分。」

「對不起，我還是覺得怪怪的。」

她揚起下巴，指了指正被守護者護送離開的迪米特里和莉莎。「剛才我看見妳了。我想，妳幫了他。可憐的里斯真是丟人。」

我想起了她和里斯是親戚。「哦……真對不起，我不是有意——」

「不用道歉。里斯是我的叔叔，不過就這件事情來說，我相信瓦西莉莎和貝里科夫先生說的話。」

不管我剛才有多氣迪米特里，但是我發自內心地不願意聽見他被摘掉「守護者」的頭銜。但是，看在戴妮拉態度這麼好的份上，我決定原諒她。

「妳……妳相信莉莎救回了他？相信血族是有救的？」我剛剛才意識到，原來有許多人都是相信這件事的。人們剛才的表現已經很清楚了，而且莉莎又贏得了更多的追隨者。不知怎麼，我總覺得好像所有的皇室都討厭我。

戴妮拉的笑容有些變樣。「我的親生兒子也是個精神能力者。既然接受了這一點，我就可以接受所有我可能不會相信的事。」

「我想也是。」我立刻附和道。在她身後，我發現有一個莫里的男人站在一排樹旁邊，他偶爾會看向我們這邊，但是我發誓從來沒有見過這個人。戴妮拉接下來的話，令我又將注意力放回到她的身上。

「說到艾德里安……他剛剛好像在找妳。現在是很晚了，不過一小時以後，南森的幾個親戚打算舉辦一個小型的雞尾酒會，艾德里安希望找妳一起去。」

又一場派對。皇庭這些人整天就是在做這件事嗎？屠殺、奇蹟……都和他們沒有關係，唯一重要的就是派對……我痛苦地想著。

艾德里安來找我的時候，我可能正和安布羅斯以及蘭達在一起。眞有意思，戴妮拉不但轉告了這個邀請，還表示了她很希望我參加。不幸的是，我沒興趣摻和這種事，南森的親戚就意味著他們是伊瓦什科夫家，他們對我不會友好的。

「女王也會參加嗎？」我有些不確定地問。

「不，她還有別的事要做。」

「妳確定？她不會不請自來？」

戴妮拉笑了。「不會，我很確定。有傳言說妳們兩個此時正在同一個房間裡……聽起來不是個好主意。」

根據我在議會的表現，我能想像得出那些八卦都是什麼內容，特別是艾德里安的父親還親眼見證了這一切。

「不，這根本就不可能。她說的那些話……」我之前的怒意又止不住地冒上來，「眞是令人無法原諒。」爲什麼那個站在樹旁的奇怪傢伙還沒有走？

戴妮拉沒有肯定也沒有否定我的話。我想知道她對這件事的態度。「她還是很喜歡妳。」

我差點被噎死。「要我相信也太難了一點吧。」通常來說，人們對一個在大庭廣眾之下吼自己的人，是不會用「喜歡」這個字來形容的，更別說塔蒂安娜那種遇事不驚的形象幾乎被我破壞光了。

「是眞的，這一切都會過去，也許妳有機會被分派給瓦西莉莎。」

「妳肯定是在開玩笑！」我喊道。我知道戴妮拉・伊瓦什科夫不像是那種愛開玩笑的人，可是我眞的打從心底相信，我的所作所爲已經超過了塔蒂安娜能夠接受的底線。

「在發生了這麼多事之後，他們不想浪費優秀守護者的才華。而且，她也不希望妳和她兩人之間存在仇恨。」

「是嗎？好吧，可我不願接受她的賄賂！如果她以爲放了迪米特里，然後恩賜一份保護皇室的工作給我，就能讓我改變想法，她就錯了。她是個虛僞、狡猾——」我猛地住了口。我的聲音太大了，此刻戴妮拉的幾個朋友都看向這邊，而我眞的不希望在戴妮拉面前說出塔蒂安娜這四個字。

「對不起。」我嘗試著禮貌一些。「請轉告艾德里安我會去……可是妳真的希望我去嗎？在我毀了昨天晚上的儀式之後？還有……呃，我後來又做了那些事之後？」

她搖了搖頭。「關於儀式這件事，其實錯在艾德里安比較多。不過，這件事已經過去了，塔蒂安娜都已經不追究了。一會兒的那場派對比較輕鬆，沒有那麼嚴肅，如果艾德里安希望妳能去，我也不願意掃他的興。」

「我現在就回去沖個澡，換身衣服，一小時以後去妳那裡找他。」

戴妮拉眞的很圓滑世故，完全無視我之前的失態。「太好了，我想他知道以後一定會很高興。」

我也婉轉地告訴她，我也很開心能夠和伊瓦什科夫家的一些人交往，但是希望這件事不要傳到塔蒂安娜的耳朵裡。我完全不指望塔蒂安娜能夠接受我和艾德里安在一起的事，也不寄望她能夠和我一笑泯恩仇。說實話，我確實很想見艾德里安，我們最近比較沒有機會講話。

戴妮拉和她的朋友們離開後，我認爲是時候去解決一些其他的事了。我朝那個在樹旁徘徊的莫里走過去，然後扠起腰。

「好吧。」我問道：「你是誰？想幹什麼？」

他的年紀比我大不了幾歲，似乎完全不驚訝我這種野蠻粗魯的態度，當他向我露出笑容時，我再次思考起自己在哪裡見過他。

「我有個消息要轉告妳。」他說，「還帶給妳一些禮物。」

他將手上的手提包打開，我看了看，發現裡面有一台筆記型電腦、幾捲電線和幾張紙。

我莫名其妙地看著他。「這是什麼？」

「妳接下來會需要用到的東西。現在是敏感時期，記得別讓別人知道這件事，這張字條會解釋一切。」

「別和我玩這種諜對諜的遊戲！我什麼都不會做，除非你——」他的臉瞬間浮現在我腦海中。我在聖弗拉米爾學院見過他，在我參加畢業考試的時候，他一直都在某個人的身後出現。我呻吟了一聲，突然明白了這件事爲什麼神祕，以及他那個驕傲態度的來由。「你是艾比手底下的人。」

24

那人咧嘴笑了。「說得好像這是件很不好的事情一樣。」

我扮了個鬼臉，重新審視起這個高科技包包。「然後呢？」

「我只負責送信，替馬祖爾先生跑這一趟。」

「這是在婉轉表達你是他的眼線這件事嗎？找出每個人骯髒的祕密，這樣他可以利用這些來對付別人，繼續玩他那貓捉老鼠的遊戲？」艾比似乎知道所有人的一切，特別是與皇室政治有關的。他是怎麼做到能在各處都安插眼線的呢？比如說在皇庭。據我所知，他還在我的房間裡裝了竊聽器。

「眼線這個詞有點太嚴重了。」這傢伙並沒有否認。「再說，他給的酬勞很不錯，而且是個好老闆。」任務完成，他轉過身準備離開，但是臨走之前卻又用告誡的目光看了我一眼，「就像我說的，現在是敏感時期，那張字條妳最好盡快看完。」

我有些想把手提包朝這傢伙扔去。我已經逐漸適應了我是艾比女兒這件事，不過這不代表我就想和他的某些古怪計畫產生關係。一個裝滿了電子產品的包包似乎不是個好兆頭。

不過，我還是將它帶回自己的房間，然後將所有東西都倒在床上。床上散落著幾張紙，最上面是一封影印出來的信。

蘿絲：

我希望泰德能夠及時將這封信交到妳手上，也希望妳沒有對他太過刻薄。我這麼做，是受人之託，要告訴妳一件要緊事。不過這些事不能傳到第二個人耳朵裡，這個背包裡的電腦和衛星接收器，可以令妳在通話的時候不被竊聽，希望妳找一個隱祕的地方使用。我已經將每一步要怎麼設定都寫下來，妳只要按照上面的步驟操作就可以了。視訊會談將在早上七點準時開始。

信的最後沒有落款，不過我想也知道是誰寫的。我將信放到一邊，看著那一團電線，此時離七點還有不到一個小時的時間。

「哦，不是吧？大叔。」我哀叫出聲。

誠如艾比所言，這些說明確實不需要很懂電腦知識也可以看懂。可問題是，有很多說明，細到每條線應該插在哪裡、應該輸入的密碼是什麼，還有怎麼安裝衛星接收器，等等等等。有那麼一刻，我幾乎想假裝這件事沒有發生，可是，既然連艾比這樣的人都認爲事情緊急，又令我覺得不應該太小看這件事。

所以，我鼓起勇氣，開始研究這些複雜的高科技產品，按照艾比給我的說明書一步一步操作。我抓緊時間將接收器、攝影鏡頭和安全通話設備安裝好，以便和艾比口中的神祕人進行視訊對話。當這一切都完成後，距離七點還有幾分鐘的時間，我盯著黑漆漆的視訊畫面無聊地等著，非常好奇自己是被捲入了怎樣的事件中。

七點整的時候，視訊畫面裡出現了一個人影，這是一個熟悉卻又令人意想不到的人。

「雪梨？」我驚訝地問道。

因爲網路的速度關係，視訊上的畫面有一點點跳動，不過，我這個朋友（就算是吧）雪梨・撒吉面帶微笑地看著我。她的笑容冷冷的，非常符合她的風格。

「早安。」她說著打了個哈欠。從她那頭直到下巴的金髮來看，顯然她剛剛才起床，而即使在視線不佳的狀態下，仍能看到那金色百合紋身在她脖子上泛著光芒。所有的煉金術士都有這樣的紋身，這種紋身的墨水是用莫里的血製作的，可以令煉金術士像莫里一樣長壽，同時擁有不易生病的體質，而且裡頭也混合了一點點催眠能力，令煉金術士這票神祕人士不會洩露吸血鬼的祕密。

「是晚上。」我說，「根本不是什麼早上。」

「妳這種混亂的異教徒作息，我們可以稍後再討論。」雪梨說，「我找妳不是爲了這件事。」

「妳找我有什麼事？」我問道，仍然沒有從看見她的震驚中恢復。煉金術士做起工作總是很不情願，雖然雪梨對我比別的莫里和拜耳還有好感，可是她也不是那種會打電話來哈拉的人。「等一下……妳肯定不是在俄羅斯，如果現在是早上……」我回想了一下各個時區的時差。沒錯，對俄羅斯的人來說，此時太陽不是已經落下，就是快要落下才對。

「我回到自己的國家了。」她假裝悲壯地說道，「在新奧爾良找了份新工作。」

「哇哦，眞不錯。」雪梨曾經被分派到俄羅斯去實習，不過在我的印象裡，她應該要在俄羅斯完成所有練金術士的實習工作，才能獲准離開。「妳是怎麼找到的？」

她的笑容變得有些不自然。「呃，其實，艾比算是幫了我一個大忙。他安排的。」

「妳和他做了什麼交易嗎？」雪梨肯定非常、非常討厭俄羅斯，而艾比的影響力肯定也眞的非常強大，不然他不可能會影響一個人類組織的決定。「妳要怎麼報答他？出賣妳的靈魂嗎？」這種玩笑對她這樣虔誠的信徒來說，肯定是不能接受的。當然，我認爲她還是相信莫里或是拜耳會吞食人類的靈魂，所以也許我的玩笑沒有特別過分。

「這件事，」她說，「等我以後有任務需要人幫助的時候，就會告訴妳的。」

「眞討厭。」我說。

喲。」

「嘿。」她猛地拉回話題，「我現在找妳，可是為了幫妳一個忙，我不是一定要這麼做不可的。」

「妳到底要找我談什麼？」我還有許多關於她和一個魔鬼做交易的問題想問她，可是又覺得這樣做可能會令她掛斷電話。

她嘆了一口氣，將擋在眼睛前面的頭髮撥開。「我有幾個問題要問妳。我發誓我不會告發妳……不過我需要妳說實話，確保我們要做的事不是在浪費時間。」

「好吧……」拜託！千萬不要問我關於維克多的事！我在心裡祈禱道。

「妳最近有沒有闖進過什麼地方？」

該死。我努力保持鎮定。「什麼意思？」

「煉金術士最近有一些檔案被偷了。」她向我解釋道。她此刻已經完全是公事公辦的口吻了。「所有人都急瘋了，想要找出到底是誰做的，目的是什麼。」

我偷偷在心裡呼了一口氣。幸好跟塔拉索夫監獄無關，謝天謝地，她說的不是我內疚的那件事。不過，雪梨這番話的言外之意，令我心頭猛地一顫。我瞪大了眼睛。「等一下，有了偷了你們的東西，而我是你們的懷疑對象？我以為我已經被妳從魔鬼名單中除名了。」

「沒有一個拜耳會在我的魔鬼名單裡消失。」她說，那種似笑非笑的笑容又回來了，可我不確定她究竟是不是在開玩笑。她的笑容很快便消失，這說明她很重視這件事。「相信我，如果說有誰能夠闖進來偷走我們的記錄，那個人只會是妳。這並不是一件容易的事，但也不是不可能。」

「呃，謝謝妳這麼看得起我。」我不知道她這算不算是在誇獎我。

「當然。」雪梨繼續用高傲的口吻說：「他們只偷走了紙本檔案，真是太愚蠢了。現在所有的檔案都電子化了，所以我很納悶，他們為什麼要從陳年檔案櫃裡挖走這些東西。」

我能夠舉出很多理由，告訴她爲什麼這個人要這麼做，但想到我是她的頭號懷疑對象，還是算了。「這麼做眞是太笨了。可爲什麼妳會認爲是我做的呢？」

「因爲那些被偷走的檔案，記錄的是一名叫艾瑞克．德拉格米爾的莫里的事。」

「我——什麼？」

「那是妳的朋友，對嗎？我是指他的女兒。」

「對……」我幾乎說不出話來了。「你們有關於莫里的檔案？」

「我們什麼檔案都有。」她驕傲地說，「當我在猜想誰最有可能做到這件事，而且會對德拉格米爾家有興趣時……呃，第一個想到的就是妳。」

「不是我做的。我做過很多事情，但沒有這一件。我甚至不知道你們手裡有這些檔案。」

雪梨懷疑地看著我。

「我說的是實話！」

「正如我之前所說的，」雪梨對我說，「我並不會告發妳，眞的。我只是想知道眞相，這樣可以讓我們的人不要把時間浪費在無謂的事情上。」她的得意清晰可見。「還有，呃……如果眞是妳做的，我也不能調查妳。我答應過艾比。」

「究竟要怎麼樣妳才會相信我？不是我幹的！不過我也很好奇到底是誰做的。他們偷走了什麼？關於艾瑞克的所有檔案？」

雪梨咬著嘴唇。欠艾比一份人情，意味著她要背叛自己的人，可她顯然不確定底線在哪裡。

「拜託！如果你們眞的有備份電子檔，妳應該知道被偷走的是什麼。這件事可是跟莉莎有關！」我突然有了個想法。「妳可以將副本傳給我一份嗎？」

「不行。」她飛快地說，「絕對不行。」

「那就告訴我吧……只要說一點點提示就可以！莉莎是我最好的朋友，我不能讓她有事。」

我已經做了再次被拒絕的心理準備。雪梨這個人眞的很不夠意思。她交過朋友嗎？她能夠理解我此刻的感受嗎？

「大部分都是個人的經歷。」她最後終於回答道，「是我們透過觀察，記錄下的一些他的個人歷史。」

「觀察……」我決定不深究這一部分，因爲實在不想知道自己是不是也正被煉金術士監視著，「還有別的嗎？」

「還有一些財務資料。」她皺著眉頭，「特別是他存進拉斯維加斯銀行戶頭的那一大筆錢——雖然他極力想要掩飾。」

「拉斯維加斯？我才剛到過那裡……」不會這麼巧吧？

「我知道。」她說，「我看過午夜酒店裡的監視錄影帶了，知道妳在那裡遇到的事。事實上，這也是我爲什麼懷疑妳的一部分原因。實在太巧了。」她猶豫了一下。「還有，和妳在一起的那個男生，那個高個子黑頭髮的莫里……他是妳的男朋友嗎？」

「呃，對。」

她花了很長時間，似乎盡了最大的努力才說出接下面這句話：「他長得很可愛。」

「以一個在黑夜中行走的惡魔來說？」

「當然。」她又再次呑呑吐吐起來，「你們眞的是私奔去那裡的嗎？」

「什麼？當然不是！這些八卦也傳到你們那邊去了？」我搖著頭，幾乎忍不住要爲這件荒唐事笑起來，可是我知道必須回到正事上來。「所以，艾瑞克在拉斯維加斯有一個戶頭，他還存了一大筆錢進去？」

「不是他的，是一個女人的。」

「什麼女人？」

「不知道，我們還沒有其他發現，只知道這個人的名字叫珍妮．朵依。」

「太普通了。」我喃喃地說，「為什麼他要這麼做？」

「這個我們不知道，也不關心。我們只想知道到底是誰闖進來並偷走了檔案。」

「我唯一知道的就是肯定不是我。」看見她那種謹慎的態度，我徹底投降了，「拜託！如果我想知道他的事，直接去問莉莎就好了，要不可以偷我們自己的檔案嘛！」

一陣沉默過後——

「好吧，我相信妳。」雪梨說。

「真的？」

「妳希望我不要相信妳嗎？」

「不，只是覺得說服妳比我想像中要簡單。」

她嘆了一口氣。

「我還想瞭解一下那些檔案的內容。」我淡淡地說，「我想知道那個珍妮．朵依是誰。如果妳能傳給我其他檔案——」

雪梨搖搖頭。「別想。我能說的全都告訴妳了，妳已經知道太多了。艾比希望我能夠排除妳的嫌疑，我已經做到了，所以我的任務完成了。」

「我不認為艾比會這麼容易就放過妳，如果妳和他的交易沒有約定期限的話。」

她沒有承認，可是那雙棕色的眼睛告訴我，她也是這麼想的。「蘿絲，晚安，或是早安。隨便吧。」

「等一下，我——」

視訊畫面變黑了。

「該死！」我怒吼著闔上筆記型電腦，力道比我想像中還要大。

這次會談的每句話都很驚人，從看見雪梨開始，到以某人偷走了煉金術士持有的關於莉莎父親的檔案爲結束。

爲什麼有人會這麼在意一個已經死去的人？爲什麼他要偷走這些檔案？是想找出什麼消息？還是想要藏起什麼消息？如果是後者，那麼雪梨說的對，他這麼做完全是白費力氣。

我準備上床睡覺，刷牙時，我盯著鏡子裡的自己，在心裡又回想了一下整個對話過程。爲什麼？爲什麼？爲什麼？爲什麼要這麼做？是誰呢？我已經習慣生活裡有許多陰謀詭計了，但是如果這件事牽扯到莉莎，就不得不嚴肅看待了。不幸的是，很顯然我今天晚上不可能知道答案了，我帶著諸多的疑問，沉沉地睡去。

第二天一早醒來時，我覺得精神稍微恢復了一些，可是心裡仍然有很多疑惑。我掙扎著，不知道要不要將知道的事情告訴莉莎，最後，我決定還是要對她說。如果有人正在搜集關於她父親的資訊，她有權利知道，而且這和他那些桃色新聞不一樣——

我此刻正搓揉著頭髮上的泡沫，突然一個想法跳了出來。昨天晚上我眞的太累了，沒有想到這些事情是有關聯的也很正常。那個在午夜酒店的傢伙，說過很多關於莉莎爸爸的事，如今，雪梨的檔案裡也說，他在一個拉斯維加斯的戶頭裡存了許多錢。是巧合嗎？也許吧。可是我越想越覺得，這一定不只是巧合那麼簡單。

我一梳洗完畢，就出發向莉莎住的地方走去，但是還沒走多遠，就看見艾德里安在門廳等著我，正癱坐在一張扶手椅上。

「現在對你來說，似乎太早起了吧？」我停在他面前揶揄道。

我本來以爲他會對我微笑，可是艾德里安今天早上看起來一點都不高興。事實上，他好像沒有睡醒。他的髮型完全沒有了平日的帥氣，而他身上穿的是通常不會在白天穿的禮服，皺皺的，身上還有很濃的煙味。

「對一個沒怎麼闔眼的人來說，早起是很容易的。」他回答我，「我在這裡等人等了一個晚上。」

「等什——哦，天哪！」那場派對。我完全忘記了他媽媽邀請我參加的那場派對，艾比和雪梨的事佔據了我所有的注意力。「艾德里安，我很抱歉。」

他聳聳肩，當我在椅子扶手上坐下時，他也沒有觸碰我。「無所謂。我不應該這麼驚訝才對，我早就應該知道我是在自欺欺人了。」

「不，不，我是想要去的，可是你肯定不會相信發生了什麼——」

「算了吧。」他的聲音很疲倦，眼睛通紅。「沒必要解釋了。我媽媽跟我說，她看見妳去參加迪米特里的審問會了。」

我皺起眉頭。「可那不是我沒有去派對的原因。後來有個人——」

「蘿絲，重點不是這個，而是妳抽時間去了。如果我聽到的傳言是眞的話，妳還去牢房看過他。可是，妳卻沒有將答應過要陪我一起做的事放在心上，哪怕是捎句話說不來了也沒有。我在我父母的家裡等了一個多小時，最後才決定放棄。」

我想說他可以試著聯絡我，可是老實說，他為什麼一定要這麼做呢？這不是他的責任。是我告訴戴妮拉說我會出席，而沒有去是我的錯。

「艾德里安，眞的很對不起。」我拉著他的手，可是他並沒有回應我。「眞的，我是想去的，可是——」

「夠了。」他再一次打斷我，「自從迪米特里回來以後……不，不是的，自從妳著魔似地想要救回他，妳就已經傷透我的心了。不管我們之間發生過什麼，妳都從來沒有眞正地投入這段感情過。我也想相信妳對我說的話，我以為妳已經準備好了……顯然，妳還沒有。」

反駁的話已經到了我嘴邊，可是再一次地，我沒有說出來。他說的對，我說過我會和他約會，給他一個公平競爭的機會，甚至沉溺於做他女朋友的感覺，覺得很舒服，可是從頭到尾，我的心裡還是裝著迪米特里。儘管我很清楚，可也一直任由自己過著這種矛盾的生活。我又想起了之前和梅森在一起的時候，當時我也是過著這種生活，而他為此丟掉了性命。我心中非常亂，不知道自己的心在什麼地方。

「對不起，」我再一次道歉，「我眞的很希望我們兩個可以……」哪怕是我自己，都覺得這些話太過沒有說服力。

艾德里安意會地向我笑了笑。「我不信，妳也不信。」他站起來，伸手揉了揉自己的頭髮，可是這樣做並沒有令他看起來好一點。「如果妳眞的願意和我在一起，這次就不會食言。」

我討厭看著他這種樣子，而且特別討厭是因為這樣的原因。我跟著他走到大門邊。「艾德里安，等一下，我還有話想和你說。」

「小拜耳，現在不行，我需要補眠去。這個遊戲，我現在沒有辦法玩下去。」

我可以丟下他就走，也可以一直跟著他走到外面，不過，怎麼做都沒有用……因為我不知道該怎麼回答他。他說的所有話都是對的，除非我先釐清自己的想法，不然沒有權利要求他一定要和我談話。而且，想到他現在的精神狀態，我想說再多也不會有用。

可是看著他往外走去，我還是忍不住脫口而出道：「我明白你爲什麼一定要走，但在你走之前，我還有些事想要問你。不是關於我們的，是——關於莉莎的。」

他聽了這番話，慢慢停了下來。「樂意效勞。」他又用那種厭世的態度嘆了一口氣，回過頭來看著我。「最好快一點。」

「有人闖進煉金術士的資料庫，偷走了和莉莎父親有關的檔案。有些是關於他日常生活的資料，有些則是關於他在拉斯維加斯一個銀行戶頭裡，祕密存了一大筆錢。那是一個女人的銀行戶頭。」

艾德里安等著我說下去。「然後？」

「我想找出這個人是誰，還有他爲什麼要這麼做。我不希望有人探聽關於莉莎家的事。你知不知道他爸爸以前的事情？」

「妳也聽到那個在賭場的傢伙說的話了。她爸爸常常去那裡，也許欠了賭債，必須償還鉅款。」

「莉莎的家裡一直很有錢。」我指出，「他肯定不會欠那麼多債。爲什麼有人要偷這種東西？」

艾德里安攤了攤手。「我不知道，我知道的都已經告訴妳了，至少在這種早起時分我只能想到這些。我的腦子已經沒辦法思考了，而且，我也想不出這會對莉莎有什麼威脅。」

我點點頭，有些失望。「好吧，謝謝你。」

他回頭，繼續往外走去，我看著他的背影越來越遠。莉莎住的地方離他很近，我不希望他覺得我是在跟著他，於是當他走遠至完全看不見後，我才走出大門朝同一個方向走去。然而，教堂的鐘聲令我不由得停下腳步，我猶豫著，突然不知道該往哪邊走。

我想去找莉莎，把雪梨對我說的事告訴她，莉莎此刻正獨自在房裡，是個聊私房話的絕佳時機，可是那鐘聲……今天是星期天早上，皇庭的教堂裡有彌撒，而我心中有一股衝動，很想不理會任何事情——包括艾德里安的事——想要去教堂看看我的想法有沒有錯。

於是，我掉頭向教堂走去，方向和莉莎住的地方正好相反。當我抵達的時候，教堂的門是關著的，但是有幾個遲到的人想要悄悄地溜進去。我也混在他們當中溜了進去，然後停在門口觀察了一下，但空氣中煙霧繚繞，我的眼睛適應了一會兒，才看清楚昏暗燭光下的一切。這座教堂讓聖弗拉米爾學院的教堂相形見絀，裡頭能容納的人數是我見過的教堂中最多的，而大部分的座位都坐滿了。

但，仍有幾個空位。

我的猜測是對的。里斯昨天問過迪米特里，說他能不能夠走進教堂，迪米特里不但說可以，而且還主動提出要參加星期天的彌撒。此刻，迪米特里正坐在其中一張長椅上，旁邊坐著幾個負責看守他的守護者。想當然，就算是在人滿爲患的教堂裡，他周圍的長凳也會是空的。

牧師已經開始在佈道了，我盡可能不引起注意地向迪米特里的座位走去。不過似乎沒什麼用，周圍的人看見我坐在那個由血族變回來的拜耳身邊時，仍然都倒吸了一口冷氣，所有人的目光都集中在我身上，還有一些人開始竊竊私語。

那幾個守護者和他保持一段距離坐著，而當我在他身邊的位子坐下時，他露出了那種既覺得意外，卻又似乎早就猜到的表情。

「別這樣，」他小聲說道，「別惹我，尤其是在這裡。」

「別想太多，夥伴。」我小聲地回嘴道，「我來只是爲了淨化自己的靈魂，僅此而已。」

不需要他多說什麼，我也可以看出，他很懷疑我來這裡只是爲了這種神聖的原因。雖然我很想要做點越界的事，但整個彌撒過程中，我都靜靜地坐著。過了幾分鐘，迪米特里原本緊繃的身體微微放鬆了一些，方才因爲我在他身旁坐下來的憤怒，也由於我的良好表現而漸漸平息下去。他的注意力又從我身上轉到了前方唱頌歌、做禱告的人身上，我則盡力做到偷瞄他而不被發現。

迪米特里以前也常去學院的教堂，因爲他覺得在那裡能夠得到平靜。他經常說，雖然他殺死的都是世界上的壞人，可仍然覺得這對他的生命來說太過沉重，希望能夠尋求贖罪的方法。看見他此刻的樣子，我比任何時候都相信這番話。

他的表情很微妙。我對他隱瞞自己情緒的那一套太瞭解了，哪怕他心裡非常吃驚，可是從他臉上也幾乎看不到任何驚嚇的表情。此刻，他被牧師的佈道所吸引，完美的臉上是全神貫注的表情，顯得很關心牧師口中有關救贖個人罪孽的一切。迪米特里可能又想起了自己身爲血族時犯下的一切罪行，而從他臉上那種絕望的表情看來，你可能會覺得他得爲世上所有人的罪行負責。

有一刻，我覺得自己好像也在他臉上看到了希望，這絲微弱的希望混在他的內疚和悲哀裡，曇花一現……不對，我又意識到，那不是希望。希望是說你覺得自己還有機會，可是我在迪米特里臉上讀到的卻是渴望，是懷念。迪米特里似乎希望，能透過在這個神聖之地聽牧師佈道，以贖清自己的罪，可是與此同時，他又覺得這顯然是不可能的事。他很希望能夠做到，卻又覺得自己的罪孽好像永遠也償還不完。

看見他這個樣子，我很傷心，不知道面對他這種消極的態度應該怎麼反應。他覺得自己沒有了希望，那我呢？我根本無法想像一個沒有希望的世界是什麼樣子。

我也從來沒有想過，自己會引用牧師說的話，可是當所有人都站起來前去領聖餐的時候，我居然對迪米特里說：「你不覺得也許上帝有可能已經寬恕了你，而你現在這個樣子，是因爲自己不肯寬恕自己嗎？」

「妳等著要跟我說這句話等了多久？」他問道。

「事實上，我是剛剛才想到的。還不錯吧？我打賭你一定以爲我根本沒有注意在聽。」

「妳是沒有，而且永遠都不會。妳剛剛一直在偷看我。」

有意思。他會知道我在偷看他，是不是因爲他也看了我，才發現我在偷看他呢？我有些糊塗了。「你還沒有回答我剛才的問題。」

他一直看著排隊領聖餐的眾人，過了一會兒才冷靜地說：「這是兩回事。就算上帝寬恕了我，我也不會赦免我自己的。而且，我不認爲祂會。」

「剛剛牧師才說，上帝會這麼做的。他說上帝會寬恕所有事，你想說牧師剛剛是在騙人嗎？這可眞是太不敬了。」

迪米特里呻吟了一聲。我從來沒想到，折磨他竟是一件這麼有意思的事。此刻他那副挫敗的樣子顯然並不是因爲他內心的傷痛，而是因爲我的不敬。這種表情我見過上百次，一股熟悉感令我心裡暖暖的，雖然這聽起來很不可思議。

「蘿絲，大不敬的人是妳。妳爲了達到自己的目的，曲解了人們的信仰。妳以前從來都不相信宗教，現在也一樣。」

「我相信死去的人還可以活過來。」我認眞地說，「證據此刻就坐在我身旁。如果這都可以變成眞的，我不覺得你原諒自己有什麼不可以。」

他的目光變得嚴厲了起來，好像正在祈禱領聖餐的隊伍能夠加快速度，讓他得以早點站起來擺脫我。我們都清楚，他必須等到彌撒做完之後才能走，如果他現在就跑出去，別人可能會以爲他還是血族。

「妳根本不知道妳自己在說什麼。」他說道。

「是嗎？」我小聲說著，朝他靠近了些。我這麼做本來只是想要加重語氣，可是卻也令我得以在昏暗的燭光中將他看得更清楚，他的頭髮、他頎長的身材……肯定是有人認爲他應該刮鬍子了，所以此刻他的下巴非常光滑，令他如雕塑般的臉部線條顯露無遺。

「我非常清楚我在說什麼。」我繼續說道，不願意讓他的樣子影響到我。「我知道你經歷了很多事情，也知道你做了很多可怕的事——我親眼看到了。可是一切已經過去了，那些事並不是你可以掌控的。況且，你肯定不會再做那些事了。」

他臉上閃過一絲陌生的惱怒。「妳怎麼知道？也許魔鬼並沒有從我身上離開，也許我身體裡仍然有一些血族的因子。」

「那你就要打敗他們，好繼續自己的生活，而非只是做出要保護莉莎的英勇承諾。你必須要再次活過來，向愛你的人敞開心扉。血族不會這麼做，這才是你要救贖自己應該做的事。」

「我不配有人愛我！」他低吼道，「而且我也不懂得去愛人。」

「也許你應該試一下，而不是在這裡自怨自艾。」

「這並不容易。」

「該——」還好我記得在教堂裡不能罵人。「我們做過的事情沒有一件是容易的。我們之前的生活——在學院被襲擊之前的生活也不好過，可我們撐過來了！這次，我們也可以撐過來。我們在一起，就可以做到任何事。如果你想要把信仰寄託在這裡，我不在乎；我在乎的是，你對我們有沒有信心。」

「沒有什麼『我們』，我已經告訴過妳了。」

「你知道我不是一個很好的聽眾吧？」

雖然我們講話的聲音很低，可是我們的身體語言也許告訴別人我們正在吵架，其他做彌撒的人此時都在忙著領聖餐，並沒有發現，可是迪米特里的守護者卻在一旁小心地看著。我再次提醒自己，莉莎和米哈伊爾都對我說過——令迪米特里在公共場所發火，對他來說沒有好處。問題是，我剛才說的話並沒有什麼值得他好生氣的。

「我真希望妳沒有來過這裡。」他最後終於說道，「我們兩個分開，真的對誰都好。」

「有意思的是，我發誓你曾經說過，我們注定是要在一起的。」

他無視我的話，自顧自地說了下去：「我希望妳離我遠一點。我不希望妳再去找尋那些已經消失的感覺。那些已經過去了，而且永遠不會再出現，永遠都不會。我們以後最好把彼此當成陌生人，這樣對妳會比較好。」

他曾經帶給我的那種愛戀、熱情的感覺，此刻都變成了——憤怒。「如果你想要告訴我該做什麼、不該做什麼，」我盡量壓低嗓音，「那麼至少也應該有看著我說話的勇氣吧！」

他轉過來，速度快得好像他事實上還是血族一樣，而他的臉上充滿了……那是什麼呢？不是之前的絕望，也不是暴怒，雖然確實有一點點生氣，但是更像是……一種混合了絕望、憤怒甚至也許還有害怕的情緒。隱藏在這些之下的，還有疼痛，就好像他的心有無數根針在刺一樣。

「我不希望妳再留下來。」他說道，雙眼閃著熾烈的目光。這句話很傷人，可是同時也爲我帶來震撼，就好像方才他因爲我瀆神的言論而顯露的情緒一樣。眼前這個不是冷冰冰、精於算計的血族，也不是那個在牢房裡感到無望的人；這是我原來的老師、我的情人，那個可以帶著滿腔熱情打敗一切的人。「妳究竟要我對妳說多少遍？妳最好離我遠一點。」

「可你不會傷害我的。我知道。」

「我已經傷害了妳。妳怎麼就是不明白呢？我要說多少遍妳才會懂？」

「你說過……你在離開之前說過你愛我。」我的聲音在顫抖，「你怎麼能夠忘記呢？」

「因爲已經太遲了！這麼做總比我不斷想起對妳做過的那些事要好！」他的自制力終於不復存在，他的聲音迴蕩在教堂裡。牧師和那些還在取餐的人都沒有聽見，可在我們身後的人一定注意到了。有幾個守護者身子一僵，我再一次不斷地在心裡警告自己。

不管我多麼氣迪米特里，不管我覺得他轉身離我而去令我覺得多麼傷心……我仍然不能冒險，令別人以爲他還是血族。迪米特里這種暴怒的表情，令人覺得他好像要擰斷某人的脖子，可他只是因爲太生氣了，他仍是一個內心糾結、因爲罪孽深重而感到痛苦的人。

我轉身背對著他，試圖令自己冷靜下來。當我回頭的時候，我們的視線緊緊交纏，一股電流在我們兩人之間流竄。迪米特里可以說他什麼都不想要，可是我們靈魂深處的聯繫還在，這是他無法忽視的。我想要伸手碰觸他，不是那種悄悄用褲管去碰觸他的輕觸，而是將他緊緊抱在懷裡，明確地告訴他，我們還可以在一起。我這麼想著，卻沒有意識到自己眞的伸出了手。他猛地彈開身子，好像我是一條毒蛇一樣，看守他的所有守護者也都衝向前，不知道他想要做什麼。

可他什麼都沒有做，只是看著我，看得我全身血液幾乎都快凝固了。他看著我的表情，就好像我是一個怪異的壞女人。「蘿絲，拜託妳收手吧，拜託妳離開。」他仍然在盡自己最大的努力保持冷靜。

我衝向前，此刻感覺和他一樣憤怒和挫敗。我有種預感，如果我繼續留在這裡，我們可能會打起來。我小聲地對他說：「還沒結束，我不會放棄你的。」

「我已經放棄妳了。」他回答道，聲音很溫柔，「愛意已經消失，至少我心中的已經消失了。」

我不敢相信地看著他。從頭到尾，他都沒有說過這樣的話。之前他抗拒我的時候，也只是說一些對我好、他後悔自己在成爲血族時做的事，或是他害怕再愛了之類的話。

我已經放棄妳了。愛意已經消失，至少我心中的已經消失了。

我往後退去，這些話帶給我的傷害，就好像他用力賞了我一巴掌一樣。他的身子微微動了動，似乎知道這句話對我有多麼大的殺傷力。我沒有再堅持待下去，而是轉身衝出狹窄的走道，向身後的大門跑去。我生怕自己如果再留下來，教堂裡的所有人都會看見我大哭的樣子。

25

從教堂跑出來之後，我什麼人都不想見。我飛快地跑回自己的房間，根本沒有看清擋在我前方的事物和人群。迪米特里的話一遍又一遍在我心裡響起：愛意已經消失，至少我心中的已經消失了。不知爲什麼，我覺得這是他對我說過最過分的一句話。別誤會，其他的話也很傷人，他說的那些以後要躲著我、裝作我們不認識、忘掉過去的事，都令我很難過，只是，這些話雖然令人不舒服，但帶來的傷害還沒有那麼大，那讓我覺得我們兩個之間還有一點小小的希望，還有愛的火花，他還是愛我的。

可是……他已經不再愛了。

這完全是另外一回事了。這代表我們之間的感情已經死了，且會隨著時間流逝漸漸淡去，直到最後完全消失，就如同乾枯的樹葉一樣，被風一吹就碎了。想到這裡，我的心和胃一起絞痛起來，我蜷著身子躺在床上，緊緊地摟住自己，好像這樣心中的痛就會少一些。我完全沒有辦法接受他說的話，不能接受他變了回來，對我的愛卻不見了。

我希望接下來的一整天都躲在自己的房間裡，用被子蒙上頭，蜷在床上。我忘記了雪梨之前告訴我的有關莉莎父親的事，甚至連莉莎都沒有理會。她今天有幾件事要處理，但是每過一段時間，她就會透過心電感應傳訊息給我：妳想要來找我嗎？

我沒有和莉莎聯繫，她開始擔心起來。我突然很害怕，害怕她或別人會來我的房間找我，於是我決定離開這裡。我沒有特定的目的地，只是不停地走著。我繞著皇庭走，發現自己來到一個從來沒有到過的地方。這裡的雕像和噴泉比別處更多，有些我甚至認不出來，但這些美麗的景觀在我眼裡都失去了顏色，大約一個小時以後，我又回到了自己的房間。走了這麼久，我幾乎已經精疲力竭了。不過，至少我躲開了和任何人說話的可能。應該是吧？現在已經很晚了，超過了我平時睡覺的時間。

可是這時，外頭突然響起了敲門聲。我猶豫著要不要開門。這麼晚了會是誰呢？我要不要找人聊聊天、分分心呢？我不知道該怎麼做，只知道外面這個人應該不是莉莎。天哪，我腦子裡想到的人只剩下了漢斯，也許他是來問我爲什麼今天沒有去處理檔案。我前思後想了一番之後（外面的敲門聲一直沒有斷），終於爬起來開門。

門外站著的人是艾德里安。

「小拜耳，」他笑著說，笑容中帶有一絲倦意。「妳怎麼好像看見鬼一樣？」

「我……早上發生了那種事以後，我眞沒想到會是你……」

他走進來，坐在我的床上，我很高興看見他已經梳洗整裝過了。他換了新的衣服，頭髮又如平時一樣打理得非常仔細，但我還是聞到了一絲菸味。不過，想到我對他做的事，他有權利享用它。

「對，我也沒有想到自己會來。」他老實答道，「不過妳……嗯，妳說的話我想了許久。」

我坐在他旁邊，保持著安全距離。「關於我們的？」

「不是，關於莉莎的。」

「哦。」我曾經指責迪米特里太過自以爲是，可是現在，我居然以爲艾德里安除了和我談情說愛，就沒有別的話題了。

他的綠眸透出一絲深思熟慮。「我一直在想妳說的關於她爸爸的事。關於賭博那件事，我想妳說的對。他有許多錢，無論欠下多少賭債，應該都還得清，沒必要這麼神神祕祕的，所以，我去問了我媽媽。」

「什麼？」我喊道，「這件事不能告訴別人，不然——」

「我知道，我知道。我已經把妳說的那些列爲頂級機密了。別擔心，我只是跟她說我們在拉斯維加斯的時候，聽見有人談起莉莎的爸爸有祕密銀行戶頭的事。」

「她是怎麼說的？」

「她說的和我一樣。嗯，事實上，她一開始還罵了我一頓。她說艾瑞克·德拉格米爾是一個好人，我不應該散佈死人的八卦。她猜這或許和賭博有關，不過即使是這樣，人們應該也不會在意，因爲他還做了那麼多偉大的事。自從從午夜酒店回來以後，我就覺得她很怕我在公眾場合拋頭露面。」

「我想她說的沒錯。」也許偷走這些檔案，是要詆毀他清譽計畫的一部分。老實說，散佈死人的八卦根本沒有用，可是如果這個人想要藉此抹黑德拉格米爾家族的聲譽，從而奪取莉莎的投票權呢？我本想將這些想法告訴艾德里安，可是他打斷了我，說出了令我更爲驚訝的話。

「我爸爸也聽見了我們的談話，而他的意思是『艾瑞克可能在那裡有情婦。妳說的沒錯，他是一個好人，可他也很風流，特別喜歡女人。』」艾德里安翻了個白眼，「『他就是那麼說的，『他喜歡女人』。我爸爸眞是個混蛋，說得好像自己飽經世故一樣。」

我下意識地抓住艾德里安的手臂。「後來他還說了什麼？」

艾德里安聳聳肩，但是沒有將我的手拿開。「沒了。我媽媽很生氣，又把對我說過的話，對我爸爸說了一遍，她說那些只是謠言，沒有證據表明是事實。」

「你覺得是眞的嗎？莉莎的爸爸有個情婦？所以他才會匯那麼大一筆錢？」

「不知道，小拜耳。妳想聽實話嗎？我爸爸是那種愛八卦的人，哪怕是捏造一個也行。我的意思是，我們都知道莉莎的爸爸很喜歡派對，要藉此推論出他有情婦是件很容易的事。也許，他確實有些見不得人的祕密。該死，我們每個人都有。可能去偷檔案的人，只是想利用這些事而已。」

我將我之前想到的，認爲有人會用這種事來對付莉莎的話告訴了他。「也有可能，」我又想了想，「是她的一個支持者偷走的，這樣可以確保祕密不會洩露。」

艾德里安點點頭。「不管怎麼樣，我都不希望莉莎再有生命危險。」

見他起身想要走，我又將他拉了回來。「艾德里安，等一下……我……」我吞了口口水，「我想向你道歉，爲我對待你的態度，還有我對你做的那些……這對你一點都不公平。我眞的很抱歉。」

他沒有看著我，只是盯著地板。「感情這種事不是妳能控制的。」

「問題是……」我不知道自己現在是什麼感受，這聽上去確實很愚蠢，可卻是事實。我很關心迪米特里，甚至笨到以爲他回來並不會對我產生什麼影響。可是現在，我知道……*愛意已經消失*，*至少我心中的已經消失了*。「我意識到現在該和他做個了斷了。我不是說這是一個很容易的過程，要徹底忘記仍然需要一段時間，如果我說立刻就能夠將他忘掉，那麼就是同時在騙我們兩個人。」

「這似乎很有道理。」艾德里安說。

「是嗎？」

他看著我，眼中閃過一絲玩味。「是的，小拜耳。有時候，妳說的話還是很有道理的。繼續。」

「我……呃，正如我說的……我必須忘掉他，而且我也確實很在乎你……我想我甚至有一點愛你。」這句話贏得他的微笑。「我眞心地希望再嘗試一次。我喜歡自己的生活裡有你，可是之前我可能太心急了。在我這樣辜負你之後，你確實沒有理由再和我在一起，可是如果你希望我們可以再試一下的話，那麼我的答案是……我也是。」

他盯著我看了好久好久，我屏住了呼吸。我是認眞的，他有權利結束我們之間的一切……不過，這種想法也很令我恐懼。

終於，他將我拉向他，然後重新回到床上。「蘿絲，我有無數種理由希望和妳在一起。自從在滑雪場見到妳之後，我就離不開妳了。」

我離他更近了些，將頭枕上他的胸膛。「我們一定可以的，我知道我們可以。如果我再搞砸的話，你可以離開。」

「如果眞有這麼容易就好了。」他大笑起來，「妳忘了一件事，我是一個很容易上癮的人。我現在對妳也已經上癮了，而且已經到了妳可以隨便對我做各種惡劣的事，可我還是會回到妳身邊的程度。只要妳一直對我坦白就好，可以嗎？告訴我妳的感受，如果妳對迪米特里的感覺仍然困擾著妳，那麼就告訴我，我們一起解決。」

我很想告訴他，不必再擔心迪米特里的事，我是眞的這麼想的，因爲迪米特里已經拒絕我無數次了。雖然只要我願意，我還是可以繼續追著他，可是已經沒什麼用了。愛意已經消失……那些話仍然令我覺得很痛，我幾乎不敢將這些話說出來。不過，艾德里安抱著我，我忍不住猜測起這一切他到底知道多少，而我淌著血的心也要承認一件與之相反的事實，另一份愛意萌生了。我很想試著和艾德里安在一起，眞心地。

我嘆了一口氣。「你不應該這麼善解人意，你應該表現得很膚淺、很不可理喻，還有……還有……」

他在我額頭上吻了一下。「還有什麼？」

「嗯……荒唐。」

「荒唐這件事我可以嘗試一下，至於其他的嘛……只能等待機會了。」

此刻我們緊緊地抱在一起，我抬著頭看他，高高的顴骨和刻意弄得凌亂的頭髮令他看起來相當迷人。我記起了他媽媽的話，她說我們可以做自己想做的，反正我和他最後也會漸漸分開。也許這就是我的命運，凡是我愛的男人，最後都會失去。

我用力摟住他，然後吻著他，力道大得令他有些驚訝。如果說我對生命和愛情有什麼領悟的話，那麼就是世事無常，不如及時行樂。小心謹慎是對的，但不是以浪費生命爲代價。我決定不要浪費眼前的一分一秒。

我的心意未決之前，手已經自動地去扯艾德里安的襯衫了。他沒有質疑我的動作，也沒有猶豫要不要也解開我的衣服。也許他有片刻的理智和了悟，可他仍然是……嗯，艾德里安。艾德里安此刻也在享受自己的生命，不願去多想，只希望做他自己想做的事。他已經想要我很久了。

他很擅長這種事情，所以這也是爲什麼我的衣服掉下去的速度比他的快的原因。他火熱、迫切的唇抵著我的喉嚨，卻很小心地不讓他的尖牙刮破我的皮膚。我有些意亂情迷，驚訝地發現自己的指甲居然緊緊嵌入了他光裸的後背，他的唇沿著我的鎖骨一點一點往下移，而一隻手則解開了我的內衣。

當我們兩個全都搶著要脫掉對方的牛仔褲時，我有些驚訝於自己身體的反應。我曾經信誓旦旦地說，自己不會和迪米特里以外的人發生親密關係，可是現在呢？哦，我眞的很想。也許這是對迪米特里拒絕我的報復，也許只是一時的衝動；也許我愛艾德里安，也或許，這只和慾望有關。

不管是什麼原因，我在他雙手和唇瓣的攻勢下漸漸變得無力，似乎希望他能夠探索我身上的每個部位。他唯一停下來的時刻，是當我們的衣服終於脫掉，我赤身裸體和他躺在一起的時候。他也幾乎是全裸的，但是我還沒有把他的內褲完全褪下來。（它們是絲質的，說眞的，艾德里安爲什麼穿著這個玩意兒？）他雙手捧起我的臉，看著我的眼睛冒著熱情和慾望，還有一點期待。

「妳到底是什麼，蘿絲．海瑟薇？妳是眞實存在的嗎？這件事就像是夢中夢，我很怕一碰觸妳，自己就會從夢裡醒來，妳就不見了。」

我意識到他此刻又多少陷入了那種詩魔的狀態，這些話令我忍不住要想，他是不是受了精神能力的影響。

「你親手摸過之後就知道了。」我說著將他拉向自己。

他沒有再猶豫，將身上的最後一絲衣物也褪去，我全身上下都能感受到他滾燙的皮膚，以及那雙順著我身體向下滑的手。我的生理需求立刻蓋過了任何邏輯和理智，沒有任何想法，只有我們兩個，那種強烈的迫切感令我們緊緊抱在一起，我整個身體都燃燒起來，因爲這份需求、慾望、敏感和——

「哦，該死。」

這句話在我們的唇正熱烈地探索著彼此的時候，模糊不清地吐了出來。出於一種守護者的本能反應，在我們的下半身幾乎要碰在一起之前，我立刻將他推開。那種失去他重量的感覺令我一驚，而他則比我還要吃驚，他愣愣地看著我，驚訝地看著我扭著身子設法坐在床上。

「怎、怎麼了？妳改變主意了嗎？」

「我們要先採取保護措施。」我說，「你帶了嗎？」

他想了幾秒，嘆了口氣。「蘿絲，只有妳會在這種時候想起這種事。」

說的沒錯，我的時間點選得太令人鬱悶了。不過，總比事後才想起來好吧？不管體內的慾望有多強烈——相信我，它還在——我眼前仍猛地閃過迪米特里的妹妹卡洛琳娜的身影。我是在西伯利亞的時候遇見她的，當時她已經有了一個半歲大的小孩。小孩是很可愛，所有的小孩都是，可是上帝啊，她還有那麼多的工作要做。她要當服務生，而一下班回到家，她的注意力便全都放在了小孩的身上；她去工作的時候，就由迪米特里的媽媽來照顧小孩。而照顧小孩要做很多事，比如餵奶、換尿布，如果他誤吞了什麼小東西，還得讓他吐出來。他的妹妹索婭也快要臨盆了，所以我和他最小的妹妹維多利亞非常好。可是如果她也很快懷孕的話，我也不會驚訝。人生重大的轉折，往往都是一些看似不經意的小事決定的。

我很肯定自己在這麼年輕的時候還不想要小孩。和迪米特里在一起，這不是個問題，這要多謝拜耳的基因；可是和艾德里安在一起呢？這就是個問題了。還有，雖然不論是莫里還是拜耳，這兩個種族的人都很少生病，可我並不是艾德里安擁有的第一個女生，也許是第二個，或者是第三個……

「那你到底有沒有嘛？」我不耐煩地問。我雖然恢復了理智，可也不代表我不想繼續。

「當然有。」艾德里安說著也坐了起來。「不過是在我的房間。」

我們看著彼此。他的房間很遠，在皇庭的莫里住宅區。

他往前湊了湊，摟著我，含住我的耳垂。「懷孕的機率是很低的。」

我閉著眼睛，揚起頭迎向他，他則將雙手滑到我的臀部，輕輕撫觸著。「你是什麼，醫生嗎？」

他輕輕地笑了，不停地吻著我的耳後。「不是，我是一個想要冒險的人。妳別告訴我妳不想要。」

我張開眼睛，推開他，這樣可以直接看到他的眼睛。他說的對，我確實想，非常、非常地想。一部分的我——而且是大部分的我——都飽受著慾火的煎熬。懷孕的機率很低，不是嗎？有很多人一輩子都在嘗試，可就是懷不了孕，對嗎？我的慾望希望接受這種說法，可是令人驚訝的是，勝出的卻是我的理智。

「我不能冒這個險。」我說。

現在輪到艾德里安看著我了。終於，他點點頭。「好吧，那下次好了。今晚我們就……做很有責任感的人吧。」

「你要說的就是這些？」

他皺起眉頭。「不然我還要說什麼？妳都說不行了。」

「但……但是你可以催眠我啊。」

現在，他看起來真的連下巴都快掉下來了。「妳希望我催眠妳？」

「不，當然不希望。我只是突然想到……呃，你其實是可以這麼做的。」

艾德里安再次捧起我的臉。「蘿絲，我在玩牌的時候作弊，還灌醉未成年的孩子，可我絕對、絕對不會強迫妳做不願意做的事。這件事當然也——」

他的話沒有說完，因爲我又撲過去，摟住他開始親吻。震驚令他一時之間無法反應，不過很快，他便老大不情願地將我推開。

「小拜耳，」他澀澀地說，「如果妳想要負責任，這麼做肯定不是個好方法。」

「我們都不想半途而廢，可我們也要很負責任。」

「可這些事情——」

他看著我將頭髮撥到一邊，露出脖子，突然倒吸了一口冷氣。我設法調整了一下姿勢，這樣可以看到他的眼睛，但我一句話都沒有說。這個邀請已經很明顯了。

「蘿絲……」他有些不知所措，雖然我已經看出他臉上顯露出來的渴望了。

吸血其實並不等同於做愛，可這是所有吸血鬼都朝思暮想的一件事。我聽說在纏綿的過程中吸血，是一種使人非常興奮的經驗，但由於這是一種禁忌，所以很少有人這麼做。總之，大家都是這麼說的。這也是吸血妓女最初的來歷：拜耳同意在做愛的過程中讓莫里吸血。由拜耳提供血液這件事，因而被大家所不齒。可是我曾經這麼做過，在莉莎需要的時候讓她吸過血，在迪米特里還是血族的時候也這麼做過，而每次過程都令人感到十分愉快。

「蘿絲，妳真的知道妳在做什麼嗎？」他又試探著問，聲音這次冷靜一些了。

「是的。」我堅定地說，然後輕輕地撫摸著他的唇瓣，然後將手指滑進去，撫摸他的尖牙。我將他剛才說的話還給他：「你別告訴我你不想。」

他很想。一瞬間，他便咬住了我的脖子，將牙齒刺進了我的皮膚。我因這突來的疼痛而叫了起來，可是這聲音在腦內啡順著吸血鬼的唾液滑進我的血液後，聽起來比較像是呻吟，一種強烈的幸福感震撼了我。他吸血的時候用力將我摟住，幾乎是將我放在了他的膝蓋上，我的後背因而緊緊貼住他的胸膛。當他的嘴唇在我喉嚨上摩挲時，我完全沒有意識到他的手又撫上了我的身子，我只知道自己沉浸在一種純粹的、令人欣喜若狂的甜蜜裡。完美的高潮。

當他將我們分開的時候，我感覺就好像失去了自己的一部分，覺得自己不再完整。我恍恍惚惚地想要他回來，便又伸手去觸碰他。他輕輕地將我的手推開，微笑著舔著嘴唇。

「小心點，小拜耳。我已經吸血吸過頭了，妳現在可能已經長出翅膀，準備飛上天了。」

聽上去好像也蠻不錯的。

過了一會兒，那種猛烈的、令人瘋狂的高潮退去之後，我又變回了我自己。我依然沉浸在高潮的餘味中，頭有些暈暈的，吸血鬼的腦內啡滿足了我身體的慾望。我的理智慢慢回歸，允許（算是允許吧）有條理的思緒滲透進幸福的大腦。艾德里安確認我夠清醒之後，他放鬆下來，躺在床上。過了一會兒，我也蜷縮在他的身側。他似乎和我一樣滿足。

「這眞是一場最美好的沒有眞正發生關係的性愛。」他陷入沉思地說。

我唯一的回應便是甜甜地睡去。時間已經很晚了，我身體裡的腦內啡退去得越快，渴睡的願望也就越強烈。我心裡有一個很小的聲音在說，雖然我是主動想要這麼做，而且也喜歡艾德里安，可整件事情還是錯的。我這麼做的目的並不純粹，只是爲了讓自己遠離悲傷和糾結。

但是另一個強硬的聲音告訴我，這不是眞的，那個埋怨的聲音很快就被疲倦捲走。我躺在艾德里安身邊沉沉地睡去，而這是這麼久以來我睡得最香甜的一覺。

在我完成起床、洗澡、穿衣服，甚至吹乾了頭髮這些事之後，艾德里安都沒有被吵醒。對此我完全見怪不怪了。我和我的朋友們，之前曾經浪費了無數個早晨，想要將他從睡夢中叫起來，可他不管有沒有喝過酒，都睡得跟死豬一樣。

與往日不同，我今天花了許多時間來梳理頭髮。脖子上被吸血鬼咬過的傷口仍然清晰可見，所以我將頭髮披散下來，並小心地吹整造型，讓大波浪捲剛好可以將傷口蓋住。我很滿意最後的效果，然後開始想接下來要做什麼。還有差不多一個小時，議會就要召開聆訊會，就年齡提案這件事，聽取各方人馬互相爭執，當莫里吵完了，就輪到拜耳投票。如果他們不把我攔在外面，現在去湊湊這個我們世界裡最火熱話題的熱鬧，也無不可。

但是，我沒有叫醒艾德里安。他身上裹著我的被單，睡得很香。如果我現在把他叫起來，等等可能會內疚於爲什麼沒有讓他再多睡一會兒。我透過心電感應，看見莉莎自己一個人坐在咖啡桌前。和她一起去吃早餐也是個不錯的主意，艾德里安就讓他自己看著辦吧。我留了一張字條給他，告訴他我去找莉莎，他走的時候記得鎖門就可以了。最後，我畫了一堆X's和O's（注❷）。

我走到一半的時候，感應到自己的早餐計畫可能要毀了，因爲克里斯蒂安坐到了莉莎旁邊。

「好吧，好吧。」我喃喃地說。最近發生了這麼多事，我已經沒有精力去關心莉莎的感情生活。從倉庫那一戰回來之後，看見他們兩個再在一起，我並不覺得驚訝，雖然她的感受告訴我，他們兩個人在一起無關情愛……但也只是目前而已。這是一種很不穩定的友誼關係，隨時可能被嫉妒和不信任打破。

我可不願意去打擾他們兩個。我知道守護者總部附近，也有一個提供咖啡和甜甜圈的地方，那裡應該沒有人會記得我還處於緩刑狀態，而且還剛大鬧議會大廳吧。

萬一有人記得就不好了。

不過，我還是決定去碰碰運氣，所以轉身往那邊走去。我一邊走，一邊不安地看著陰沉的天空，下雨對我今天的心情沒有什麼幫助。當我走到咖啡廳，立即發現自己不必擔心會引起別人注意了，因爲還有一個比我更大的目標：迪米特里。

他是和看守他的守護者一起來的。看到他獲得某種程度的自由，我很高興；但一想到他還要被人密切看守著，高興又變成了憤怒。不過，好在今天人不算多，來這裡吃早餐的人雖然還是禁不住會看他，卻不會看個沒完。這次，他身邊有五名守護者，這代表對他的守備減少了，這是個好預兆。他自己坐一張桌子，面前的甜甜圈只吃了一半，而他的手裡拿了一本平裝小說。我敢用性命打賭，那是一本西部小說。

沒有人敢坐在他身邊。看守他的人將他圍了起來，兩個站在牆邊，一個守在出口，還有兩個站在桌子附近。不過這種看守其實沒有什麼意義，迪米特里完全沉浸在書本中，完全沒有理會一旁的守護者，和那些偶爾投來好奇目光的人。也許他只是裝得不在乎吧。迪米特里看上去似乎一點威脅性都沒有，可是艾德里安的話又迴響在我耳邊。他身上眞的沒有一絲血族因子的殘留了嗎？眞的沒有一部分還是黑暗的嗎？迪米特里自己也說，他已經完全沒有了愛人的能力。

我和他經常能夠像這樣，不經意地遇見彼此，在人潮擁擠的空間裡，我也總是能夠一眼就看見他。他在翻書的空檔中漫不經心地抬起頭，而此時我剛好向收銀處走去，我們對視了一微秒。他的臉上沒有表情……可是，我感覺他好像在等待什麼。

是我，我突然意識到。儘管發生了這麼多事，儘管我們在教堂裡狠狠地爭吵過……他還是認爲我會追隨他，然後表達自己的愛意。爲什麼？他眞的以爲我會這麼不可理喻嗎？還是……還是他依然希望我能主動接近他？

好吧，不管是什麼原因，我都決定不讓他如願。他已經傷我傷了太多次了。他要我走開，但是這好像是一個精心設計的遊戲環節，而我不願意再陪他玩下去。我傲慢地看了他一眼，猛地轉頭向收銀台走去。我點了一杯奶茶和一份巧克力奶油夾心餅，想了想之後，我又多要了一份餅乾。我有種預感，今天一整天可能只會吃這一餐。

我本打算將早餐端到外面吃，於是往五彩的窗戶外面看了一眼，卻發覺外面似乎有雨點打在松樹上。該死。我在想是不是要冒雨跑到別的地方吃，但轉念又想，我幹嘛要怕迪米特里呢？我看見離他很遠的地方還有一張空桌子，於是端著食物走過去，裝得好像沒有看見他一樣。

「嘿，蘿絲。妳今天還要去議會嗎？」

注❷：X形似擁抱時交叉的雙臂，所以代表擁抱；O形似接吻時的嘴形，故代表接吻。一堆X's和O's則代表無盡的擁抱和親吻。

我愣住了。看守迪米特里的一個守護者微笑著對我說。我想不起這個人的名字，不過我從他身邊路過的時候，他的態度很友好，我不想失禮，於是，我不情願地回答他：「是的。」哪怕這意味著要站在迪米特里身邊。我盡量將注意力只放在這個守護者的身上。「去之前，我想先吃一點東西。」

「他們會讓妳進去嗎？」另一個守護者問，他也在微笑。一開始，我還以爲他們是在嘲笑我上次的糗事，不過……不是這樣的。他們的表情都顯示出是站在我這邊的。

「這是個好問題。」我承認道，然後咬了一口餅乾。「不過我還是要試試。我可以試著表現得好一點。」

第一個說話的守護者咯咯笑著說：「我才不抱希望。他們提出了那種愚蠢的年齡提案，就應該被罵。」

「什麼年齡提案？」迪米特里問。

我不情不願地看著他。正如以往的每一次一樣，見到他我就無法呼吸。別這樣，蘿絲。我對自己說，妳還在生他的氣，記得嗎？而且，妳已經選擇了艾德里安。

「提案內容是，皇室想要讓年滿十六歲的拜耳，像十八歲的拜耳一樣，也上戰場和血族對抗。」我說完，又咬了一口餅乾。

迪米特里猛地抬起頭，這讓我幾乎被餅乾噎住。「什麼十六歲就要去和血族戰鬥？」

他身邊的守護者立刻緊張起來，但沒有做出其他舉動。

我花了好一會兒，才將噎住的餅乾吞下去，但當我終於能夠開口講話的時候，卻有些不敢啓齒。「就是這個提案的內容。拜耳畢業的年齡被提前到了十六歲。」

「這是什麼時候的事？」他問道。

「前天而已。沒有人告訴你嗎?」我看了身邊的幾個守護者一眼,其中一個聳了聳肩。我這才明白,雖然他們已經相信迪米特里是眞正的拜耳了,可是卻沒有人打算和他聊天。他唯一能夠和人說話的時間,就是莉莎來看他的時候,還有就是上次的審問會。

「沒有。」迪米特里皺起眉毛,消化著這個新聞。

我默默地吃著自己的餅乾,希望這可以促使他多說兩句話。果然奏效。

「這太瘋狂了。」他說,「先不說道德問題,他們那麼年輕,還沒有準備好,根本就是去送死。」

「我知道,塔莎也是這麼反駁的。我也是。」

迪米特里聽見最後那句,懷疑地看了我一眼,特別是又聽見了一旁那兩個守護者的笑聲。

「那是最終的決定嗎?」他問道。他用一種質問的口吻和我講話,那種嚴肅和認眞的態度,就好像他還是守護者一樣。我心想,這總比絕望和無助要好,也好過他趕我走。

「差不多。如果莉莎能夠投票,應該就不是現在這種情況了。」

「喔。」迪米特里說著,手裡把玩著咖啡杯的邊緣。「有人數規定。」

「你知道這件事?」我驚訝地問。

「那是一條很古老的莫里法規。」

「我聽說了。」

「那麼反對的人要怎麼做?是要推翻議會的決定?還是要爲莉莎爭取德拉格米爾家的席位?」

「兩者都有,還有其他的事情。」

他搖了搖頭,將頭髮別到耳後。「這麼做行不通。他們需要找一個突破點,然後集中火力猛攻。選擇莉莎是比較明智的。議會需要德拉格米爾家回來,我那天接受審問的時候,已經見識到人們看著她的崇拜目光了。」他在說這番話的時候，語氣流露出一絲苦澀，顯現出他的真實感受，不過他很快又回復了正常的語氣。「只要他們齊心協力，要獲得別人的支持並不難。」

我開始吃起第二份餅乾，忘記了之前不想理他的決心。我不想打斷他的思路，這是唯一一件令他的眼裡又重新燃起之前那種熱情的事情，是唯一一件他真正感興趣的事——好吧，除了他發誓要將自己的一生奉獻給莉莎，還希望我遠離他的生活這兩件事。我喜歡這樣的迪米特里。

這和許久之前的迪米特里才是同一個人，那個精力旺盛、願意冒著生命危險維護正義的人。我有點希望他還是變回那個令人惱怒、冷漠疏離的迪米特里，那個告訴我不要再去煩他的迪米特里。現在的他，充滿了生氣，看上去比以往更加性感，以往我們並肩戰鬥的時候，他也是這種神情，甚至我們纏綿的時候也是。這才是迪米特里應該有的樣子：充滿力量和氣勢。我心裡很高興，可是……看見他變成我愛的樣子，只會令我的心更痛。他已經不要我了。

假使我的心事已經被迪米特里猜透，他也沒有表現出來。他一如既往地冷冷看著我，目光好像要用力將我裹住般。「下次妳見到塔莎，能讓她來找我嗎？我想要和她好好聊聊這件事。」

「所以說，塔莎是你的朋友，而我不是？」這麼尖刻的話，我想都沒想就說出來了。我的臉羞得通紅，當著這麼多守護者的面失言，讓我覺得很尷尬。

迪米特里也不願意有人在旁邊看好戲，他抬頭看向一旁的某個人說：「能讓我們單獨聊聊嗎？」

那幾個守護者互相看了一下，然後就好像是有人下了命令一樣，全都齊刷刷地向後退。他們退得並不遠，仍然可以將迪米特里圍住，不過，我們的談話已經不會被他們聽到了。

迪米特里轉頭看著我，我坐了下來。

「妳和塔莎的情況完全不一樣。她還可以留在我的生活裡，可妳不行。」

「對，」我憤怒地甩動頭髮。「但是當我可以爲你帶來便利時，我的存在就可以接受了。比如說，幫你跑個腿，或是傳個話。」

「妳的生活看起來眞的不需要有我。」他冷冷地說，頭微微地傾向我右肩的方向。

我愣了一會兒才明白過來。我剛才甩動頭髮的時候，露出了脖子——還有咬痕。我盡量克制住不要臉紅，並覺得自己完全沒必要尷尬。我將頭髮撥回原本的地方。

「這不關你的事。」我小聲說道，同時希望別的守護者沒有看見。

「沒錯。」他好像有一絲得意。「因爲妳要有自己的生活，最好離我遠遠的。」

「哦！看在上帝份上，」我喊道，「你可以停止——」

我的注意力從他身上轉開，因爲突然有一隊士兵向我們走來。

好吧，準確地說其實不能算是一隊，不過也差不多了。一分鐘之前，這裡還只有我、迪米特里和負責看守他的守護者，可是轉眼間，整個房間裡就全都是守護者了，而且還不是一般的守護者。平時那些穿著黑白兩色制服的守護者，只負責處理日常事務，而這一隊領口上有一顆小鈕釦的士兵，顯示出他們是女王的禁衛軍，至少來了有二十個人。

他們都是很厲害的角色，菁英中的菁英。歷史上，據說那些膽敢行刺王儲或者在位者的人，都會很快被禁衛軍拿下。他們是會行走的死神，而且現在就在我們身邊。我和迪米特里都站了起來，不知道發生了什麼事，不過很確定，這些死神是衝著我們而來的。我和他中間隔了桌子和椅子，不過我們的姿勢還是立刻變成了標準的戰鬥模式，而且是被敵人包圍時採用的那種：背對背。

迪米特里的守護者是穿黑白兩色制服的，他們看見自己的兄弟部隊前來，也嚇了一跳。但是根據守護者的基本守則，他們也立刻加入到女王的禁衛軍那一邊，四周頓時沒了歡聲笑語。我想擋在迪米特里的前面，可是在這種情況下，有些困難。

「妳必須立刻和我們走。」禁衛軍中有一個人說道，「如果妳拒絕，我們只能強行將妳帶走。」

「別動他！」我一個一個看著面前的這些人，抑制不住的怒火爆發了出來。他們怎麼還不相信呢？他們為什麼還不放過他？「他什麼事都沒做！為什麼你們這些人還不能接受，他現在真的已經是一個拜耳了呢？」

方才說話的人揚起一邊眉毛。「我不是在和他說話。」

「你……你是來找我的？」我問道，並努力回想，最近有沒有做過其他能夠將他們招惹來的事情。我甚至升起一個瘋狂的念頭，也許女王發現了我整個晚上都和艾德里安在一起，對此很生氣。可是，這也不至於要出動她的禁衛軍來抓我吧……還是不是這樣？是我想太多了？

「你們找她做什麼？」迪米特里問道，他高挑、身材完美的身子此刻繃得緊緊的，非常有威懾力。真是要命的吸引人。

那個禁衛軍一直看著我，沒有理會迪米特里。「別讓我再說第二遍。妳是要靜靜地隨我們走，還是要我們把妳抓走？」他手裡亮出了閃閃發光的手銬。

我瞪大眼睛。「這太瘋狂了！我哪裡都不去，除非你們告訴我這該死的到底是——」

這句話就足夠令他們判斷，我是不肯乖乖跟他們走了。兩名禁衛軍向我衝過來，雖然從技術面來說，我們是為同一方工作的，可我還是本能地警覺起來。我不明白他們到底為什麼要像抓重犯一樣將我帶走。我一把將剛才坐的椅子推向一個禁衛軍，然後一拳揮向另一個，這拳揮得很無力，更糟的是他的個子比我還要高，不過，身高的差距令我得以躲開他的下一擊，我用力踢他的腿，而一聲悶響讓我知道，我踢中他了。

我聽見幾聲尖叫。此刻這裡的工作人員都躲到收銀台的下面，好像這裡隨時會發生火拚一樣；

在這裡吃早餐的客人也尖叫著逃開，桌上的食物碗盤掉了一地。人們向門口跑去，可是門口已經被許多禁衛軍堵住了，這引發了更多的尖叫，雖然站在門口的這些人只是為了堵我。

同時，又有幾個禁衛軍向我衝了過來。我一拳又打倒了兩個傢伙，但是心裡清楚他們的人數太多了。其中一個人抓住我的手臂，想要將手銬戴上去，可是卻被另一雙手制止住，同時被猛地從我身邊拉開。

是迪米特里。

「別動她！」迪米特里吼道。

他的聲音裡有一種威嚴，如果這是在朝我吼叫的話，我肯定會被嚇一跳。他一把將我拉到他的身後，用整個身體護住我，而我的身後則是餐桌。禁衛軍直接全都衝了過來，迪米特里開始發揮他的威力，他的攻擊完全無愧於戰神的稱號。他沒有下狠手，這些人並不會死，但是也完全喪失了繼續打鬥的能力。如果有人認為這是因為他又恢復了血族的本性，或者把他關起來就能削弱他的戰鬥力，那麼他們就錯了。迪米特里是天生的戰鬥好手，他可以在令敵人無法近前的同時，又按住我，不讓我衝上前去戰鬥。女王的禁衛軍也許是菁英中的菁英，可是迪米特里……哦，我的前任情人兼導師，此刻可是火力全開。他的戰鬥技巧無人能夠出其右，而他此刻正用它們在保護我。

「待在後面。」他命令道，「他們不會碰到妳一根汗毛。」

一開始，我被他這種保護性的舉動震住了——雖然我討厭置身事外，只能看不能動手。看著他和別人戰鬥是一件很美妙的事。他給人的感覺，同時混合了美麗和危險，他是一個單人軍隊，是為了保住自己所愛的戰士，和帶給敵人恐懼的——

這突然令我想起一件很可怕的事。

「住手！」我猛地大喊。「我走！我跟你們走！」

可是沒有人聽到我在喊什麼，他們都打得太投入了。禁衛軍一直試圖想要偷襲迪米特里的身後，可是他似乎總能預見他們的行動，用椅子或是任何可以使用的東西攔住他們的去路，但是同時還能不斷打中從正面攻擊而來的人。誰知道呢？也許他真的可以一個人就打敗一支軍隊。

可我不能讓他這麼做。

我搖晃著迪米特里的手臂。「住手。」我重複道，「別再打了。」

「蘿絲——」

「住手！」

我很確定自己這輩子從來沒有這麼大聲尖叫過，我的聲音響遍整個咖啡廳，根據我的判斷，也許還能響遍整個皇庭。

可是這樣也沒能夠立刻阻止所有人，不過有許多禁衛軍的動作已經慢了下來，有幾個蹲在收銀台後面的咖啡廳侍者偷偷露出頭來看我們。迪米特里還處於亢奮狀態，隨時準備動手，我不得不走到他的前面，才能讓他看著我。

「別再打了。」這一次，我的聲音小了很多，一種不安的沉默籠罩在每個人頭上。「別再反抗他們了，我跟他們走。」

「不行，我不能讓他們帶走妳。」

「我必須這麼做。」我乞求道。

他用力地喘著氣，身體的每一個細胞都準備要戰鬥。我和他的目光鎖在一起，似乎有無數話語在我們之間傳遞著，昔日的火花彷彿又在空中爆發開來。我只希望他能明白我的意思。

其中一個禁衛軍，跨過地上那些失去意識的同伴，緊張地走了過來。迪米特里又跳了出來，他攔住這個禁衛軍的去路，重新將我護住。可我還是走了出去，拍了拍迪米特里的手，同時眼睛仍然看著他。他的肌膚是如此溫暖，幾乎要融化了我。

「拜託，不要再打了。」

他終於明白了我爲什麼要這麼說。人們都還很害怕他，不知道他現在是什麼。莉莎說過，如果他一直表現得冷靜和正常，會漸漸消除人們心中的恐懼。可是像今天這種情況？他幾乎一個人打敗了一整支守護者的軍隊？這對他要獲得別人的好印象沒有什麼幫助。在我看來，在發生過這些事後，要挽救似乎已經太晚了，可我仍必須試著將傷害減到最低。我不能讓他再被關起來，尤其不能因爲我。

他看著我，似乎也在傳遞他自己的意思：他還會爲我而戰，直到沒有人再來將我帶走。

我搖了搖頭，用力握了握他的手。他的手指和我記憶中的一樣，修長而優雅，因爲多年的訓練而長出了老繭。我鬆開手，回頭看著一開始和我講話的那個人，我猜他應該是他們的首領。

我伸出雙手，慢慢地走過去。「我不會反抗，不過拜託……不要將他關起來。他只是……只是以爲我遇到了麻煩。」

然後，一副手銬銬住了我的雙腕，我則意識到自己碰上了麻煩。禁衛軍的人走過去攙扶起自己的同伴，他們的頭領深吸一口氣，宣佈了他自從進門後就一直想說的話。

「蘿絲・海瑟薇，現在要以謀反的罪名逮捕妳。」

和我預期的差不多，希望我的恭順能夠換來我希望知道的事。

我問道：「是什麼樣的謀反罪名？」我吞了一口口水，等著他說出維克多的名字。

「妳涉嫌謀殺尊敬的塔蒂安娜女王陛下。」

26

也許是因為某人的惡趣味，我被送進了迪米特里剛走出來不久的那間牢房。

在禁衛軍控訴完我的罪名之後，我一直沒有說話。事實上，我已經完全不知道該如何反應了，因為他說的那些話太令人震驚了，根本無法消化。我甚至沒考慮到自己的情況，既沒有覺得屈辱，也沒有覺得憤怒，我還在消化塔蒂安娜死了的這個事實。

不僅僅是死了，還是被人謀殺。

謀殺？

怎麼會這樣？這裡怎麼會發生這種事情？皇庭是整個莫里世界裡保全力量最為強大的一個地方，塔蒂安娜又是重點的保護對象，而且保護她的和前來拘捕我的是同一個團隊的人。除非她離開了皇庭，不然血族不可能傷害到她，而我很清楚她沒有離開過。在強敵逼近的情況下，謀殺這種事無論是對拜耳還是莫里來說，都是一件幾乎聞所未聞的事。當然，偶爾還是會有，這種事在任何社會裡都是無法避免的，但是我們目前正處於被狩獵者的狀態，彼此間幾乎沒有時間發生衝突（在議會裡大喊大叫不算在內），這也是維克多為什麼會被譴責，他的罪行已經是歷史上最惡劣的了。

可，現在紀錄被打破了。

在接受了塔蒂安娜死了這個令人難以接受的事實後，我才得以面對眼前真正的問題：為什麼是我？他們為什麼認為是我殺了她？我不是律師，可是我也很清楚，罵別人是虛偽的賤人不可能作為呈堂證供。

我試著從外頭看守我的守衛嘴裡套出更多細節，可他們只是一臉嚴肅的沉默著。在我的喉嚨吼到沙啞之後，我躺在床上，潛進了莉莎的意識裡，相信自己應該可以從那裡找到一些線索。

莉莎正瘋狂地找尋一切能夠告訴她答案的人。克里斯蒂安一直陪著她，他們站在行政大樓的門廳前，裡面一團糟。拜耳和莫里們都到處跑來跑去，有的人害怕新政府權力不穩，有的人希望能藉此撈些好處，莉莎和克里斯蒂安站在人們中間，好像被龍捲風掃過的落葉。

技術上來說，莉莎現在已經是一個眞正的成年人了，可她在皇庭裡，還一直被保護在某些長者的羽翼之下，通常這個人是普里西拉．沃達，有時候也會是塔蒂安娜。不過，現在她們兩個都不可能再保護她了。雖然許多皇室很尊敬她，可是莉莎確實沒有力量扭轉局面。

克里斯蒂安看她這麼沮喪，緊握住她的手說：「塔莎姑姑可能會知道是怎麼一回事。她一會兒會趕過來，妳知道她不會讓蘿絲有事的。」

莉莎知道他對自己的話也不是很有信心，可是並沒有點破。塔莎也許不希望我有事，可她絕對沒有那麼大的能力把我救出來。

「莉莎！」

艾德里安的喊聲令莉莎和克里斯蒂安都回過頭來看他。艾德里安走了進來，身旁還有他的媽媽。從艾德里安的樣子看來，他應該是直接從我的臥室趕到這裡的，他還穿著昨天的衣服，衣服有些皺，頭髮又塌了下來。比起來，戴妮拉看起來倒很光鮮亮麗，她似乎是一個永遠不會以懶散面目示人、非常標準的職業女性。

終於找到了！這裡終於有了一個也許能夠給出答案的人。莉莎心懷感激地跑了過去。

「謝天謝地，」莉莎說，「沒人告訴我究竟發生了什麼事……他們只說女王死了，蘿絲被關了起來。」莉莎懇求地看著戴妮拉，「告訴我，他們一定是搞錯了。」

戴妮拉拍拍莉莎的肩膀，極盡安慰地告訴她：「恐怕不是。塔蒂安娜昨天晚上被人謀殺了，而蘿絲是他們的頭號嫌疑犯。」

「可她絕對不會做這種事！」莉莎喊道。

克里斯蒂安也跟她站在同一邊。「那天她是在議會上說過一些大不敬的話，可那不能證明她就是兇手。」啊，我和克里斯蒂安的想法一樣，眞是巧合得驚人。「混進守靈儀式那件事也不能證明。」

「你說的對，是不能。」戴妮拉同意道，「可是這也不能證明她就是清白的。很顯然，他們有其他能夠證明她有罪的證據。」

「什麼樣的證據？」莉莎問道。

戴妮拉露出很抱歉的樣子。「我也不知道，調查還沒有結束。他們會舉行一場聽證會，出示已經掌握的證據，然後問她案發時在哪裡、可能的作案動機……之類的。」她看了看周圍匆匆忙忙的人群。「前提是他們準備好的話。這種事……這種事已經好幾百年沒有發生過了。現在議會掌握了絕對的權力，直到選出下任的掌權者。但是，在此之前情況肯定是一片混亂，民眾會擔心，我想如果議會啓動戰爭條例也不奇怪。」

克里斯蒂安轉頭看著莉莎，帶著希望。「妳昨晚見過蘿絲嗎？她和妳在一起嗎？」

莉莎皺起眉頭。「沒有，我想她應該是在自己的房間裡。我最後一次見到她是前天。」

戴妮拉聽了也面露難色。「這個消息可不太好，如果她是自己一個人的話，就沒有不在場證明了。」

「她不是一個人。」

三雙眼睛齊刷刷地看著艾德里安。這是他叫喚莉莎之後第一次開口說話。莉莎剛才沒怎麼仔細看他，只是在他剛來到的時候，匆匆瞥了一眼他邋遢的外表。不過此時她看得比較清楚一些了，感覺艾德里安非常擔心和緊張，好像一夜之間老了很多。她看向艾德里安的靈光時，發現代表精神能力者才會有的金色靈光，此刻和其他顏色混在一起，而且還隱隱地冒著一絲黑氣，而且這些靈光正不停地閃動著，這代表精神能力者此刻的情緒非常不穩定。這一切來得太快，他根本來不及反應，不過我想一旦他獨處的時候，一定會立刻點燃一枝香菸、倒上一杯酒。艾德里安通常都是這樣處理混亂心緒的。

「你說什麼!?」戴妮拉激動地問道。

艾德里安聳了聳肩。「她不是一個人，我整個晚上都和她在一起。」

莉莎和克里斯蒂安都非常出色，盡量做到不動聲色，可是戴妮拉震驚的樣子，和世界上任何一個聽說自己孩子性事時的父母反應一模一樣。艾德里安也注意到了她的反應。

「省省吧，」他提醒道，「妳的那些道德、說教啊……現在都不重要。」他指了指周圍因為惶恐而跑來跑去的一票人，他們都尖叫著維克多．達什科夫肯定會來皇庭殺光所有人。艾德里安搖著頭，又看向自己的母親。「我昨天和蘿絲在一起，所以能夠證明她不是兇手。我們晚點再來討論妳對我感情生活的反對意見。」

「這才不是我擔心的重點！如果他們真的有確鑿的證據，而你又攪和進這件事裡，你肯定也會被懷疑的。」戴妮拉的鎮靜此刻開始有了裂痕。

「她是我的姑姑。」艾德里安難以置信地喊：「我和蘿絲到底有什麼理由要殺她!?」

「因為她不贊成你們在一起，因為蘿絲反對年齡提案。」這句話是克里斯蒂安說的。莉莎瞪著他，克里斯蒂安只是聳聳肩。「怎麼？我剛才說的是客觀事實。就算我不說，肯定也會有別人這麼說的。我們都聽過各種各樣的故事，人們肯定會誇大蘿絲的部分。」這確實是一個很有力的說法。

「什麼時候？」戴妮拉拉著艾德里安的袖子問，「你什麼時候去找蘿絲的？你們兩個什麼時候在一起的？」

「我不清楚，忘記了。」艾德里安說。

戴妮拉握緊了拳頭。「艾德里安！你認眞一點，這是決定事情如何發展的大事。如果你是在塔蒂安娜被殺以前和她在一起的，這件事就和你沒什麼關係。可如果你去找蘿絲是在那之後——」

「那她就有了不在場證明。」艾德里安打斷她，「除此以外，什麼問題都沒有。」

「希望是眞的。」戴妮拉喃喃地說。她沒有再看我的朋友們，她此刻正動著腦筋，想著怎麼做才能保護自己的兒子。我很替她惋惜，可以理解此刻的情況對她來講，無疑是個紅色警報。「我們最好還是先替你找一個律師。我去找達蒙談談，在今晚的聽證會之前，我必須要見到他，魯佛斯也得知道這件事。該死。」艾德里安聽見這句話，挑起了眉毛。我敢打賭，伊瓦什科夫夫人肯定不太常罵人。「我們必須弄清楚你是幾點到的。」

哀傷仍然籠罩著艾德里安，好像替他披上了一件大斗篷，看上去如果他不馬上攝取一點尼古丁或者酒精的話，就會立刻倒下。我討厭看見他這個樣子，特別是因爲我的關係。毫無疑問，他的內心是很堅強的，可是他的天性和精神能力的副作用，令他難以承受這些。不過，他強忍著自己的焦慮，試圖回想起確切的時間，來安撫他這個幾近瘋狂的媽媽。

「我去的時候，大廳裡好像有一個……看門人之類的，我想是這樣。不過接待處沒有人。」這裡大多數的建築都有一些工作人員，以預防緊急情況的發生，或是爲其他人提供便利服務。

戴妮拉眼睛一亮。「這就夠了，有這些就行了。達蒙會去確認你是什麼時候到的，這樣我們就可以洗脫你的嫌疑了。」

「如果事態變糟的話，他也會爲我辯護嗎？」

「當然。」戴妮拉飛快地回答。

「那麼蘿絲呢？」

「蘿絲什麼？」

艾德里安還是那種隨時要暈倒的樣子，不過他的綠眸裡蘊含著嚴肅和認眞。「如果妳發現塔蒂安娜姑姑是在我到之前遇害的，蘿絲就無異於獨自一人被扔進狼群。達蒙會當她的辯護律師嗎？」

戴妮拉支支吾吾地說：「呃……這個，親愛的……達蒙不會做這些事的……」

「如果妳開口，他就會答應。」艾德里安堅定地說。

「艾德里安。」戴妮拉很無奈，「你不知道你在說什麼。他們說對蘿絲的證據非常不利，如果我們的家族公開支持——」

「這可不是支持什麼兇手！妳見過蘿絲，也喜歡她，妳敢看著我的眼睛，說讓她這種非專業人士替自己辯護沒有關係嗎？妳敢嗎？」

戴妮拉臉色變得蒼白，我發誓，她眞的畏縮了一下。我想她也不習慣自己這個混世魔王般的兒子，變得這麼認眞堅定。他說出來的話非常冷靜，可是語氣和態度卻感覺得出他的絕望，令人有一點點膽寒。我不確定這是因爲他的精神能力，還是出於他本身的原因。

「我……我會去找達蒙談談看。」戴妮拉最後說道。她在說這句話之前，一定是鼓起了很大的勇氣。

艾德里安吁出一口氣，憤怒也稍稍平息了一點。「謝謝妳。」

戴妮拉匆匆走開，混入人群當中，留下艾德里安和莉莎與克里斯蒂安在一起。一旁這兩個人的震驚程度不亞於戴妮拉。

「達蒙‧塔魯斯？」莉莎猜測道。

艾德里安點點頭。

「他是誰？」克里斯蒂安問。

「我媽媽的堂兄，」艾德里安說，「是家族的律師，一個眞正的狠角色，也有點卑鄙。不過只要他想，可以爲任何人脫罪。」

「我想這應該能幫上點忙。」克里斯蒂安高興地說，「可是他有沒有厲害到，能夠推翻這個所謂的確鑿證據？」

「我不知道，我眞的不知道，」艾德里安下意識地伸手去掏自己的口袋。他的口袋裡經常會放一包菸，可是今天卻沒有。他嘆了口氣。「我不知道他們手裡有什麼證據，也不知道塔蒂安娜姑姑是怎麼死的。我只知道今天早上人們發現她死了。」

莉莎和克里斯蒂安交換了一個眼神。克里斯蒂安聳聳肩，莉莎轉頭看向艾德里安，決定由她來說。

「是銀樁。」莉莎說，「他們發現她躺在床上，一根銀樁刺穿她的心臟。」

艾德里安什麼也沒有說，他的表情幾乎沒有怎麼變化。

莉莎這才想起來，他們一直在談論無辜、證據、律師之類的話題，所有人都忘了一件事，那就是塔蒂安娜是艾德里安的姑姑。雖然他既沒有贊成過她的某些決定，而且還在背後講過許多關於她的笑話，可是他們畢竟是一家人，一個他從生下來就認識的親人。他肯定是爲她的死傷心難過的，就連我都有一點矛盾。我討厭她對我做的那些事，可是我從來沒有眞正希望她死掉過，我忍不住想起，她偶爾會把我當做一個眞正的人看待並交談。

也許這些都是裝出來的，可我很確定，她那天晚上去伊瓦什科夫家的短暫拜訪，是出自眞心；而她費盡心思，就是爲了讓她的子民過上平靜的生活。

莉莎看著艾德里安離去，同情心大發，也爲他感到難過。克里斯蒂安輕輕地拍了拍她的手臂。「走吧。我們已經知道想知道的答案了，就不要在這裡礙事了。」

莉莎無助地任由克里斯蒂安帶著她走了出去，躲開了更多惶恐的人群。橘色的夕陽爲每一片樹葉和每一棵樹都披上了金色的光芒，感覺非常溫暖。我們帶著迪米特里從倉庫回來的時候，也有很多人跑出來，可都比不上現在。人們恐懼地議論著，急忙地傳遞著各種最新消息，有人已經準備服喪，換上了黑色的衣服，臉上滿是淚痕。我很想知道究竟有多少眼淚是發自眞心的，畢竟就算在這種悲哀緊急的時候，皇室的人還是會互相爭權奪利。

莉莎每多聽見有人提起我的名字一次，就變得更加生氣。這種情況很不妙，感覺就像我的壞心情透過心電感應傳給了莉莎，令她無法控制。這是精神能力惹的禍。

「我眞是不敢相信！」她朝著克里斯蒂安大喊。我注意到，就算她沒有喊叫，克里斯蒂安仍然會趕緊將她帶到一個人少的地方。「他們怎麼能這麼想蘿絲呢？這是個圈套，肯定是。」

「我知道，我知道。」克里斯蒂安說。他也知道這是精神能力的副作用開始產生影響的徵兆，於是嘗試著安撫莉莎。他們走到廣場旁一片小小的綠地，周圍都是高聳參天的榛子樹。「我們都知道她是無辜的，眞相就是這樣，我們可以證明給別人看，她不會爲了自己沒有做過的事而被判刑的。」

「你不瞭解這票人。」莉莎咕噥道，「如果有人出來指證她，他們可以不擇手段地令事情變成眞的。」

一股微小的波動傳來，我悄悄將她身上的負面情緒吸收過來一點，轉移到我身上，希望能夠令她冷靜下來。不幸的是，這只是令我自己的火氣變得更大。

克里斯蒂安哈哈大笑。「妳忘了，我就是在這票人底下長大的，我還和這票人的孩子一起上學。我很瞭解他們，但是只要我們研究清楚他們的做事手段，就不會害怕了，對嗎？」

莉莎嘆了口氣，覺得好了一點。如果我不小心一點，可能會接收了過多的壞情緒。她緊張地向克里斯蒂安微微一笑。「我記得你以前沒有這麼理智。」

「那是因爲人們對『理智』有不同的定義，我的舉動被誤會了，僅此而已。」他的聲音非常溫柔。

「我想你肯定常常被誤會。」莉莎也笑了出來。

克里斯蒂安看著她，他的笑容變得溫柔。「好吧，我希望這不會被誤解，不然，我可能會被人揍一拳。」

他說著湊過去，吻住了莉莎。莉莎毫不猶豫地回應他，什麼都沒想，只沉浸在這甜蜜的吻裡。不幸的是，我也被捲了進去。當他們終於分開的時候，莉莎感覺自己心跳加速，臉羞得通紅。

「這應該怎麼定義才對？」莉莎問著，在心裡回味著剛才那一吻的感覺。

「可以把它理解爲『對不起』。」克里斯蒂安說。

她轉開頭，緊張地扯著草地上的草。終於，她嘆了一口氣，轉回視線。「克里斯蒂安……你……你和吉兒之間有發生過什麼事嗎？還是和米婭？」

他驚訝地瞪大眼睛。「什麼？妳怎麼會這麼想？」

「你常常和她們在一起。」

「我心裡想要的只有一個人。」克里斯蒂安說，他目光中的堅定明白無誤地告訴莉莎他心中的人是誰。「從來沒有人能夠代替，不管發生什麼事，就算她和愛瑞——」

「克里斯蒂安，我很抱歉——」

「妳不用道歉——」

「我要——」

「該死。」克里斯蒂安說，「妳能不能讓我說完完整的一句——」

「不行。」莉莎打斷他，又湊過去吻住他，這是一個用力的吻，點燃了她的身體。這個吻告訴她，這個世界上不會有人比克里斯蒂安更適合自己。

好吧，看來塔莎說的對，我是唯一能讓他們兩個復合的人。我只是沒想到，我被逮捕這件事還能發揮這種作用。

我退出來，留給他們一點隱私的空間，心裡也不願意再看下去。我不是指責他們在這個時候甜蜜不對，反正現在也沒有什麼可爲我做的，而且他們確實應該復合的。現在能做的，就是等待更進一步的消息，而說眞的，他們打發時間的方法比艾德里安的要健康。

我躺在床上，瞪著天花板。這裡什麼都沒有，只有冰冷的金屬和單調的顏色。我幾乎快瘋了，沒有什麼景觀可看，也沒有什麼可閱讀，像是一頭被關在籠子裡的困獸。這個房間好像越來越小，我能做的便是不停地回想透過莉莎看見的那些事，分析每個人的每句話。我仔細琢磨過每句話，唯一覺得有疑問的是戴妮拉說的聽證會，我必須要知道得更加清楚。

一個小時以後，我得到了答案。

起初，我還因爲過度震驚，而沒有認出站在我牢房外的人是米哈伊爾。我從床上跳下來，衝到牢門旁邊，看見他在開門，我立刻覺得充滿了希望。

「怎麼了？」我問道。「他們準備放了我嗎？」

「恐怕不是。」米哈伊爾說。他這麼說是有證據的，因爲一打開門，他就替我戴上了手銬，而我沒有反抗。「我來這裡，是要帶妳去聽證會。」

我們走進大廳，看見這裡還有其他守護者在等候。專屬於我的守衛，就跟迪米特里的處境一模一樣，眞是太好了。我和米哈伊爾走在一起，欣慰的是，這一路上他一直在跟我說話，沒有那種悶死人的沉默，令我感覺自己不像個囚犯那樣被對待。

「到底是什麼樣的聽證會？類似審判嗎？」

「不不，現在還沒那麼快到審判階段。這個聽證會，就是要決定要不要送妳去進行審判。」

「聽起來好像是在浪費時間。」我指出。

我們走出了守護者總部，那新鮮、潮濕的空氣聞起來居然是前所未有過的香甜。

「如果讓妳走完整個司法程式，才是在浪費時間，他們知道這種事沒有前例可循。在聽證會上，他們會展示出手裡的證據，然後一個相當於法官角色的人，會決定要不要對妳進行審判。審判的結果會比較正式，然後在審判的時候，他們會越過辯護程序，直接進行判決。」

「他們爲什麼這麼慢才舉行聽證會？爲什麼要把我關起來等一整天？」

他笑了，不過不是因爲這很好笑。「這已經很快了，蘿絲，非常快。有時候，準備聽證會要花上好幾天，甚至好幾個星期的時間。而如果最後決定要對妳進行審判，妳可能要一直關到那個時候。」

我吞了口唾沫。「他們也會很快就進行審判嗎？」

「我不知道。最近幾百年以來都沒有在位者遇害的事情發生，現在人心惶惶，議會希望能夠盡快恢復秩序。他們已經準備爲女王舉行一個盛大的葬禮，這樣可以轉移眾人的注意力，而妳的聽證會也是重建秩序的一個方法。」

「什麼？怎麼做？」

「他們越快找到兇手，民眾便能越快心安。他們認爲現在鐵證如山，便想要快點進行判決，他們更希望妳直接認罪，然後用對兇手的審判來告祭女王，這樣在新的國王或女王選出來之後，大家就又可以安心睡覺了。」

「可我沒有——」我把後面的話吞了回去。這不是重點。前方便是法庭的所在。這裡和我第一次來參加維克多的審判時一樣可怕，但那時會害怕，是因爲他對我狂吼，可是現在……現在是因爲我自己的未來。很顯然，不只是我自己的未來，整個莫里世界都在看、在等著，希望我是罪魁禍首，這樣他們就可以永遠安枕無憂了。我吞了口唾沫，緊張地看著米哈伊爾。

「你……你認爲他們會決定送我去審判嗎？」

他沒有回答。這時一個守護者打開了我們前方的門。

「米哈伊爾？」我焦急地問，「他們眞的會以謀殺的罪名將我送去審判嗎？」

「是的。」他無比憐憫地說，「我相信他們會這麼做。」

27

走進法庭也算是我一生中爲數不多覺得不眞實的事情——不僅僅因爲我是被告。這讓我一直想起維克多的審判，一想到此刻我頂替了他的位置，不禁令人感嘆世事無常。

帶著一隊人馬走進法庭當然會招來矚目，而相信我，這裡面可以稱得上是人山人海了。可我完全沒有閃躲眾人的目光，也沒有表現得面帶羞愧，我自信滿滿地大步走著，頭昂得高高的。再一次，我詭異地回想起了維克多。他當時也是這麼走進來的，當時我嚇壞了，不知道一個罪犯怎麼可以有這樣的表現。現在，旁觀的人也是這麼想我的嗎？

法庭前面的高台正中坐著一個我不認識的女人。在莫里的世界中，聽證會或者其他類似活動的法官角色，通常都是指定某個律師擔任，而在審判這種重大活動上，比如說維克多事件那樣的，這個位置上坐的就是女王，她有權決定最終的結果。而今天，是由整個議會的成員投票，決定我是否要被送去參加審判，審判之後的結果才是正式結果，而他們將在審判時跳過辯護這一個程序，直接進行裁決。

我的護衛隊帶著我經過隔開觀眾的護欄，走到前方，指了指一個中年莫里，要我坐在他旁邊。這個人穿著非常正式、剪裁非常合身的黑色西服，這件西服好像在尖叫著說：我很遺憾女王死了，但是我在表達自己的哀思時，仍然要顯得非常時尚。他的頭髮是淡金色的，已經接近於銀白色，不過倒是很適合他。我猜他就是達蒙・塔魯斯，我的辯護律師。可是他一句話也沒有和我說。

米哈伊爾也在我身旁坐了下來，而我很高興他們選了他與我形影不離。我回過頭，看見戴妮拉和南森・伊瓦什科夫，與其他高層莫里及他們的族人坐在一起。艾德里安並沒有坐在他們中間，而是選擇和莉莎、克里斯蒂安、愛迪一起坐在後面，他們的臉上全是擔心。

而法官，那個比較老的灰髮莫里，看上去也是個狠角色。她讓大家安靜下來，而我又再次四處轉頭亂看。整個議會的人開始入場，法官於是一一為大家介紹。他們坐的地方有兩組長凳，一組坐六個人，後面還有一把單獨的高椅子。當然，現在只有十一個人坐在那裡。我努力克制住自己想要皺眉的衝動，想著莉莎也應該坐在他們中間才對。

議會的人全都坐好之後，法官轉頭，用洪亮的聲音對我們說：「現在，聽證會開始，我們會根據證據是否充足，來決定——」

門口的一陣騷亂打斷了她的話，觀眾全都伸長了脖子，等著看進來的人是誰。

「外面發生了什麼事？」法官問道。

門邊的一個守護者將門打開一道縫，探出頭去，很顯然是在詢問外面大廳的守護者。他縮回頭，回答道：「法官閣下，辯方的律師到了。」

法官看了我和達蒙一眼，皺起眉頭看著守護者。「她已經有律師了。」

守護者聳聳肩，顯現出無能為力的模樣。如果外面的是血族，他肯定會知道該怎麼做，可是這種罕見的中途打斷審訊的情況，不在他的處理範圍之內。

法官嘆了一口氣。「好吧，不管是誰，讓他進來，我們馬上繼續。」

艾比走了進來。

「哦，我的天哪！」我大聲叫道。

我沒有為自己不加掩飾的聲音感到後悔，因為法庭裡立刻響起了一片嗡嗡聲。我猜，這裡有一半的人都有些害怕，因為艾比的大名如雷貫耳，而另一半的人可能被他的出現嚇傻了。

他穿著一身灰色的毛料西服，顯得比達蒙沉重的黑色衣服要輕巧一些，裡面的襯衣是雪白色的，再搭配上那條足以亮瞎眼的紅色絲綢領帶，看上去好像會發光。他身上其他的地方也點綴著紅色，比如放在口袋裡的紅色手絹，還有袖口的紅寶石等等。老實說，這身衣服的做工和價格絲毫不亞於達蒙身上的這套，可是艾比這身打扮不會像達蒙好似穿著喪服一樣，他表現得好像這不是一場審訊，自己只不過是闖進了一場派對。當然，他耳朵上還戴著那個金色大耳環，留著黑色的大鬍子。

法官擺手令眾人肅靜，而艾比則大模大樣地直接走向法官。

「亞伯拉罕．馬祖爾，」法官說著搖了搖頭，她的語氣裡既有驚訝又有不滿。「眞是……沒有想到。」

艾比誇張地深深一鞠躬。「能再次見到妳眞不錯，波拉。妳根本沒有變老。」

「我們不是在鄉間俱樂部，馬祖爾先生。」她提醒他道，「在這裡，你應該用比較合適的稱謂來稱呼我。」

「啊，對。」他眨眨眼，「我向您道歉，法官閣下。」說完，他轉身看了看，最後才看向我。「找到了。抱歉我來晚了，我們開始吧。」

達蒙站了起來。「這是怎麼回事？你是誰？我才是她的辯護律師。」

艾比搖了搖頭。「肯定有什麼地方弄錯了。我飛了很久才來到這裡，所以能理解爲什麼你們會安排一個社區律師來代替我。」

「社區律師！」達蒙氣得滿臉通紅。「我是整個美國莫里界中最有名的律師！」

「有名的社區律師。」艾比聳聳肩，斜倚在達蒙的椅背上。「我不予評論。這不是雙關語。」

「馬祖爾先生。」法官打斷他，「你有律師執照嗎？」

「我有很多執照，波拉……啊不，法官閣下。這有關係嗎？她只是需要一個人幫她講話而已。」

「她已經有了！」達蒙喊道，「就是我。」

「不再是了。」艾比仍然表現得非常高興。他一直都沒有停止微笑過，可我卻在他眼裡看到一抹令他所有敵人都害怕不已的危險光芒。

他表現得很冷靜，可是達蒙看起來卻像是要噴火了。「法官閣下——」

「夠了！」她的語氣很堅決。「讓這個女孩自己選。」她那雙棕眸看向我。「妳希望誰爲妳辯護？」

「我……」我的嘴巴張了又張，不明白爲什麼矛頭突然指向了我。我就好像在看一場男子網球比賽，可是突然間那顆球擊中了我的頭。

「蘿絲。」

我十分驚訝，微微地轉過頭。

戴妮拉．伊瓦什科夫走到我身後，小聲地說道：「蘿絲，妳根本不瞭解這個馬祖爾是什麼人。」哦，眞的嗎？「妳肯定不願意與他合作。達蒙是最好的律師，他可不容易請。」

說完，她又回到自己的座位。

我看著自己的兩個辯護律師，明白戴妮拉的意思。是艾德里安要她替我找來達蒙的，而且她又保證達蒙確實很有本事，拒絕他就等於是羞辱了戴妮拉。想到她是爲數不多幾個贊同我和艾德里安在一起的皇室，我當然不希望她不高興。而且，這整件事都是皇室搞出來的，有一個他們的人在我身邊，可能是最好的選擇。

可是……艾比仍然帶著微笑看著我。他肯定也是個不容忽視的人，但是大部分的原因都是因爲他的風采和不容人小覷的名望。如果眞的有對我很不利的證據，艾比這種態度應該不會有幫助。當然，他也是個很狡猾的人，是條大蛇。他有無中生有的本事，當然也可以爲我找到許多有利的證據。

不過，這也改變不了他不是律師的事實。

但是從另一方面來說，他是我的爸爸。

他是我爸爸，雖然我們對彼此瞭解不深，他還是不遠千里趕到這裡，穿上這身灰色的西服要爲我辯護。難道他的父愛會壞事嗎？他眞的很會辯護嗎？面對今天這個局面，我眞的可以相信血濃於水這個道理嗎？我不知道。我眞的不想這麼說，也許這對人類行得通，可是對吸血鬼而言是說不通的。

但是不管怎樣，艾比現在看著我的那雙棕眸，和我是一樣的。相信我，他好像在這麼說。我能嗎？我能相信自己的家人嗎？如果我媽媽在這裡，我肯定會相信她，而我知道她相信艾比。

我嘆了一口氣，指了指他。「我選他。」說完我又壓低聲音補了一句：「別讓我失望，茲米。」

艾比笑得更加燦爛，觀眾席裡也發出一陣驚呼，達蒙則氣呼呼地抗議著。

也許一開始是戴妮拉說服他來爲我辯護，不過現在，這已經變成了關乎他自尊和驕傲的事，他的名聲因我判他出局而有了污點。

不過既然我已經做出了選擇，暴怒的法官也不願再聽下去，她示意達蒙離開，稍後艾比立刻坐進了達蒙原本的座位。法官繼續開始那一套開場白，解釋了我們在這裡的原因等等等。

她說話的時候，我湊向艾比。「你想把我怎麼樣？」我小聲問道。

「我？是妳想把妳自己怎麼樣吧？我剛剛不是像所有的父親一樣，把一個未成年就喝酒的女兒從警察局裡撈出來嗎？」

我開始明白，爲什麼我在危險情況下還開玩笑時，別人會那麼生氣了。

「我的將來正該死的岌岌可危！他們打算將我送去審判、判我的罪！」

艾比臉上的戲謔頓時一絲不剩，他的表情變得非常的認眞且嚴峻，讓我的背後冒出一股寒意。

「這種事，」他壓低嗓音說，「我發誓，絕對、絕對不會發生在妳身上。」

法官的注意力此時轉移到我們和控方律師的身上。控方律師是一個名叫愛瑞斯．凱恩的女人，這個姓氏不是一個皇室的姓氏，不過她看上去也很厲害。也許律師全都是這樣的。

在提交指證我的證據之前，女王遇害時的情景鉅細靡遺地被描述了出來。這包含早上的時候她是怎麼被發現的、銀樁是怎麼刺進她胸膛的，還有她臉上的表情有多麼的震驚、恐懼，而且到處都是血，睡衣上、床單上、她的身上……這些照片法庭裡的每一個人都看得清清楚楚，人們有的驚訝地倒吸一口氣，更多人則顯得害怕和恐慌，有的人……有的人還哭了。有些人會哭泣，毫無疑問是被這恐怖的場景嚇哭了，不過我認爲，有更多的人是因爲他們確實打從心裡愛戴塔蒂安娜。她雖然有時冷酷無情，可是她在位的大部分時間，整個莫里世界都是和平且統一的。

照片展示過後，他們叫我起立。聽證會沒有按照普通的審判程序走，也就沒有設置那些正規的律師席，因此律師在盤問證人的時候，不過是輪流站起來問問題，法官則不停地在維持秩序。

「海瑟薇小姐。」愛瑞斯說，她摘掉了我的守護者頭銜。「妳昨天晚上是什麼時候回到房間的？」

「我不記得準確的時間……」我看著她和艾比，而沒有看他們身後的人山人海。「大概是早上五點左右吧……我想，也可能是六點。」

「有人和妳在一起嗎？」

「沒有……呃，有，不過是晚一點的時候。」哦，天哪，終於要來了。「呃，艾德里安・伊瓦什科夫來拜訪過我。」

「他是幾點到的？」艾比問。

「我也不記得。應該是我回房後的幾個小時吧。」

艾比露出他那迷人的笑容看著愛瑞斯，愛瑞斯正不停地翻著資料。「女王遇害的時間確定在七點到八點之間。蘿絲不是一個人獨處——當然，我們還需要伊瓦什科夫先生來爲此作證。」

我飛快地看了一眼觀眾席。戴妮拉臉色蒼白，顯然這是她的惡夢，艾德里安也被牽涉了進來。我又往遠處看去，看見艾德里安出奇的冷靜。我眞的希望他沒有喝酒。

愛瑞斯得意地舉起一張紙。「我們從看門人那裡得到一份簽了名的口供，他說伊瓦什科夫先生到達被告的住處時，時間是九點二十分。」

「眞是太精準了。」艾比說道，口氣好像愛瑞斯剛剛說了個笑話一樣。「有櫃檯人員可以證實這一點嗎？」

「沒有。」愛瑞斯冷冰冰地說，「可是這已經夠了。看門人之所以記得，是因爲他剛好要下班。也就是說，案件發生的時候，海瑟薇小姐是自己一個人，她沒有不在場證明。」

「哦，」艾比說，「至少根據這些『有疑問的事實』來看，確是如此。」

關於時間的問題到此爲止，而這個證據獲得承認，被官方記錄在案。

我做了個深呼吸。我不喜歡這種模稜兩可的問題，不過根據早先透過莉莎偷聽到的對話，還有希望。沒有不在場證明不是個好消息，可是從某種程度上來說，我也明白了艾比的意思。他們到目前爲止，都沒有足夠有力的證據可以將我送去審判，而且，他們也沒有問艾德里安的事，讓他得以不被牽扯進來。

「下一個證據。」愛瑞斯說，她又露出那種得意的笑容。她知道有關時間的證據不值一提，接下來的才是重頭戲。

呈上來的是一根銀樁。

好像是爲了讓我看清楚，她用一個透明的塑膠袋包起這根銀樁，它在燈光下熠熠發光，只除了尖頭的部分，那上面黑乎乎的都是血跡。

「這就是殺死女王的那根銀樁。」愛瑞斯宣佈道，「是屬於海瑟薇小姐的銀樁。」

艾比哈哈大笑。「哦，得了。守護者的銀樁是二十四小時不離身的，而且備用的銀樁有一大把。」

愛瑞斯沒有理他，只是看著我。「妳的銀樁現在在哪裡？」

我皺起眉頭。「我的房間。」

她轉身看著人群。「史東守護者？」

一個身材高大、長著一臉落腮鬍的拜耳從人群中站起來。「是。」

「你負責海瑟薇小姐房間和物品的搜查工作，是不是？」

我憤怒地吸了一口氣。「你們搜了我的——」

艾比狠狠瞪了我一眼，令我閉上嘴。

「是的。」守護者說。

「你有找到銀樁嗎？」愛瑞斯問。

「沒有。」

她轉身看著我們，沾沾自喜地看著我們。

可是，艾比似乎覺得這件事比上一樁還要荒唐。「這什麼都證明不了。她可能在不知道的情況下弄丟了。」

「丟在女王的心臟裡了?」

「凱恩小姐,請注意妳的措辭。」法官警告她。

「我道歉,法官閣下。」愛瑞斯飛快地說。她又看向我。「海瑟薇小姐,妳的銀樁有沒有什麼特別之處?和其他的銀樁不同的地方?」

「有——有的。」

「妳能形容一下嗎?」

我吞了口唾沫,心裡有種很不好的預感。「頂端有一組雕刻圖案,類似一種圖騰的設計。」守護者總是喜歡在上面刻東西,而那根銀樁是我在西伯利亞找到的,後來就一直使用著。呃,事實上,這根銀樁後來插進了迪米特里的心臟,掉了下來,然後他又寄還給了我。

愛瑞斯走到議會面前,舉起塑膠袋,好讓他們每個人都能看清楚。然後,她又走回到我面前,拿給我看。「這是妳說的圖案嗎?是妳的銀樁嗎?」

我瞪大了眼睛。確實是。我正張大嘴巴,準備說是,可是我突然看見艾比的眼神。很明顯,他沒辦法直接和我說話,只能透過眼神傳遞訊息,這個眼神很小心,也很狡猾。像艾比這種狡猾的人,此時會怎麼說?

「呃……它上面的圖案和我的非常像。」我最後說道,「可是我不確定這到底是不是我的。」

艾比的笑容告訴我,他對這個答案非常滿意。

「妳當然認不出來。」愛瑞斯說,好像也不期望聽到更好的答案。她將塑膠袋遞給法官前面的書記員,「但是議會已經看出來,她的描述非常符合這根銀樁的特徵,而經過我們的檢測——」她舉起更多的資料,一副勝券在握的樣子。「這上面有她的指紋。」

就是這個，那個「鐵證」。

「還有別人的指紋嗎？」法官問。

「沒有，法官閣下，只有她的。」

「這也不代表什麼。」艾比聳聳肩。我有種預感，如果我突然站起來認罪，他可能也會說這不算什麼。「也可能是有人戴著手套偷了她的銀樁。她的指紋會在上面，是因爲這是她的銀樁。」

「這好像有點太不可思議了，你覺得呢？」愛瑞斯問。

「這些證據漏洞百出。」艾比爭辯道，「這才是不可思議的地方。她是怎麼進入女王的臥室的？她是怎麼躲過那些禁衛軍的？」

「這個嘛，」愛瑞斯笑著說，「應該是在後面的審判時再考慮的問題。想到海瑟薇小姐曾經有過多次闖過守衛出逃的記錄，還有那些數不清的違規行爲，我毫不懷疑她有一百種方法可以溜進去。」

「妳沒有證據，」艾比說，「也說不出方法。」

「不需要。」愛瑞斯說，「今天不需要。我們已經有足夠證據可以送她去審判了，不是嗎？我的意思是，我們還沒有提到，有無數證人都聽見海瑟薇小姐向女王大喊，說她會後悔通過關於守護者的年齡提案。如果你想要，我可以送給你一份副本。更不要說海瑟薇小姐那些在公眾場所的『驚人之語』了。」

我立刻回想起我被轟出來之後，在外面對戴妮拉說過一些女王肯定不會分派我成爲守護者的話，當時也有很多人在看。我眞不應該這麼做。當然，我也不應該偷溜進守靈儀式，或是抱怨女王在莉莎被綁架時，居然還分出人手去保護她。我確實給了愛瑞斯很多口實。

「哦，對了。」愛瑞斯繼續說，「我們還有一疊記錄可以表明，女王曾經多次說過，她非常不贊成海瑟薇小姐和艾德里安．達什科夫走得太過親近，特別是他們兩個還打算私奔。」

我剛想開口反駁，艾比示意我保持沉默。

「而女王陛下和海瑟薇小姐在公開場合發生衝撞的記錄，也數不勝數。妳是想要我將這些證據一一展現，還是現在就可以投票表決了呢？」愛瑞斯這句話是對法官說的。

我雖然沒有學過法律，可是這些證據確實都很不利。我必須說，這些確實都能夠令我成爲懷疑對象，只不過……

「法官閣下？」我問道，我想她可能已經要宣佈決定了。「我能說兩句話嗎？」

法官想了想，聳了聳肩。「我們這裡的證據已經很充分了，但是讓妳說一說也無妨。」

哦，我的即興發言完全不在艾比的計畫之內。他站起來，希望有足夠的智慧可以阻止我，可惜他的動作還不夠快。

「好吧。」我說，希望自己的聲音聽起來非常理智，沒有喪失風度。「你們舉出了很多證明我有嫌疑的證據，我已經都看見了。」艾比看起來很痛苦，這種表情可不常見，讓他失去掌控的事情很少。「可是有一件事，就是這些證據太可疑了。如果我眞的要去謀殺什麼人，肯定不會做得這麼愚蠢。妳認爲我可能會將自己的銀樁留在她的心臟而不帶走嗎？妳以爲我會不戴手套就這麼做嗎？拜託，這太侮辱人了。如果我眞的像妳說的、像我的檔案上說的那樣狡猾，爲什麼我要用這種方法？我是說，你們仔細想一想，如果是我做的，肯定會做得比這還漂亮，絕對不會讓你們懷疑到我身上。這對我的智力來說，確實是一種侮辱。」

「蘿絲——」艾比開口道。

他的語氣很有威脅性，可我繼續說了下去：「你們拿出來的這些證據都太明顯了。該死的，不管是誰設下了這個圈套，很明顯目標都是衝著我而來的——是的，確實有人栽贓給我，可是你們這些傢伙愚蠢得根本沒想過這個可能。」我的聲音提高了，完全回到了正常的音量。「你們想要一個簡單的答案，一個很快就能得出的答案，而且你們非常想找一個沒有背景、家裡沒有勢力保護的人……」我猶豫了一會兒，不知道該怎麼定義艾比。「因爲你們就是這麼做事的，像年齡提案那件事也是這樣。沒有人站出來爲拜耳說話，因爲你們這套該死的系統不允許。」

此時，我意識到自己扯遠了，而且提到年齡提案會加重我的懷疑。我控制住自己，回復到一開始的樣子。「呃，總而言之，法官閣下……我是想說，這些證據完全不足以指證我，或者將我送去審判。我不會想出這麼差勁的一個謀殺計畫。」

「謝謝妳，海瑟薇小姐。」法官說，「這些話……非常有建設性。妳可以回到自己的座位，等待議會投票。」

我和艾比坐回到椅子上。

「妳到底是怎麼想的？」他小聲問。

「我想說的就是這個，爲自己辯護。」

「我還沒有輸，而且妳又不是律師。」

我瞥了他一眼。「你也不算，大叔。」

法官詢問議會他們是否相信這些證據，我是不是有足夠的嫌疑被送去審判，而他們做出表決，十一隻手齊刷刷地舉起來。就這樣，聽證會結束了。

透過心電感應，我感覺到莉莎很驚慌。我和艾比起身準備離開，我望向旁聽席，現在所有人都開始起身，談論著剛才發生的一切。莉莎的綠眸張得大大的，臉色不是一般的蒼白；艾德里安站在她身邊，好像也很痛苦，不過他看著我，我能夠看出裡面有愛和決心。而在他們兩人身後的……是迪米特里。

我甚至不知道他在這裡。他也在看著我，眼光深邃，只是我看不出來他此刻是什麼感覺。他的臉上什麼都沒有流露出來，但是他的眼睛……有些令人不寒而慄。我又立刻想起他一個人打敗那一票禁衛軍的情景，直覺告訴我，如果我開口，他肯定還是願意這麼做。他會爲我殺出一條路，帶我離開這裡，盡他所能地將我救出去。

我和艾比已經準備往出口走去，可是我們前方站滿了人，阻止了我們前進的腳步。這時，身後有人輕輕碰了我的手一下，令我分了心，同時好像有人將一張很小的字條塞進我的手裡。我回過頭，看見安布羅斯坐在走道旁，眼睛直視著前方。我想問到底發生了什麼事，可是又本能地吞下了這些話。看見前方的隊伍沒有動，我飛快地打開字條，盡量不讓艾比看見上面的內容。

這張字條非常小，上面的字潦草得幾乎沒有辦法辨認。

蘿絲：

如果妳看見這張字條，就說明已經有非常可怕的事發生了。妳也許討厭我，但是我不會怪妳，我只能請求妳相信，在年齡提案這件事上，我的作法真的是為了你們好。和別人的提議相比，這已經是最好的計畫了。有一些莫里想要不顧你們的意志，強迫所有的拜耳都來服役，哪怕用催眠術也在所不惜，而年齡提案可以將服役的人員減到最低。

不過，我寫這張字條，是要告訴妳一個祕密，而這個祕密越少人知道越好。瓦西莉莎必須要在議會據有一席之地，這件事是可以做到的，因為她不是德拉格米爾家的最後一員。他們家族依然有在世的成員，那是艾瑞克．德拉格米爾的私生子。我只知道這麼多，可是如果妳能找到他的兒子或是女兒，就可以令瓦西莉莎擁有她本該有的權利。不管妳做錯多少事，或是脾氣多麼不好，但妳是我唯一可以託付重任的人。別浪費時間，要立刻出發。

塔蒂安娜・伊瓦什科夫

我瞪著這張小紙片，上面的字在我眼前模糊成一團，可是內容我卻記得清清楚楚。

她不是德拉格米爾家的最後一員。他們家族依然有在世的成員……

如果這是眞的，如果莉莎眞的有一個同父異母的弟弟或者妹妹……那麼一切都可以改變。她可以取得在議會的投票權，她也不再是自己孤身一個。前提是，這張字條上面的內容都是眞的，且這張字條眞是出自塔蒂安娜之手。隨便什麼人都可能冒充她的名字寫這張字條，這很可能是假的。不過，我還是很震撼，居然會收到一封來自死人的信。如果此時我允許自己看看周圍的鬼魂，塔蒂安娜也會在其中嗎？也會因爲不得安息而前來報復嗎？可是，我不能撤掉自己的防線查看，現在還不行。肯定還有其他的人可以問，這張字條是安布羅斯給我的，我要找他問一問……不過，我們已經又開始隨著人群向前移動了，而一個守護者走到我身邊。

「那是什麼？」艾比問，他依然很警覺，疑心仍然很重。

我飛快地將紙條折起來。「沒什麼。」

他看我的眼神說明他完全不相信，我也在想到底要不要告訴他。這個祕密越少人知道越好，而即使他屬於這個少數，現在顯然也不是告訴他的好時機。我試圖分散他的注意力，並盡快抹去震驚的表情。這張字條是個大問題，不過沒有我面臨的問題大。

「你說過我不會被送去審判的。」我對艾比說。我之前的不滿又回來了。「我可是在你身上寄予了厚望的！」

「這根本就不算什麼。塔魯斯也不可能令妳脫罪。」

艾比的輕鬆態度令我更加暴躁了。「你是說，你從一開始就知道這場聽證會會輸掉？」

米哈伊爾也是這麼說的。大家都多麼誠實啊！

「聽證會並不重要。」艾比避重就輕地說道，「重要的是接下來的事。」

「到底是什麼？」

他又用那種深沉、狡猾的眼神看著我。「這件事妳不用擔心。」

其中一個守護者將手放在我的手臂上，示意我該走了，我抗拒了下，向艾比湊過去。

「去他的我不用擔心！我們在說的可是我的事！」我喊道。我知道接下來的事會是什麼：無窮無盡的囚禁，直到審判開始，然後如果我被判有罪，等待我的將是另一場無窮無盡的囚禁。「這件事很嚴肅的！我不想去參加審判！我也不想後半輩子都待在塔拉索夫那樣的地方。」

守護者開始更用力地拉扯我，然後將我向前推去。

艾比看著我，那尖銳的目光令我的血液都凝固了。「妳不會去參加審判的，更不會進監獄。」他小聲說，生怕一旁的守護者聽見。「我不允許。妳明白嗎？」

我搖著頭，感到非常疑惑，卻不知道該怎麼辦。「就連你也有辦不到的事情，大叔。」

他微微一笑。「走著瞧。而且，蘿絲，他們也不會將任何皇室叛徒送進監獄。所有人都知道。」

我嗤之以鼻。「你瘋了嗎？他們當然會。不然你以爲他們會怎麼對那些叛徒？給他們自由，然後告誡他們下次不要再犯了嗎？」

「不。」艾比在轉身之前說，「他們會處死這些叛徒。」

（未完待續）

作者感言

非常感謝我的所有朋友和家人，有了你們貼心的支持，我才能夠撐到現在，特別要感謝我超級有耐心的丈夫。我知道，沒有你我是絕對寫不完的！還要向我的朋友珍・里格特和她那雙火眼金睛致以特別的敬意。

至於出版方面，我一直很感激我的經紀人吉姆・麥卡錫所做的一切努力，當然還有經紀公司的所有工作人員，包括幫我將《吸血鬼學院》版權賣至世界各地的勞倫・阿布莫。同時還要感謝企鵝出版社的一票人，比如潔西卡・羅森柏格、班・斯蘭克、凱瑟・麥英泰，和好多好多為這個系列貢獻魔法的人。我在美國以外的出版商也做得非常棒，他們幫我用另外一種語言講述蘿絲的故事，收到來自世界各地的迴響令我驚喜萬分。謝謝你們所做的一切。

最後一聲感謝，要給我的讀者，是你們的熱情令我有了寫作的動力。謝謝你們喜愛這本書，謝謝你們和我一樣喜愛這些角色。

國家圖書館出版品預行編目資料

吸血鬼學院5絕命感應力 / 蕾夏爾．米德；
初版. -- 高雄市：耕林，民101.04
面 ； 公分. --（魅小說；32）
譯自：Spirit Bound
ISBN 978-986-286-202-5（平裝）
874.57　　　　101004286

吸血鬼學院5絕命感應力
Spirit Bound

作者：Richelle Mead 蕾夏爾．米德
發行人：陳嘉怡
總編輯：陳曉慧
主編：方如菁
譯者：吳雪
責任編輯：高琬禎
文字排版：劉純伶
出版者：耕林出版社有限公司
發行地址：807 高雄市三民區通化街47巷3-1號
電話：07-3130172　　傳真：07-3130178
讀者服務專線：0800211215
劃撥帳號：42205480 耕林出版社有限公司
網址：www.kingin.com.tw
E-mail：kingin.com@msa.hinet.net
總經銷：宇林文化事業股份有限公司
總經銷電話：07-3130172
總經銷地址：807 高雄市三民區通化街47巷3-1號
物流中心電話：07-3747525　07-3747195
物流中心傳真：07-3744702
物流中心地址：高雄市仁武區仁心路236之1號A棟

初版：2012年04月
定價：台幣250元

版權所有，翻印必究
Printed in Taiwan
若有倒裝、缺頁、污損　請寄回更換

SPIRIT BOUND (VAMPIRE ACADEMY, BOOK 5) by RICHELLE MEAD
Copyright: © 2010 BY RICHELLE MEAD
This edition arranged with DYSTEL & GODERICH LITERARY MANAGEMENT
through Big Apple Agency, Inc., Labuan, Malaysia
TRADITIONAL Chinese edition copyright:
2012 KING－IN PUBLISHING CO., LTD.
All rights reserved.

耕林 Just Novel

就是小說

休閒小說 Just Novel
盡在耕林